Diogenes Taschenbuch 23143

AF204434

LEON DE WINTER, geboren 1954 in 's-Hertogenbosch als Sohn niederländischer Juden, arbeitet seit 1976 als freier Schriftsteller und Filmemacher und lebt in den Niederlanden. 2002 erhielt er den *Welt*-Literaturpreis, 2006 die Buber-Rosenzweig-Medaille für seinen Kampf gegen Antisemitismus, und 2009 wurde er mit dem Literaturpreis der Provinz Brabant für *Das Recht auf Rückkehr* ausgezeichnet. Seine Romane wurden in 20 Sprachen übersetzt, zuletzt erschien bei Diogenes *Stadt der Hunde* (2025).

Leon de Winter

Der Himmel von Hollywood

ROMAN

Aus dem Niederländischen von
Hanni Ehlers

Diogenes

Titel der 1997 bei De Bezige Bij, Amsterdam,
erschienenen Originalausgabe: ›De Hemel van Hollywood‹
Die deutsche Erstausgabe erschien 1998
im Diogenes Verlag
Covermotiv: David Hockney, ›A Bigger Splash‹, 1967
Acrylic on Canvas, 96 x 96«
Copyright © David Hockney

*Für Moos,
Moon & Jes*

Veröffentlicht als Diogenes Taschenbuch, 2000
All rights reserved
Alle Rechte vorbehalten
Copyright © 1998
Diogenes Verlag AG Zürich
info@diogenes.ch · www.diogenes.ch
In Fragen zur Produktsicherheit (GPSR):
truepages UG (haftungsbeschränkt)
Westermühlstraße 29, 80469 München
info@truepages.de
ASR/25/852/12
ISBN 978 3 257 23143 4

Ich weiß nicht, wann wir den Bezug zur Realität und das Interesse daran verloren haben, aber irgendwann wurde beschlossen, daß die Wirklichkeit nicht die einzige Option sein könne, daß es möglich, ja sogar wünschenswert sei, sie zu verbessern; daß man sie durch ein angenehmeres Produkt ersetzen könne.

Ada Louise Huxtable,
The unreal America

I

Wenn dies ein Film wäre, zeigte die erste Einstellung einen hellbeigen, betagten Oldsmobile, der über die Whitley Avenue zu den Whitley Heights hinaufkriecht, tuckernd und qualmend, weil der Motor schon zu abgenutzt ist für die stark ansteigende Straße. Palmen und heruntergekommene Apartmentgebäude, scharfe Konturen durch die dicht über den Dächern einfallende kalifornische Sonne; es ist bereits Nachmittag.

Schnitt auf den Innenraum des Olds: die drei männlichen Insassen werden ins Bild gerückt.

Zwei von ihnen sind sichtlich in die Jahre gekommen – der Mann auf der Rückbank dürfte in den Sechzigern, der Mann neben dem Fahrer sicherlich in den Siebzigern sein. Der Olds wird vom jüngsten der drei gefahren, jemandem um die Vierzig. Sie sagen nichts, jeder sitzt auf seine Art schweigend im Wageninnern, das dieselbe Cremefarbe hat wie die ausladende Karosserie – ein Paradebeispiel für amerikanische Geschmacklosigkeit. Der Älteste, der massige Mann neben dem Fahrer, fummelt an der Klimaanlage herum. Er hat einen vollen, grauen Lockenkopf und unschuldige, dunkelbraune Augen. Ein stattliches Doppelkinn hat seinen Hals verschwinden lassen, und seine Hände sind rührend klein, glatt und weich wie die eines Kindes.

Er könnte so etwas fragen wie: »Ist es so kalt genug?«

Eine knarrende Bauchstimme, die Worte kommen aus seinen Eingeweiden, ein wenig prononciert, als übe er einen Beruf aus, der mit seiner Stimme zu tun hat.

Der Sechzigjährige auf der Rückbank ist ein Mann, der sich gut pflegt. Sein rotes Haar (das Rot sieht ein wenig zu knallig aus, als sei es gefärbt) ist dicht und sorgfältig frisiert, sein Gebiß ist lückenlos. Er hat grünblaue Augen, ein abgehärtetes Gesicht, ein markantes Kinn – der ideale Chefarzt in einer *soap*. Demonstrativ wischt er sich den Schweiß von der Stirn.

»Ich komm um vor Hitze«, sagt er. Auch er hat eine tiefe Stimme, aber rauher, kehlig, eine Stimme, die durch Tausende von Zigaretten und unzählige Nächte *on the rocks* unkontrollierbare Vibrationen bekommen hat.

»Höher läßt sie sich nicht stellen, tut mir leid«, erwidert der dicke Mann bescheiden.

»Konzentration, bitte«, ruft der Fahrer.

Weil er am Lenkrad sitzt, unverkennbar der Jüngste ist und die Autorität besitzt, diese Ermahnung auszusprechen, muß das Publikum den Eindruck gewinnen, daß es um ihn geht. Daß er derjenige ist, dessen Geheimnisse gelüftet werden.

Die drei Männer blicken jetzt in dieselbe Richtung, zur linken Wagenseite hinaus, wo irgend etwas ihre Aufmerksamkeit auf sich zieht, und der Olds kommt zum Stehen.

Schnitt auf die Straße, in der der Wagen vor einer Artdéco-Villa hält, einem verspielten Hollywood-Bau mit stuckverzierten weißen Wänden und verschnörkeltem Schmiedeeisen vor den Fenstern – den Schmuckelementen des alten Hollywood. Auch hier Palmen und blühende tropische Sträucher. Diesem Haus gilt ihr Interesse.

Schnitt auf einen *black-and-white,* einen Streifenwagen des Los Angeles Police Department, der direkt vor dem Olds parkt. Ein Polizist in Uniform steht neben dem *black-and-white* und raucht eine Zigarette. Er winkt den Insassen des Olds zu.

Cut back auf die drei Männer, die zu dem Haus hinüberstarren und dem Polizisten keine Beachtung schenken.

»Machen wir's?« fragt der Fahrer.

»Machen wir's«, sagt der dicke Mann.

»Gut«, sagt der Schwitzende.

Schnitt auf den Olds von außen. Sie steigen aus und gehen zur Rückseite des Wagens. Ohne Eile. Alle drei tragen dunklen Anzug, weißes Oberhemd, neutrale Krawatte, aber sie sehen nicht wie Gangster aus; sie könnten Kriminalbeamte (darauf läßt diese Begrüßung schließen) oder Privatdetektive sein. Einer der drei, der Schwitzer, ruft dem Polizisten zu: »Hör auf mit dem Gewinke, Charlie. Du hältst hier Wache, wir gehen rein.«

»Wie du willst, Chef.«

Also Polizei.

Obwohl sich sein Rücken unter seinem Gewicht und der Last der Jahre gekrümmt hat, überragt der dicke Mann die beiden anderen. Sein Körperumfang nimmt bis zu seiner Mitte hinunter beständig zu, und von der Mitte abwärts wieder ab: schmale Knie und schlanke Waden haben sich der Verfettung entzogen, und die Beine stützen den Rest seines Leibs wie stockartige Fremdkörper. Die Gestalt einer wandelnden Birne.

Die Männer heben drei Koffer aus dem Kofferraum des Wagens und spazieren gemächlich zur Rückseite der Villa, auf einem mit hellroten Natursteinplatten gepflasterten Weg rechts um die Garagen herum.

Der Älteste geht voran, er scheint sich hier auszukennen. Er öffnet eine schmiedeeiserne Zierpforte, führt die beiden anderen am Swimmingpool entlang (ein *shot* von oben, so daß der rotgekachelte Boden zu sehen ist) und bleibt vor einem Fenster des Hauses stehen.

Von den Nachbarn werden die Männer durch eine dichte Wand aus Strohmatten abgeschirmt, an denen sich die Tentakel von Efeu und anderen Gewächsen emporgehangelt haben. Keiner kann sie dort sehen.

Das Fenster hat Schieberahmen und ist in sechs kleinere Scheiben unterteilt.

»Das schlage ich jetzt ein«, kündigt der dicke Mann keuchend an. Der kurze Gang hierher hat ihn erschöpft. Sein Alter und seine schlechte Kondition erlauben eigentlich nicht, daß er vorangeht.

Mit heiserer Stimme fährt er fort: »Im Haushaltsraum ist keine Alarmanlage. Danach gehe ich in die Küche, und da wird dann die Sirene losheulen. Die habe ich binnen fünf Sekunden abgeschaltet. Also: nicht wegrennen, der Lärm gehört dazu.«

Darf die Polizei einfach irgendwo einbrechen? muß sich das Publikum fragen.

»Ich mach mir gleich in die Hose«, sagt der Schwitzende. »Für so was bin ich nicht zu gebrauchen.«

»Du kannst jetzt keinen Rückzieher mehr machen«, ermahnt ihn der Fahrer.

Ist er der Anführer der drei? Wie der Älteste hat er große braune Augen, aber bei ihm strahlen sie etwas Melancholisches oder Trauriges aus und keine Unschuld. Man könnte sich vorstellen, daß er immer so dreinblickt, auch wenn er abgespannt oder verärgert ist. Er hat vermutlich die Art von Stoffwechsel, die einen gleich aufgeschwemmt aussehen läßt, wenn man mal ein, zwei Kilo zunimmt. Sein dunkles Haar beginnt sich zu lichten, er hat schwarze Augenbrauen und lange, feminine Wimpern. Wenn er Schauspieler wäre, ließe sich jede Rolle mit ihm besetzen, doch vermutlich würden Casting Directors in ihm einen osteuropäischen Halunken oder einen verkommenen Juden sehen.

Der dicke alte Mann zieht schmutzige Arbeitshandschuhe aus Leder an, deren Fingerspitzen von jahrelangem Gebrauch speckig glänzen. Er drückt eine der kleinen Scheiben aus ihrem Rahmen.

Das Geräusch von splitterndem Glas, kaum mehr als das Klirren eines Weinkelchs oder eines Frühstückstellers, geht in dem Verkehrslärm unter, der vom Hollywood Freeway ungehindert an der Nordseite des Hauses emporquillt. (Um zu verdeutlichen, woher dieser Lärm kommt, vielleicht zuvor einen *shot* auf den Freeway einblenden, der vom Olds aus sichtbar wird, wenn sie den Hügel hinauffahren?) Der Dicke greift mit einer Hand durch die Öffnung, entriegelt das Fenster und schiebt es hoch.

Er braucht Hilfe, als er über den Fenstersims ins Haus hineinsteigt. Denn immerhin ist er ein dicker alter Mann mit steifen Gliedern, und vielleicht muß er in irgendeiner Weise eine Schwäche zu erkennen geben, die auf ein ernsteres Leiden hindeutet.

Vom *point of view* des Fahrers sieht man den alten Mann zur Küchentür gehen.

Unmittelbar darauf heult die durchdringende Sirene der Alarmanlage los. Der Schwitzende blickt sich, vom gellenden Lärm überrascht, verschreckt um, und der Fahrer macht eine beruhigende Gebärde.

Nach fünf Sekunden geht die Sirene aus, wie der alte Mann versprochen hat, und erstirbt mit einem langgezogenen, klagenden Seufzer. Die Welt scheint sich an diesem Einbruch in die Ordnung der Dinge nicht zu stören.

Die Kamera bleibt draußen, bis der alte Mann von innen her die Küchentür öffnet.

»Kommt rein«, sagt er. »Nichts anfassen. Wir gehen gleich nach unten.«

Schnitt auf das Innere der Villa. Die drei Männer durchqueren, die leeren Koffer schwenkend, die Küche. Die Küche sieht noch wie bei ihrer Einrichtung in den *roaring twenties* aus, bis hin zu dem riesigen gußeisernen Herd und den Art-déco-Wandfliesen, aber auch eine Mikrowelle, ein Mixer und eine moderne Espressomaschine sind vorhanden.

Der alte Mann öffnet eine Tür, und sie sehen eine Treppe, die in einen Keller führt.

»Vor einer Woche hab ich noch von nichts gewußt«, seufzt der Schwitzende.

»Halt doch den Mund«, gebietet der Fahrer.

Sie stolpern die Treppe hinunter und gelangen in einen dunklen Gang. Der alte Mann macht das Licht an.

Die Decke ist im Stil romanischer Bögen gewölbt, der Fußboden ist mit braunen Klosterfliesen ausgelegt, die Wände sind unverputzt. Dieser Teil des Gebäudes stellt einen Stilbruch zum Art déco des Erdgeschosses dar, das offen, hell und elegant ist. Dem Kellergeschoß dagegen haftet eine schwere, ernste Atmosphäre an – fast so etwas wie eine germanische Unterwelt, die die verspielte Oberwelt stützt.

Der alte Mann öffnet eine weitere Tür, knipst auch dort das Licht an, und dann folgt der Enthüllungs-*shot:* ein eingemauerter Tresor, eine schwere, grün gespritzte Tür von anderthalb Meter Höhe, eingehängt in zwei Scharniere, die an der Außenseite des breiten Metallrahmens angebracht sind.

»Mister Green, walten Sie Ihres Amtes«, sagt der alte Mann.

Er schlurft beiseite und macht dem Fahrer Platz. Der heißt also Green. Muß man sich merken!

Die Decke ist niedrig, für Green aber gerade noch hoch genug.

Er zieht einen Schlüssel aus seiner Hosentasche und betrachtet ihn ein wenig zu lange – beobachtet von den beiden anderen, die ebenfalls vom Anblick des Schlüssels fasziniert sind, wodurch der Moment etwas Feierliches bekommt.

Green schiebt den beweglichen Metalldeckel vor dem Schloß beiseite und steckt den Schlüssel hinein.

»Hat sie uns gelinkt?« fragt der Schwitzende.

Das Publikum weiß nicht, wer mit *sie* gemeint ist. Aber es vertraut darauf, daß es das später schon noch erfahren wird. In guten Filmen geschieht nie etwas ohne Grund.

»Paßt er?« fragt der dicke Mann.

Green dreht den Schlüssel herum.

Nun plötzlich ein gewagter *shot* vom Mechanismus des Tresors, als sei die Kamera in die Tür hineingekrochen.

Zahnräder, die sich drehen, Bolzen, die in Bewegung gesetzt werden, irgendwas in der Art.

Und dann wieder *cut back* auf Green. Mit beiden Händen faßt er den nach rechts zeigenden Hebel, der oberhalb vom Schloß aus der Tür ragt – er steht auf halb fünf –, und bewegt ihn nach links, auf halb acht.

»Wie Olivenöl«, flüstert er.

Dann zieht er die Tresortür, eine zehn Zentimeter dicke Platte, die perfekt ausbalanciert in den Scharnieren hängt und sich geschmeidig mitbewegt, auf.

Sie schauen in den tiefen Panzerschrank hinein.

Im Schein der Taschenlampe des dicken Mannes werden *(Nahaufnahme!)* Stapel von Banknoten sichtbar. Eventuell ein *Schwenk* über die Stapel, um zu verdeutlichen, daß es sich hier um Millionen Dollar handelt.

Ein *Gegenschuß* vom Innern des Tresors auf die drei Männer, die stumm auf das Geld starren.

Dann, wie auf ein Zeichen hin, lassen sie hastig die Koffer aufspringen und beginnen mit zitternden Händen das Geld einzupacken.

Wenn dies ein Film wäre, käme jetzt eine *Abblende,* und auf der dann schwarzen Leinwand erschiene in weißen Lettern ein Schriftzug: Zwei Wochen davor.

2

Zwei Wochen davor saß Green um acht Uhr morgens in einer Cafeteria Ecke Vine/Hollywood Boulevard, einem Treffpunkt von Unternehmern in Sachen Dope, Diebstahl und Prostitution im Herzen des alten Hollywood, und las bei einem großen Becher Kaffee – einen Dollar fünfundzwanzig, inklusive Gratis-*refill* – in der *Los Angeles Times.*

Bei seiner Verhaftung hatte man an die hunderttausend Dollar unter seiner Matratze gefunden, vier Designeranzüge im begehbaren Kleiderschrank, englische Schuhe neben dem Nachttisch, eine Bomberjacke einer teuren französischen Marke über der Rückenlehne eines Stuhls, einen Laptop mit Zubehör auf dem Schreibtisch und die Schlüssel für einen Cadillac Allante neben einem Päckchen Kondome. Alles, inklusive der *Durex,* war beschlagnahmt worden. Jetzt, nach Verbüßung seiner Strafe – zwölf Monate, von denen ihm fünf erlassen worden waren –, besaß er einen kleinen Koffer mit Kleidung, zwei Schreibblöcke, drei Kugelschreiber und einhundertneunundachtzig Dollar Bargeld. Keine Kreditkarten oder Schecks, ja nicht einmal ein Bankkonto. Sein Geld reichte für höchstens eine Woche. Danach würde er sich den Obdachlosen an der Ocean Avenue in Santa Monica anschließen können, die dort von homosexuellen Paaren, welche ihre Fürsorge zwischen Aidskranken und auf der Straße lebenden Vietnamveteranen verteilten, mittags Suppe und Brot bekamen.

Hlywd Spcl $75 wk, kit apts avail, qt htl.

Eine Annonce im typischen Telexstil, dessen man sich in amerikanischen Zeitungen bediente. *Hollywood Special $75 week, kitchen apartments available, quiet hotel.* Er rief die in der Annonce angegebene Telefonnummer an und erkundigte sich nach der Adresse.

Das St. Martin's Hotel, ein Haus am Hollywood Boulevard, berechnete nur fünfundsiebzig Dollar für sieben

Übernachtungen und konnte nichts anderes als ein tristes Loch mit Kakerlaken, Mäusen, Ratten und verlorenen Seelen sein. Die zweite Annonce in der Rubrik *hotel/motel rooms* bot ein Zimmer für vierhundertfünfundsiebzig Dollar an: *relocating? spcl 475mo, spcl dly & wkly rts*, das hieß fast hundertzwanzig die Woche. Wenn Green sich dort ein Zimmer nahm und in dieser Woche keinen Job fand, blieb ihm so gut wie nichts zum Leben.

Ein Taxi war zu teuer, also nahm er den Bus – einziger Europäer zwischen stämmigen kleinen Latinos, die zu den Hollywood Hills hinauffuhren, wo sie Gärten und Swimmingpools säuberten. Der Abschnitt des Hollywood Boulevards, an dem das Hotel lag, verband heruntergekommene Lagerschuppen mit verbarrikadierten Geschäften und kahle Ruinen mit brachliegenden Grundstücken. Doch es gab hier auch Kneipen und Läden von abenteuerlichen Gestalten mit orange gefärbten Haaren und gepiercten Wangen, postmodernen Punks, die eine Kundschaft aus Künstlern und Banditen bedienten. Und noch immer waren da die Klitschen von Leuten, die keine Möglichkeit hatten, anderswo von vorne anzufangen. Ihre kümmerlichen Auslagen mit Teppichen, Möbeln und Brautkleidern sahen sich allerhöchstens die mittelamerikanischen Putzfrauen, Garten- und Bauarbeiter an, die Tag für Tag auf dem Weg von der Bushaltestelle zu den gesicherten Villen am Fuße der Hügel, nur wenige hundert Meter hinter dem Boulevard, hier vorüberkamen.

Das St. Martin's, ein stuckverzierter Würfel mit hohen Fenstern und sechs Wohngeschosse stark, ein Jugendstiljuwel aus den Glanzzeiten der Stummfilmära, stand Ecke

Hollywood/Western. Die Fenster hatten Blendrahmen in fließenden Formen, Rosettenornamente, und auf der Fassade klebten Lilien und Lianen – all das schadhaft und angefressen, unter der unerbittlichen Sonne Kaliforniens vor Schönheit zugrunde gehend.

In der Hotelhalle, einem quadratischen, schmuziggelben Saal, saß ein Schwarzer auf einem Kunstledersofa und schlief, das Kinn auf der Brust, eine Zeitung auf dem Schoß, die geöffneten Hände wie um etwas bittend neben sich auf dem speckigen Polster. Der Empfangsschalter war ein vergittertes Guckloch in der Wand. Rund um dieses Loch herum klebten vergilbte Zettel mit handgeschriebenen Mahnungen in bezug auf Drogengebrauch, Lärmbelästigung und Nichtbezahlung. Es roch nach scharfen Desinfektionsmitteln, die auf die Atemwege schlugen. Eine dicke Frau, jünger als Green, schaute ihn von der anderen Seite der Gitterstäbe her an, mit Augen, die zuviel gesehen hatten.

Er sagte: »Ich habe Ihre Annonce gelesen. Fünfundsiebzig pro Woche. Kann ich mir ein Zimmer ansehen?«

»Wie viele Personen?« Freundlichkeit war nicht ihr Fall.

»Eine.«

»Wie lange?«

»Mindestens eine Woche. Aber ich denke mal, einen Monat.«

»Vierzig im voraus.«

»Kein Problem.«

»Kommen Sie zur Tür.« Sie verschwand.

Er sah jetzt neben dem Schalter eine Metalltür, in derselben gelben Farbe gestrichen wie die Wand. Die Tür wurde geöffnet, und die Frau ging ihm voran zum Fahrstuhl.

Die Wände dieser zweiten Eingangshalle, die Fahrstuhl-
türen und sogar Teile der Decke waren mit Graffiti bedeckt,
größtenteils unleserlich, weil Signets und Parolen überein-
andergesetzt waren. Auch das Fahrstuhlinnere war vollge-
sprayt, vollgeritzt, vollgekritzelt. Bei der Entlassung aus der
Haft hatte er sich vorgenommen, fürs erste nichts zu emp-
finden, keinen Groll, kein Bedauern, keine Wut, keine
Scham, keine Liebe. Wie ein Roboter wollte er sich durch
die Stadt bewegen, und sein Gemüt durfte sich erst wieder
regen, wenn er sich eine mehr oder weniger anständige Existenz aufgebaut hatte. Aber dieses Hotel war schaudererre-
gend. Er war tiefer gesunken, als er es sich in seinen depres-
sivsten Momenten hätte vorstellen können.

Zum Glück war der Flur im vierten Stock sauber. Das
Licht schlitterte über dicke Farbschichten auf den Wänden, der Fußboden war aus einem gummiartigen schwarzen
Material (das vermutlich gewählt worden war, weil es sich
leicht abschrubben ließ), Fußleisten und Türen wiesen eine
Unzahl von Dellen und sonstigen Beschädigungen auf, waren aber mehr oder weniger intakt.

In einer Ecke mit einem Münztelefon stand ein spindel-
dürrer Mann in Unterhemd und Nylontrainingshose und
nickte ins Leere. Er hatte den Hörer zwischen eingefallene
Wange und knochige Schulter geklemmt.

Die Frau sagte: »Hi, Charlie.«

Er sah sie kurz an. Panischer Blick.

»Hi, Deb.«

Deb ging vor Green her in einen zweiten Flur. Sie öffnete
die Tür zu einem Eckzimmer mit zwei Fenstern, die auf den
Hollywood Boulevard hinausblickten.

Überrascht stellte Green fest, daß das Bett sorgfältig gemacht und die Bettdecke für den müden Gast schon halb aufgeschlagen war. Im Zimmer standen ein alter Fernseher, ein Stuhl, ein Tisch und so etwas Ähnliches wie ein Büfett; eine Tür führte zu einem separaten Badezimmer mit angestoßenem Waschbecken, Toilette und Duschkabine, alles sauber, wie es schien. Es hingen Handtücher da, und das einzige Geräusch, das er hörte, kam von draußen.

»Wann brauchst du's?« fragte Deb.

»Jetzt sofort.«

»Kabelfernsehen. Warmes und kaltes Wasser. Du mußt dich sofort entscheiden. Dies ist eins der besten Zimmer, die wir haben. In fünf Minuten nimmt's ein anderer.«

Sie brauchte die Qualitäten des Zimmers nicht zu unterstreichen. Er hatte hier kein Quartier mit sauberen Handtüchern erwartet. »Ich nehme es.«

»Vierzig im voraus.«

Er gab ihr vier Zehndollarscheine.

»Wenn du nachher runterkommst, kriegst du 'ne Quittung.«

Sie ließ ihn im Zimmer zurück, und er setzte sich aufs Bett. Die Sprungfedern ächzten. Green drückte sein Gesicht in das Kopfkissen und roch frisch gewaschene Baumwolle ohne Spuren von Ausdünstungen früherer Gäste. Er hatte einen Stuhl, einen Tisch, Stift und Papier, und er konnte ungestört an einem Skript arbeiten, das einen Schlußpunkt unter seine Vergangenheit setzen würde. Er schluckte den Kloß hinunter, der ihm seit Betreten des Hotels im Hals gesteckt hatte; unnütze Gefühlsregungen, die er sich nicht leisten konnte, oder eine Reaktion auf die Desinfektionsmittel? Es hätte schlimmer kommen können. Er durfte sich nicht beklagen.

Mit einem Prickeln in den Armen – als wolle sich sein Körper von seinem Entschluß zur Gefühllosigkeit nicht beirren lassen – packte er den Koffer aus, entkleidete sich und ging unter die Dusche. Er nahm sich vor, ein Postfach in West Hollywood zu mieten, einer gesonderten Stadtgemeinde mit gutem Ansehen, damit sein Aufenthaltsort geheim blieb. Und sobald er eine feste Einkommensquelle gefunden hatte, würde er sich eine Wohnung in den *foothills* oder westlich der Fairfax mieten. Sein Gesicht war naß, ob vom Duschwasser oder vom Greinen, das seiner Kehle entwich, war nicht auszumachen.

Adressen waren in dieser Stadt wichtig, dachte er. Er mußte hier so schnell wie möglich weg.

3

Vom Münztelefon beim Fahrstuhl aus rief Green die Firmen an, die in der *LA Times* Jobs ohne große Voraussetzungen anboten. Er war zu jeder Arbeit bereit: als Nachtportier, Vertreter, Koch oder Wachmann. »Wir suchen jemand Jüngeres«, bekam er jedesmal zu hören. Er war zweiundvierzig.

Plötzlich tauchte Charlie mit breitem Grinsen im Gesicht neben ihm auf. Eine Hälfte der Zähne war ihm schon ausgefallen, die andere von Fäulnis zerfressen. Große Augen in einem knochigen Gesicht. Er hüpfte hin und her, als habe er Speed geschluckt – ein durchgedrehter Zauberer.

»Du bist doch in vier zwölf, oder?«

Green nickte.

»Da hat Bukowski drin gewohnt. Und Kerouac, behauptet man.«

»Schön.«

»Tolle Aussicht da. Und die Schwingungen sind gut.«

»Ja.«

»Wenn du was brauchst, ich bin Charlie, okay? Ich bin hier in vier null sieben, weißte, schon fast zwei Jahre. Hast du 'nen Farbfernseher?«

»Weiß ich nicht. Ich glaube, ja.«

»Stell ihn auf Schwarzweiß, okay? Stell die Farben ab. Sofort.«

»Warum?«

»Mach's einfach, okay? Wird sich später schon zeigen, warum. *Keine* Farben! Das ist das wichtigste! KEINE Farben!«

Er schlingerte in sein Zimmer zurück, das direkt neben dem Telefon lag, und ließ Green allein. Die nächste Firma, die er anrief, warb mit dem Slogan: *Earn while you learn, need self-motivated, high energy sales personnel.*

Dreißig Minuten später saß Green im Bus Richtung Valley. Er trug den einzigen Anzug, den er noch besaß, einen dunkelgrauen *thousand dollar suit* von Hugo Boss (nicht beschlagnahmt, da er schon vor seinem Aufenthalt in Maine in seinem Besitz gewesen war), zu dem er ein weißes Oberhemd, eine blaue Krawatte und spiegelblank geputzte Schuhe angezogen hatte. Die Latinos im Bus starrten ihn befremdet an, nicht gewöhnt an den Anblick eines Fahrgastes, der sich als Anwalt verkleidet hatte. Noch nicht einmal ein Vormittag war seit seiner Ankunft in LA verstrichen, aber Green hatte es eilig.

Der Bus folgte dem Hollywood Freeway, der ins Valley hinunterführte. In ihrem Verlauf durchschnitt diese Autobahn die Santa Monica Mountains, ein Band ausgedörrter, unwirtlicher Hügel, Täler und Felsformationen, das sich von der Küste im Westen bis zum Hochgebirge im Osten der Ebene hinzog. Hier passierte sie völlig unbewohntes Gebiet. Die Hänge waren zu steil und zu zerklüftet für die Bebauung (obwohl sich die Architekten an waghalsige Konstruktionen herantrauten: Manchmal wurde ein Haus auf nur einem Stahl- oder Betonfuß an den Rand einer Schlucht gesetzt), und hier offenbarte sich, was diese Region ursprünglich einmal gewesen war: eine Wüste mit Oasen aus dornigen Sträuchern, bewohnt von Geiern und Kojoten.

Doch wo die Santa Monica Mountains in die Hollywood Hills übergingen, war jeder Zentimeter Boden bebaut. Manche Villen waren Kopien toskanischer Originale mit Springbrunnen, Ziergärten, Rosenrabatten, Swimmingpools, eine an die Riviera erinnernde Hügellandschaft, in der sich die Stars der Vorkriegszeit ihre Paläste hatten errichten lassen. Die Ruhe, die sie damals suchten, war durch den Bau des Freeways für immer gestört worden. Zehnspurig donnerte der Verkehr unablässig unter Gärten voller Oleander, Bougainvilleen, Zypressen und Palmen dahin, einstmals stumme Zeugen von Gartenfesten mit Valentino, Chaplin, Pickford oder Fairbanks.

In besseren Zeiten hatte sich auch Green regelmäßig auf

solche Feste verirrt. *Valets* standen an der Auffahrt bereit, um seinen Wagen zu parken, Bodybuilder überprüften seine Einladungskarte oder sahen seinen Namen in einer exklusiven Liste nach (»*Green*, sagten Sie? Sammie Green?« – »Tom, Tom Green.«), entfernte Bekannte begrüßten ihn wie einen alten Freund, junge Frauen in hautengen Kleidern, die nur mit *brainpower* Karriere machen wollten, hielten ihn fälschlicherweise für einen *power player,* Produzenten auf der Jagd nach dem einen Geldgeber, der gerade in ihr Projekt investieren wollte, würdigten ihn keines Blickes, betrunkene Schriftsteller quatschten blindlings auf ihn ein, und Kollegen Greens – andere Schauspieler – tappten hilflos herum, ohne Skript, ohne Regie.

Die erste Runde des Bewerbungsverfahrens fand in einem unansehnlichen Hotel in der Nähe der Universal Studios statt.

Ein Schild in der Lobby wies den Weg in den Crystal Room, einen farblosen Saal, in dem Green von einer Assistentin der Bewerbungsleitung Fragebogen und Stift gereicht wurden. Er füllte aus, was er ausfüllen konnte.

Fünf Minuten später brachte ihn eine andere Frau in einen Raum im dritten Stock, der für diesen Anlaß zu einem Besprechungszimmer eingerichtet worden war.

Ein gedrungener, südländisch wirkender Mann mit Froschaugen, die ihm beinahe aus den Höhlen sprangen, ein Bruder des Glöckners von Notre-Dame, empfing ihn mit professionellem Lächeln.

»Harry Lena.«

»Tom Green.«

Er schüttelte Greens ausgestreckte Hand. Dicht behaarte Arme, goldenes Kettchen am Handgelenk. Sizilianischer Abstammung.

»Setzen Sie sich, setzen Sie sich.«

Lena ließ sich hinter einem Schreibtisch in einen Ledersessel fallen und sah sich den Fragebogen an. Er ragte kaum über die Tischkante hinaus. Filzartiger Teppichboden, ein großer brauner Fleck an der Wand, wo das Kopfende eines Bettes gestanden hatte. Ein Hotel für verlorene Handelsreisende und eilige Huren.

»Emmy-Nominierung?« Lena blickte überrascht auf, mit Augen, die aus Glas zu sein schienen.

Zum Beweis schob Green ihm die Urkunde hin. »Ist schon 'ne Weile her«, sagte er, »1982.«

Er war stolz auf die Nominierung. Sie hatte ihn aus der Anonymität herausgehoben und ihm jahrelang gutbezahlte Fernseharbeit verschafft. Aber ihr Nachhall war seit geraumer Zeit verklungen. Er merkte, daß er nervös war, und konzentrierte sich auf den Nasenrücken des Froschs, ein alter Schauspielertrick, um Ruhe und Besinnung zu finden. Lächerlich, er fühlte sich, als mache er Probeaufnahmen für einen Spielberg-Film. Nichts fühlen, dachte er, nichts an mich ranlassen.

»So etwas veraltet nicht«, entgegnete Lena, von der Echtheit des Papiers überzeugt. Er betrachtete es von allen Seiten, nickte bewundernd und gab es Green mit breitem Lächeln zurück: »Ich sag immer, verkaufen ist Showbusineß, das ganze Drumherum, das Gefühl dabei, muß angenehm sein, unterhaltsam. Leute mit schauspielerischer Erfahrung haben Pluspunkte.«

»Schön«, sagte Green und, ebenfalls mit einem Lächeln: »Gibt's in Ihrer Branche auch Auszeichnungen, Preise?«

»Und ob. Nur noch kurz ein paar Fragen, Tom.«

Harry war nicht bereit, ihm so ohne weiteres grünes Licht zu geben. Green sollte kämpfen.

»Nur zu, Harry.«

»Keine Verkaufserfahrung?«

»Jedes Vorsprechen ist eine Art Verkauf, Harry. Du mußt dafür sorgen, daß sie *dich* kaufen und keinen anderen.«

»Viel Konkurrenz?« fragte Harry.

»Ja. Auch mit Emmy-Nominierung muß man sich jedesmal aufs neue beweisen.«

»Sie haben viel gemacht. Warum hören Sie damit auf?«

»Man muß irgendwann den Mut haben, einen Strich darunter zu ziehen. Die Chance, daß ich in meinem Alter plötzlich den großen Durchbruch erziele, ist gering. Und die Rollen, die ich gern spielen würde, sind für mich unerreichbar. Also mache ich lieber was anderes. Ich liebe Autos und betrachte es als Herausforderung, mit einem guten Produkt zu arbeiten.«

Er liebte Autos keineswegs, und die Herausforderung war minimal. Geld, das war alles, die dringende Notwendigkeit. Wenn er etwas anderes fand, das besser bezahlt war, würde er das geliebte Produkt sofort fallenlassen.

»Wir arbeiten mit einem niedrigen festen Gehalt und einer hohen Provision.«

»So muß es sein. Leistungszulage.«

Er schwafelte irgendwas daher, Hauptsache, bei Harry kam es an. Wenn Harry wollte, daß er einen Kopfstand machte, würde er auch das tun. Er hatte seine Stimme gut unter Kontrolle, schaute dem Mann direkt ins Gesicht, saß mit entspanntem Rücken und ruhigen Händen in seinem Sessel.

»Im vergangenen Jahr haben Sie nichts gemacht, sehe ich.« Harry wies auf den Fragebogen.

»Nein. Ich bin im Land herumgereist, hab ein einjähriges *Sabbatical* genommen, um mich zu besinnen, was ich eigentlich will.«

»Und da ist Ihnen der Gedanke gekommen: Autoverkäufer, das ist meine Zukunft«, sagte Harry.

»Ich weiß nicht, ob es Leute gibt, die davon träumen, Autoverkäufer zu werden, ich glaube nicht, aber für mich ist das im Augenblick das beste«, antwortete Green, dem vor seiner eigenen Heuchelei schauderte. Aber er war sich sicher, daß er große Integrität ausstrahlte.

»Sind Sie technisch begabt?«

»Bevor ich nach Amerika kam, habe ich in Europa eine technische Ausbildung gemacht.«

»Das ist ein großer Vorteil«, Harry nickte. »Viel gesehen im vergangenen Jahr?«

Harry wußte Bescheid. Offenkundig glaubte er nicht, daß Green ein *Sabbatical* genommen hatte. Dieser hinterlistige Giftzwerg war ein erfahrener Bewerbungsleiter, und er hatte sofort erfaßt, daß Green gesessen hatte.

»War hauptsächlich an der Ostküste. New York, Maine vor allem.«

»Noch gearbeitet unterwegs?«

»Kleinere Sachen, hier und da.«

Jetzt wurde es brenzlig. Green hielt besser den Mund und log sich nicht zuviel zusammen.

»Wir könnten gern noch ellenlang so weiterreden, aber ich denke, daß soweit alles klar ist. Sie müssen wissen, Tom, daß wir, ehe wir jemanden einstellen, Erkundigungen über dessen Vorgeschichte einholen. Also ungelogen: Ihr Resümee sieht phantastisch aus, beinahe zu gut sogar, und Sie sind perfekt gekleidet, ebenfalls zu gut, in dieser Hinsicht haben wir auch so unsere Vorstellungen, welcher Hersteller?«

»Hugo Boss.«

»Donnerwetter«, sagte Lena bewundernd. »Von mir aus könnten Sie gleich nächste Woche eingeführt werden. Zumindest, wenn wir nicht auf irgend etwas stoßen. Ich nehme doch an, daß dem nicht so sein wird?«

»Nein, alles in Ordnung«, sagte Green. Er wußte, daß er den gleichen Fehler machte wie damals – zu schweigen, anstatt die Karten gleich offen auf den Tisch zu legen –, aber irgendwie konnte er nicht anders. Die Wahrheit war zu stark befrachtet. Vor der Kamera, auf der Bühne, konnte er einiges verkraften. Er hätte das zuvor in seinem Verschlag im St. Martin's proben sollen. Wieder kam dieser blöde Kloß hoch, eine Zusammenballung monatelang unterdrückten Geflennes, und er schluckte und spürte, daß sich der Schutzvorhang von seinen Augen schob und nackte Existenzangst enthüllte.

Harry erhob sich, seine Glupschaugen wäßrig vor geheuchelten Gefühlen: »Wir werden Ihnen dann in einigen Tagen telefonisch Bescheid geben, Tom.«

»Danke«, sagte Green in dem lastenden Bewußtsein, daß der Zwerg morgen auf dem Computerausdruck von seiner Vorstrafe erfahren würde.

4

Green klopfte an Charlies Tür.

»Wer ist da?« erklang es gedämpft.

»Vier zwölf.«

Die Tür wurde einen Spaltbreit geöffnet, und ein Auge Charlies musterte Green forschend, seinen Anzug begutachtend, als sei er aus Gold gewirkt.

»Was willst du?«

»Es könnte sein, daß ich angerufen werde. Wenn sie nach Tom Green fragen, sagst du mir dann bitte Bescheid?«

»Seh ich aus wie deine Sekretärin?«

»Wenn ich abnehme und es wird nach Charlie gefragt, sag ich dir auch Bescheid, okay?«

»Wieso?«

»Wieso? Weil der Anstand das erfordert, scheint mir.«

»Anstand?« Charlie zog die Tür ein Stück weiter auf, und Green erhaschte einen Blick in sein Zimmer. Kleidung auf Drahtbügeln von der Reinigung, aufeinandergetürmte Fernsehgeräte, mannshohe Stapel von Zeitungen und Zeitschriften. Säuerlicher Mief schlug ihm entgegen.

»Anstand?« wiederholte Charlie. »Weißt du eigentlich, wo du hier bist, Mann? Hast du mal die Augen aufgesperrt und um dich geguckt?«

»Anstand ist das, was uns noch von der Gosse trennt«, sagte Green müde. »Wenn angerufen wird und es ist für jemand anders, dann bin ich nicht so ein Arsch und leg einfach auf. Dann ruf ich dich. Wenn wir so was nicht machen, wird jede Form des Zusammenlebens unmöglich.«

»Zusammenleben?« Charlie sah Green mit schiefgelegtem Kopf an und teilte ihm mit zu Schlitzen verengten Augen und gespitztem Mund einen Platz in seinem Universum zu. »Dafür hab ich keine Zeit, Mann. Nenn mir einen einzigen Grund, weshalb ich dir helfen sollte.«

»Hör zu, Charlie. Es ist mir scheißegal, was du mit deiner Zeit machst, ich möchte nur, daß du mich kurz rufst, wenn für mich angerufen wird, kapiert?«

»Hast du die Farben abgestellt?«

»Was meinst du?«

»Deinen Fernseher, Blödmann. Ich hab's dir doch gesagt! Stell die Farben ab.«

»Nein, ich hab noch nichts gemacht.«

Charlie schüttelte abwehrend den Kopf, sagte: »Laß mich bloß in Ruhe, Mann«, und schloß die Tür.

In seinem Zimmer zog Green sofort den Anzug aus – er wollte ihn schonen, vielleicht mußte er ihm noch jahrelang für formelle Anlässe dienen – und ging in Jeans und T-Shirt nach unten. In der Halle beugte er sich zu dem vergitterten Schalter hinunter und erkundigte sich bei Deb nach einem Supermarkt. Er brauchte ein paar Dinge für den täglichen Bedarf, Zahnpasta, einen Teller, einen Becher, Besteck, Geschirrspülmittel.

Gedämpft sagte sie, überraschend freundlich: »Du solltest dich hier besser nicht so kleiden, weißt du.«

»Ich werd's nicht mehr tun.«

»Dann pumpen sie dich nur an. Oder sie brechen deine Tür auf, wenn du weg bist.«

»Der Anzug ist das einzige, was ich noch habe.«

»Das steht aber nicht drauf«, entgegnete sie.

Green nickte mit starrer Miene.

Als er in Richtung Ausgang lief, sah er Jimmy Kage.

Kage saß neben dem Schwarzen, der bei Greens Ankunft auf dem Sofa geschlafen hatte. Der Schwarze erzählte mit großen Gebärden irgendeine Geschichte, legte Kage vertraulich die Hand auf den Arm und beugte sich zu ihm hinüber. Sie lachten. Kage trug T-Shirt, kurze Hose und Plastiklatschen, als wohne er am Strand von Malibu, und sah besser aus als auf Fotos von vor etwa fünf Jahren, den jüngsten, die Green kannte. Er war mindestens sechzig, aber er hatte eine gesunde, sommersprossige Haut mit dem typischen blaßrosa Teint der Rothaarigen, muskulöse Schultern und schlanke Beine, als trainiere er regelmäßig im Fitneßstudio und trinke keinen Tropfen Alkohol mehr. Abgesehen von seinem gefärbten Haar – das seiner Erscheinung etwas Zuhälterhaftes verlieh – hatte Kage jetzt den Kopf, um einen gewieften Politiker oder einen abgeklärten Chirurgen zu spielen. Genau wie Harrison Ford hatte er ein leicht schiefes, asymmetrisches Gesicht, das ihm etwas Jungenhaftes, Unbesonnenes gab.

In den siebziger Jahren war Jimmy Kage ein bekannter Schauspieler gewesen, aber im Laufe der letzten zehn Jahre hatte er sich unmöglich gemacht. Green hatte vor sieben Jahren einen einzigen Tag mit ihm gearbeitet und seither nur noch mit ihm zu tun gehabt, als er *Fire* vorbereitete, das Filmprojekt, das ihn hinter Gitter brachte. Er hatte das Skript damals an eine Postfachadresse am Wilshire Boulevard geschickt. Offenbar versteckte sich auch Kage hinter einer Postfachnummer. Mit hochgezogenen Schultern und abgewandtem Gesicht ging Green hinter Kages Rücken auf die Straße hinaus.

Er folgte dem Weg, den Deb ihm beschrieben hatte, und kam an zig schwarzen Obdachlosen vorbei, fast alle im Besitz eines mit großen Plastiktüten beladenen Einkaufswagens.

Als er Kage das letztemal gesehen hatte, war Paula noch bei ihm gewesen. Bei Paula hatte er das elektrisierende Gefühl gehabt, er habe das ganze Leben nach ihr gesucht, was natürlich nicht sein konnte, aber er hatte dieses Gefühl gehegt, weil es ihm die Illusion vermittelte, ein Ziel im Leben zu haben: eine gemeinsame Existenz mit Paula Carter. Green hatte nie an etwas so Verstaubtes wie das Schicksal geglaubt, bis Paula sich ihm offenbarte – ja, nicht weniger als das war es gewesen. Bei ihrem ersten Blickwechsel erkannte er sie wieder, und sie ihn, begegnete ihnen im anderen etwas von früher, das nur ein Seelenverwandter sehen konnte. Alles würde gut werden. Er hatte sein Spiegelbild gefunden. Bei Paula brauchte er nicht zu spielen.

Mit gesenktem Kopf fragte er sich, wie lange er Kage wohl aus dem Weg gehen konnte. In diesem Viertel gab es mindestens ein Dutzend billiger Absteigen mit Zimmern, die in der Woche vielleicht zwanzig, dreißig Dollar mehr kosteten, wo er aber keinen Bogen um Kage zu machen brauchte. Green schämte sich. Ein viel zu kostspieliges Gefühl für seine derzeitigen Verhältnisse.

5

Das Büro von Kant & Associates befand sich im elften Stock eines Bürogebäudes am Wilshire Boulevard, nahe dem Rodeo Drive. Die Fenster gaben Ausblick auf die Geschäftsstraßen von Beverly Hills und, weiter nach Nordwesten, die grünen Hügel von Bel Air, der schwer gesicherten Enklave der Allerreichsten.

Im Eingangsbereich neben den Fahrstühlen bediente eine junge Frau die Telefonzentrale. Über hauchdünne Kopfhörer, die ihre perfekt gestylte *roaring-twenties*-Frisur – wie von dem Mädchen in *Pulp Fiction* – nicht zu berühren schienen, nahm sie ein Gespräch entgegen, ließ warten und stellte durch, alles in demselben singenden Ton.

Danach sah sie Green fragend an. Sie hatte ein weißgeschminktes Gesicht, als müsse sie gleich anschließend auf dem Set eines Gruselfilms erscheinen.

Er log: »Ich habe einen Termin mit Robert Kant.«

»Wie ist Ihr Name?«

»Green, Tom Green.«

»Nehmen Sie bitte einen Moment Platz, Mister Green?«

Er setzte sich und nahm eine Zeitschrift von dem Glastisch. Anstatt Einkäufe zu machen, die er für seinen Aufenthalt im St. Martin's brauchte, war er in einem Anfall von Verzweiflung in den Bus nach Beverly Hills gestiegen. Nun saß er plötzlich hier, ohne den stärkenden Boss-Anzug, mit rastlosen Fingern, die hastig die Zeitschriften durchblätterten und – so fürchtete er – Robert auf Anhieb die Gründe für sein Kommen verraten würden.

Energischen Schrittes kam eine Sekretärin auf Pfennigabsätzen auf ihn zugestöckelt. Kurzes blondes Haar, Augen voller Feuer, Perlen um den Hals und an den Ohrläppchen.

»Mister Green, es tut mir leid, aber ich kann Ihren Namen in Mister Kants Terminkalender nicht finden.«

»Ich wollte nur mal sehen, ob Robert eventuell Zeit hätte.«

»Mister Kant ist jetzt in einer Besprechung.«

»Ist Anna nicht da? Die weiß, wer ich bin.«

»Anna arbeitet nicht mehr hier, Mister Green.«

»Ach, nein? Okay, es ist ja gleich Mittag. Ich bin drüben in ›Schaffner's Deli‹. Wenn Sie Robert das sagen würden, dann kann er mich dort treffen.«

»Ich werde es ihm ausrichten. Aber machen Sie sich keine großen Hoffnungen.«

»Wie heißen Sie?«

»Sheila.«

Green hatte Robert Kant, einen Prager Juden, der 1938 nach Amerika geflüchtet war, gleich in seiner Anfangszeit auf einer der Partys kennengelernt – er erinnerte sich noch gut daran: eine Villa in Beverly Hills, ein Garten mit tropischer Vegetation, ein Swimmingpool von olympischen Ausmaßen, Schalen mit Beluga, gekühlten Erdbeeren, Melonen, Mangos, französischem Käse, ein milder kalifornischer Abend, voll heißer karibischer Musik, Margueritas und Piña Coladas. Sie hatten Deutsch miteinander gesprochen, was eine Art Bündnis zwischen ihnen entstehen ließ; sie sprachen die Geheimsprache seiner Jugend, einen Code, der nur von lumpigen hundert Millionen absonderlichen Europäern verstanden wurde, und Green – wie immer, wenn er Männer aus der Generation seines Vaters traf, ein willenloses

33

Kind – benahm sich wie der Sohn, den Kant nie bekommen hatte.

Kant hatte Green angesprochen, weil er ihm zu seinen Artikeln gratulieren wollte. Im *Los Angeles Magazine,* in der *Times* und der *LA Weekly* hatte Green ein paarmal über seine Abenteuer in der neuen Welt geschrieben, als ein unbeschriebenes Blatt, ein noch grüner Immigrant, der sich bis zu dem Zeitpunkt, da er Europa den Rücken kehrte, der kulturellen Unterschiede zum alten Kontinent nie bewußt gewesen war. Damals war das Schreiben für Green ein entspannendes Hobby gewesen; ohne nennenswerte Anstrengung schrieb er einmal im Quartal einen Essay oder eine Erzählung, in denen er seine Eindrücke so genau wie möglich in Worte faßte und dadurch in den Griff bekam. Nachdem Paula ihn verlassen hatte, hörte das Schreiben auf, wie alles aufhörte. Dutzende kläglicher Gedichte hatte er gekritzelt, aber Paula ließ sich nicht zu Binnenreimen und Alliterationen verdichten. Und das Schreiben von Erzählungen und Artikeln verbot sich für ihn schon ganz und gar. Dafür brauchte man Zielgerichtetheit und Selbstvertrauen, Eigenschaften, die ihm seither mit einem Mal fehlten.

»Wenn ich dir bei irgend etwas behilflich sein kann, ruf mich an«, hatte Kant unzählige Male auf deutsch gesagt. »Und im Gegensatz zu den meisten Sprücheklopfern in dieser Stadt meine ich, was ich sage.«

Ohne daß sich je ein intensiver Kontakt zwischen ihnen entwickelt hätte, hatten sie eine Freundschaft aufgebaut, die durch den großen Altersunterschied (Kant war bereits vierundzwanzig gewesen, als er aus Prag flüchtete) nicht beeinträchtigt wurde. Sie gingen zusammen ins Kino und redeten hinterher noch stundenlang über den Film; Robby nahm ihn mit zu Partys, sie analysierten die politischen Entwicklungen in Amerika, sie versuchten das Phänomen des ›Verträumens der Wirklichkeit‹, wie Green die Folgen von Internet, *virtual reality* und Hollywood umschrieb, zu ergründen, und Green schenkte Kant seine Aufmerksamkeit und sein Verständnis, wenn dieser von seiner Kindheit im Vorkriegs-Prag erzählen wollte.

Kant war Agent und hatte so manche große Karriere mit aus der Taufe gehoben. Ein gutes Jahr hatte Green sich nicht bei ihm gemeldet. Das war auch früher schon mal vorgekommen, aber wenn sie sich jetzt unterhielten, würde es wieder so sein, als hätten sie sich vor ein paar Tagen noch gesehen. Green hatte Kant nie um etwas gebeten. Wenn er ihn anbettelte, wäre das ein katastrophaler Verstoß gegen die Regeln, die Green für seinen Umgang mit Kant aufgestellt hatte. Er war jetzt ausschließlich hier, weil er einen alten Freund wiedersehen wollte. Und aus keinem anderen Grund. Aber er verspürte den starken Wunsch – er gab sich die größte Mühe, keinen Gedanken daraus reifen zu lassen, es war eher ein Gefühl in seinem Bauch, so etwas wie bohrende Krämpfe –, Robert möge alles durchschauen.

Das ›Schaffner's‹ war eine große Halle, in der sechzigjährige, über Krampfadern und Senkungen klagende Kellnerinnen bedienten. Die Sandwiches, die man hier bekam, stillten den Bedarf an Corned beef oder Pastrami für mindestens eine Woche und hatten heftiges Aufstoßen und Sodbrennen zur Folge. Aber die Cholesterinbomben waren die besten in LA, und die *booths* waren rund um die Uhr voll. Green nahm nur Kaffee.

Als er von seinem zweiten Gratis-*refill,* amerikanischem *blend,* der bei Europäern kaum mehr als die Erinnerung an Kaffee weckt, aufschaute, sah er Robert Kant den Wilshire Boulevard überqueren. Zwanzig Meter von der nächstgelegenen Ampel entfernt stapfte er, auf einen Stock gestützt, resolut über die Straße und zwang den Verkehr unerschrocken zum Anhalten. Mit kleinen Schritten – sein Wille war zwar stark, die Beine jedoch schwach – kam er auf den Deli zugetrippelt. Er sah Green am Fenster sitzen und winkte grinsend.

Keuchend ließ er sich ihm gegenüber auf die Kunstlederbank sinken. Kant hatte den offenen Blick eines neugierigen Jungen, ein rundes jüdisches Gesicht und die graziösen Hände eines Musikers. Wenn er nicht geflüchtet wäre, wäre er Pianist geblieben.

»Hast du gesehen, wie sie alle angehalten haben?« fragte er, und der Schalk blitzte aus seinen Augen. »Haben alle eine Höllenangst vor 'nem Rechtsstreit. ›Alter Mann von rücksichtslosem Millionär überfahren.‹«

Er nahm Greens Rechte und drückte sie. Auf deutsch sagte er: »Wie geht es dir? Du siehst gut aus. Aber das täuscht bestimmt. Ich glaube nicht, daß du je zu mir gesagt hast: ›Ja, es geht mir ausgezeichnet.‹ Bei dir ist immer alles *Scheiße.* Und ich nehme dir das nie ab.«

Kant litt an allen Leiden, die ein Mensch nur bekommen konnte, aber er sah immer vergnügt aus, mit strahlenden Augen und lebhaft gestikulierenden Händen. Er hatte schon einige Jährchen auf dem Buckel, Green hatte den Überblick verloren, wie viele, und die Haut seines Gesichts und seiner Hände sah dünn und verletzlich aus. Sein schneeweißes

Haar war noch erstaunlich voll, und manchmal ließ er sich einen kleinen Bart stehen, was ihm das Erscheinungsbild eines schwedischen Aristokraten verlieh. Heute waren seine Wangen glattrasiert.

»Diesmal kannst du es mir wirklich glauben.«

»Du bist jung. Ein wirkliches Problem kannst du nicht haben. Wenn du so alt bist wie ich, dann hast du ein Problem, glaub mir, und zwar eins, das nicht zu lösen ist.«

»Du wirst bestimmt hundertundzwanzig«, sagte Green.

»Es sind immer die Falschen, die so alt werden wie du. Die Netten gehen immer zu früh.«

»Dann wirst du uralt.«

Kant bestellte Tee und ein Sandwich und erzählte, wieviel er an diesem Vormittag um die Ohren gehabt hatte.

»Sheila ist mir eine große Hilfe. Sie schirmt mich ab und hält mir die Verrückten vom Leib, manchmal auch die Normalen, aber so ist das nun einmal, wo gehobelt wird, da fallen Späne. Aber sie hat dich ja auch noch nie am Apparat gehabt. Wann haben wir uns zum letztenmal gesehen?«

»Vor vierzehn Monaten. Ich war damals in New York und kam kurz zum Synchronisieren her. Da waren wir im ›Drai's‹ essen.«

Das Drai's war ein *hangout* für das Rolls-Royce-Publikum in Hollywood. Robert hatte wie immer bezahlt (er wurde fuchsig, wenn Green zu seinem Portemonnaie griff), und Green hatte ihn nach Hause gefahren, zu seinem Apartment am Doheney, in einem der höchsten Wohnhochhäuser in diesem Teil von LA, neben dem Four Seasons Hotel. Kant war schon Witwer gewesen, als Green ihn kennenlernte, und von den Malen abgesehen, da er einer seiner Klientinnen Gesellschaft leistete, hatte er Kant nie in Begleitung einer Frau gesehen.

Robert fragte: »Wo bist du die ganze Zeit gewesen? Ich war vor etwa sieben Monaten mal in New York und hab bei dir angerufen, aber du wohntest gar nicht mehr dort. Gib's zu: Du hast eine steinreiche Frau mit einer kleinen Marotte geheiratet.«

»'ne große Marotte würde mir auch nichts ausmachen.«

»Je größer die Marotten, desto schöner«, sagte Robert und beschrieb mit den Händen die Konturen eines großen Busens. Das war typisch Kant; er war ein wenig altmodisch, ein Charmeur der alten Schule, dessen Scherze und Anzüglichkeiten noch aus der Vorkriegszeit stammten.

»Ich bin gut ein Jahr in Maine gewesen.«

»Maine? *Adonái*.« Das war jiddisch für »ach, du lieber Himmel!«. »Was macht ein jüdischer Junge in Maine? Sind das da nicht alles protestantische Antisemiten?«

»Ja, aber zufällig bin ich genau den dreien begegnet, die es nicht sind.«

»Du siehst aus wie ein Goi. Sie haben es nicht gewußt, sonst hätten sie dich bestimmt aus ihrem Staat verjagt. Was hast du da gemacht?«

»Ein paar Sachen. Nicht so viel.«

»Du bist mal wieder sehr präzise. Was denn genau?«

»Ach, nichts Besonderes, kleinere Rollen.«

»Und dafür bist du nach Maine in die Verbannung gegangen? Na, da wird wohl eine Frau dahinterstecken.«

Green versuchte zu lächeln: »Das auch.«

»Warum sagst du's dann nicht?«

»Eine Frau. Ging schief.«

»Wie fast immer. Gilt für das Leben im allgemeinen«, sagte Kant, während er auf einem Bissen Pastrami kaute. »Wenn ich es mir recht überlege, ist mir kein Fall bekannt, in dem das Leben gut ausgeht. Hat immer ein böses Ende. Deswegen wollen wir hier in Hollywood ja auch immer ein *happy end*. Die größte Illusion, auf die ein Mensch kommen kann.« Er strich eine Extraportion Senf auf das Pfund stark gewürzten Fleischs, das auf zwei hauchdünnen Scheiben Vollkornbrot lag. »Ich hege die Illusion, daß das hier gut für mich ist. Wenn's mir schmeckt, fühl ich mich besser, und wenn ich mich besser fühle, scheint das allerlei gesunde Hormone zu aktivieren. Hab ich mal irgendwo gelesen. Stimmt, ich bin der lebende Beweis dafür.«

»Ich habe vor einiger Zeit ein Skript geschrieben.«

Das Skript hatte ihn sogar in den Knast gebracht, aber diese Mitteilung behielt Green für sich.

Kant sah von seinem Teller zu Green auf. Und nickte mit herzlichem Lächeln.

»Gut. Endlich«, sagte er auf deutsch. Er legte seine Gabel hin und drückte Green noch einmal die Hand. »Das freut mich.« Und er sagte noch einmal »endlich«, ehe er sich wieder seiner Pastrami widmete.

Schmatzend sagte er: »Du bist ein guter Schauspieler. Aber du bist, glaube ich, auch ein guter Autor. Ich bin froh, daß du endlich etwas geschrieben hast.«

»Es ist ein Thriller.«

»Wenn er gut ist, wirst du einen Thriller immer los. Vielleicht nicht gleich für die große Leinwand, vielleicht nur fürs Kabelfernsehen oder ein *movie of the week*, aber wenn er gut ist, dürfte Geld dafür aufzutreiben sein.«

»Ich möchte auch selbst Regie führen«, sagte Green, ohne groß nachzudenken.

»Schwierig, aber nicht ausgeschlossen.«

»Das mache ich zur Bedingung.«

»Sprich mit deinem Agenten darüber.«

»Ich habe keinen Agenten mehr.«

Erstaunt blickte Kant auf: »Du warst doch bei The Unlimited?«

»Schon lange nicht mehr.«

»Durch wen hast du dich denn dann vertreten lassen?«

»Das hab ich selbst gemacht.«

Kant nickte. Das bedeutete, daß Green nicht gearbeitet hatte.

»Darf ich mich deines Skripts annehmen?«

»Gern.«

»Du hast es nicht zufällig bei dir?«

»Ich bring dir morgen eine Kopie.«

»Gut. Titel?«

»*Fire.*«

»Warum nicht?«

Kant aß weiter, sah ihn plötzlich an: »Du hast doch hoffentlich etwas gegessen?«

»Bevor du gekommen bist.«

»Möchtest du noch etwas?«

»Was ich vorhin gegessen habe, reicht mir für 'ne ganze Woche.« Er hatte nur Kaffee getrunken, denn die Sandwiches kosteten hier mindestens sieben Dollar. Mit dem Betrag mußte er einen ganzen Tag auskommen.

Kant schien einen Moment nachzudenken, fragte dann: »Willst du bei mir unterzeichnen? Ich weiß, daß du das immer vermieden hast, aber jetzt wäre es doch ein logischer Schritt, scheint mir. Wir sind eine gute Agentur für Skripts wie deines. Wenn du dich nicht vertreten läßt, machst du es dir nur schwer. Wieso haben wir eigentlich nie zusammengearbeitet?«

»Wer will schon mit dir zusammenarbeiten?«

»Ich hasse dich auch, das paßt doch prima zusammen«, entgegnete Kant schmatzend. »Tommie, du brauchst dich vor mir nicht größer zu machen, als du bist. Denn für mich bist du groß genug, wie du weißt. Du hast ein Scheißjahr hinter dir. Also, du unterzeichnest bei uns. Brauchst du jetzt im Moment Geld?«

»Nein«, sagte Green resolut, als wäre das das letzte, woran er dachte, »ich komme schon zurecht.«

»Stell auch eine Namensliste zusammen. Ich möchte wissen, wen du bei den Rollen in deiner Geschichte so vor Augen hast.«

»B-Namen?«

»Mach dir keine Illusionen hinsichtlich A-Namen. Wir sollten, denke ich, auch nicht gleich zu hoch greifen. Wenn wir's bei *HBO* oder *Showtime* unterbringen, bin ich schon zufrieden. Und falls sie da nach Lektüre des Skripts total aus dem Häuschen sind, können wir immer noch erwägen, ob wir es ganz groß rausbringen.«

»Gut, ich mach dir eine Liste.«

»Wohnst du wieder in der Stadt?«

»Hollywood. Fürs erste im Hotel«, sagte Green möglichst leichthin, als habe er einen Bungalow im Chateau Marmont bezogen. Kant nickte ernst. Er ließ sich von Greens Finten nicht täuschen.

»Hast du morgen Zeit?«

»Klar.«

»Ich werde gleich nachher einen Vertrag aufsetzen lassen. Den kannst du morgen unterzeichnen.«

Er winkte einer der Kellnerinnen und bezahlte.

Green wollte ihm helfen, als er sich erhob: »Finger weg, ich bin kein Greis.«

Sie gingen auf die Straße hinaus. Der mittägliche Stoßverkehr verstopfte den Wilshire.

»Weißt du, was ich vor ein paar Wochen zufällig noch einmal gelesen habe? Deinen Beitrag über den Unterschied zwischen dem europäischen und dem amerikanischen Kino. Über das Bedürfnis der Europäer, die Wirklichkeit widerzuspiegeln, und das Bedürfnis der Amerikaner, die Wirklichkeit zu ersetzen.«

Green hörte Kant zu, als spreche er von jemand anderem. Die seligen Abstraktionen der Zeit vor Paula hörten sich in seinen Ohren wie Äußerungen aus einer fremden Kultur an. Sie waren ihm abhanden gekommen.

»Das hat mich traurig gestimmt«, sagte Kant. »Nicht wegen deiner Beobachtungen, sondern weil ich plötzlich erkannte, daß Europa keine Chance hat. Der amerikanische Traumrealismus wird siegen. Die wurzellose Kultur, die maßgeschneiderte Erfahrung, die Wirklichkeit der Illusion, das sind die zentralen Begriffe des einundzwanzigsten Jahrhunderts. Europa wird zu einer Kopie Amerikas werden. Disneyworld. Mit dem Guten wird auch das Schlechte Europas verschwinden, das ist ein Trost, aber wo bleiben die Geister, die die Spannung zwischen Traum und Tat brauchen, um zu wachsen, die trotzigen Ungläubigen, die sich an einer erfaßbaren Wirklichkeit die Zähne ausbeißen wollen? Die Tucholskys, die Adornos? Nicht mehr lange, und alles, was denkbar ist, ist auch möglich.«

»Einfach weiter Geschichten erzählen«, antwortete Green, der zum erstenmal seit langer Zeit wieder hierüber nachdachte. »Solange Geschichten über authentische Figuren erzählt werden, die eine ureigene, mehr oder weniger notwendige Entwicklung durchlaufen, erhalten wir die Idee eines autonomen Bewußtseins aufrecht.«

Es klang vage, aber klarer ging es noch nicht. Sein Kopf war zur Zeit voll von der Sorge um saubere Bettwäsche und bezahlbare Mahlzeiten. Autonomes Bewußtsein, dachte er bei sich, von was, von wem?

»Du bist optimistischer als ich«, sagte Kant.

Green wußte nicht, ob er etwas Optimistisches oder etwas Pessimistisches gesagt hatte. Er hatte Worte ausgesprochen, die ihm spontan in den Sinn gekommen waren. Kant sah nicht, daß er neben einem mittellosen Exsträfling stand, der nicht wußte, ob er nicht in der nächsten Woche einen Raubüberfall begehen würde.

»Ich hab keine andere Wahl«, erwiderte Green.

»Da fällt mir etwas ein«, sagte Kant in verändertem Tonfall. »Wir suchen schon seit geraumer Weile nach einem intelligenten *reader*. Wir hatten Janice, du kennst sie ja, aber sie hat voriges Jahr aufgehört. Geheiratet, schwanger geworden, keine Zeit mehr. Wir haben seither keinen guten *reader* mehr finden können. Du würdest mir einen großen Gefallen tun, wenn du uns eine Zeitlang aushelfen könntest, Tom. Überleg es dir, es ist nicht immer ein Vergnügen, aber du hilfst mir damit wirklich aus der Klemme.«

Robert war groß geworden, weil er alles auf diese Art verkehren konnte. Green tat *ihm* einen Gefallen.

»Fünfzig Dollar pro Skript. Ein kleines Gutachten von
zweihundert Wörtern. Du müßtest mal sehen, was sich bei
mir oben alles stapelt. Ich hör dann morgen, wie du dich
entschieden hast.«

Zwischen den wartenden *four-wheels, coupés, jeeps* und
pickups hindurch (alle mit schweren Motoren, die die Klimaanlagen auf Touren brachten) steuerte Kant zum Eingang seines Bürohauses hinüber, den Spazierstock in der er-
hobenen Hand wie ein flammendes Schwert.

6

Am Ende des Tages saß Green in seinem Zimmer und sah
zu, wie sich die Dämmerung über die Risse und den
Schmutz des Hollywood Boulevard legte. Der abendliche
Stoßverkehr ließ den Straßenlärm anschwellen, während
sich die schwarzen Obdachlosen des Viertels laut streitend,
um Aufmerksamkeit heischend, die ihnen niemand geben
konnte, an der Kreuzung unter seinem Fenster versammel-
ten, Säcke voll leerer Limodosen (jede fünf Cent Pfand
wert) und klappernde Einkaufswagen bei sich, in denen
sie unidentifizierbare Habseligkeiten beförderten. Auch im
Hotel stieg der Lärmpegel an wie Fieber am Abend. Fernsehgeräte übertönten sich gegenseitig mit Feuergefechten
und quietschenden Autoreifen, ab und zu hallten die Verwünschungen eines entfernten Ehestreits durch den Flur,
Charlie stand schon eine halbe Stunde am Telefon und rief

alle paar Minuten, man solle ihm jetzt endlich zuhören, er wolle jetzt reden, er habe jetzt ein Recht darauf, daß *ihm* jemand zuhöre.

Er könnte zwei Skripts pro Tag schaffen, überlegte sich Green. Das würde ihm dreitausend Dollar im Monat einbringen. Genug für ein manierliches Leben, für eine eigene Wohnung in einer ruhigen, sicheren Gegend, für die Reinigung und die Putzfrau. Agenten wie Kant wurden mit Skripts überschüttet, und wenn Green sich Mühe gab, würde es ihm in den kommenden Monaten nicht an Arbeit fehlen.

Er stellte Namenslisten zusammen. Das hatte er schon mal gemacht. Vor acht Jahren mit Paula für *Der Himmel von Hollywood,* und voriges Jahr zusammen mit Jane McDoughal für *Fire.* Eine aufregende Betätigung, angereichert mit Hoffnungen, Träumen, Tatkraft.

Für *Fire* hatten sie anfangs an Darsteller wie James Woods und Robert Duvall gedacht, interessante Charakterdarsteller, die nie bis zur absoluten Spitze vorgedrungen waren. Im Geist ging er seine Favoriten durch. Er las das Skript noch einmal und versuchte den verschiedenen Rollen die geeigneten Namen zuzuordnen.

Bei einem Mexikaner um die Ecke aß er das Armenfutter dieses Erdenwinkels, einen mit Käse und Hackfleisch gefüllten Burrito, der genügend Fett für eine Woche Holzfällerarbeit enthielt, und setzte am späteren Abend seine Arbeit fort. Der angstvolle Gedanke, dies könne für einen vorbestraften Exmimen die Endstation sein – immer bedenkenloser irgendeinem Job, der Miete für die nächste Woche nachjagend –, wich der befreienden Illusion, daß er als Herrscher über die Phantasie eine Produktion leiten und dabei Straßen verzaubern, Schauspieler verführen, mit Licht gestalten würde. Robert Kant hatte getan, was Green sich insgeheim von ihm erhofft hatte. Er würde ihm dafür ewig dankbar sein.

In der ersten Nacht hier schlief er tief und traumlos, in unschuldiger Erwartung des Morgens.

Früh am nächsten Tag nahm er, wieder in seinem Boss-Anzug, den Bus nach Beverly Hills. Die Klimaanlage kam nicht gegen die Hitze an, und so legte er sich sein Jackett, um Schweißflecken vorzubeugen, vorsorglich über den Schoß und zog den Stoff seiner Hose an den Knien hoch, damit die Bügelfalten drinblieben.

In einem Copyshop machte er Kopien von Skript und Namenslisten. Und einer spontanen Eingebung folgend, veränderte er den Titel. Mit Tipp-Ex überpinselte er den alten Titel und schrieb auf das Deckblatt: *Der Himmel von Hollywood*. So hatte Paulas Skript geheißen, aber ihr Film war nie gedreht worden. Er wollte sich vorläufig ihres Titels bedienen, der vielversprechender klang als *Fire*.

Er betrat den Fahrstuhl des Gebäudes am Wilshire und ging im elften Stock in die Lobby von Roberts Büro, über fünf Zentimeter dicken Teppichboden, an unbezahlbaren Gemälden von Pollock, De Kooning und Lichtenstein entlang. Es herrschte reger Betrieb. Roberts Mitarbeiter liefen angespannt hin und her, und die junge Frau am Empfangstisch, diesmal ohne Make-up und Schmuck, sprach tonlos in den dünnen Mikrophonarm vor ihrem Mund. Green fing Fetzen ihrer Gespräche auf.

»Mister Kant ist heute nacht plötzlich…«

»Ich muß den Termin, den Mister Kant mit Ihnen hatte, absagen, denn…«

»Sie sind von der *Times*? Ich verbinde Sie mit einem Mitarbeiter…«

»Hinterbliebene? Nein, soweit ich weiß, hatte Mister Kant keine Kinder.«

7

Binnen drei Tagen leerte er sechs Flaschen. Mit hämmerndem Schädel, blutunterlaufenen Augen und aufgesprungenen Lippen, Mundhöhle und Kehle wund, als habe er auf zermahlenem Glas gekaut, versorgte er sich bei einem schemenhaften Spirituosenhändler mit Brennstoff. Green soff goldenen Scotch für ein paar Dollar die Flasche, der eine Rakete hätte aufsteigen lassen können.

Seine nächtlichen Alpträume schleuderten ihn quer durchs Zimmer, katapultierten ihn an die Decke, warfen ihn gegen die Wände, tanzten auf seinen Händen herum, peinigten ihn derart, daß er sich sofort mit der nächsten Flasche billigen Scotch zu betäuben versuchte. Seine Mutter hatte abwechselnd Wodka getrunken und Speed oder LSD genommen, und er hatte ihre Empfänglichkeit für Rauschzustände zweifellos geerbt. Er bewegte sich im Eiltempo auf den Rinnstein zu.

In seinem Kopf brannte ein Feuer. Stromstöße durchzuckten seine Zahnwurzeln. Seine Augen lagen in einem Bett aus Schmirgelpapier. Bei jedem Gang holte er nur eine

Flasche, murmelte, daß dies die letzte sei, denn er müsse auf Jobsuche, müsse zusehen, daß sein Gesicht auf die Plakatwände am Sunset komme und sein Stern in den Bürgersteig des Hollywood Boulevard.

Er war reif für eine siebte Flasche. Er torkelte aus dem Fahrstuhl, schlurfte durch die Halle und spürte eine Hand auf seiner Schulter.

»Tom? Tommie Green?«

Er suchte Halt an der Wand und drehte sich um.

Jimmy Kage stand da im Nebel. Ein großer Schauspieler, der sich unmöglich gemacht hatte.

Green versuchte zu lächeln. Aber sein Mund war geschwollen.

»He, Jimmy«, flüsterte er und schloß für einen Moment die Augen. Sie ließen sich nicht mehr scharf einstellen.

»Dacht ich's mir doch, daß du es bist«, sagte Kage. »Was machst du denn so?«

»Ach, kann mich nicht beklagen. Ein paar Rollen hier und da.«

»Du bist ein miserabler Lügner. Trinke nie, wenn du auftreten mußt!«

»'n Gläschen«, sagte Green. Er versuchte Kage anzusehen. Hatte er was von trinken und spielen gesagt? Ihm hatte das die Karriere kaputtgemacht.

Kage sagte: »Ich hab dich gestern auch schon in diesem Zustand gesehen.«

»Mir geht's gut. Muß nur was zu essen holen.«

»Ich begleite dich.«

Green brabbelte: »Ich, äh ... hab danach eine Verabredung.« Er wußte nicht, was er im Magen hatte, aber es drängte in seine Kehle herauf, und merkwürdigerweise verstärkten seine Mundbewegungen diesen Drang. Wie sah er aus? Hatte er sich rasiert? Er fühlte einen Bart, roch plötzlich Schweiß und Urin und sah Flecken auf seinem Hemd. Er wollte nicht stehen, nicht reden, nicht sehen, nicht denken.

»Wir müssen uns mal zusammensetzen«, sagte Kage.

Nachdem er vor sieben Jahren vom Set von *Dead end street* geworfen worden war, hatte Kage kein vernünftiges Rollenangebot mehr bekommen. Gelegentlich wurde er für einen subventionierten, künstlerisch anspruchsvollen Film in Europa engagiert oder trat in Altersheimen und Ferienparks in Sketchen oder Schwänken auf – und jetzt hauste er zwischen den Schattenmenschen.

Green hatte Durst.

»He, mein Lieber«, sagte Kage. »Du wohnst jetzt hier, da besteht kein Zweifel. Du kannst dir zwar den Blick vernebeln, aber Tatsache bleibt: Deine Adresse ist das St. Martin's.«

Green ließ ihn stehen und ging, die Hand an der Wand, nach draußen, wo er das Tageslicht erfuhr wie eine Explosion. Er zog die Schultern hoch. Krämpfe schnitten ihm in die Gliedmaßen.

»Tom, willst du so weitermachen? Noch ein paar Tage, und es ist aus mit dir.«

Das war die Stimme von Jimmy Kage. Was machte denn der hier?

»Tommie, ich hab dich immer für ein schlaues Kerlchen gehalten. Du hättest Atomforscher oder Gehirnspezialist werden können, aber schau dich jetzt an! Du bist dabei, dir große Teile dieser Denkkraft kaputtzusaufen. Ich versichere dir: In einer Woche wirft die liebe Debbie dich auf die Straße. Vielleicht auch erst in zwei Wochen, aber viel länger dürfte es nicht dauern. Und dann? Wer hier wohnt, denkt im Zeitraum von Wochen. Diese Woche ein Dach über dem Kopf und was zu fressen, nächste Woche sehen wir weiter. Du versäufst jetzt eine ganze Woche, Junge, und seit ich hier bin, weiß ich, was für Bankkonten Typen wie du haben. Du hast bald keinen Cent mehr, und niemand kann sich den Luxus erlauben, deine Rechnungen zu übernehmen. Und wenn das Denken in Wochen aufhört, dann beginnt das Denken in Tagen. Und danach in Stunden. Dann liegst du im Rinnstein.«

»Quatsch nicht«, stöhnte Green.

»Du wirst dir die Ohren mit Blei vollaufen lassen müssen, wenn du mich abstellen willst, Junge. Körperlich bist du mir nicht gewachsen, auch wenn ich mehr als zwanzig Jahre älter bin. Wie alt bist du genau?«

Green schüttelte den Kopf. Es schien, als komme Kages Stimme aus einem Metallgehäuse, als habe er Stimmbänder aus rostfreiem Stahl. Unerträglich.

»Laß mich in Ruhe.«

»Nein. Ich fand dich immer in Ordnung. Du hast Pech gehabt, ich auch. Ich hab schon andere vor die Hunde gehen sehen. Aber aus irgendeinem Grund laß ich das bei dir nicht zu.«

Kage schwieg einen Moment lang. Green ließ sich an der Wand hinunter auf den Boden sacken, während sich seine Gedärme zusammenkrampften und sich sein Magen entladen wollte. Er krümmte sich.

Er spürte etwas Glühendes auf seiner Schulter. Kages Hand, gefüllt mit heißem Teer, berührte ihn. Green vernahm seine Stimme durch den tosenden Verkehr.

»Weißt du, Tom... als sie mich nach diesem Heckmeck mit dem Streifenwagen vom Set warfen, hat man dich auch entlassen. Das dachte ich zumindest. Erst später hab ich dann gehört, daß du aus eigenem Antrieb gegangen bist. Warum? Warum hast du die Rolle hingeschmissen? Hast du 'nen Koller gekriegt, damals schon?«

»Hör auf, Mann.«

Kage verstärkte jetzt seinen Griff, als stoße er ihm ein Messer in die Schulter.

»Ich hör nicht auf«, sagte Kage. »Ich war damals zu... zu stolz, oder ich schämte mich zu sehr, ich weiß es nicht mehr, aber ich konnte es dich damals nicht fragen.«

Green war krank. Merkte Kage denn nicht, daß er seine Medizin brauchte?

»Mit wem ich auch gesprochen habe, alle erklärten dich für verrückt. Einfach vom Set laufen? Der hat sie wohl nicht alle! Warum, Tommie? Einen Moment lang ist mir damals durch den Kopf gegangen: Er war doch wohl nicht so bescheuert, daß er's meinetwegen getan hat? Ich an deiner Stelle hätte es niemals getan. Eine Rolle hinschmeißen, auf Geld verzichten, weil sich ein Kollege lächerlich gemacht hat? Also, was steckte denn nun dahinter, damals?«

»Er war ein blöder Sack«, flüsterte Green.

»Wer war ein blöder Sack?«

»Der Regisseur.«

»Ein großer Affenarsch«, bestätigte Kage.

»Also deshalb wolltest du bei meinem Film mitmachen«,

brachte Green kraftlos heraus, die schwere Erinnerung aus einem tiefen Koffer hebend, »weil du was gutzumachen hattest.«

Sie saßen neben dem Hoteleingang auf dem Boden wie zwei Penner, die um Kleingeld bettelten. *Spare some change, sir?*

»Vor einem Jahr ging's mir finanziell schon genauso gut wie jetzt. Weißt du, wie viele Angebote ich pro Woche bekomme? Durchschnittlich null Komma null null. Klar, daß ich *Fire* machen wollte. War übrigens 'ne gute Geschichte.«

»Hatte nichts mit dir zu tun«, sagte Green. »Ich hab mich auch mit diesem Hurensohn angelegt.«

Aus dem Chaos seines Gedächtnisses stiegen Gesprächsfetzen auf. *Dead-end Street.* Er hatte Protest erhoben, weil er fand, daß man Jimmy Kage nicht einfach entlassen dürfe. Er stellte Ritchie Mayer, dem Regisseur, ein Ultimatum: Jimmy zurückholen, oder ich bin weg. Es war ein machtloses Argument, denn er wurde genauso bedenkenlos vom Set geworfen wie Jimmy. Bedeutete dieser Vorfall, daß er mit ihm am gleichen Strang gezogen hatte? Hatte er diesen Job aus dummer Solidarität aufs Spiel gesetzt? Er hatte geblufft und gepokert. Die frivole Moral ließ ihn edler erscheinen, als er war. Und daß Paula ihn unterstützt hatte, spielte eine nicht unwesentliche Rolle. »*Fuck him*«, hatte sie gesagt, »du bist zu gut für diese Ärsche.« Damals war ihm ihr Urteil über alles gegangen. Mit Paula hätte er die ganze Welt besiegt. Wenn sie bei ihm geblieben wäre, hätte alles einen anderen Verlauf genommen. Mein Gott, Paula, wo war sie?

»Hatte nichts mit dir zu tun«, wiederholte Green, ohne Kage anzusehen.

»Das nehm ich dir nicht ab«, sagte Kage. »Für mich bist du ein sentimentaler alter Hornochse. Ich bring dich jetzt auf dein Zimmer. Nein, keine Widerrede, Tommie. Ich bring dich auf dein Zimmer, notfalls schleif ich dich dorthin, prügle dich in dein Bett, gnadenlos. Du säufst dich ins Delirium, wenn du so weitermachst, und ich bleib so lange bei dir, bis du wieder einigermaßen auf den Beinen stehen kannst.«

»Ich muß zu einer Beerdigung«, log Green.

»Es klingt vielleicht komisch, aber wenn du in diesem Zustand bist, werden sie wohl lieber auf dein Erscheinen verzichten. Wer?«

»Robert Kant«, antwortete Green.

»Der wird morgen beerdigt, du Lügner«, antwortete Jimmy.

»Ich dachte, er müsse schnell ... Als Jude wird man doch...?«

»Robbie war nicht religiös. Morgen. Was hast du eigentlich nach *Dead-end Street* noch gemacht, Tommie? Für mich war es danach praktisch vorbei. Und für dich?«

»Hau ab«, flüsterte Green, immer noch außerstande, sich mit der Trennung von Paula abzufinden. »Was geht dich das an?«

»Wenn du mich abwimmeln willst, mußt du schon sehr nüchtern werden, mein Lieber, und ich hab den Eindruck, daß du dafür eine ganze Weile schlafen mußt.«

Kurz danach, scheinbar nur eine Sekunde später, lag Green im Bett. Kage brachte ihm etwas zu trinken, und er dachte: Was für ein Film ist das hier? Da geht Kage in einer *Halbtotalen,* und er bewegt sich auf eine *Großaufnahme* zu, und jetzt scheint er fast von der Leinwand herabzusteigen, so nah ist er, und er gibt den Zuschauern Wasser zu trinken, und – das muß was Neues sein – man schmeckt das Wasser, es läuft einem zwischen die Lippen, und es schmeckt bitter, und es schmeckt nach Aspirin, das muß was Neues sein, aber was?

8

Green hatte die Rolle in *Dead-end Street* zwei Monate vor dem ersten Drehtag angenommen. Es handelte sich um ein B-Movie mit bescheidenem Budget, ein *vehicle* zur Herausstellung einer Aktrice, die damals gerade populär war, und Ritchie Mayer, Macher erfolgreicher *exploitation movies*, führte die Regie.

Jimmy Kage hatte am ersten Drehtag noch nicht vor der Kamera gestanden und lief nervös herum. Es wurde gemunkelt, daß er seinen vorhergehenden Einsatz vermasselt habe. Er habe seinen Text nicht gekonnt, sei ein paarmal betrunken gewesen und schließlich vom Set geworfen worden. Aber jetzt war er nüchtern, zu nüchtern vielleicht, denn seine Hände zitterten, sein Konzentrationsvermögen war gleich Null, und er tigerte unaufhörlich in ihrem *trailer* auf und ab (einem mittelgroßen, ihrem Status angemessenen, den sich Jimmy Kage und Tom Green teilten; in seiner Glanzzeit hatte Kage allein über riesige Trailer verfügt, in denen er zwischen den Aufnahmen trank und schlief).

Der Set befand sich im Osten Hollywoods, irgendwo jenseits des St. Martin's, wo die Trucks, Trailer und Generatoren ein ganzes Viertel in Beschlag nahmen. Eine Straße war mit Graffiti und Autowracks ausstaffiert worden. Kage und Green sollten die Aktrice aus den Händen von Gewalttätern befreien. Sie hatte in einer miesen Gegend eine Reifenpanne gehabt, und gerade in dem Moment, da die *gang* ihr die Kleider vom Leib riß, sollte ein Streifenwagen um die Ecke kommen und sie retten. Kage und Green spielten die Polizisten in dem Wagen. Eine ziemlich dürftige Geschichte, sie machten es nur des Geldes wegen.

Green hatte den Wagen ein paarmal hin- und hergefahren, um die Zeit zwischen »*Action!*« und Eintreffen des Wagens bei dem offenen weißen Cadillac Convertible der Aktrice zu stoppen. Mit einem Kreidestrich auf dem Straßenpflaster hatte der *second assistant* die Stelle markiert, an der er bremsen sollte. Sobald der Wagen hielt, sollte Kage aussteigen und seine Waffe ziehen; Green sollte ihm auf dem Fuße folgen. Die Bande würde fliehen, und die *cops* würden sich der Aktrice bedachtsam nähern – die Polizei hier war immer vorsichtig, auch bei einer augenfällig vollbusigen Blondine. Jimmy und Green würden die Aktion vor den Linsen zweier Kameras bis zum Dialog mit der Aktrice durchspielen.

Die Crew hatte sich mit Stühlen, Tischen und Gerätekisten zu einer Seite des Cadillac postiert, hinter den riesigen Scheinwerfern, die den harten Kontrast zwischen Licht und Schatten mildern sollten.

In seiner blauen Uniform schwitzend, saß Kage auf dem Beifahrersitz des Streifenwagens. Im Fußraum lag das Walkie-talkie, aus dem später das Startsignal des Regisseurs ertönen würde.

»Make-up!« rief Kage.

Durch das offene Seitenfenster tupfte ihm das Mädchen mit einem Schwämmchen den Schweiß von Nase und Stirn. Danach sah Kage Green fragend an.

»Und?«

Green nickte: »Wenn du ein bißchen jünger wärst und 'nen Rock tragen würdest, hätt ich dich zum Essen eingeladen.«

»Dieses Halfter taugt nichts.« Bei den Proben hatte Kage seine Waffe nicht reibungslos ziehen können. Der Bewegungsablauf war beeinträchtigt, und er hatte um ein neues Halfter gebeten, aber es gab keine in Reserve.

»Achtung, wir drehen«, kündigte der Aufnahmeleiter an. Green startete den Wagen und schaltete das Blaulicht ein.

»Wird schon werden«, behauptete er. »Konzentrieren.«

»Achtung, Ton ab«, rief der Aufnahmeleiter.

»Läuft«, sagte der Tontechniker.

»Kamera eins ab!«

»Läuft!«

»Kamera zwei ab!«

»Läuft!«

Der Assistent mit der Klappe rief: »Einstellung dreißig, die erste!«, schlug die Klappe und rannte aus dem Bild.

»Action!« sprach Ritchie Mayer ins Walkie-talkie.

Dreißig Meter vom Cadillac entfernt gelangten sie in den Bereich der ersten Kamera.

Das Kleid der Aktrice lag auf dem Boden, und einer der mexikanischen Darsteller war drauf und dran, ihr den BH zu zerreißen. Alle schauten sich zu dem Wagen um, die Typen rannten weg.

Green bremste beim Kreidestrich (später würde das Geräusch quietschender Reifen auf die Tonspur gemischt werden), und Kage faßte nach dem Türgriff und stieß die Tür auf. Er sprang schnell hinaus – fabelhaft, der Wagen hatte noch ein bißchen Fahrt – und behielt das Gleichgewicht. Er griff an die rechte Hüfte und versuchte den Revolver zu ziehen. Er zog und zog, während die Linke das Halfter festhielt, mit rot anlaufendem Gesicht, und die Sekunden verstrichen, ohne daß sich die Waffe löste.

»*Shit! Shit!* Verdammter Mist!« rief er und schaute sich verzweifelt zu Ritchie um, der sich seufzend aus seinem Stuhl neben der Kamera erhob und die Arme ausbreitete.

»Stop!«

Die Aktrice schüttelte den Kopf. Eine Garderobiere hängte ihr einen Regenmantel um die Schultern, damit sie sich bei einer Temperatur von nur sechsunddreißig Grad im Schatten ja nicht erkältete.

Wütend rief Kage: »Ich hatte um ein anderes Halfter gebeten, aber es ist verdammt noch mal nur eins da!«

»Wo ist Simone?« seufzte Ritchie und schob seine Baseballkappe nach hinten.

»Simone, auf den Set«, sprach der Aufnahmeleiter in sein Walkie-talkie.

»Tut mir leid, aber wenn die Requisiten nichts taugen…«, entschuldigte sich Kage.

Simone erläuterte, daß die Produktionsfirma ihr verboten habe, Reservehalfter auszuleihen.

»Komm, wir tauschen«, schlug Green vor. »Meins geht leichter.«

Während Simone ihre Halfter austauschte, fuhr ein Assistent den Streifenwagen an die Anfangsposition zurück.

»Ich kann mich nicht konzentrieren, wenn die Requisiten nichts taugen«, erklärte Kage gereizt. »Sie kapieren einfach nicht, daß es sie viel teurer zu stehen kommt, wenn sie am falschen Ende sparen. Das hat jetzt schon mehr gekostet, als wenn sie ein paar zusätzliche Halfter ausgeliehen hätten. Produktionsleiter sind die letzten Säcke. Schon immer gewesen. Es interessiert sie nicht, ob auf dem Set alles schiefläuft. Hauptsache, auf dem Papier sieht's preisgünstig aus. Und wenn man hundert Takes drehen muß.«

Jimmy und Green nahmen wieder im Wagen Platz für den zweiten Take.

»Action!« erscholl es aus dem Walkie-talkie.

Erneut gab Green Gas, und sie fuhren ins Bild der ersten Kamera. Sie sahen die Aktrice, den BH, die Typen, die wegrannten.

»Jetzt«, zischte Green.

Kage öffnete die Tür und stieg aus, wie beim ersten Take das letzte bißchen Fahrt des Streifenwagens perfekt ausnutzend. Zur bedrohten Aktrice hinüberblickend, faßte er blind nach dem Griff der Waffe und zog.

Die Waffe blieb im Halfter stecken.

Kage, von dem Vorfall überrascht, schaute nach unten und versuchte hartnäckig, die Waffe aus dem Leder zu ziehen.

»Stop! Stop!« rief Ritchie.

»Mist! Mist! Mist! Wie soll man so arbeiten?« brüllte Kage.

Seufzend bat Ritchie: »Laß mal sehen, wo's hapert.«

»Hier, diese Sicherung, die bleibt immer da hinter dem Rand hängen.«

Kage demonstrierte, wo das Problem auftrat, und der Regisseur und der Aufnahmeleiter nickten. Ein winziges Detail, das Zeit, Filmmaterial und Kages Nerven auffraß.

Simone sagte: »Meine Rede, daß wir solche Sachen am besten im Paket ausleihen. Aber ich sollte sie unbedingt getrennt besorgen, bei billigeren Firmen. Die Waffen gehören nicht zu den Halftern, das ist die Erklärung. Aber Bruce hat es so angeordnet.«

Ritchie schluckte und versprach kopfschüttelnd: »Ich schick *fucking* Bruce nachher ein *fucking* Memo. Okay, dann hast du die Waffe eben schon in der Hand, wenn du aussteigst, Jimmy.«

Sie gingen wieder auf ihre Plätze für Take drei.

»Action!« rief Ritchie zum drittenmal.

Green steuerte den Wagen zum Cadillac. Kage hielt den Revolver in der Hand, zitternd vor Nervosität.

Green bremste hinter dem Cadillac, während die Mexikaner wegrannten. Kage wollte die Tür aufdrücken, aber sie bewegte sich nicht.

»Verdammter Mist«, flüsterte er. Er warf sich mit ganzem Gewicht gegen die Tür, rammte mit der Schulter dagegen, aber sie blieb zu.

Aus dem Walkie-talkie ertönte die Stimme des Aufnahmeleiters: »Wir haben abgebrochen.«

Kage zog den Türknopf hoch: »Wer hat verdammt noch mal diese Tür verriegelt? Welcher gottverdammte Idiot hat das gemacht?«

Sie versuchten es noch einmal.

Sie kamen angefahren.

Die Aktrice war beinahe nackt, die Mexikaner flohen, und steif vor Nervosität stieg Kage aus, die Waffe in der Hand. Er streckte den Arm aus, um zu zielen, und schlug den Lauf in einer hölzernen Bewegung seitlich gegen die offenstehende Wagentür. Der Revolver flog ihm aus der Hand, knallte auf die Straße und wirbelte singend davon.

Als Green zum fünftenmal bremste, sah er schon, daß irgend etwas nicht stimmte, aber was, kam ihm nicht sofort zum Bewußtsein.

Mit meisterhaftem Timing öffnete Kage die Tür. Aber leider konnte er seinen Sitz nicht verlassen, mochte er auch wie von Sinnen zappeln, strampeln und um sich schlagen, denn er hatte sich angeschnallt.

Beim sechstenmal kam Kage beim Aussteigen unglücklich auf und strauchelte gegen den Kofferraum des Cadillac, als sei er betrunken.

Allmählich wurde allen klar, was das für ein Tag war. Sie hatten solche Tage schon erlebt: Alles, was irgendwie schiefgehen konnte, würde schiefgehen. Aus unerfindlichen Gründen waren dieser Tag, diese Szene, dieser Moment vom Himmel verflucht.

Beim siebtenmal blieb Jimmy mit dem Hemd am Türschloß hängen.

Beim achtenmal stieß er sich den Kopf an der Dachkante.

Beim neuntenmal blieb er wie gelähmt sitzen.

Mit hängenden Schultern ließ er sich danach von Ritchie beiseite nehmen, der auf ihn einredete, als sei er ein ungezogener Schuljunge (mit zweiundzwanzig war Kage bereits auf dem Cover von *Life* gewesen).

»Okay«, rief der Aufnahmeleiter, »fünf Minuten *break*!«

Kage bat darum, sich kurz allein in den Trailer zurückziehen zu dürfen. Green blieb beim Streifenwagen, und ein Mädchen vom Catering brachte ihm eine *Diet Coke*.

Der Aufnahmeleiter sagte: »Tom, ihr tauscht die Plätze. Es ist besser, wenn Kage fährt. Du steigst als erster aus dem Wagen.«

»Waffe schon in der Hand?«

»Ja.«

Green probte einige Minuten lang den Bewegungsablauf: sitzen, aussteigen, zielen. Er gehörte zu den Schauspielern, die einen bestimmten Rhythmus brauchten. Wenn die Bewegungen im Gleichklang waren, folgte das Gefühl in der Regel wie von selbst.

Kage schob sich hinters Lenkrad, nervös mit den Augen blinzelnd und mit den Schultern zuckend.

Green fragte: »Willst du nicht erst proben?«

»Ich hab gesehen, wie du's gemacht hast. Ich weiß, wo du bremst.«

»Gut, gut, du fährst«, sagte Green.

Ritchie, auf einer langen Lakritzstange kauend, beugte sich am Seitenfenster zu Kage hinunter: »Okay, Jimmy?«

»Perfekt.«

»Okay! Wir werden das Kind schon schaukeln, Jungs!« Ritchie lachte guten Mutes, denn dafür wurde er bezahlt. Aber seine Augen verrieten, daß er genervt war.

»Und ob«, bekräftigte Jimmy Kage grinsend.

Ritchie ließ sich in seinen Stuhl neben der ersten Kamera fallen.

»Achtung! Ton ab!« rief der Aufnahmeleiter.

»Läuft!« antwortete der Tontechniker.

»Kamera eins ab!«

»Läuft!«

Green roch plötzlich Scotch.

»Kamera zwei ab!«

»Läuft!«

»Du hast getrunken, Jim«, flüsterte Green.

»Einstellung dreißig, die zehnte!«

»Ach, nur 'n kleinen Schluck«, entgegnete Kage.

»Action!« rief Ritchie.

Jimmy Kage gab Gas.

Der Streifenwagen sprang kreischend los und raste dem Cadillac entgegen. Die Aktrice stand mit dem Rücken zum Wagen, die Mitglieder der Gang schauten sich überrascht um und rannten davon, alles nach Plan.

Das Polizeiauto schoß über die Markierung auf dem Straßenpflaster hinaus und flog auf den glänzenden Cadillac zu.

»Jimmy!« schrie Green.

Kage schien nichts zu hören und behielt krampfhaft den Fuß auf dem Gaspedal.

»Jimmy!«

Mit weitaufgerissenen Augen, die nichts sahen, starrte Jimmy Kage durch die Windschutzscheibe.

Green spannte sich an, während er die verdutzten Gesichter der Leute von der Crew sah, die Rückenflossen des Cadillac, die Aktrice, die in höchster Todesnot beiseite sprang.

Und brüllend bohrte sich die Nase des Streifenwagens in den unschuldigen Hintern des Cadillac.[*]

---

[*] In den Bars und Restaurants von LA ist dies zu einer beliebten Anekdote geworden.

9

Bei der Beerdigung von Robert J. Kant gehörte Green zu den Allerjüngsten. Viel Grau, viel Rouge auf von Schönheitschirurgen behandelten Gesichtern.

Jimmy Kage kannte einen Großteil der Anwesenden und schüttelte unzähligen die Hand. Es hing etwas Heiteres in der Luft, wie bei einer Wiedersehensfeier; die verblaßten Stars der fünfziger und sechziger Jahre, von Jahrzehnten unter der kalifornischen Sonne gezeichnet, durch Affären, Alkohol und Drogen geschwächt, verbittert über die verlorenen Jahre, umarmten einander mit versteinertem Lächeln. Dürre Hände an zerbrechlichen Handgelenken schickten flatternd Grüße durch den Saal, zitternde Lippen küßten an einer gerunzelten oder straffgezogenen Wange in die Luft, Füße suchten zaghaft Balance, blinzelnde Augen hinter Bifokalgläsern erinnerten sich an muskulöse Oberschenkel, volle Brüste, endlose Erektionen.

Robert, der geflüchtete Jude, wurde »allgemein« beigesetzt. Er war nicht Mitglied einer jüdischen Gemeinde gewesen und hatte sich auch nie als gläubiger Jude ausgewiesen, aber Green war davon überzeugt, daß er mit Ritualen und Kaddisch hätte begraben werden wollen. In der Friedhofskapelle erzählte Sheila, daß Kant kein Testament gemacht habe. Robert habe es für vermessen gehalten, seine eigene Beisetzung zu regeln; es sei Sache der Lebenden, ihn zu beerdigen, habe er gemeint, und nicht die seine. Kant hatte sein Alter immer heruntergespielt und über seine vor langem verstorbene Frau geschwiegen. Der Tod war seine persönlichste Angelegenheit gewesen. »In Amerika wird leichtfertig über alles geredet, und alles wird dadurch banalisiert«, hatte er mehr als einmal kopfschüttelnd bemerkt. Schweigen hielt er – das galt zwar nicht für alle Orte auf der Welt, wohl aber für die USA – für die höchste Tugend. Er schwieg jetzt.

Green hätte Robert um Hilfe bitten müssen, als er mit der Verlängerung seiner Option auf *Fire* baden ging. Er hatte an Robert gedacht, hatte ihn aber nicht angerufen. Für das, was er zustande brachte, wollte er niemandem danken müssen, nicht einmal Robert. Andere versicherten sich seiner Hilfe und traten ihm im Gegenzug zehn Prozent ihrer Einkünfte dafür ab. Eine derartige Beziehung wollte Green nicht mit ihm. Keine Geschäfte, keine Verträge, kein Geld. Vielleicht war es gut so. Kant war gestorben, ehe er Green fünfzig Dollar pro Skript bezahlt hätte.

Sechs Totengräber zogen den Aluminiumwagen mit Roberts Sarg über sanft geschwungene Flächen grünsten Rasens. Neben einem frisch ausgehobenen Grab, irgendwo zwischen den unzähligen Grabplatten des Forest Lawn Memorial Park, hoben sie ihn vom Wagen herunter. Schweigend defilierte die Trauergemeinde am Sarg entlang. Fünfhundert Menschen blickten stumm auf die Blumen, auf das Häufchen Sand, das später auf den Sarg hinabfallen würde, und versuchten sich vorzustellen, wie er da drin lag.

Green hatte Sheila fragen wollen, ob Robert noch etwas hinsichtlich des Lesejobs erwähnt habe, aber er konnte sie nicht ansprechen, ohne daß wer weiß wer mithörte. Seine Ehrerbietung vor Robert, der gerade erst unter der Erde lag, war nur wenig schwächer ausgeprägt als seine schäbige Verzweiflung in Anbetracht seiner eigenen Zukunft.

Auf einmal spürte er eine kräftige Hand im Nacken, eine kumpelhafte Begrüßung, und er drehte sich um.

Grinsend stand Kage da, neben einem älteren Mann. Green erkannte ihn sofort: Floyd Benson, eine weitere Schauspielerlegende, ein Koloß von einem Mann, wenn auch inzwischen etwas gesetzt. Er hatte volle graue Locken und dunkelbraune Augen mit kindlichem Glanz. Kein Hals, sein Kopf saß direkt auf seinen runden Schultern. Er lachte, als hätte er gerade einen Roller bekommen.

»Floyd, das ist Tommie Green. Talentierter Junge. Eines Tages wird er einen Academy Award bekommen. Und wenn wir nett zu ihm sind, erwähnt er uns vielleicht in seiner Danksagung.«

Die Hand, die Green schüttelte, war auffallend klein, als habe sie das falsche Maß für den dazugehörigen Körper.

»Bedauerlicherweise kenne ich Ihre Arbeit nicht, denn ich sehe nicht fern und gehe nicht mehr ins Kino, ich habe im Grunde mit der ›Industrie‹ gebrochen. Jimmy sagt, Sie seien sehr gut. Er übertreibt ja, wie Sie wissen, gern, aber wenn auch nur fünf Prozent von dem, was er sagt, der Wahrheit entsprechen, hat er Ihnen ein Riesenkompliment gemacht. Wann haben wir das letztemal miteinander gesprochen, Jim?«

Durch die Filme, die er von ihm gesehen hatte, war Green Bensons Stimme vertraut, der tiefe Klang, der aus seinem Bauch zu kommen schien, anders als bei Jimmy, der eine rauhe, kehlige Stimme hatte. Mikrophone liebten Bensons Stimme.

»Vor neun Jahren oder so«, sagte Jimmy. »Auf dem Set von... dieser Serie...?«

»*The Heralds!*« erinnerte sich Floyd Benson.

»Genau«, bestätigte Kage nickend.

»Ein tragischer Fehlgriff war das.«

»Blödsinnig wär wohl das richtigere Wort«, sagte Kage.

»Jeden Morgen um vier mußten wir in die Maske. Wer da eigentlich spielte, konnte man danach gar nicht mehr sehen. Nach zehn Folgen machte das *network* dem Leiden ein Ende.«

»Kollektiver Wahnsinn ist in dieser Stadt allzeit manifest«, konstatierte Kage, »aber es gibt Phasen, in denen dieser Wahnsinn etwas Destruktives annimmt. So damals bei *The Heralds*. Mein Gott, das war vielleicht meschugge.«

»Darf ich Sie auf einen Drink einladen?« fragte Benson.

»Normalerweise gern, aber ich habe leider noch zu tun«, antwortete Green.

»Du kannst dir auch später noch einen runterholen«, sagte Kage. »Los, komm, Floyd nimmt uns im Wagen mit.«

In einer Bar war man für ein Bier schnell anderthalb, zwei Dollar los, und Green schätzte den kumulativen Durst von Kage und Benson auf circa vierzig Gläser. Runden geben war für ihn nicht drin.

»Sie sind selbstverständlich mein Gast, genauso wie Jim«, sagte Benson, als habe er Greens Gedanken gelesen.

Daraufhin schüttelte Jimmy Benson in freudigem Überschwang ungestüm durch. Benson grinste und machte den Ansatz, sich wie ein behender Boxer zu ducken, doch er war ein alter Mann, und es fiel ihm schwer. Seine Hose war in Höhe seines Magens mit einem dünnen Gürtel zugeschnürt, was ihm, trotz seines Umfangs und seines Alters, etwas Babyhaftes verlieh.

Benson besaß einen Oldsmobile Tornado von Anfang der achtziger Jahre – hellbeige mit Armaturenbrett aus Holzimitat –, dessen Fahrersitz seinem korpulenten Leib wenig Raum ließ, das Lenkrad drückte sich in seinen runden Bauch. Funkelnagelneue BMWs, Mercedesse, Porsches und Range Rovers verließen den Parkplatz des Friedhofs. Sie fuhren nach Hollywood zurück.

»Dieser Olds ist zwölf Jahre alt«, sagte Benson, um den auffälligen Kontrast zwischen seinem zerbeulten Olds und der Flut blitzender Wagen um sie herum zu erklären. »Die meisten Leute leasen sich heutzutage einen Wagen, aber der hier läuft noch prima, der Motor ist wie neu. Für mich wäre das ein schlechter Tausch. Man muß sein Auto ja schätzen lassen, wenn man sich bei der AAA versichert, und da hat der Taxator mir gesagt, daß dieser Wagen ein *collector's item* ist. Vor zwölf Jahren habe ich ihn binnen zehn Minuten gekauft, weil man mir ein gutes Angebot machte, ich glaube, der Händler wollte ihn loswerden, und jetzt fahre ich einen Wagen, der gebraucht mehr kostet als neu. Achttausend Dollar ist er jetzt wert. Nur achthundert Exemplare wurden davon hergestellt. Wenn man lange genug wartet, wird alles von selbst zum *collector's item*. Auch wir.«

Green hatte sich auf der Rückbank des zweitürigen Wagens niedergelassen. Er sah auf die Hinterköpfe der beiden anderen. Jimmys Schädel war immer noch vollständig bedeckt – sein zu knallig gefärbtes Haar wirkte nicht nur zuhälterhaft billig, sondern hatte auch das unangenehm Steife einer Perücke –, und Floyd Benson hatte eine kahle Stelle, an der in seinem Alter wahrscheinlich nichts mehr wachsen würde. Benson war mindestens siebzig. Seine ersten Filme hatte er schon um 1950 herum gedreht, als junger Schauspieler, der bei einem Studio unter Vertrag stand und alles spielte, was man ihm auftrug. Das Fernsehen gab dem alten Studiosystem den Gnadenstoß, und das B-Movie zog den kürzeren – Benson hatte das alles mitgemacht. Er empfing den Götterkuß, einen *Academy Award* für *best supporting*, blieb aber wie Kage sein Leben lang ein gutbezahlter Wasserträger. In den letzten zehn Jahren war er in der Versenkung verschwunden. Vielleicht Fernseharbeit, vermutlich überhaupt nichts. Er hatte zur wirklichen Spitze gehört und genug für viele sorglose Leben verdient.

Sie fuhren an der Rückseite des Studiokomplexes von Warner Brothers vorbei, und Kage fragte: »Wie geht es deiner Tochter?«

»Gut, danke«, sagte Benson.

Auf dem Dach eines der Studios stand eine Plakatwand mit einem zehn Meter hohen *headshot* von Heather Benson. Sie spielte in einem Film, der in zwei Monaten in den Verleih kommen würde: »Nur noch acht Wochen«, verhieß der Text. Es handelte sich um einen aufwendigen Actionfilm mit *hi-tech special effects* über die Zerstörung der Welt durch Roboter. Heather war ein richtiger Star, allein ihre Person konnte ein ganzes Projekt tragen. Ihre Filme hatten mehr als eine Milliarde Dollar eingespielt, und ihr *commitment* bedeutete jetzt automatisch ein *go!*. Sie hatte ihre eigene Produktionsfirma und wollte jetzt auch Regie führen, so hatte Green irgendwo gelesen. Schon jetzt hatte sie ihren Vater in puncto Karriere überflügelt.

»Und dein Sohn, wie geht es dem?« dröhnte Bensons Stimme aus seinem Zwerchfell hervor.

Kage sah ihn kurz von der Seite an, mit großen Augen, als müsse er die Frage erst verdauen, und wandte dann den Blick nach draußen.

»Der ist schon seit Jahren tot.«

»Oh, tut mir leid, Jimmy, tut mir leid, das wußte ich nicht«, antwortete Benson, plötzlich fast tonlos, mit der Stimme eines eingeschüchterten kleinen Jungen.

»Schon seit neun Jahren«, sagte Kage.

»Tut mir leid, das hätte ich natürlich wissen müssen«, entschuldigte sich Benson noch einmal. »Es tut mir wirklich schrecklich leid. Wie dumm von mir.«

»Das konntest du nicht wissen.«

Eine Minute lang fuhren sie schweigend dahin. Es war warm im Auto. Die altgediente Klimaanlage hatte nicht mehr die Kraft, die Hitze zu vertreiben.

»Haben Sie Kinder, Mister Green?« fragte Benson über die Schulter hinweg.

»Nein«, antwortete Green.

»Da entgeht Ihnen viel«, entgegnete Benson.

Über den Barham Boulevard erreichten sie den Hollywood Freeway.

Benson sagte: »Mister Green, Sie haben einen ganz leichten Akzent. Ich weiß nicht, wo ich ihn ansiedeln soll, er klingt nur ab und zu kurz durch.«

»Ich komme aus den Niederlanden.«

»Den Niederlanden? Da bin ich ein paarmal gewesen. Amsterdam, Volendam, Marken. Von wo kommen Sie?«

»Ursprünglich aus Den Haag. Aber ich habe überall mal gewohnt. In zehn verschiedenen Orten.«

»Mein Vater kam auch aus den Niederlanden«, sagte

Kage. »Er hieß Jaap Kaagman. Kam nach dem Ersten Weltkrieg nach Amerika. Mein Großvater war koscherer Fleischer in einem Ort, der Winterswijk hieß. Kennst du den?«

»Ja. Ein tristes Kaff im Osten des Landes.«

»Vor Jahren hab ich es mir mal angesehen. Konnte gut verstehen, wieso er da wegwollte.«

»Wie lange sind Sie schon in der Stadt?« wollte Benson von Green wissen.

»Sechzehn Jahre.«

»Genügend Angebote?«

»Schwierige Zeit«, sagte Green.

»Für wen nicht?« fragte Kage den Spiegel in der Sonnenblende, in dem er die Härchen an seinen Ohren untersuchte; und dann, an Floyd Benson gerichtet, ohne ihn anzusehen: »Hast du in letzter Zeit noch was gemacht?«

»Nein, leider nicht«, antwortete Benson.

»Du bist wenigstens so schlau gewesen, deine Knete gut anzulegen. Ich nicht«, bekannte Kage.

Benson schüttelte den Kopf: »Jimmy, du hast wirklich ein falsches Bild von mir.«

»Na komm, allein dein Haus am Mulholland ist drei, vier Millionen wert.«

»Das Haus mußte ich verkaufen. Schon vor Jahren.«

»Ach, du wohnst nicht mehr dort? Ein tolles Haus war das«, sagte Kage.

»Steuerschulden.«

»Deine Sorgen möchte ich haben.«

»Wünsch dir das nicht, Jimmy, wirklich.«

»Floyd, du weißt ja gar nicht, was *wirkliche* Probleme sind«, wandte Kage ein.

»Wenn das hier ein Wettstreit ist, wer von uns am tiefsten in der Scheiße sitzt, beteilige ich mich gern«, bemerkte Green.

»Meine Herren, das ist eine rein akademische Frage«, sagte Benson. »Die Rechnung, die später auf den Tisch kommt, wird von mir beglichen.«

»Ich höre gern, wie Leute ihr Vermögen verloren haben«, sagte Kage. So viel Höflichkeit, Benson in Ruhe zu lassen, konnte er nicht aufbringen.

»Keine erhebende Geschichte für den, dem es passiert ist, Jim.«

»Aber für jemanden, der im St. Martin's wohnt«, sagte Kage ohne Umschweife.

»Ist das irgendwo am Hollywood?«

»Ja.«

»Da hab ich zweimal gedreht. Vor mehr als fünfundzwanzig Jahren. War ziemlich schlimm damals. Wenn es heute immer noch so ist, ziehe ich in der Tat meinen Schlamassel vor.«

»Ich wohne auch im St. Martin's«, gestand Green, als müsse er Kage in seiner transparenten Armut beistehen, als sei es plötzlich etwas Bemerkenswertes, abgebrannt in einer Armenherberge zu hausen.

»Gut, meine Herren, ich werde euch nachher auch noch etwas zu essen anbieten, bevor ihr wieder unter den armen Teufeln schlafen dürft.«

Benson schwieg eine Weile. Die acht Zylinder des Olds pumpten hörbar.

»Alles verloren im Börsenkrach '87«, eröffnete er dann plötzlich.

»Hattest du viel?« wollte Kage sofort wissen, wie ein Aasgeier.

»Einiges.«

»Alles weg?«

»Alles.«

»Mein Gott«, flüsterte Kage, selig über diese Antwort.

Green beugte sich vor und hielt sich an der Rückenlehne der Vordersitze fest, während er zuhörte.

Kage fragte: »Falsche Berater?«

»Leider nicht. Das wäre leichter zu ertragen gewesen. Nein, meine eigene blinde Habgier war schuld. Viele Leute haben damals einen gehörigen Dämpfer bekommen, aber manche hat es auch Kopf und Kragen gekostet. Zu diesem erlesenen Club gehöre ich. Ich hatte viel Japan und Südostasien. Wahnsinnige Reichtümer besaß ich nicht, aber mehr als genug für die Jahre, die mir noch bleiben. Ich habe mich von aggressiven Wachstumsmärkten blenden lassen. Gewinne von vierzig, fünfzig Prozent. Dachte, daß ich von ganz allein steinreich würde, wenn ich ein paar Jahre dabeibliebe.«

»Das warst du doch schon«, sagte Kage.

»Ja.«

»Aber du bist bankrott gegangen.«

»Unwiderruflich.«

»Von was leben Sie jetzt, wenn Sie nicht mehr arbeiten?« fragte Green, dessen Gedanken nur noch auf Essen, Unterkunft, Busfahrkarten, Waschsalons fixiert waren. »Familie?«

»Familie?« Schnaubend schüttelte Benson den Kopf. »Nein, Mister Green. Ich arbeite.«

»Aber du sagtest doch, daß du nicht mehr arbeitest«, bemerkte Kage.

»Nicht mehr als Schauspieler, nein.«

»Warum nicht?«

»Wie viele Rollen werden schon für dicke alte Männer geschrieben? Ich spiele nicht mehr, weil es keine Angebote für dicke alte Männer gibt.«

»Was machen Sie dann?« wollte Green wissen.

»Elektrische Wartungsarbeiten. Ich bin einfacher Arbeiter geworden.«

Jimmy Kage sah ihn überrascht an. »Elektriker? Du? Du hast einen Oscar zu Hause! Und für dich gibt es keine Rollen?«

»Ich bin nicht der einzige, der einen Oscar hat und für den sich als Schauspieler keine Verwendung mehr findet. Der Inhaber des Geschäfts, in das ich jetzt jeden Tag gehe, ist zum Glück Fan von ein paar Filmen, die ich gedreht habe. Ich kann es ruhig angehen lassen, und er bezahlt mich ganz gut. Ich glaube nicht, daß er an mir verdient. Was ich ihm an Umsatz einbringe, bezahlt er auch wieder an mich aus. Ich bin eine Art Maskottchen für ihn, so wie englische Blaskapellen eine Ziege oder eine Bulldogge haben. Bennie Zar. Persischer Israelit. Zum Glück ein echter Filmfreak. Geflüchtet, als die Fundamentalisten die Macht ergriffen. Für derlei Gläubige gibt es nur eine Art der Vorstellung, und als sie die Kinos zumachten, hat er das Land verlassen. Wenn Mister Zar ein Fest gibt, zolle ich ihm den *acte de présence.*« Letzteres sprach er ohne Beachtung der französischen Phonetik aus.

Green fragte: »Aber jemand wie Sie muß sich doch mit

73

der Ausübung seines Fachs den Lebensunterhalt verdienen können?«

»Nein, Mister Green.«

»Wo wohnst du jetzt?« fragte Kage.

»Als ich den Mulholland verlassen mußte und die Steuern beglichen hatte, bot mir der Makler ein Haus in Santa Monica an. Nicht schlecht, nahe am Meer, Einkaufsmöglichkeiten in Gehweite, fast wie im Dorf.«

»Und wie steht's mit einem Agenten?« fuhr Kage fort.

»Habe ich nicht mehr.«

»Ich auch nicht«, sagte Kage.

»Ich genausowenig«, sagte Green.

»Ein schöner Haufen von Blindgängern sind wir«, konstatierte Kage und fragte: »Hast du was im Haus?«

»Scotch. Wodka. Nicht viel, glaube ich.«

»Laß uns ein paar Flaschen holen, okay?« schlug Kage vor.

Benson brummelte irgend etwas.

»Gut«, sagte Kage. »Das machen wir.«

Sie fuhren nach Downtown, dann ein Stück über die 110 und anschließend über den Santa Monica Freeway an den westlichsten Rand der USA. Dort ertranken alle Träume in den Tiefen des Stillen Ozeans.

10

Hinter dem Staudamm des Hollywood-Reservoirs, eines künstlichen Sees, der in einer Mulde am Rande der Hollywood Hills liegt, flackerten viele Zehntausende von Lichtern unter dem nächtlichen Himmel wie Kerzen an einem offenen Fenster.

Über der Ebene, in der sich die gigantische Stadt erstreckte, schwebten Flugzeuge mit blinkenden Landelichtern Richtung LAX ein, Boeings 747 wie winzige Mücken, unhörbar in dem kontinuierlichen Rauschen, das an den Flanken des Mount Lee zum Hollywood Sign emporstieg.

Wenn Green die Ohren spitzte, hörte er, untermalt vom Motorendröhnen von Autos, Kühlschränken, Waschmaschinen und Klimaanlagen, Millionen schnarchender, sich liebender, streitender, flüsternder, atmender Menschen. Dort unten wurden Heiratsanträge gemacht, Kranke gepflegt, Babys getröstet, Fenster eingeschlagen, HIV-Viren verbreitet, Morde begangen und Lieben geboren.

Bevor sie auch nur in die Nähe von Bensons Haus gekommen waren, hatten sie in mehreren Kneipen etwas getrunken und palavert und am Ende beschlossen, sich das Hollywood Sign einmal persönlich und aus der Nähe anzusehen. Zusammengerechnet wohnten sie schon beinahe ein Jahrhundert in dieser Stadt, aber keiner von ihnen hatte sich je die Mühe gemacht, dem Sign einmal einen Besuch abzustatten, stellten sie mit beschwipstem Klarblick fest. Es war inzwischen halb eins in der Nacht.

Benson und Kage hatten zusammen schon eine ganze Flasche Scotch geleert, Green hatte sich zurückgehalten und nur ein paar Schlucke gekostet, echten schottischen, von Benson spendiert. Green hatte Durst, aber irgendwer mußte ja nüchtern bleiben, um den Wagen fahren zu können. Über den Beachwood und den Mulholland hatte er die beiden Männer im Olds den Berg hinaufgefahren, und nun saßen sie in der Kurve, die der Durand Drive am Hollywood-Reservoir-Stausee beschreibt, in der Böschung hoch über der Stadt, in der Natur, am Übergang zwischen der städtischen Kultur von LA und der rauhen Natur des Griffith und des Cahuenga Park, der letzten Gebiete, die noch an die ursprüngliche Wüste erinnerten.

Jimmy Kage saß in der Mitte, Floyd Benson links von ihm und Green rechts – sie rochen die süßen Aromen der Berghänge. Unter ihnen klaffte eine zig Meter tiefe Schlucht, Schilder warnten vor Gefahren, hin und wieder kam ein vorsichtig manövrierendes Auto vorüber, aber außer den beiden erbärmlichen Trunkenbolden und ihrem Stift gab es auf dem trockenen roten Sand des Mount Lee keine weiteren Ausflügler am Straßenrand.

Ein paar hundert Meter hinter ihnen erhoben sich oben am Steilhang die neun Buchstaben des Sign, jeder fünfzehn Meter hoch und zehn Meter breit, vor mehr als siebzig Jahren von der Immobilienfirma »Hollywoodland« unordentlich als Reklame dort aufgestellt und nach dem Umfallen der letzten vier Buchstaben von der Filmindustrie als Ikone bewahrt. Näher heran kamen sie nicht. Das hier war ein beliebter Ort für Selbstmörder, die jetzt über einen hohen Zaun klettern mußten, ehe sie sich von dem Großen Namen hinunterstürzen konnten. Fünfzehn Meter genügten vollauf, um sich das Genick zu brechen oder den Schädel zu spalten.

Ihre benebelte Unterhaltung hatte das Stadium der sentimentalen Anekdoten erreicht.

Floyd Benson erzählte: »Ich kam gerade herein, als Peter Falk herauskam. Vorsprechtermin für einen Film. Wir wa-

76

ren beide unter den letzten fünf, und Harry Cohn, der Kaiser von Columbia, war bei der letzten Castingrunde persönlich anwesend. Und ich hörte Cohn zum Casting Director sagen: ›Für dasselbe Geld bekommst du auch einen Schauspieler mit *zwei* Augen!‹ Wer bekam also die Rolle? Ich. Und Falk wurde *Columbo,* ein Welthit, aber das ahnte damals noch keiner.«

Jimmy Kage, der lang ausgestreckt auf der Böschung lag, würdigte den Beitrag mit einem Ächzen und übernahm: »Ich hatte mit Dennis Hopper einen Film gemacht, der für Cannes ausgewählt wurde. Bei der Pressekonferenz dort, ihr kennt ja dieses Tollhaus, diesen Wahnsinnstrubel, fragte irgendwer, wieso Dennis immer solche miesen Typen spiele. Darauf er: ›Ich spiele gar keine miesen Typen. Wenn ich spiele, trag ich immer viel zu enge Unterhosen, das ist alles.‹

»Prächtig«, kommentierte Benson mit tiefem Baß. »Und was hältst du von der folgenden, Jim? Ich war gerade bei Jack Warner, als er von einem Journalisten angerufen wurde. Reagan sei soeben zum Gouverneur von Kalifornien gewählt worden. Ob Warner einen Kommentar dazu abgeben wolle. ›Ja‹, sagte er, ›das ist alles unsere Schuld. Wär nicht passiert, wenn wir ihm bessere Rollen gegeben hätten.‹«

»Drei Dinge sind wirklich wichtig, wenn du's in Hollywood zu was bringen willst«, sagte Kage. »Hörst du, Tommie?«

»Ja, ich höre«, sagte Green.

Er war müde. Von dem Ausflug zu Kants Beerdigung. Von dem Selbstbetrug, der ihn nach LA hatte zurückfahren lassen. Die Kraft, sich aufzurappeln und weiterzumachen, hatte er nicht. Er begann zu begreifen, daß manche

Penner – keine Straße in LA ohne ihre mit Kartons und Plastiktüten herumziehenden Wohnungslosen – irgendwann einmal mit einem ehrbaren Beruf ihren Unterhalt verdient hatten und durch Pech, Fehler und verzweifelte Lieben in einen Zustand der völligen Verwahrlosung und des Selbstmitleids geraten waren. Ob es wohl Menschen gab, deren Leben noch stärker von ihren Illusionen beherrscht war als seines? Seit Paula ihn verlassen hatte, hatte er sechsundachtzigmal den Mond zunehmen sehen – er verzieh ihr ihre Mondsucht genauso wie ihren Glauben an Aromatherapien und ihren Hang zur modernen Mystik. Sechsundachtzigmal Neumond ohne ihren trostreichen Körper. Vielleicht sollte er in die Niederlande zurückgehen. Vielleicht wurde es nach all den Jahren Zeit, daß er Paula ein für allemal aus seinem Herzen verbannte und sich eine feste Anstellung beim subventionierten Amsterdamer Theater suchte. Ein Flugticket kostete dreihundertfünfzig Dollar.

»Denn in Hollywood«, erklärte Jimmy Kage, »sind im Grunde drei Eigenschaften ausschlaggebend: Integrität, Solidarität, Bescheidenheit. Hörst du, darauf kommt es an!«

»Ich höre«, wiederholte Green.

»Gut«, sagte Kage. »Integrität, Solidarität, Bescheidenheit. Darum dreht es sich. Wenn du diese drei Dinge *faken* kannst, dann bist du in Hollywood der gemachte Mann!«

Floyd Benson hustete vor Lachen. Krümel von irgendwas wirbelten ihm durch die Kehle. Als das Geröchel nachließ, setzte Kage seinen Monolog fort.

Green dachte: Schau dir ihre Gebärden an, achte auf ihre Diktion, den Rhythmus, die Intonation, stelle fest, daß der Alkohol ihr schauspielerisches Können nicht beeinträchtigt – auch betrunken hätten sie ihre Dialoge noch auf der Bühne vortragen und einen Saal unterhalten können –, und achte auf ihre Technik, anstatt in Selbstmitleid zu ertrinken.

»Kann mir mal jemand verraten, wie spät es ist?« fragte Benson plötzlich. Er erinnerte sich, daß er einen Job hatte. Er mußte irgendwo Leitungen verlegen und Kontakte zusammenschrauben.

»Floyd, sieh mich an. Sieh mich an!« schrie Kage.

Benson versuchte die schweren Augenlider zu heben.

»Ich hab getrunken, das siehst du«, sagte Kage, »aber ich hab mir nicht mal die Hälfte von deinem *intake* genehmigt! Wenn du dich ans Steuer setzt, fährst du dich zuschanden! Und wenn du das unbedingt willst, gut, aber dann ohne uns, okay? Aber wenn du uns nicht wegzubringen brauchst, brauchst du auch nicht zu fahren, hab ich recht?«

»Ja«, flüsterte Benson. Er schien einzunicken und sackte halb zur Seite, in den Straßengraben.

»Morgen ist auch noch ein Tag, um die Welt mit deinem Dasein zu beleidigen. Sind das keine schönen Aussichten?« fragte Kage.

»Ja«, antwortete Benson und nickte.

Er versuchte aufzustehen, doch der Alkohol hatte ihm die Kraft geraubt. Sein mächtiger Körper schwankte ungelenk hin und her, ohne daß er sich von der Böschung lösen konnte.

»Mister Green, junger Freund, helfen Sie mir bitte auf?«

Green half dem strampelnden Koloß. Floyd Benson wog mindestens tausend Kilo.

»Sie fahren nicht«, sagte Green.

»Ich weiß Ihre Sorge sehr zu schätzen, aber ich muß jetzt wirklich los.«

»Sie fahren nicht. Sie sind betrunken. Den Schlüssel bekommen Sie nicht.«

»Den Schlüssel bitte, Mister Green.«

»Kommt gar nicht in Frage, Mister Benson.«

Mit einem Mal geriet Benson ins Wanken. Seine Arme ruderten durch die Luft, während er das Gleichgewicht verlor. Ein aus dem Sand ragender Baumstrunk stellte ihm ein Bein, und er fiel mit einem dumpfen Aufprall seitlich zu Boden, unweit von der tiefschwarz gähnenden Schlucht. Doch auf dem trockenen, losen Sand blieb er nicht liegen. Als habe er Räder unter sich, rutschte er dem Rand des Abgrunds entgegen.

Green machte einen Hechtsprung, streckte die Arme aus und bekam ein bleischweres Bein zu fassen, so daß er Bensons Schlitterpartie abbremste.

»Zurück! Zurück!« brüllte Benson, als wäre Green nicht längst darauf gekommen.

Kage löste sich aus seiner Gelähmtheit und umklammerte das andere Bein mit eisernem Griff.

Sie zerrten Benson die kritischen zwei Meter zurück. Er wand sich im Staub und quiekte wie ein Mastschwein.

Als er sich aufsetzte, ließen Jimmy und Green sich neben ihn fallen. Alle drei keuchten vor Anstrengung und Schreck.

»Mein Gott«, murmelte Benson, »mein lieber Gott.« Er war stocknüchtern, nicht einen Tropfen hatte er getrunken.

Sie blickten zur Schlucht.

Kage nickte in Greens Richtung: »Er hat dir das Leben gerettet.«

Benson blinzelte nervös. »Nur den Bruchteil einer Sekunde später, und ich wäre hinuntergestürzt. Mister Green, Sie haben mir das Leben gerettet. Es klingt dramatisch, aber es ist so. Wenn Sie nicht sofort eingegriffen hätten, würde ich jetzt dort unten liegen. Am schlimmsten muß es wohl sein, wenn man das alles bei vollem Bewußtsein miterlebt, wenn man mitbekommt, wie man mit gebrochenen Knochen dort unten liegt, mit kaputtem Bauch und kaputtem Schädel und...«

»Floyd, du sitzt noch hier, hör auf mit dem Quatsch«, sagte Kage. »Und bedank dich noch mal bei Tommie, denn er hat dir gleich zweifach das Leben gerettet. Wenn du dich nämlich ans Steuer gesetzt hättest, hättest du dich zuschanden gefahren, dann wärst du mitsamt deinem Wagen irgendwo runtergestürzt, verstehst du?«

»Ja, ich verstehe. Nochmals vielen Dank, Mister Green.«

Benson setzte die Flasche an den Mund, nahm einen kräftigen Schluck und zog eine Grimasse, als er schluckte. »Was für eine Höhe hier oben. Daß sie hier keine Zäune anbringen, verstehe ich nicht. – Da...«

Benson zeigte auf einen Absatz am Steilhang der Schlucht, etwa zehn Meter unter ihnen.

Vage sah Green die Umrisse von ein paar dürren Sträuchern.

»Was?« fragte Kage.

»Da liegt jemand«, sagte Benson.

»Da liegt jemand?« wiederholte Kage.

»Ja, da...«

»Wo?« wollte auch Green wissen.

»*Da*«, sagte Benson mit größerem Nachdruck.

»Ja, mein Gott…«, murmelte Kage.

Und nun sah Green es auch. Da lag jemand zwischen den Sträuchern. Ein Körper, reglos auf dem ausgedörrten Boden, in einer wunderlichen Haltung, als sei er aus großer Höhe heruntergefallen.

Kage stellte sich hin.

»Hee!« rief er. »Hee, hörst du uns? Hee, brauchst du Hilfe?«

Seine Stimme prallte gegen die Hänge und verwehte. Green erhob sich ebenfalls und half Benson hoch.

»Der ist mausetot«, mutmaßte Green, »der braucht keine Hilfe mehr.«

»Vielleicht lebt er noch«, sagte Benson.

»Wir sollten hingehen und nachschauen«, schlug Kage vor.

»Ich gehe mit«, sagte Green. »Mister Benson, Sie bleiben hier.«

»Geben Sie acht, man kann nie wissen«, warnte Benson, »vielleicht ist es ein bewaffneter Irrer.«

»Wir passen schon auf«, beruhigte ihn Kage.

Bei Tageslicht war es vielleicht ein Kinderspiel, aber jetzt mußten sie sich auf einem schmalen Rand aus Sand und Strünken vorsichtig abwärts tasten. Sich an der Steilwand abstützend, schoben sie sich Fuß für Fuß weiter hinab, bis sie das Plateau mit den Sträuchern erreichten.

Keuchend sahen sie sich an, abwartend, unsicher, auf eine Reaktion des Mannes hoffend, der still, mit merkwürdig verrenkten Armen und Beinen, den Rücken ihnen zugewandt, zwischen dem Geäst lag.

Green machte drei Schritte zu ihm hin und ging in die Hocke.

Der Mann war tot. Green war sich sicher, daß durch den Arm, den er vorsichtig berührte, kein Blut mehr strömte.

Kage kniete sich neben ihn.

»Eindeutig tot«, sagte Kage.

Sie bogen ein paar Zweige beiseite.

Da erklang hinter ihnen plötzlich eine dunkle Stimme.

»Tot.«

Es war Floyd Benson. Er war ebenfalls herabgeklettert.

»Herrgott, Floyd, kannst du einen nicht warnen, ehe du was sagst«, beschwerte sich Kage, »ich hab mich zu Tode erschreckt!«

»Entschuldige. Tot, was?« Keuchend wischte sich Benson mit dem Handrücken den Schweiß von den Wangen.

»Durch und durch«, sagte Kage.

»Schöne Bescherung«, sagte Green. »Nachher untersuchen sie die Stelle hier und finden unsere Fußspuren. Drei Täter, folgern sie dann.«

»Wieso?« fragte Kage. »Wir werden es gleich melden.«

»Drei Männer finden mitten in der Nacht an einem unmöglichen Ort einen Toten. Wir werden zu den Hauptverdächtigen, darauf kannst du Gift nehmen«, prophezeite Green. Er hatte gerade gesessen, er konnte es sich nicht erlauben, die Aufmerksamkeit der Justiz zu erregen.

»Sollen wir ihn mal umdrehen?« schlug Benson vor. »Vielleicht steckt irgendwas in seinen Taschen. Führerschein oder Ausweis.«

Behutsam drehten sie den schweren Leichnam um. Ein Mann mit dunklem Haar, kein Latino, aber ein Italiener oder Spanier, mit geschwollenem Gesicht, von dem nichts abzulesen war. Dicke Augenlider verbargen seine Augen, ein halbgeöffneter Mund mit aufgedunsener Zunge, beinahe tierisch, schwarze Lippen. Er war mittelgroß. Sein Hemd und sein Anzug waren mit dunklen Flecken besudelt.

»So eine Schweinerei«, sagte Kage. »Der Mann ist mißhandelt worden.«

»Ich kenne ihn«, stellte Benson mit bleichem Gesicht fest und schluckte.

»Mach keine Witze«, sagte Kage. »Wenn du so aussiehst, bist du von niemandem mehr zu erkennen.«

»Ich schwör dir, ich kenne ihn.«

Kage seufzte: »Floyd, du hast zuviel getrunken, du bist müde, es ist spät, du halluzinierst.«

»Vorgestern, nein, vor drei Tagen, da tauchte dieser Herr hier als Besucher in dem Haus auf, in dem ich gerade arbeite.«

»Kann nicht sein«, sagte Kage. »Du irrst dich. Das war ein anderer.«

»Seine linke Hand. Da fehlt ein Glied an seinem kleinen Finger«, sagte Benson heiser. Er deutete mit zitternder Hand auf den Toten.

Green zerrte am linken Arm der Leiche und hielt ihn am Jackettärmel hoch. Die Spitze des kleinen Fingers fehlte.

»Heiliger Herrgott...«, murmelte Kage.

Green fragte: »Woher wußten Sie das?«

Benson schluckte: »Das war mir aufgefallen, als ich ihn sah. Ich arbeite gerade bei Gangstern im Haus. Zumindest halte ich sie für Gangster. Den Eindruck machen sie auf mich. Dicke Rolex-Uhren, protzige Gliederarmbänder, Schuhe aus Krokodilleder.«

»Was müssen Sie dort machen?« fragte Green.

»Eine Alarmanlage. Ich installiere eine Alarmanlage. Magnetkontakte, Infrarotsensoren, solche Sachen. Das ist meine Arbeit. Für Bennie Zar. Einen persischen Israeliten.«

Sie schauten auf den Toten.

Kage fragte: »Weißt du auch, ob unser Freund einen Namen hat?«

»Nein.« Benson schüttelte den Kopf. »Oder doch. Tino, glaube ich.«

»Tino«, wiederholte Kage für sich.

»Sollen wir mal in seine Taschen sehen?« schlug Green vor.

Kage schüttelte den Kopf: »Die haben sie geleert, gib dir keine Mühe.«

»Was machen wir jetzt?« fragte Benson.

»Wir gehen jetzt zur Polizei«, antwortete Kage.

»Die werden sich natürlich an meine Fersen heften, wenn sie herausfinden, daß ich die Leiche wiedererkannt habe«, flüsterte Benson unheilvoll, als ihm die beängstigenden Perspektiven bewußt wurden.

Green sagte: »Sie haben recht. Jim, das Risiko dürfen wir nicht eingehen. Die hören eines Tages, daß Mister Benson ihren Tino identifiziert hat, und am Ende stehen wir dann wieder auf dem Forest Lawn.«

»Ich bin das Bindeglied zwischen Tino und diesem Haus«, klagte Benson. »Vielleicht ist er ja sogar dort ermordet worden. Mein Gott, in was bin ich da nur hineingeraten!«

»Das heißt, wir unternehmen gar nichts?« fragte Kage.

»Vielleicht ein Hinweis. Anonym, von einer Telefonzelle aus. Keine Namen nennen«, schlug Green vor.

»Und er bleibt hier liegen?«

»Ja«, antwortete Green.

»Sollen ihn doch andere finden«, regte Floyd Benson an.

»Das können wir nicht machen«, fand Kage. »Unser Tino mag ein großer Halunke gewesen sein, aber er ist jetzt tot und muß begraben werden.«

»Ja, du hast recht. Aber ich darf doch auch an mein eigenes Leben denken, oder nicht?« fragte Benson. »Die Leute, bei denen ich arbeite, das sind keine Schöngeister, Jim, das sind wirklich ungehobelte Gesellen.«

»Es gibt hier Kojoten«, sagte Kage.

»Dann haben die es eben auch mal gut«, entgegnete Green. »Wir müssen hier weg.«

Sie folgten Floyd Benson zurück nach oben. Er ächzte, als er den steilen Hang hinaufkletterte, drohte ein paarmal abzurutschen, erreichte aber die Straßenböschung und lief sogleich zu seinem Oldsmobile.

Er schwitzte heftig, unter seinen Achseln breiteten sich feuchte Flecken aus, und er hielt sich mit beiden Händen an der Dachkante des Wagens fest, senkte den Kopf und verschnaufte.

Kage war am Straßenrand stehengeblieben. Er hielt die Flasche in der Hand, aus der sie getrunken hatten.

»Haben wir hier noch was liegenlassen?« rief er.

»Du hast geraucht!« antwortete Green. »Du mußt deine Kippen mitnehmen!«

Kage bückte sich und suchte den Boden ab.

»Es sind ein paar Autos an uns vorbeigekommen«, sagte Benson, ohne aufzuschauen. »Die haben natürlich meinen Olds gesehen.«

»Die Wahrscheinlichkeit ist gering«, antwortete Green. »Wenn man hier entlangfährt, hat man keine Zeit, auf etwas anderes zu achten als auf die Straße. Nur einen Moment nicht aufgepaßt, und man landet im Abgrund. Wird schon schiefgehen, Mister Benson.«

»So etwas geht nie gut aus«, prophezeite Benson verzweifelt. »Wieso müssen ausgerechnet wir diesen Tino finden?«

»Pech«, antwortete Green.

»Sie haben Geld gezählt«, sagte Benson. »Tino hatte Koffer bei sich. Das müssen Millionen gewesen sein. Ich habe es zufällig gesehen. Ich drehte mich kurz um, als eine Tür aufging, und konnte es in einem Spiegel sehen. Wenn sie gewußt hätten, daß ich es gesehen habe, hätten sie mir vermutlich sofort die Kehle durchgeschnitten.«

Green hätte nie gedacht, daß eine verbrecherische Idee derartig Macht von einem ergreifen kann. Sie kam völlig unerwartet in Greens Bewußtsein auf, schoß ihm aus dem Schädel und fuhr ihm siedend heiß den Rücken hinab und in die Gliedmaßen. Der Gedanke, daß er zu Geld kommen konnte, ohne dafür arbeiten zu müssen, ohne Anstrengungen dafür auf sich nehmen zu müssen, die in einem Verhältnis zur Höhe des Kapitals standen – Millionen, hatte Benson gesagt –, dieser Gedanke war verlockend und überwältigend; ein seltsames Gefühl, von einem solchen Gedanken übermannt zu werden. Er hatte sich selbst reif dafür gemacht. Er hatte im Gefängnis gesessen und unzählige Geschichten über Schwindel und Betrug gehört, wie ein Schwamm jede Anekdote in sich aufgesogen.

Ihm wurde schwindelig von der Spannung, die diese Idee

auslöste. Kage kam zum Auto, und Green löste sich von Bensons Seite und steuerte auf die Böschung zu.

»Ich bin gleich wieder da«, sagte er.

»Was hast du vor?« fragte Kage im Vorübergehen.

»Ich geh noch mal kurz zurück«, sagte Green.

»Warum?«

»Das erklär ich später.«

»Wieso gehst du zurück? Du machst doch keinen Blödsinn, Tom?«

»Ich erkläre es dir nachher.«

»Was haben Sie vor?« ertönte Bensons Baß hinter ihm.

Green antwortete nicht, sondern stieg in die Schlucht hinunter.

11

»Eine schöne kleine Rolle von Tom Green, der Klischees zu vermeiden versteht und damit in einem ansonsten eher seichten Film überraschend ergreift.« Mit diesem Satz kommentierte die *New York Times* 1982 Greens Rolle in einem *movie of the week*. Er erhielt dafür eine Emmy-Nominierung.

Nun plötzlich wollte sich die Kellnerin in seiner Stammkneipe, die ihn monatelang auf Distanz gehalten hatte, davon überzeugen, ob er zu Hause tatsächlich eine Sammlung exotischer Skulpturen, Vasen und Masken hatte, Erbstücke seiner Mutter. Vor dem Spiegel probte er eine Dankesrede.

Linda Gross, seiner Agentin von United Talent, zufolge war Tom Green nach der Nominierung ein *somebody*, der von seinem Wohnzimmersofa aus gelassen unter Dutzenden von Skripts würde auswählen können, die man ihm allwöchentlich zuschickte. Sie hatte recht, er erhielt zahllose Skripts, doch die Rollen, die ihm angeboten wurden, waren eine wie die andere Varianten seiner Nominierungsrolle: tragischer Junkie, der trotz seiner Sucht menschlich geblieben war und mit dem man sich identifizieren konnte, und er wollte sich nicht wiederholen

Die Emmy-Verleihung wurde live im Fernsehen ausgestrahlt, aus einem glutheißen Saal mit nervösen Künstlern und Produzenten. Green kam drei Sekunden ins Bild, als die Nominierungen für den *outstanding supporting actor in a limited series or a special* verlesen wurden, und danach noch einmal fünfzehn Sekunden, als ein Clip aus dem Film gezeigt wurde. Aber der Emmy ging an einen alten Hasen, der schon länger Anrecht auf eine Auszeichnung hatte. Die Hoffnung, nun für das A-Material in Frage zu kommen, mit dem die Studios arbeiteten, verflog genauso schnell wie die Erinnerung an seine Nominierung. Weil die Bezahlung stimmte, spielte Green noch ein paar Junkies, und dann klapperte er wieder die Vorsprechtermine ab. Er konnte das verkraften, er war noch jung.

Zweimal gehörte er beinahe zu den Auserwählten: bei einem Film von Sidney Lumet erreichte er die letzte Runde, und bei Paul Verhoeven hätte er um ein Haar einen Nachtclubbesitzer gespielt, aber er hatte leider ein »zu allgemeines Gesicht«. Er hatte Verhoeven angerufen – schließlich und endlich ein Landsmann, mit dem er bei einem Umtrunk des niederländischen Konsulats mal ein, zwei Worte gewechselt hatte –, ihm eine Nachricht auf Band gesprochen (»Wenn's sein muß, habe ich sogar ein chinesisches Gesicht«) und die Stunden und Tage gezählt. Verhoeven hatte nie von sich hören lassen.

Tom Green wurde zu einem dieser unzähligen Schauspieler, die die Miete, die Reinigung und die Leasingkosten für den BMW bezahlen konnten, aber nie den großen Durchbruch erlebten. Krampfhaft hielt er an seinem Traum fest: Er war nach Amerika gekommen, um die besten Rollen in den besten Filmen zu spielen, und er gab nicht auf. Jahrelang spielte er passable Nebenrollen, vor allem im Fernsehen, und lauerte auf diese eine Chance, die niemals kam.

Etwa auf der Hälfte seiner Zeit in LA kam dann die Periode mit Paula, die alles überstrahlte. Bevor Paula in sein Leben trat, war seine Karriere einigermaßen gut verlaufen – eine aufsteigende Linie war zwar kaum auszumachen, aber er bekam kontinuierlich Rollenangebote –, doch nach Paula ging es rapide bergab, als habe ihn mit ihr auch seine Willenskraft verlassen. In dem chaotischen Jahr nach ihrer Trennung tauschte er, über ihre leeren Versprechungen enttäuscht, Linda Gross von United Talent gegen Peter Kahn von The Unlimited Agency aus, einer Gruppe jung-dynamischer Agenten, die den großen Büros zu Leibe gehen wollten – und mußte die Möglichkeiten an sich vorbeiziehen sehen. Er verkaufte einige Stücke aus der Sammlung seiner Mutter, gab den BMW ab und zog mit den rituellen Kunstgegenständen in ein preiswerteres Apartment. Er übernahm eintägige Nebenrollen und tingelte (nachdem er nach und nach die gesamte Kuriositätensammlung, die seine Mutter mit solcher Sorgfalt zusammengetragen hatte, verkauft hatte) durch Altersheime und Feriendörfer, wo er mit anderen ausgestoßenen Schauspielern Sketche und Schwänke aufführte.

Zeitweilig gelindert wurden seine Sorgen, als er in New York in der Fernsehserie *Single Scene* mitspielen konnte. Er entfloh LA und bezog ein kleines Apartment in der Lower East Side, einem kunterbunten Slumviertel, das von Punks, Kunstmalern, Dichtern und Kleinkriminellen bewohnt wurde. Dort nahm sein Leben eine kuriose Wendung.

Eine lobende Kritik in der *Village Voice* lockte ihn in ein Programmkino, wo er mit zwei weiteren Zuschauern einen eigenartigen französischen Thriller sah. Am Tag darauf machte er sich auf die Suche nach dem Drehbuch und fand es in einer Spezialbuchhandlung; er schickte dem französischen Produzenten ein ambitioniertes und ehrfurchtsvolles Fax und erwarb für fünftausend Dollar, einen Großteil seines Notgroschens, eine Option. Drei Monate wurden ihm eingeräumt, um den Kauf der Filmrechte für ein amerikanisches *remake* zu finanzieren. Wenn er das Geld auftrieb, konnte er nicht nur eine der Hauptrollen spielen, sondern auch die Produktion leiten und vielleicht sogar die Regie führen. Vor Zuversicht und Enthusiasmus strotzend, hoffnungsfroh, daß die Impasse, die jetzt schon so viele Jahre anhielt, ein Ende haben würde, begann er mit der Übersetzung und Bearbeitung des Skripts.

Und unverhofft bekam er einen Nebenjob. Sein Gesicht war vom Casting Director einer Werbeagentur für ein Promotion-Video für geeignet befunden worden, das bei Reiseunternehmen das Interesse für den unberührten, wald- und seenreichen nordöstlichen Bundesstaat Maine wecken sollte. Seinen amerikanischen Akzent, den er sich in Intensivkursen erworben hatte, mußte er gegen seine vorherige, so »charmante« niederländische Aussprache austauschen, denn er spielte einen unbedarften Europäer auf der Suche nach der jungfräulichen Natur. Nein sagen konnte er nicht, er brauchte Geld.

So zog er um nach Camden, Maine, einem Städtchen an einer der vielen Buchten der gezackten Nordostküste der Vereinigten Staaten, das in den Sommermonaten regen Zulauf von Touristen hatte, die sich für Wälder mit grasenden Elchen, einsame Ländereien, saubere Seen und von Myriaden Moskitos vernebelte Weiten begeisterten. Er quartierte sich in einem Hotel an der Main Street ein, wo der Tourist alles fand, was er brauchte: einen Deli, ein Restaurant, eine Schreibwaren- und Kunsthandlung, einen Drugstore, ein Buchantiquariat. Jenseits der östlichen Häuserreihe der Main Street lag der Hafen, Liegeplatz Hunderter von Vergnügungsbooten, in deren Restaurantküchen lebende Krebse gegart wurden.

Jane McDoughal leitete die Produktion. Sie zählte demonstrativ seine Quittungen nach, als habe ihr jemand den Hinweis gegeben, daß er seine Abrechnungen frisiere. Abends aß er ohne Gesellschaft in einem der Lokale am Wasser, starrte auf die Urlauberfamilien, auf die Fische in den Aquarien und die örtliche Jugend, die den Trubel der Sommermonate auskostete.

An seinem vorletzten Abend in Camden spazierte Jane über den Holzsteg vor der Terrasse, auf der er gerade sein Essen zu sich nahm. Obwohl in der Form ihres breiten Gesichts etwas Slawisches oder Vorderasiatisches anklang, hatte sie die Größe einer Skandinavierin und auch das hellblonde Haar; einen großen, lüsternen Mund mit beinahe schmollend vorspringender Unterlippe, glänzende braune Augen und einen kräftigen Körper. Er blätterte in dem französischen Drehbuch, einen Notizblock neben dem Teller. Bis zu diesem Moment hatte sie ihn nie länger als unbedingt nötig angesehen. Er lud sie ein. Sie zögerte. Er ließ nicht locker. Sie setzte sich zu ihm.

Green erweckte den Anschein, daß sie ihm schon vom ersten Augenblick an nicht mehr aus dem Kopf gegangen sei und daß er sie außergewöhnlich und faszinierend finde, und er wirkte dabei so überzeugend, daß er selbst an das zu glauben begann, was er hingebungsvoll spielte. Unzählige Male war er schon nach dieser Masche vorgegangen und hatte relativ oft das gewünschte Resultat damit erzielt. Für gewöhnlich erhielt sein Einsatz bei so einer Verführung lediglich eine unnötige Bestätigung dafür, daß er eine Frau mit vergleichsweise bescheidenen Mitteln – ein paar Gläsern Wein, netten Anekdoten, abgekarteten Schauspielertricks – zum Ablegen ihrer Kleider bewegen konnte. Das war keine Gabe, die für eine Emmy-Nominierung in Betracht kam oder die einen problemlosen Morgen danach garantierte – häufig wollte er anschließend sofort weg: weg aus dem Bett, dem Zimmer, dem Apartment, der Straße, der Stadt, weg von dieser plötzlichen, nackten Intimität, voller Wehmut und Zerknirschung über die eine Frau, die ihn verlassen hatte und neben der er für den Rest seines Lebens hatte wach werden wollen.

An diesem Abend wurde Jane zu seiner Zielscheibe, ob er wollte oder nicht. Es war nicht Hobby oder Zeitvertreib, sondern triebhafte Notwendigkeit – sie stellte einen Einschnitt im Lauf seines Schicksals dar, ein rituelles Abenteuer, das die Welt vorübergehend zur bloßen Dekoration für ein Duett werden ließ –, sie, ehe der Morgen graute, zu etwas Schamlosem zu bewegen. Die Reue kam später.

Je länger er sie ansah, desto schöner wurde sie (das passierte ihm öfter: hinter der strengen Maske verbarg die einsame, spröde Frau eine klassische Schönheit, Sanftmut und Unsicherheit, wie konnte es anders sein), und von dem Moment an, da sie sich zu ihm setzte, stellte er sich vor, wie sich ihr Hintern anfühlen würde, wenn er sie an sich drückte, wie sie ihr Gesicht ins Kissen drehen würde, wenn er sie streichelte. Mit anderen Worten: Er brauchte eine Frau.

Sie blieben sitzen, bis das Lokal um Mitternacht zumachte.

Auch die folgende Nacht verbrachte sie in seinem Hotelbett. Sie war eine anregende Gesellschafterin, ganz und gar nicht die Zimtzicke, als die sie ihm beim Überprüfen seiner Quittungen erschienen war, mit einer Jugend, die ganz anders verlaufen war als die seine, protestantisch, blond und gesund.

Green blieb auch nach Beendigung der Dreharbeiten für das *promo* in Camden, schlief mit ihr zwischen den Teddybären auf ihrem Bett, lernte ihre Freunde kennen. Es war anders als mit Paula, mit der niemand zu vergleichen war, aber zum erstenmal, seit sie ihn verlassen hatte, war er einer Frau begegnet, mit der er mühelos vierundzwanzig Stunden am Tag zusammensein konnte, zwar weniger intensiv als mit Paula, aber er hatte sich damit abgefunden, daß diese Erfahrung nie mehr wiederkehren würde.

Er hatte gerade genug beiseite gelegt, um in New York

ein halbes Jahr überleben zu können. Nach dem Kauf der Option auf *Le Feu* verschlang der verlängerte Aufenthalt in Camden mit kostspieligen Ausflügen und gehäuftem Restaurantbesuch einen weiteren beträchtlichen Teil seines gesparten Geldes. (Außer der Miete für ein Apartment in einem verwahrlosten Gebäude konnte er sich einmal die Woche eine anständige Mahlzeit außer Haus leisten; er hatte sich daran gewöhnt, so sparsam wie möglich zu haushalten, tätigte seine Einkäufe mit Gutscheinen aus der Supermarktwerbung, lieh sich seine Bücher in der Bibliothek aus, ging tagsüber ins Kino, zu reduzierten Eintrittspreisen; er mutete sich das alles zu, weil er immer noch Hoffnung hatte.) Da bedachte er, daß das *remake* des französischen Films ja auch in Maine gedreht werden könne. Die Erwägung, zusammen mit Jane an dem Film arbeiten, eine Produktionsfirma gründen und in Camden alles in einem überschaubaren Rahmen halten zu können (mit Hilfe staatlicher Subventionen, an die Jane schon heranzukommen wüßte), veranlaßte ihn, seinen New Yorker Wohnsitz aufzugeben und in der Nähe der Feuerstelle zu bleiben, bei Jane, bei der er nun offiziell einzog.

Und es funktionierte. Innerhalb eines Monats hatte Jane einen staatlichen Vorschuß lockergemacht, ein zinsloses Darlehen in Höhe von fünftausend Dollar. Sie veranschlagten ihr Budget auf gut zwei Millionen, und die Hälfte davon wollten sie selber aufbringen. Die andere Hälfte sollte von einem Verleiher kommen, der nicht schwer zu finden sein würde, wenn sie einen Darsteller oder eine Darstellerin in der Besetzung hätten, die einigermaßen bekannt waren. Green wollte bei Jimmy Kage anfragen. In den siebziger

Jahren war Jimmy Kage ein Kultstar gewesen, ein *pot* rauchender, politisch engagierter Künstler, der sich mit Rockgruppen und Underground-Dichtern abgegeben hatte und saufend und schnupfend an den Rand des Ruhms abgeglitten war. Kages Stern war stumpf geworden. Sein Geld war futsch, sein Status labil, aber er hatte immer noch Fans.

Auf der *wrap party* nach Beendigung der Dreharbeiten für *Single Scene,* die Serie, die Green in New York gemacht hatte, hatte er zufällig mitbekommen, wie Jeffrey Baum Kages Qualitäten rühmte. Baum war Leiter von *New Moon Cinema,* der Firma, die die Serie produzierte und vertrieb, ihn wollte Green um eine Bürgschaft bitten. Ihre eigene Million würden sie mit Hilfe eines Anteilsystems in Maine zusammenbringen: tausend Anteile à tausend Dollar sollten ihnen die Mittel zur Verfügung stellen, um sich als Filmproduzenten zu etablieren – eine brillante Idee Janes.

Die fünftausend Dollar Vorschuß verschafften ihnen Luft für ein paar Monate. Sie erledigten alles von Janes Wohnung aus. Jane ging tagsüber ihrer festen Beschäftigung für das Fremdenverkehrsamt des Bundesstaates nach, und er arbeitete an ihrem Küchentisch an *Fire.* Mit Janes Computer stellte er die erste amerikanische Version von *Le Feu* fertig und begann mit einer detaillierten Kostenkalkulation. Auch verfaßte er eine schriftliche Prognose. Bei einem Budget von $ 2 153 744 und Vertriebskosten in mindestens noch einmal derselben Höhe würden die Gesamtkosten für *Fire* gerundet $ 4 320 000 betragen. Selbst wenn der Film an den Kinokassen weniger einspielte als erwartet, würden sich die Einnahmen, einschließlich Video und Fernsehen, mindestens auf das Doppelte belaufen.

Green stützte sich bei seiner Prognose auf die Einnahmen, die mit vergleichbaren Filmen in der Vergangenheit erzielt worden waren. Investmentgesellschaften deuteten im unteren Abschnitt ihrer Annoncen dezent an, daß sie keine Garantie für die Zukunft leisten könnten, aber er durfte davon ausgehen, daß *Fire* ein ganz guter Film werden würde. Er kannte erfahrene Kameraleute, Cutter, Tontechniker, und er war davon überzeugt, daß er außer Kage noch einen zweiten Star würde anlocken können. Green selbst wollte die Hauptrolle spielen und den Film, mit etwas Glück, auf ein Festival lancieren.

Janes Drucker brachte seine Erwartungen klipp und klar zu Papier; sie ließen Howard's Schreibwarengeschäft in der Main Street schön gebundene Kopien davon machen und versandten Einladungen an den Vorsitz der Handelskammer von Camden und Rockland. Wenn sie auch nur einen einzigen wichtigen Investor mitreißen konnten, würden die anderen schon nachziehen, spekulierten sie.

Zur abendlichen Präsentation in Janes Wohnung kamen fünfundzwanzig Männer und Frauen, Eigentümer von Supermärkten, Autowerkstätten, Hotels, denen an der Profilierung ihrer Region als Urlaubsziel gelegen war und die daher wissen wollten, ob das, was das Gebiet an Schönem zu bieten hatte, auch zu sehen sein würde. Natürlich, antworteten Jane und Green resolut, die Schönheit der Landschaft sei ein wesentlicher Bestandteil des Films. Sie erläuterten, daß der Teil des Budgets, den sie aus lokalen Quellen finanzieren wollten, auch in der Region ausgegeben werde, die Million werde einfach eine kleine Runde drehen. Zum Beispiel werde der Fleischer durch den Erwerb eines Anteilscheins den Film möglich machen, für dessen Catering dann nachher wieder das Fleisch bei ihm eingekauft werde. Und Green *pitchte* die Geschichte des Films, voller Überzeugung, Enthusiasmus und Ironie.

Am nächsten Tag kaufte Frank McCraw, Inhaber von fünf großen Supermärkten, fünfzig Anteile. Unter der Voraussetzung, daß sein Enkel bei den Aufnahmen als Praktikant mitwirken dürfe. Kein Problem, sagten die Produzenten. Binnen zwei Wochen verkauften sie hundertfünfzig Anteile. In Absprache mit der Handelskammer bereiteten sie eine große Aktion vor. Aller Voraussicht nach würden sie die Million binnen einem Monat zusammenhaben. Sie waren euphorisch. Das Wochenende verbrachten sie in der Hütte von Janes Bruder am Ende labyrinthischer Waldwege, inmitten eines ewigen Waldes. In Greens schaukelndem Lease-Cadillac waren sie dorthin gefahren, einen gefüllten Picknickkorb und ein paar Flaschen kalifornischen Champagner auf der Rückbank, ein Wochenende, an dem sie unermüdlich vögelten.

Am Montag abend schickte er, den Zeitunterschied gegenüber Europa berücksichtigend, dem französischen Produzenten ein selbstbewußtes Fax mit der Bitte um Verlängerung der Option. Der Franzose antwortete ebenfalls per Fax: Zwei Stunden zuvor habe er die Rechte an einen *major* verkauft. Green hätte die Option am vergangenen Freitag vor Mitternacht verlängern müssen, doch er hatte das Wochenende verstreichen lassen und darauf vertraut, daß die Franzosen am Samstag nicht ins Büro gehen würden, um nach seinem Fax zu sehen. Er hatte nicht gewußt, daß in Amerika Interesse an *Le Feu* bestand. Der französische Produzent hatte nichts darüber verlauten lassen, denn es lag in seinem Interesse, daß Green seine Option nicht verlängerte. Natürlich war ein *major* eine bessere Partie als ein arbeitsloser Schauspieler.

Das Merkwürdige war, daß es Green nicht überraschte. So hart und verbissen er auch an dem Projekt gearbeitet hatte, er hatte einen letzten Rest an Zweifel nicht vertreiben können, als habe er immer gewußt, daß dieses Märchen eines Tages zerplatzen würde, so wie seine Beziehung zu Paula. Die Nachricht verwies seine Wirklichkeit wieder in die angemessenen Schranken. Er hatte kein Recht auf Paula gehabt. Er hatte kein Recht auf Erfolg.

Er rief in Paris an, schrie Verwünschungen in den Apparat, drohte mit Rechtsanwälten und Prozessen, doch der Franzose hatte kein Erbarmen und wiederholte nur ganz ruhig, daß er früher hätte handeln müssen.

Green war außerstande, Jane die Katastrophe zu beichten. Er hatte nach Auswegen gesucht, nach Lösungen, wie die kleine Unachtsamkeit, die ihrem Abenteuer den Boden unter den Füßen weggezogen hatte, wettgemacht werden könnte, aber ihm fiel nichts ein, was die Spekulation mit den Anteilen rechtfertigte.

Nachts, während Jane unschuldig neben ihm träumte, verfiel er auf den Gedanken, *Le Feu* so umzuschreiben, daß zwar die Qualitäten des Films erhalten blieben, die Inhaber der Rechte am Original aber keine Ansprüche geltend machen könnten.

Er brauchte einen Monat, um das Drehbuch entsprechend von seinem Ursprung zu lösen. Das Einwerben von Geldern lief unverändert weiter, Jane stellte nach wie vor

Anteilscheine aus, an manchen Tagen strömte das Geld nur so herein (mühelos brachten sie gut achthunderttausend Dollar zusammen), und er verschwieg, was er den Anteilseignern hätte eröffnen müssen: »Sorry, Sie bekommen Ihr Geld zurück, ich habe nichts mehr zu bieten, das französische Skript ist jetzt im Besitz eines Hollywood-Studios.«

Das neue Skript, Greens Version, mochte genauso gut sein, aber das alte hatte den Vorzug, daß es mit für jedermann sichtbaren Qualitäten verfilmt worden war. Wenn es Green gelang, für seine Version Kage zu verpflichten, konnte er Baum Skript und Darsteller als *package* anbieten, wie das in Hollywood häufiger gemacht wurde, und die Anteilseigner dann mit diesem Ergebnis überzeugen. Er schickte Kage einen Brief.

»Das ist doch dein Debüt als Regisseur, oder?« fragte Kage, als er Green zurückrief. Kages Stimme war von Zigaretten und Alkohol verschlissen.

»Ja. Ich bin, schätze ich, reif dafür.«

»Low budget?«

»Ja. Aber große Erwartungen.«

»Natürlich, was sonst. Wann willst du drehen?«

»In genau einem halben Jahr. Bist du frei?«

»Für dich schon.«

»Ich schicke dir das Skript.«

Per FedEx wurde es am folgenden Tag in dem Postfach am Wilshire Boulevard abgeliefert. Drei Tage darauf rief Kage ihn wieder an.

»Tommie, Junge, ich mach mit. Es hat wirklich Klasse. Ich wußte gar nicht, daß du das draufhast. Ich hatte zwar schon was anderes, aber für dich verschaff ich mir den nötigen Raum.«

»Fabelhaft«, sagte Green. »Schick mir bitte ein Fax mit deiner Zusage.«

»Und mit wem red ich über die Piepen?«

»Jane McDoughal ist die Produzentin.«

»Ah, ich glaub, der bin ich schon mal irgendwo über den Weg gelaufen«, sagte der alte Schluckspecht, der mit seinen einschlägigen Kontakten in der ›Industrie‹ Eindruck schinden wollte.

»Ich glaube, du verwechselst sie mit einer anderen McDoughal«, sagte Green, ihn vorsichtig zurechtweisend. »Dies ist Janes erste Produktion.«

»Ach ja? Na, dann hab ich wohl mit einer anderen McDoughal gesprochen«, erwiderte Kage. Hatte er getrunken? Wenn sie drehten, hatte er nüchtern zu sein. Notfalls würde Green ihm die Flasche vom Mund schlagen.

Der nächste Schritt war Jeffrey Baum. Es kostete ihn zwei Wochen, bis er Baum an die Strippe bekam. Die Schnelligkeit, mit der ein *executive* an den Apparat kommt, verrät, welchen Stellenwert der Anrufer besitzt. Green rangierte sehr weit unten in der Hierarchie. Baum war kurz angebunden, bat um Faktenmaterial, Green sollte ihm alles zuschicken.

Erneut verstrichen zwei Wochen. Und danach kam ein Brief. Baum schrieb, daß New Moon von dem Projekt absehe. Green rief an. Gegen Abend, nach fünfzig Versuchen, gewährte Baum ihm eine Minute.

»Kage ist ein Risiko. Das Wagnis, mich auf jemanden einzulassen, der so schwer trinkt, ist mir zu groß.«

»Wenn er arbeitet, ist er nüchtern.«

»Und er verkauft sich nicht gut.«

»Der Film kostet nur zwei Millionen! Das ist doch ein sehr begrenztes Risiko!«

»Tommie, mit Kage allein mach ich's nicht. Melde dich wieder, wenn du einen besseren Namen hast, okay? Das Skript ist nicht schlecht, aber es braucht noch ein bißchen mehr *body*. Kannst du nicht Dennis Quaid bekommen oder Kurt Russell? Die sind zu bezahlen und haben trotzdem *appeal*.«

Die ganze Umgebung war begeistert von dem Filmprojekt. Auf der Straße wurde Green immer wieder angehalten und mit guten Wünschen beträufelt. Die Lokalzeitung veröffentlichte allwöchentlich den neuesten Stand der Anteile (sie arbeiteten nun einmal mit der Handelskammer zusammen und hatten der Gemeinde uneingeschränkten Einblick zu gewähren), sie wurden überhäuft mit Angeboten von freiwilligen Helfern, von Mietwagenfirmen, Restaurants, Pensionen, Bootsverleihen. Jane und Green wurden im Eßzimmer des Bürgermeisters von Camden und Rockland bewirtet, waren Ehrengäste beim jährlichen Dorffest, und Schüler baten sie um Autogramme.

Noch immer hatte er Jane nicht eingeweiht. Einen Teil des Geldes hatten sie für Bürokosten, einen Vorschuß auf sein Gehalt und die Einstellung einer Sekretärin ausgegeben. Das war in Absprache mit den Investoren geschehen – nicht mehr als zehn Prozent der Einlagen durften dafür verwendet werden –, und er war sich im klaren, daß er auf Treibsand stand: Er benutzte das Geld für ein Luftschloß, er konnte nicht einen Pfennig davon zurückzahlen.

Der Zufall wollte es, daß der zukünftige Praktikant Bud McCraw, Enkel des Supermarktfritzen, die *Variety,* die Zeitung der ›Industrie‹, abonniert hatte, denn er wollte später Regisseur werden. Und so las Bud eines Tages, daß Warner das Remake des französischen Thrillers *Le Feu* produzierte. *Starring:* Gere und Stone. Regie führte irgendein alter Hase. Der Name Tom Green kam in dem Bericht nicht vor. Genausowenig wie Camden, Maine.

Sie zeigten ihn an. Jane, McCraw, alle Einwohner des gesamten Küstenstrichs – einschließlich der Schweine, Kühe, Mücken und Fliegen, dachte Green hin und wieder – sagten gegen ihn aus, und er bekannte sich schuldig. Sein Anwalt und der *Assistant DA,* der stellvertretende Staatsanwalt, einigten sich auf einen Vergleich. Ohne Gerichtsverhandlung wanderte Green ins Kittchen.

Seine Strafe saß er im Bolduc Correctional Facility ab, dem Flügel des Maine State Prison, in dem geringere Freiheitsstrafen abgebüßt wurden. Dort durfte man Schnürsenkel, Gürtel und Rasiermesser behalten und im Aufenthaltsraum *Homicide* und *NYPD Blue* sehen. Green arbeitete in der Bibliothek, sonderte sich abends in der Zelle von den anderen ab und las und dachte nach.

Er war kein untypischer Fall. Viele seiner Mitgefangenen waren der Versuchung einer kleinen Lüge erlegen, die sich im Laufe der Zeit zu einem überlebensgroßen Kartenhaus ausgewachsen hatte. Ohne daß es in ihrer Absicht gelegen hätte – nun ja, Absicht, manche Dinge ergaben sich von selbst, manche Dinge überkamen bestimmte Menschen nun einmal, lenkten sie in eine Richtung, und willig wandelten sie dann in den Wald der Verwirrung –, diente ein Spielchen zur Vertuschung des anderen, und so hatte der Betrug immer weitere Kreise gezogen. Als es zu spät war, hatte Green fieberhaft versucht, drohende Katastrophen zu verhindern. Weitere Lügen, weitere Komplikationen.

In den Restaurants rund um das Beverly Center in West Los Angeles wurden dieselben Worte benutzt, die er bei seinen Gesprächen mit möglichen Investoren hervorgezaubert hatte. Er hatte Geld für einen Traum losgeeist. Für einen Film, der ein Hit zu werden versprach. Doch was im Südwesten der USA als Befähigung galt – in Hollywood gehörte es zur Alltagspraxis, die Grenze zwischen betrügen und Geldgeber bearbeiten war fließend –, wurde im Nordosten als Verbrechen betrachtet.

Sie hätten eine Dependance des Lions- oder Rotary-Clubs gründen können. Seine Haftkollegen waren Bankdirektoren, Geschäftsmänner, Lehrer, Universitätsdozenten. Gefaßt und gemessen saßen sie ihre Strafe ab, selten mehr als ein Jahr, und warteten auf den Straferlaß, der die Rückkehr in die schmerzhafte Menschenwelt beschleunigen würde. Steuerschulden, Spielschulden, Ehebruchschulden, manchmal auch schnöde Habgier, Neid und Eifersucht hatten die ehrenwerten Bürger zu ungesetzlichem Tun veranlaßt.

Einmal in der Woche nahm Green an einer Gesprächsgruppe teil. Das war freiwillig, aber die Anwesenheitslisten wurden kontrolliert, und die gewissenhafte Teilnahme erhöhte die Chance auf eine vorzeitige Entlassung. Manche kannten die Titel einiger Filme, in denen er mitgespielt hatte, aber kein einziger Teilnehmer der Gesprächsgruppe erinnerte sich an seinen Namen. *Tom Green, bekannt von*

Film und Fernsehen. Vor vierzehn Jahren eine Emmy-Nominierung. In den Niederlanden war er als größtes schauspielerisches Talent der siebziger Jahre angesehen worden. »Mit der Intensität Marlon Brandos«, hatte es in der *Variety* geheißen.

War es Pech? Und wo verlief die Grenze zwischen Pech und Mangel an Talent? Hatten seine Erwartungen in angemessenem Verhältnis zu seinen Möglichkeiten gestanden? Green jagte etwas Mythischem nach, etwas, das die Maße überstieg, mit denen er in den Niederlanden zu messen gelernt hatte, etwas, das alles – ALLES – beheben und zugleich wettmachen konnte. Deshalb war er all die Jahre nicht zu Kompromissen bereit gewesen, obwohl er regelmäßig uninteressante Angebote annahm, weil er einfach Geld brauchte. Wenn er etwas machte, dann ganz. Aber es hatte den Anschein, als schalte seine Jagd nach dem ALLES jegliches taktische und strategische Denken aus. Das ALLES würde plötzlich dasein, *overnight,* wie das in diesem riesigen Land so geschah, wie ein Blitz, der es mitten in der Nacht schlagartig taghell werden ließ. Es führte kein Plan oder Weg ans Ziel, das Ziel würde *urplötzlich* erreicht sein. Geld oder eine schöne Rolle, das waren die beiden Kriterien, die ihn veranlaßten, auf den Set zu gehen. Die Agenten, die er im Laufe seiner Karriere verschlissen hatte, drängten auf Sachlichkeit, Nüchternheit, Zielgerichtetheit, doch so konnte er nicht über seine Arbeit denken; also ließ er Rollen sausen, die anderen den Status brachten, den er für sich beanspruchte.

Linda Gross hatte es ihm gesagt, als er nach der Nominierung die Junkie-Rollen ablehnte: »Dein größtes Handicap

ist dein Irrglaube, die Schauspielerei sei eine Kunstform.«
Konsterniert hatte er ihre Bürotür hinter sich zugeschlagen.

Dank eines Straferlasses brauchte er statt eines vollen Jahres nur sechseinhalb Monate abzusitzen. Einschließlich seiner Haft, hatte sein Aufenthalt in Maine somit insgesamt zweiundsechzig Wochen in Anspruch genommen, einundsechzig mehr als geplant.

Jane wartete vor dem Gefängnis auf ihn. Auf dem öden Parkplatz zerrte der Wind an ihren Kleidern, und sie hielt sich mit einer Hand die Haare aus den Augen. Er hatte nicht mit einem Empfangskomitee gerechnet und versuchte zu verbergen, wie tief es ihn rührte, daß sie gekommen war. Zur Zeit der Ermittlungen war sie zu dünn gewesen, hatte wegen der nervlichen Anspannung im Zusammenhang mit der Affäre abgenommen, aber jetzt hatte sie volle Wangen, und um den Bund ihrer Jeans zeichnete sich sogar der Ansatz eines Bäuchleins ab. Sie küßten sich auf die Wange.

Ihr neues Auto roch nach frischem Plastik, Leder, Gummi, süßlichem Luxus. Während sie den Wagen vom Gefängnisparkplatz fuhr, sagte sie: »Du hast nichts mehr von mir gehört, weil ich nichts mehr zu sagen hatte.«

»Auch das sollte gesagt werden«, antwortete er.

»Ich kann verstehen, daß du damals böse warst, aber ich hatte keine andere Wahl, verstehst du? Ich konnte einfach nicht anders. Obwohl ich dich nicht im Stich lassen wollte.«

»Ich verstehe das«, sagte er.

»Wirklich?« fragte sie.

»Jane, das ist jetzt vorbei. Ich bin frei. Und ich bringe zu Ende, was ich zu Ende bringen muß.«

»Ja. Ich hoffe, daß du das tust. Du hast ein Recht darauf.«

»Ich weiß nicht, auf was ich ein Recht habe. Ich mach's einfach.«

»Ich bin sicher, daß ich noch von dir hören werde. Daß die Zeitungen über dich schreiben werden. Gutes.«

»Ich gebe mir alle Mühe«, sagte er lakonisch.

»Ich wollte dir noch sagen...«

Sie suchte nach Worten, während sie die schmale Provinzstraße nach Rockland im Auge behielt. Zur Linken waren die Hügel über Hunderte von Kilometern mit Wald bedeckt, rechts fiel das Land zum Ozean hin steil ab. Aus den Wäldern war hier und dort ein Stück herausgefällt worden, um Platz für Farmhäuser zu schaffen, oft mächtige, mit Veranden versehene Holzbauten, deren Instandhaltung zu wünschen übrigließ.

Viel Land stand zum Verkauf. Polarluft hatte den letzten Winter lang und eisig gemacht. Im Gefängnis hatten die Heizkörper geglüht, während draußen vor den Fenstern Schneestürme wüteten. Jetzt kam an den Zweigen das frische Frühlingsgrün hervor. Über den sich wiegenden Baumwipfeln glitten schneeweiße Wolken am hellblauen Himmel dahin. Ein kräftiger Wind vertrieb Schmutz und Gestank. Alles war neu und ohne Schuld.

»Ich bin schwanger.«

In der Nacht vor seiner Festnahme hatten sie zum letztenmal miteinander geschlafen. Seine Haftzeit, einschließlich der Untersuchungshaft, belief sich auf gut sieben Monate.

Seine Reaktion war stumpfsinnig: »Schwanger? Wie geht denn das?«

Sie lachte: »Das geht. Wirklich, so was kommt vor.«

Jetzt erst begann ihm aufzugehen, daß sie nicht von ihm schwanger sein konnte: »Entschuldige, ich dachte...«

»Ich wollte es dir sagen, ehe du es von jemand anders zu hören bekommst.«

Green wußte nicht, wer dieser andere hätte sein sollen. Wenn er Maine verließ, würde er nie mehr hierher zurückkehren. Er hatte die Unberührtheit besudelt und verspürte nicht das geringste Bedürfnis, noch einmal mit seinen Missetaten konfrontiert zu werden. Und außerdem gab es hier niemanden, mit dem er in Kontakt zu bleiben wünschte. Mit Jane wäre das vielleicht möglich gewesen, ein kurzer Brief oder eine Karte einmal im Vierteljahr, und dann plötzlich ein Anruf, daß sie in der Stadt sei und es schön wäre, sich wiederzusehen. Aber sie war schwanger. Es bestand keinerlei Veranlassung, in Kontakt zu bleiben.

»Wer?« fragte er.

»Du kennst ihn nicht. Wir haben uns in Bangor kennengelernt. Es war Liebe auf den ersten Blick.«

»Genau wie bei uns damals«, ergänzte er.

»Nein, anders. Bei uns war es... etwas Animalisches vielleicht.«

»Geilheit«, sagte er, »es war Geilheit.«

»Das Wort ist mir zu platt«, antwortete sie.

»Gut, dann also körperliche Verliebtheit.«

»Wenn es nur das gewesen wäre, wäre es nicht so weit gekommen.«

»Aber jetzt bist du geil auf einen anderen.«

»Sei nicht so primitiv.«

Warum sie ihm das alles sagen mußte, konnte er nicht nachvollziehen. Nicht zuletzt ihretwegen hatte er den Mund so voll genommen. Er hatte hier, im äußersten Nordosten, eine Zukunft aufbauen wollen, weit weg von LA, wo jede Straßenecke ein Monument für Paula war. Er hatte sich vorgemacht, daß Polarluft ihn nicht schrecken könne.

Sie hielt an der Bushaltestelle. Wie anderswo in diesem Land wurden die öffentlichen Verkehrsmittel von den Unterprivilegierten benutzt. An der Haltestelle warteten ledige Mütter, wettergegerbte Alte, Penner mit abgewetzten Taschen, gegen den schneidenden Wind geduckt, mit grimmigen Gesichtern, die Hand auf ihren Habseligkeiten. Sie blieben in Janes Buick sitzen, bis der Bus auftauchte, vermieden es, sich anzusehen, und suchten unbehaglich nach Allgemeinplätzen.

Er fragte: »Wer ist der glückliche Vater?«

»Bob King.«

»Was macht Bob?«

»Er hat ein paar Reisebüros.«

»Was ist eigentlich aus dem Video von damals geworden, dem Promo-Tape?«

»Das war ein großer Erfolg. Aber wir haben ein neues machen lassen, als du ... äh, als du in die Nachrichten kamst.«

»Heiratet ihr?«

»Nächste Woche.«

»Und weiß Bob, daß du jetzt hier bist?«

»Nein.«

»Ich werde an dich denken«, sagte er.

Er wollte nicht an sie denken, nicht an ihren Bauch und ihren Mund und die kleine Ader an ihrer linken Schläfe, die aufgeregt pochte, wenn sie in der Mittagspause mal kurz vom Büro hereingeschneit kam, hastig ihren unifarbenen Geschäftsrock hochraffte und wie eine Pantherin über das Bett auf ihn zuschlich, ihre prallen Pobacken im gleißenden Licht Maines glänzend, aber »Ich werde an dich denken« war das einzige, was Green sagen konnte, als der Bus um die Ecke gebogen kam.

12

Green wollte Tino verstecken, mehr nicht. Er wollte vermeiden, daß er von irgendwem gefunden wurde. Ein normaler Bürger würde zweifellos die Polizei benachrichtigen, und dann würde der Plan, der in ihm schwelte und sich unaufhaltsam aus dem Dunkel seines Hirns herauswand, von Kriminalbeamten und Leuten von der Spurensicherung, die nach Identität, Tatumständen und Motiven forschten, vereitelt werden. Er bedeckte den Leichnam mit Zweigen, als führe er ein altes Trauerritual aus.

Und in aller Eile durchsuchte er Tinos Taschen. Natürlich nichts. Wenn Tino je verhaftet worden war, würden seine Fingerabdrücke in den Datenbanken der FBI-Computer gespeichert sein. Die Wahrscheinlichkeit, daß er für die Justiz ein Unbekannter war, erschien Green gering.

Nachdem er zu den anderen zurückgekehrt war, fragte er Benson: »Können Sie mir erzählen, was genau damals an Ihrer Arbeitsstelle passiert ist?«

»Was haben Sie da unten gemacht?« wollte Benson wissen, schwitzend, der Blick wild vor nervlicher Anspannung.

»Nichts weiter. Ich habe ihn besser versteckt, das ist alles.«

»Warum?« fragte Jimmy Kage, der seelenruhig am Wagen lehnte und eine Zigarette rauchte.

»Warum? Darum.«

Sie stiegen ein, und Green fuhr den Oldsmobile die unbeleuchtete Schlängelstraße abwärts. Es war halb drei Uhr nachts. Außer ihnen war hier niemand mehr unterwegs. In einer Kurve plötzlich die fluoreszierenden Augen einer verschreckten Katze im Licht der Scheinwerfer, ein linkisches Eichhörnchen, das im Zickzack vor ihnen herrannte.

»Ein Plan?« fragte Floyd Benson sarkastisch. Der Schweiß strömte ihm über die Wangen. Die Lüftung reichte nicht bis in sein erhitztes Inneres. »Mister Green, arbeiten Sie am *setup* für den Betrug des Jahrhunderts?«

Green ließ die Frage unbeantwortet: »Erzählen Sie mir doch bitte, was Sie gesehen haben. So genau wie möglich.«

»Warum?«

»Das Warum liegt da in der Schlucht. Wir wissen jetzt von einem Verbrechen. Wir wissen, wer das Opfer ist, wir wissen, wer die Täter sind.«

»Vielleicht ist er es ja doch nicht«, sagte Benson wider besseres Wissen.

»Dieser Finger dürfte, scheint mir, der überzeugende Beweis sein, daß er es ist«, sagte Green. »Sie wollen jetzt zurücknehmen, was Sie vorhin noch leidenschaftlich beteuert haben: daß dieser Mann dort Tino ist und daß er von Ihren Freunden abgemurkst worden ist.«

»Vielleicht auch nicht«, murmelte Benson.

»Wo genau arbeitest du noch mal?« fragte Kage.

»Whitley Heights. Hollywood, oberhalb vom Freeway. Schönes altes Haus. Und ein berühmtes Haus: Jean Harlow hat dort gewohnt. Jemand, der aussieht wie ein Gangster, hat es vor kurzem gemietet. Da mußte dann natürlich eine gute Alarmanlage eingebaut werden.«

»Woher wollen Sie wissen, daß er ein Gangster ist?«

»Woher weiß man, daß jemand in Uniform mit Uniformmütze auf und Revolver und Gummiknüppel am Gurt ein Polizist ist? Er kleidet sich wie ein Gangster, geht wie ein Gangster, redet wie ein Gangster. Als hätte *Central casting* ihn kommen lassen.«

»Hat der Gangster einen Namen?« fragte Green.

»Rodney Digiacomo.«

»Und Sie wissen, welcher Beschäftigung Rodney offiziell nachgeht?«

»Er sagte, daß er einen Getränkehandel habe. Hotels und Gaststätten beliefere. Ich bezweifle, daß das stimmt.«

»Wohnt Rodney allein in dem Haus?«

»Keine Ahnung.«

»Wie lange haben Sie dort noch zu tun?«

»Einen Tag.«

»Und wie viele haben Sie schon hinter sich?«

»Drei.«

»Erzählen Sie noch einmal, wie das mit Tino vonstatten ging.«

»Das war vorgestern, um ungefähr halb zehn Uhr morgens. Ich arbeitete bei geöffneten Verandatüren. Wenn man auf das Haus zugeht – der Weg läuft parallel zum Bürgersteig –, kommt man zuerst am Wohnzimmer vorbei, gelangt dann zur Eingangstür und danach zum Eßzimmer. Ich war gerade im Wohnzimmer beschäftigt, als Tino plötzlich neben mir stand und nach Rodney fragte. Er hatte dieselbe Hose an wie vorhin und auch dasselbe Hemd, und er trug ein Goldkettchen – ha, darauf haben wir nicht geachtet! Er hatte einen großen schwarzen Samsonite bei sich und nahm seine Sonnenbrille in die linke Hand. In dem Moment sah ich, daß an einem seiner Finger ein Stück fehlte. Dann kam Rodney herein, und sie umarmten sich mit weit ausgebreiteten Armen und dickem Grinsen. Sie sagten nur kurz den Namen des anderen, und Rodney nahm ihn sofort mit in sein Arbeitszimmer. Das liegt im mittleren Teil des Hauses, zwischen der zentralen Halle und dem Swimmingpool. Kurz darauf gingen sie nach draußen. Sie mußten zweimal hin- und herlaufen, um vier schwere Koffer hereinzuholen. Eine halbe Stunde später ging jemand auf die Toilette, es war ein Mann, den ich nicht hatte hereinkommen sehen, noch so ein... tja, wie soll ich sagen, ein *character* wie Rodney, und im Spiegel, der in der Halle hängt, sah ich, daß sie Geld zählten. Das machten sie mit so einer automatischen Zählmaschine, wie man sie auch in Banken hat. Das Ding ratterte nur so, und ich habe wirklich Stapel von Banknoten auf dem Tisch liegen sehen. Und außer Rodney und Tino war noch jemand dabei.«

»Also insgesamt vier Mann?« fragte Green.

»Ja. Ich glaube schon.«

»Und dann?«

»Ich dachte, na, die Herrschaften haben ja eine Menge Banknoten im Gepäck, und mir war klar, daß ich besser so tat, als hätte ich nichts mitbekommen.«

»Und weiter?«

»Um halb eins bin ich zum Mittagessen gegangen, und als ich zurückkam, war Rodney allein zu Hause.«

»Wo haben Sie zu Mittag gegessen?«

»Im Deli am Franklin.«

»Lange weggewesen?«

»Ein Stündchen.«

»Lange genug, daß sie Tino hätten abmurksen können.«

»De facto habe ich also nichts gesehen«, sagte Benson. »Da steht dann Aussage gegen Aussage.«

»Sie könnten morgen früh ein Mikrophon anbringen«, sagte Green. Es war ein dreister Gedanke, aber glühend heiß die Verlockung, ihn in die Tat umzusetzen.

»Du hast sie wohl nicht mehr alle«, kam Kages Kommentar von der Rückbank.

»Und was bringt uns das, Mister Green?« fragte Benson.

»Wir müssen herausfinden, wo das Geld ist.« Greens Stimme zitterte ein wenig. Er war nervös und verletzlich, hatte sich mit seinen Ideen eine Blöße gegeben.

»Und dann?«

»Dann stehlen wir es.«

Green warf rasch einen Blick zur Seite und sah, daß Benson ohne irgendeine Reaktion vor sich hin starrte. Immer noch schwitzend und bei jedem Atemzug laut schnaufend. Green hätte besonnener vorgehen müssen und kein Wort wie *stehlen* gebrauchen dürfen. Die Idee hätte durch komprimierte Anstöße in ihnen aufkeimen müssen, als sei sie Produkt ihrer eigenen Vorstellung.

»Spinnst du?« fragte Kage. »Ich dachte, du wärst ein seriöser Knabe. Ein Intellektueller, der zufällig Schauspieler geworden ist. Aber jetzt schnappst du über, weißt du das? Kriminellen die Knete klauen. Wenn du lebensmüde bist, kannst du's auch einfacher haben. Und weniger schmerzhaft, denn wenn die dich erwischen, werden sie dir gründlich einbleuen, was du da ausgefressen hast.«

»Sie müssen ja nicht dahinterkommen.«

»Sie werden rekapitulieren, wer von dem Geld gewußt hat. Und sie werden dabei tatsächlich an Floyd denken. Willst du Floyd opfern?«

»Mister Benson wird nicht geopfert. Ich denke nur laut vor mich hin.«

»Was haben Sie vor, Mister Green?« brummte Benson. »Drücken Sie sich doch einmal deutlich aus, bitte.«

»Ich möchte, daß wir uns mit diesem Geld aus dem Staub machen, ohne dafür büßen zu müssen.«

»Ich möchte der Vater des Kindes von Julia Roberts sein«, sagte Kage.

»Und ich möchte jetzt schlafen, wenn es Ihnen genehm ist«, sagte Benson.

Danach schwiegen sie, und Green hatte nicht den Mut, die dröhnende Stille im Olds zu durchbrechen.

Schmutziges Licht auf den von Rissen durchzogenen Straßen Hollywoods. Über dunklen Parkplätzen und unbeleuchteten Gebäuden lastete die Bedrohung von seiten verzweifelter *crack*-Süchtiger und versprengter Irrer, wie die *Times* Tag für Tag von neuem berichtete. Ohne die Sonne Kaliforniens, die noch dem übelsten Misthaufen Glanz verleihen konnte, bot diese verrottende Stadt einen abstoßenden Anblick. Ampeln regelten den nicht vorhandenen Verkehr an verlassenen Kreuzungen, beobachtet von Obdachlosen in zerfledderten Decken.

Jimmy Kage und Tom Green stiegen am St. Martin's aus.

Stöhnend schob sich Floyd Benson hinters Lenkrad und fuhr davon, ohne sich zu verabschieden.

»Was hast du dir da nur zurechtgesponnen?« fragte Kage, während er den Rücklichtern des Olds nachstarrte. Er zündete sich wieder eine Zigarette an. Sie standen vor dem Eingang ihrer Herberge, unter dem erleuchteten Neonkasten, der beim arglosen Autofahrer den Eindruck erwecken konnte, hier handele es sich um ein gediegenes Mittelklassehotel. Die Umrisse des Gebäudes lösten sich im Schwarz der Nacht auf. Kein Geschrei betrunkener Huren, kein Brüllen bestohlener Penner. Auf diesem Abschnitt des Hollywood Boulevard war es so still, als befinde man sich in einem ganz normalen amerikanischen Wohnviertel.

Green sagte: »Es muß einen Weg geben, wie wir diesem Gesocks das Geld abspenstig machen können.«

»Bleibt Diebstahl.«

»Diebstahl bei Gangstern, das ist minus mal minus, also plus.«

»Ich weiß nicht, ob ein Gericht auch so darüber denken würde.«

»Wenn es soweit käme, hätte der Plan nichts getaugt. Bei einem guten Plan werden Rodney und seine Freunde völlig überrumpelt, und ehe sie etwas machen können, sind wir über alle Berge.«

»Wohin?«

»Europa. Oder näher. Karibik. Oder Tahiti.«

»Du spielst mit deinem Leben. Sie knallen dich ab wie 'nen räudigen Hund.«

Green schüttelte den Kopf: »Nein. Sie werden es sich hundertmal überlegen, ehe sie Polizisten abmurksen.«

»Was meinst du damit?«

»Wir geben uns als Polizisten aus. Du und ich.«

Kage kicherte und schüttelte in ungläubigem Staunen den Kopf: »Und Floyd? Darf der nicht mitmachen?«

»Weiß ich noch nicht. Vielleicht ist er auch ein Polizist, ein V-Mann, der hingeschickt wurde, um Rodney aus der Nähe zu observieren. Aber zuerst müssen wir genau wissen, was es mit dem Geld auf sich hat. Deshalb ist es wichtig, daß wir sie abhören können. Handelt es sich um Drogengeld? Ist es Geld, das irgendwie gewaschen werden soll? Stammt es aus einem Bankraub? Steckt Erpressung dahinter? Betrug? Oder haben sie es beim Zeitungsaustragen verdient? Wir brauchen mehr Information.«

»Und dann?«

»Dann setzen wir sie unter Druck. Wir ermitteln im Mord an Tino, verstehst du? Wir sind von der Mordkommission und verfolgen Tinos Spur!«

Kage blickte auf die leere Straße und nahm genüßlich einen tiefen Zug aus seiner Zigarette. Er atmete aus und sagte: »Tino ist kein billiger Komparse, der den Toten spielen soll. Tino steht nicht hinterher auf, um sich abschminken zu lassen. Man hat ihn zu Brei geschlagen. Tino ist *ermordet* worden! Tom, kriegst du das nicht in deinen Schädel? Daraus kannst du doch keinen Jux machen.«

»Mach ich auch nicht«, sagte Green gelassen.

»Dann laß uns das Ganze vergessen und über etwas anderes nachdenken! Du hast ein gutes Skript, Mann! Wir sollten einen Film drehen!«

»Wie meinst du das?«

»Ich hab dein Skript noch mal gelesen«, bekannte Jimmy.

»Als du blau warst. *Fire.* Ich dachte: Diese drei Hauptfiguren, könntest du nicht noch einen Mann dazuschreiben?«

»Und dann?«

Es war eindeutig, worauf Jimmy hinauswollte. Aber was sollte das bringen? Drei ausrangierte Mimen, zwei davon im Rentenalter, würden nicht einen Pfennig für die Finanzierung auftreiben.

»Dann verkauft Floyd sein Auto.«

»Er ist vernarrt in seinen Olds.«

»Da wird er eben mal schlucken müssen. Er verkauft den Wagen. Wir setzen Annoncen in *Variety*, *Dramalogue* und *Backstage* und suchen Leute, die mitarbeiten wollen. Es gibt da draußen Tausende von Anfängern, die liebend gern mit uns arbeiten würden. Wir leihen uns eine Videoausrüstung, ich kenne Leute, du kennst Leute, und wir drehen dein Skript. Und machen dann einen *transfer* auf Film.«

»Ach…«

Das hatte Green nicht erwartet. Ein unsinniges Vorhaben. Die Organisation, die einen solchen Plan zum Leben erwecken konnte, überstieg ihre Möglichkeiten, das würden sie nicht in den Griff bekommen und zu einem guten Ende führen können. Dazu bedurfte es des grenzenlosen Einsatzes disziplinierter Himmelstürmer, die das komplexe Geflecht einer Filmproduktion bis ins kleinste Detail überblickten. Außerdem hatten sie keine Mitarbeiter, keine Telefon- oder Faxleitungen, kein Transportmittel, kein Büro, keine Jane McDoughal.

»Und dann?« fragte Green.

»Wir fragen bei Heather an«, sagte Kage.

»Floyds Tochter?«

»Ja, warum nicht?«

»Die beiden reden nicht miteinander. Du hast doch gesehen, wie er reagiert hat!«

»Wär das nicht *die* Gelegenheit für sie, alles wiedergutzumachen? Und stell dir vor: die Bensons erstmals gemeinsam in einem Film, du und ich dazu, ein kleiner Thriller, wie eine Reportage gemacht, für zehntausend Dollar, und die Mitarbeiter werden erst bezahlt, wenn Gewinne anfallen, wir holen allein für die Verleihgarantie leicht vier Millionen rein! Wir sind auf einen Schlag wieder im Geschäft, Tommie! Und du führst Regie.«

Green schüttelte den Kopf, überrascht über Jimmys Begeisterung und Zuversicht, und suchte nach dem ersten der vielen Einwände, die er vorzubringen hatte.

»Floyd wirst du nie dafür gewinnen«, sagte er.

»Wollen wir wetten?« Kage sah ihn lächelnd an, gelassen und voll Selbstvertrauen. »Den werd ich schon überreden. Ich kenne Floyd. Denkst du, der wollte schon immer Elektriker werden? Das ist eine Chance! Mach dir das erst mal richtig bewußt! Vielleicht die letzte, die wir kriegen.«

»Wo sollen wir arbeiten?«

»Bei Floyd. Er hat genügend Platz. Den braucht er gar nicht. Er hat sogar noch genug Platz für dich und mich.«

Wieder schüttelte Green den Kopf, jetzt aber amüsiert.

»Mann«, sagte er, »das klingt alles wie ein Überfall. Floyds Rolle in deinem Plan ist zu groß. Sein Haus, sein Auto, seine Tochter, der ganze Plan steht und fällt mit ihm. Und im übrigen: Wenn das alles klappen sollte und wenn man Heather als Zugpferd hätte, warum sollte man den Film dann noch für fast nichts machen?«

»Weil wir auf diese Art und Weise etwas Besonderes zustande bringen! Etwas, was auffällt! Klar könnten wir mit Heather auch zu Sony Classics oder Fox 2000 oder Fine Line gehen, aber was dann? Die Sippschaft da reißt doch alles an sich! Die wickeln uns ein mit einer Legion von Anwälten, *stretch limos* hier, Spago-Delikateßhäppchen dort, und wir kriegen ein bißchen Knete rein, aber nie und nimmer den fetten Braten! Nein, wir machen den Film in der Anonymität, stellen ihn ganz fertig und bieten ihn dann erst an.«

»Wieso sollte Heather mitmachen wollen?«

»Erstens: wegen des Skripts, das wirklich sehr gut ist, du kannst mehr, als du denkst. Und *secundo:* wegen Papa. Die beiden haben schon lange Zoff, ich weiß nicht, weswegen, aber ich hab sie früher gelegentlich zusammen in einem Raum erlebt, da sprühen die Funken, mein Lieber.«

»Du willst zwischen den beiden *counseln?*«

»Nenn es, wie du willst. Wir müssen es versuchen.«

Green nickte, auf die verlassene Straße starrend.

»Ich hab nicht viel Spielraum, Jim«, bekannte Green.

»Wir rufen Floyd morgen an.«

»Der ist bei seiner Arbeit.«

»Der liegt mit 'nem gigantischen Kater auf dem Sofa.«

»Ich kann mir nicht noch eine Woche wie diese erlauben, Jim.«

»Ist es so schlimm?«

»Jim, dasselbe könnte ich doch auch dich fragen, oder?«

»Was meinst du wohl, warum ich diesen Plan habe?«

»Wir stehen am Abgrund«, sagte Green.

»Nur, wenn du nach unten guckst. Wenn du die Augen

auf den Horizont richtest, siehst du eine herrliche Landschaft.«

»Und wenn du einen Schritt nach vorn machst, stürzt du ab.«

»Wir springen darüber hinweg, Tommie! Wir haben ein Ziel, dort in der Ferne, und das peilen wir an!«

»Und was, wenn Floyd uns für verrückt erklärt?«

»Tut er nicht.«

»He, Floyd, wir ziehen bei dir ein, dein alter Kumpel und ein unbekannter Schauspieler, den du noch nie im Leben gesehen hast, machen dir dein Bettzeug schmutzig und fressen dir den Kühlschrank leer, ist das nicht stark? Ach ja, und noch was: deinen Olds, in den du so vernarrt bist, den mußt du verscherbeln. Mensch, Jim, der befördert uns mit einem Tritt zur Tür hinaus.«

»Floyd doch nicht!«

»Das wird sich zeigen, wenn du erst mal mit deinem revolutionären Vorschlag daherkommst.«

»Zynismus bringt uns nicht weiter.«

»Ich bin nicht zynisch. Realistisch nennt man so was.«

Jahrelang hatte Green sich eingeredet, alles sei möglich, wenn er nur wolle – jetzt sah er ein, daß dieser stumpfsinnige Spruch nur eine amerikanische Seifenblase war, die über der trübseligen Wirklichkeit dieser Stadt schwebte. Wenn etwas nicht gelang, habe man es einfach nicht genug gewollt, hatte er sich getreu zahllosen örtlichen Philosophen vorgehalten, und das hieß, man mußte sich zunächst über seine eigentlichen Triebfedern klarwerden. Abertausende von Therapeuten, diplomiert oder nicht, konnten einem dabei helfen, sein verborgenes *Ich* zu finden, seinen tiefsten

Kern, und am Ende dieses aufwühlenden Wegs würde eine enorme Willenskraft zutage treten, und das Ernten konnte beginnen. Doch das war alles nur Geschwätz, um die harsche Realität zu beschönigen. Und die sah so aus, daß die meisten Menschen zu schwach, zu borniert und zu stupide waren, um sich aus dem Mittelmaß zu erheben. Als Schauspieler hatte er ein paarmal den Glanz eines zufälligen Entbrennens unter einmaligen, nicht reproduzierbaren Umständen eingefangen, doch aufgrund seiner begrenzten Fähigkeiten war er nicht imstande, diesen Glanz zu konservieren, zu reproduzieren oder gar gezielt einzusetzen. Er mußte damit aufhören. Er mußte dem Selbstbetrug ein Ende machen.

»Du glaubst nicht daran?« fragte Jimmy Kage, Greens Antwort fürchtend.

Green sah ihn schlucken und in die fernste Ferne des Boulevards starren. Zum Glück hatte Jimmy seine Zigarette, die ihm half, Haltung zu bewahren.

»Du etwa?«

»Ja«, antwortete Jimmy trocken.

Green sagte: »Es tut mir leid, daß ich dich so enttäuschen muß.«

Es war einen Moment still, Kage wandte Green den Rükken zu, schwer atmend, und sagte dann: »Du kannst nichts dafür. Du bist eben ein dämlicher Hund.«

»Es ist doch Unsinn, Jimmy. Zehntausend Dollar? Nein, wirklich nicht. Nicht so, wie wir es gewohnt waren. Jimmy, wir sind keine jungen Spunde von zweiundzwanzig mehr! Du bist ein *senior citizen* und ich ein armer Schussel, der sein Alter nicht wahrhaben will und gerade noch genug Geld hat, um sich ein paar Tage durchzuhangeln! Dann muß ich stehlen gehen.«

»Wir können einen Film machen. Sogar mit nur zehn Mille.«

»Jimmy, ich glaube nicht daran.«

Kage drehte sich zu ihm um, Tränen in den Augen: »Das ist deine letzte Chance, Mann! Uns wird nichts mehr angeboten! Wir sind weg vom Fenster! Ich habe Fehler gemacht und du mindestens genauso viele! Für uns gibt es Hunderte, Tausende anderer, denn wir sind ein Betriebsrisiko, das niemand auf sich nehmen will! Sie schlucken uns nicht mehr! Und deshalb werden wir bald nichts mehr zu schlucken haben, wenn das so weitergeht!«

Ein Auto näherte sich, und sie drehten sich beide um, als wollten sie durch das Scheinwerferlicht hindurch den Fahrer erkennen. Der Wagen fuhr verbotenerweise quer über die Fahrbahn und die durchgezogenen gelben Streifen in der Mitte hinweg und hielt auf ihrer Seite des Boulevards.

Die Seitenscheibe senkte sich, und Bensons Kopf erschien im Fensterrahmen, gezeichnet und müde, kränklich im gelben Licht des Neons über dem Eingang des St. Martin's.

Er flüsterte: »Wenn die Polizei ihn findet, werden sie alle vernehmen. Sie werden das Haus finden, und dann werde ich auch vernommen, und dann muß ich zugeben, daß ich Tino gesehen habe. Wenn ich das nicht tue, lüge ich, und dann werde ich wegen Meineid angeklagt. Ich will nicht lügen. Und dann werde ich zum Kronzeugen, davon bin ich überzeugt. Das wird mir die letzten Jahre meines Lebens vergällen, denn ich werde irgendwo untertauchen müssen, vielleicht sogar unter einem anderen Namen, mit einer neuen Identität – eine Nummer in einem *witness protection program*.«

»Quatsch, Floyd, du und eine neue Identität, das ist ungefähr so wie ein Clinton, der nicht auf Sex steht«, sagte Kage.

Benson ignorierte ihn. »Ich schlage vor: Wir holen Tino von dort weg. Mister Green, was halten Sie davon?«

»Wie weg?« sagte Kage. Er warf Green einen bestürzten Blick zu.

»Tino muß von dort weg«, sagte Benson.

»Bist du verrückt?« rief Kage.

»Vielleicht haben Sie recht«, sagte Green und nickte, ohne irgendeine Gefühlsregung zu zeigen. »Nur: wohin mit Tino? Werfen wir ihn zu Robert Kant in den Sarg?«

»Darüber habe ich noch nicht nachgedacht.« Benson wischte sich mit dem Handrücken den Schweiß unter den Augen weg.

»Wieso begraben wir ihn nicht an Ort und Stelle?« schlug Green vor.

»In dem harten Boden graben? Nein, nein, das dauert Stunden. Eine kurze, präzise Operation muß es sein«, entgegnete Benson.

»Und wenn wir ihn an irgendeinen Ort außerhalb der Stadt bringen? An der Strecke nach Las Vegas?«

»Auch das dauert Stunden, Mister Green. Und da sind immer viele *black-and-whites* unterwegs.«

»Wie wär's mit 'ner Meute hungriger Hunde, morgen früh«, sagte Kage. »Oder hack ihn in Stücke und verfüttere ihn an die Haie.«

»Ich weiß ein Fleckchen für Tino!« sagte Benson, taub für Kages Grausen. »Ich habe eine große Gefriertruhe im Keller. Da kann er hinein.«

»Waas?« Kage starrte ihn mit offenem Mund an und wandte sich dann an Green: »Hörst du, was er sagt, Tom? Hörst du, was Floyd sagt?«

»Am besten, wir machen das jetzt sofort«, sagte Green.

»Ich bin von Wahnsinnigen umgeben«, konstatierte Kage.

13

Vor langer Zeit hatte Jimmy Kage in einem billigen Corman-Horrorfilm einen wahnsinnigen Pathologen gespielt. Obgleich er mit seiner Rolle letztlich Perlen vor die Video-säue warf, hatte er sich eingehend über die Arbeit gerichtsmedizinischer Labors informiert. Von daher wußte er noch, daß die Leichenstarre auf einer chemischen Reaktion der Milchsäure beruht, einem Produkt des Muskelgewebes, das sich nach dem Tod in den Muskelzellen ansammelt und dessen Wirkung erst nach sechsunddreißig Stunden abklingt.

Als sie Tino mit Hilfe eines Abschleppseils. das sie am Abschlepphaken unter der vorderen Stoßstange des Olds befestigten, heraufzogen, schlenkerten seine Gliedmaßen in alle Richtungen. Der Rigor mortis war gewichen. Der Leichnam, in dickes Plastik verpackt, scheuerte an der rauhen Schluchtwand entlang, aber sie hatten keine andere Wahl; ihn in geziemenderer Weise den steilen Hang heraufzubefördern erwies sich als unmöglich. Floyd Benson war auf die Lösung mit dem Abschleppseil gekommen. Er setzte den Olds langsam zurück und zog damit Tino am Seil herauf. Green, der Jüngste, kletterte neben Tino her nach oben, und Kage stand auf der Böschung und gab Zeichen, ob Benson die Geschwindigkeit anpassen mußte. Die Plastikverpackung riß, und Tino sah lädiert und wie durch die Mangel gedreht aus, als sie ihn in den Kofferraum legten, so, als sei sein Rücken tagelang mit Peitschenhieben bearbeitet worden. Alles in allem hatte das Ganze nicht mehr als zwanzig Minuten gedauert.

»Ihr seid total gewissenlos«, sagte Kage, als sie auf die geschlossene Gefriertruhe starrten, ein professionelles Modell aus rostfreiem Stahl, aus dem sich eine ganze Familie wochenlang ernähren konnte.

Sie stand im Keller von Bensons Haus in Santa Monica, einer Vorkriegsvilla im Norden der großstädtischen Wohntürme der Ocean Avenue, gegenüber dem betonierten Strandweg, der für Jogger und Rollerskater angelegt war und Tag für Tag von Tausenden hohläugiger, flachbäuchiger Sportler bevölkert wurde (auch Green hatte einst dazugehört, als er noch in der Third Street wohnte). Das Haus lag in einem mediterranen Tal und war größer und komfortabler, als Benson es geschildert hatte. Es war in dem Stil gebaut, den Kalifornier »spanisch« nennen, mit dekorativen Schmiedeeisen- und Holzarbeiten, Deckenbalken, die irgendwann einmal mit bunten Blumen bemalt gewesen waren, und abstrakt gemusterten Fußbodenfliesen, und verfügte über einen Swimmingpool, der jetzt verdreckt war und dessen azurblaue Kacheln sich lösten, sowie ein Atelier mit großen Fenstern im hinteren Teil des Gartens. Beim letzten Erdbeben hatte das Haus Schaden gelitten, an manchen Stellen regnete es herein, aber es hatte Atmosphäre, war elegant und geräumig, ein kleiner Palast für jemanden, der das St. Martin's gewohnt war.

Die Gefriertruhe stand zwischen abgenutzten Möbeln, einer staubigen Werkbank, Brettern, Fahrradteilen, Regalen mit verbannten Büchern, Lampenschirmen, einem zusätzlichen Kühlschrank, drei Fernsehern, dem üblichen Krimskrams eben, der sich in einem als Lagerraum dienenden Keller so ansammelt.

»Er war vermutlich ein Krimineller«, sagte Benson, um seine Schuldgefühle zu beschwichtigen.

»Vermutlich«, äußerte Kage. »Also unschuldig, bis das Gegenteil erwiesen ist.«

Green spielte das noch einmal aus: »Deshalb erscheint es mir auch als so nützlich, wenn Sie ein Mikrophon anbringen. Wir müssen genau wissen, warum Tino ermordet wurde.«

»Wollen Sie das wirklich wissen?« fragte Benson, ohne neugierig auf die Antwort zu sein.

»Was willst du mit ihm machen, Floyd?« erkundigte sich Kage.

»Ich bewahre Mister Tino hier auf«, antwortete Benson resolut.

»Wie lange?«

»Weiß ich nicht. Bis ich es nicht mehr kann.«

»Bleibst du denn in diesem Haus wohnen?« fragte Kage.

»Ja.«

»Für immer?«

»Dazu bin ich wohl gezwungen, scheint mir.«

»Dann bist du also für den Rest deines Lebens Tinos Gefangener?« konstatierte Kage.

»Ich werde ihn vergessen, hoffe ich«, entgegnete Benson. »Oder vielleicht... verbrenne ich ihn eines Tages. Jeden Tag ein Stückchen in den Allesbrenner. Bis Tino vollständig kremiert ist.«

»Und die Stückchen schneiden Sie selbst von Tino ab?« fragte Green. »In 100-Gramm-Scheiben oder im Pfund?«

Kage sagte: »Ich brauch jetzt wirklich was zu trinken.«

In der Küche setzten sie sich um den Tisch, die Flasche in ihrer Mitte.

Innenarchitekten hatte dieses Haus in den vergangenen vierzig Jahren nicht gesehen, und so erinnerte die Kücheneinrichtung mit dem Resopal, dem roten Kunstleder, den verchromten Beinen und den abgerundeten Formen an einen nostalgischen *diner* aus den Fifties.

»Dennoch ist es so am besten«, sagte Benson, darum bemüht, die Stimmung zu entspannen. »Die Polizei hat keine Ahnung, daß dort jemand ermordet wurde.«

»Können Sie so den Rest Ihres Lebens noch schlafen?« fragte Green. »Über einer Leiche, während der Mörder frei herumläuft?«

»Gewiß«, antwortete Benson, um seine eigenen Zweifel zu zerstreuen.

»Floyd, du weißt natürlich, daß das hier eines Tages schiefgeht«, warnte Kage. »Irgendwer wird ihn finden, ein Monteur, ein Gast, ein Schlosser, und niemand wird dir dann glauben, Floyd.«

»Ich werde ihn verbrennen, das hab ich doch schon gesagt!« stieß Benson zwischen den fleischigen Wangen hervor, trotzig und besorgt, außerstande, sich die weiteren Komplikationen des erfolgten Transfers bis in alle Einzelheiten auszumalen.

»Wenn Sie schon so weit gegangen sind, warum dann nicht noch einen Schritt weiter?« fragte Green.

»Weil es ein Schritt ist«, erwiderte Benson kurz angebunden.

»Wie kommst du nur darauf, daß bei dieser Sache etwas zu gewinnen ist?« fragte Kage Green. »Dies hier ist doch viel verrückter, als einen No-Budget-Film zu drehen. Aber während du das völlig indiskutabel findest, fällt die Erpressung eines Gangsters für dich durchaus in den Rahmen des Machbaren. *Du* bist wirr im Kopf, nicht ich.«

Green sagte: »Mit diesem Rodney werden wir schon fertig. Alles, was wir dazu brauchen, haben wir im Haus. Denn wir müssen *spielen*, um das zuwege zu bringen. Wir geben uns als Kriminalkommissare aus, die den Tod von Tino untersuchen, und setzen Rodney damit unter Druck. Der wird dann irgendwelche Dummheiten mit dem Geld machen. Wir sagen, daß wir einen Tip bekommen haben und Tinos letzten Tag rekonstruieren. In den Zeitungen hat nichts gestanden, nur die Polizei kann von Tinos Tod wissen. Und wenn wir die Möglichkeit haben, Rodney abzuhören, bekommen wir genau mit, was er vorhat, wo er sein Geld verstecken wird, ob er einen Flug nach Mexiko bucht, alles!«

Kage sah ihn ungläubig an: »Wir klingeln also einfach bei ihm an und sagen: ›He, Rodney, wie geht's, wir wollen uns mal kurz mit dir unterhalten!‹«

»Ja. Genau so wie es tatsächlich abläuft, wenn die Polizei erscheint.«

»Dafür brauchst du Dienstmarken.«

»Jimmy, wie viele *prop*-Leute kennen wir, die uns so eine Marke ausleihen können?«

»Und Waffen?«

»Die kaufen wir«, sagte Green entschieden. »Wir brauchen echte. Wir können da nicht mit Spielzeugpistolen auftreten.«

»Mister Green, ich verstehe das nicht«, klagte der unaufhörlich schwitzende Benson verwirrt. »Was reizt Sie so an Tino und Rodney? Warum konzentrieren Sie Ihre Talente nicht auf etwas anderes, auf etwas Ehrenwerteres?«

»Aber das ist doch ehrenwert! Wir legen einen Verbrecher herein, einen Mörder, der, wenn der übliche Rechtsweg beschritten würde, vielleicht ungeschoren davonkäme, denn er hat genügend Geld, um die allerbesten Anwälte bezahlen zu können, und es gibt genügend Johnny Cochrans und Alan Dershowitzes, die ohne Skrupel die wildesten Lügen und Verdrehungen zu erzählen wagen. Wir können nur gewinnen! Was für Zukunftsaussichten haben wir denn schon? Mister Benson, Sie sind einer der größten Schauspieler der letzten Jahrzehnte, und was müssen Sie tun, um den Kopf über Wasser zu halten? Sie müssen sich als Elektriker verdingen! Sie müssen ›danke sehr‹ und ›bitte sehr‹ zu Ihrem Chef sagen und beim übelsten Gesocks eine Anlage installieren, mit der die ihre Missetaten noch besser vor dem Gesetz verbergen können! Ich finde das durchaus ehrenwert. Ich verliere nichts, wenn ich dieses ehrenwerte Vorhaben in die Tat umsetze.«

»Dein Leben kannst du dabei verlieren«, sagte Kage kühl. »Und das ist, ehrlich gesagt, dein Problem, mach mit deinem Leben, was du willst. Aber mein Leben wird auch in Mitleidenschaft gezogen.«

»Nein. Wir müssen alles so gut durchdenken, daß wir nur gewinnen können. Hundertprozentige Sicherheit. Weniger ist zuwenig.«

»Ich brauche nicht ›danke sehr‹ zu sagen«, bemerkte Benson mit gekränktem Stolz. Er starrte auf sein zum drittenmal mit Chivas Regal gefülltes Glas. »Bennie Zar geht respektvoll mit mir um. Ein Israelit aus dem früheren Persien.«

Kage fragte: »Warum sollte Rodney uns glauben?«

Green wartete, bis Benson den Scotch hinuntergeschluckt hatte und sich wieder auf etwas anderes konzentrieren konnte. Sein mehrlagiges Doppelkinn verbarg seinen Adamsapfel, und so sah man nur ein leichtes Zittern durch die Haut unter seinem Mund gehen.

»Rodney glaubt uns«, sagte Green, »denn wir haben Tino.«

»Denn wir haben Tino«, höhnte Kage. »Klingt ja ganz nett, aber was bedeutet das schon? Wir haben Erfahrung mit Leuten, die *mitspielen*. Und selbst das ist regelmäßig danebengegangen. Aber hier handelt es sich um reine Improvisation, hier wird nicht nach einem vorgeschriebenen Text gespielt!«

»Wenn es uns gelingt, Rodney glauben zu machen, daß wir von der Polizei sind, dann wird alles glattgehen.«

»Als ob sie nicht auch Polizisten umbringen würden! Wenn Rodney sich bedroht fühlt, werden wir nicht von seinen Kugeln verschont bleiben.«

»So weit kommt es nicht. Und vielleicht sollten wir auch nicht zu weit vorausdenken. Wir haben jetzt eine Tatsache geschaffen. Tino liegt hier unten im Eis. Solange Mister Benson seine Stromrechnung bezahlt, ist alles in bester Ordnung. Den nächsten Schritt ergreifen wir, wenn wir weitere Informationen haben. Vielleicht beschließen wir dann, gar nichts zu unternehmen. Weil es zu riskant oder zu kompliziert ist, weil zuwenig dabei herausspringt, alles mögliche kann bei unseren Erwägungen eine Rolle spielen. Aber zu denen kommen wir nur, wenn Mister Benson nachher ein Mikrophon dort hinterläßt. Es gibt solche ganz kleinen Wanzen zu kaufen, die man in ein Sensorgehäuse einbauen kann, mitsamt Sender und Leitung.«

»Und wohin mit dem Hilfssender?« fragte Benson, der unverhofft in Greens Bahnen dachte. »Denn Sie dürfen nicht erwarten, daß diese Minisender einen Bereich von zehn, zwanzig Meilen haben, sondern höchstens ein paar hundert Yards. Und von Whitley bis hier sind es bestimmt zehn Meilen, Mister Green, wenn nicht sogar mehr.«

Green fragte: »Würden sie bis zum St. Martin's reichen, was meinen Sie?«

»Ich habe keine Erfahrung mit diesen Dingen. Da muß ich mich erst erkundigen«, antwortete Benson.

»Könntet ihr mir bitte erklären, wovon ihr redet?« verlangte Kage.

»Wir reden von drei simplen Schritten«, erklärte Green. »Das Mikrophon fängt die Gespräche im Haus auf, das ist Phase eins. Phase zwei ist die Übertragung der Gespräche zu einem Hilfssender, der das Ganze dann an einen Empfänger weiterleitet, an dem wir es uns anhören können.«

»Und das nennt ihr simpel?« fragte Kage. »Am besten, ihr bittet gleich die Pioniere um Hilfe.«

»Es ist nicht kompliziert«, pflichtete Benson Green bei. »Die Frage ist nur, wo wir den Hilfssender verstecken können.«

»In meinem Zimmer im St. Martin's. Oder in einem Wagen in der Nähe des Hauses«, sagte Green. »Dann benutzen wir die Radioantenne für den Empfang und bringen eine zweite Antenne zum Senden an.«

»Von was für einem Wagen sprechen Sie?« fragte Benson. »Ich kann nicht auf meinen Olds verzichten.«

»Wir kaufen irgendeinen Schrotthaufen. Für ein paar hundert Dollar bekommt man schon was Annehmbares. Wir parken den Wagen ein paar Straßen weiter, und dann können wir sie im St. Martin's oder hier abhören.«

Kage schüttelte den Kopf und beugte sich über den Tisch: »Floyd, der Junge ist übergeschnappt, willst du bei dem Unsinn wirklich mitmachen?«

»Ich habe eine Leiche im Keller«, entgegnete Benson ausweichend. »Ich äh... Laß mich nachdenken. Wie spät ist es?«

»Halb neun«, sagte Green.

»In anderthalb Stunden muß ich weg. Rodney will nicht vor elf Uhr gestört werden.« Er sah Kage an: »Bist du nicht neugierig, was sie dort aushecken?«

»Nein«, sagte Jimmy Kage.

»Ich komme nachher bei eurem Hotel vorbei. Ich kann euch dort absetzen. Jetzt hab ich Hunger. Darf ich euch beiden Frühstück anbieten?«

Sie brieten Spiegeleier, pflückten das Brot aus dem mukkenden Toaster, tranken Kaffee. Keiner von ihnen sagte ein Wort.

Wenn sie nicht zum Hollywood Sign gefahren wären,

wäre der dunkelhaarige Tino – oder das, was von ihm übrig gewesen wäre, nachdem die Kojoten ihn angeknabbert hätten – in der Sonne verblichen. Vielleicht hätte ihn irgendein anderer Trunkenbold oder arbeitsloser Schauspieler gefunden, vielleicht hätte Tino noch viele Jahre dort auf halber Höhe der Schluchtwand gelegen, zur Mumie vertrocknet. Doch er hatte ihren Weg gekreuzt. Tino ist nicht umsonst gestorben, dachte Green, während er still sein Frühstück verspeiste und dabei auf das Tröpfeln der Kaffeemaschine lauschte, auf Floyd Bensons Piepen und Schnaufen beim Essen, das nasse Schmatzen Kages bei jedem Bissen, die Tausende von Autos auf dem Pacific Coast Highway und die Geräusche der erwachenden Nachbarn in dieser geschäftigen Stadt. Green dachte: Tino wird uns von der Angst befreien, genau wie er anonym in eine Schlucht geworfen zu werden. Vielleicht ließ sich aus seinem Tod etwas Sinnvolles für sie ableiten.

»Ich habe einen Plan«, sagte Kage. »Und zwar einen hieb- und stichfesten.«

»Mein lieber Jim, Lügen, Tratsch und Träumereien sind mein Lebenselixier«, antwortete Floyd Benson. »Also laß hören.«

Kage warf Green einen fragenden Blick zu, als erbitte er dessen Zustimmung für das, was er jetzt erzählen würde.

»Es ist nicht, was du denkst, Floyd. Kein Plan in Zusammenhang mit Tino.«

»Was dann?«

Kage erzählte: »Anne ist eine Art Consigliera eines Mafiabosses. Eine Frau an der Spitze eines Clans! Sie unterhält einen Kurierdienst für die Mafia. Eines Tages bewirbt sich dort ein junges Mädchen. Das Mädchen erinnert Anne an irgend etwas, es kommt ihr irgendwie bekannt vor. Was macht sie also? Sie forscht nach, wer das Mädchen ist. Und verflixt, das Mädchen muß ihre Tochter sein, das Kind, das sie im Knast geboren und sofort zur Adoption freigegeben hat! Aber unterdessen ist das Mädchen im Auftrag der Kurierfirma mit einem nicht ganz kosheren Päckchen unterwegs. Anne reist ihrer Tochter nach und wird mit ihr zusammen festgenommen. Sie schlägt der Polizei einen Deal vor: Laßt das Mädchen frei, und ich arbeite mit euch zusammen. Die Justiz willigt ein. Anne sagt gegen die Mafia aus. Die setzt einen bezahlten Killer auf sie an. Und der findet sie auch, doch anstatt sie zu töten, beschützt er sie. Denn er ist der Vater des Mädchens. Wie findest du diese Wendung?«

»Ausgezeichnet«, sagte Benson, »erzähl weiter.« Er starrte auf die Spiegeleireste auf seinem Teller, das eingetrocknete Eigelb, ein Stückchen Brotrinde.

»Die Geschichte hat einen zweiten Handlungsstrang. Der frühere Anwalt des Mafiabosses wird aus dem Gefängnis entlassen. Er hat wegen Mordes an seiner Frau gesessen, obwohl er diesen Mord nicht begangen hat, also zu unrecht verurteilt wurde. Nun will er den wirklichen Mörder suchen, der ein Profi gewesen sein muß. Bei seiner Suche stößt er auf den bezahlten Killer, der sich inzwischen vom Killer zum Schutzengel gewandelt hat. Und was macht Anne? Die spielt die beiden Männer gegeneinander aus!«

»Und wie endet es?«

»Anne und ihre Tochter entkommen und leben noch lange glücklich und zufrieden.«

»Und die beiden Männer?«

»Müssen dran glauben.«

»Kein Happy-End?«

»Floyd, Happy-Ends sind passé. Wir befinden uns in den neunziger Jahren des zwanzigsten Jahrhunderts. Im Zeitalter der Postmoderne.«

»Dafür bin ich zu alt. Ich brauche ein Happy-End. In meinem Alter will man nur noch das. Je näher das eigene grausame Ende rückt, desto mehr ist man darauf erpicht. Was ist schon eine Geschichte ohne Happy-End?« fragte Benson. »Hast du dir die selber ausgedacht?«

Kage schüttelte den Kopf. »Tommielein.«

Benson nickte Green bewundernd zu: »Kompliment, Mister Green. Es ist vielleicht ein wenig verwickelt, aber gut, glaube ich. Sie sind noch jung genug für ein offenes Ende. Aber glauben Sie mir: Diese Vorliebe legt sich. Trotzdem, der *pitch* ist ohne Frage ausgezeichnet.«

»Verwickelt darf's heutzutage ruhig sein«, sagte Kage. »Toms Geschichte hat Ironie und Stil, und man kriegt sogar noch was zum Nachdenken. Er hat ein fix und fertiges Skript.«

»Hat es einen Titel?« fragte Benson.

»*Fire*«, sagte Kage.

»*Der Himmel von Hollywood*«, verbesserte ihn Green, ohne ihn anzusehen.

»Sorry«, sagte Kage, »ich wußte nicht, daß du ihn geändert hast.«

»Ich hoffe, Sie mißverstehen das nicht als Kritik, aber es riecht ziemlich nach *Kult*«, wagte Benson brummend einzuwenden. »Wollen Sie einen Film mit langen *shots* und

Diskussionen über *la condition humaine* machen?« Er sprach das Fremdwort zutiefst amerikanisch aus.

Kage gab Green keine Chance, den Mund aufzumachen: »*La condition humaine*«, wiederholte er in betont korrekter Aussprache, »ist kalte Kacke – *excusez le mot* –, darüber brauchen wir uns gar nicht weiter aufzuregen. Komm also nicht mit so 'ner Leier, Floyd. Sie reden nicht über die menschliche Unzulänglichkeit, sondern in der Geschichte geht es um die Vergangenheit. Wie Menschen ihr Leben lang damit zu tun haben, frühere Dummheiten, Jugendsünden, zu berichtigen, zu verarbeiten, zu überwinden. Aber dieses Thema schlummert unter der Mafiageschichte.«

»*Film noir*«, sagte Benson und sprach das »noir« wie »nwahr« aus.

»Exakt«, bestätigte Kage.

»Und ihr wollt, daß ich mal eben die dreißig Millionen finanziere, die ihr dafür braucht?«

»Ja.«

»*Deal*«, antwortete Benson.

»Du spielst den Mafiaboß«, sagte Kage.

»Ja?«

»Ja.«

»Ich spiele eigentlich nicht mehr, Jim.«

»Ohne dich geht's nicht. Das ist deine Rolle.«

»Jimmy, ich fühle mich geschmeichelt. Aber ich tauge nichts mehr! Wenn du denkst, daß du leichter an eine Finanzierung kommst, wenn ich mit von der Partie bin, täuschst du dich!«

»Wir glauben, daß wir den Film mit einem minimalen Betrag finanzieren können, Floyd. Wir können alles selber machen, diese Geschichte selbst in Bilder umsetzen. Wir suchen gar keine Finanzierung. Wir wollen dich.«

»Und der *minimale* Betrag?«

Kage ging zum Frontalangriff über: »Was sagtest du, ist dein Wagen wert?«

Benson sah ihn einen Moment mit offenem Mund an. Begann dann zu schmunzeln und wandte sich Green mit amüsiertem Blick zu: »Sie wissen hiervon?«

»Ich will tot umfallen, wenn das so wäre. Nein, das hat er nicht mit mir besprochen.«

»Was machst du schon groß mit dem Wagen?« führte Kage an. »Du fährst, kommst irgendwo an und steigst aus.«

»Es kostet mich meinen geliebten Olds, was noch?«

»Zeit, Einsatz, Glauben«, sagte Kage.

»Ihr denkt doch wohl nicht, daß man mit zehntausend Dollar einen Film machen kann?«

»Du wirst lachen, aber das tun wir sehr wohl«, entgegnete Kage. Green wollte ihm nicht in den Rücken fallen und beschloß, den Mund zu halten.

Und Kage fuhr fort: »Es geht. Jedenfalls gibt es Leute, die es machen. Und wenn andere es können, warum nicht auch wir? Wie viele Techniker kennen wir? Wie viele Anfänger würden nicht gern mit uns arbeiten wollen? Wir haben es zwar in den letzten Jahren nicht so leicht gehabt, aber früher haben wir doch was geleistet, und für viele Leute hat so was eine enorme Anziehungskraft. Wir denken, daß wir die Ausrüstung, die wir zum Drehen brauchen, ausleihen können. Wir machen das auf Video. Das Zeug dafür ist mittlerweile so gut, daß man hinterher ein Negativ davon ziehen kann. Wir kennen Cutter, die das Material schneiden können, wir kennen Tontechniker, wir kennen Produktionsassistenten, wir kennen Castingleute, wir kennen Fahrer, wir kennen Hunderte, wenn nicht Tausende von Leuten in der ›Industrie‹, die in der Regel gut verdienen und bereit sind, in ein interessantes Projekt zu investieren. Denn wir bitten sie um eine Investition, nicht um eine Schenkung. Sobald wir Gewinn machen, bekommen sie auch ihren Anteil. Dein Auto geht für das Negativ drauf, das wir ziehen müssen, und für die laufenden Kosten. Für sein Essen muß jeder selbst sorgen, wir stellen Kaffee und Tee zur Verfügung. Wir können den Film in dreieinhalb Wochen drehen. Wir zeigen ihn niemandem. Erst wenn der Film ganz fertig ist, bieten wir ihn Verleihern an. Dann erst bringen wir unser Schäfchen ins Trockene.«

»Wir drei?« fragte Floyd Benson, immer noch leicht ungläubig, aber durchaus bereit, den Traum mitzuträumen.

»Ja«, sagte Kage so resolut wie möglich. »Und eine Frau brauchen wir noch. Interessante Rolle. Wem wir sie anbieten, müssen wir uns noch überlegen.«

Einen Moment lang herrschte Schweigen. Die Frage, die Kage sich beizeiten verkniffen hatte, hallte Benson dennoch sofort durch den Kopf.

»Ihr begreift etwas nicht ganz. Zwischen ihr und mir... Nein, wirklich nicht, tut mir leid.«

»Floyd, sie ist eine phantastische Schauspielerin! Warum sollten wir nicht an sie denken?«

»Nein, nein. Wenn *sie* mitmacht, kann ich leider nicht mit von der Partie sein.« Gequält schlug er die Augen nieder.

»Wieso denn nicht?«

»Wenn das Teil eures Plans ist, muß ich passen.« Benson

nahm einen letzten Schluck Kaffee und sagte, während er sich erhob und aus der Küche ging: »Es tut mir leid, daß ich so schwer von Begriff bin. Ich hatte es nicht gleich durchschaut. Mein Gott, das war vielleicht eine Nacht! Aber jetzt muß ich zur Arbeit, meine Herren.«

»Floyd, was hat sie dir getan?« rief Kage ihm nach.

»Selbst wenn du sie ohne mein Zutun zum Mitmachen bewegst, muß ich leider von der Sache Abstand nehmen. Ich muß jetzt rasch unter die Dusche. Auch bei der Arbeit möchte ich gern sauber und zivilisiert aussehen. Ich bin ein Gentleman-Elektriker.«

Um Viertel nach zehn setzte Floyd sie beim St. Martin's ab.

14

Um zwei Uhr rief Green von dem Apparat auf dem Flur des St. Martin's aus, direkt neben Charlies Zimmer, bei Miller Cars an.

»Einen Augenblick noch bitte, Harry Lena spricht gerade auf der anderen Leitung.«

Green wartete auf das kleine sizilianische Froschauge, das ihm zu einer Ausbildung zum Verkäufer verhelfen konnte. Was sie einem da wohl beibrachten? Kraftfahrzeugtechnik? Die Besonderheiten der verschiedenen Modelle, die sie führten? Verkaufstricks? Er mußte einen Job finden. Nicht übermorgen, nicht heute nachmittag, sondern jetzt auf der Stelle.

Charlie kam aus dem Fahrstuhl und schlich dicht an den

Türen entlang auf ihn zu, ein Nachttier, das in die Fährnisse des hellichten Tages geraten war. Mit gesenktem Kopf warf er Green von unten herauf einen finsteren Blick zu und schlüpfte in sein Zimmer.

Green hatte Kage den Vormittag über nicht gesehen; womit mochte der sich über Wasser halten? Vielleicht hatte er ein kleines Sparkonto und lebte von den Zinsen, die gerade für die Art von Leben reichten, das man hier führte.

Charlie streckte den Kopf zur Tür heraus. Taxierte ihn triumphierend.

»Tom Green«, sagte er, während er mit schmutzigem Fingernagel auf ihn zeigte. »Emmy-Nominierung 1982. Zusammen mit Fred Segal, John O'Hara und David Warwick. O'Hara hat ihn schließlich gekriegt. Beste Nebenrolle. Ich wußte es gleich, als ich dich sah. Ich konnte dich nicht so richtig unterbringen, aber ich wußte, daß ich dich von irgendwoher kenne. Weißt du, daß Jimmy Kage auch hier wohnt? Du denkst, daß das hier 'ne Müllkippe ist, aber hier wohnen auch richtige Berühmtheiten. *Shit*, Tom Green, stimmt doch, oder?«

Er hätte es leugnen sollen, auch wenn das bei Figuren wie Charlie nicht so schnell zum gewünschten Resultat führte. Er hätte ihn abwimmeln sollen, aber Green nickte, in verwirrender Weise stolz darauf, daß er erkannt worden war. Von einem Schizophrenen wurde er für eine Sekunde aus der Anonymität gehoben und fühlte sich dadurch einen Augenblick lang zutiefst geehrt.

»1982«, fuhr Charlie fort, »da bekam Daniel J. Travanti den Emmy für seine Rolle in *Polizeirevier Hill Street*. In der Kategorie ›beste komische Serie‹ kriegte ihn Alan Alda für *Mash. Polizeirevier Hill Street* kam ganz groß raus, weißt du noch? Kriegte unheimlich viele Emmys. Beste Krimiserie, beste männliche Nebenrolle, bestes Drehbuch, es war ein richtiger Triumphzug.«

Er hatte alles parat – ein menschliches Archiv voll nutzloser Informationen.

»Harry Lena«, vernahm Green im Telefonhörer.

»Tom Green. Sie hatten angerufen.«

»Jawohl. Vor Tagen schon.«

»Ich war verreist und bin gerade erst zurück.«

»*Bull*«, hörte er Charlie sagen, »du warst besoffen.« Kichernd schloß er die Tür hinter sich.

»Offensichtlich«, sagte der Krötenkopf. »Tja, Mister Green, ich habe keine positiven Neuigkeiten für Sie.«

Sollte Green sofort auflegen? Den Armleuchter einfach in die tote Leitung quatschen lassen?

»Wie meinen Sie das?«

»Ihre Angaben waren nicht ganz vollständig. Eine wesentliche Tatsache aus Ihrer jüngsten Vergangenheit haben Sie nicht vermerkt.«

»Würden *Sie* das herumposaunen?«

»Ich würde mit nichts hinter dem Berg halten. Das ist immer das beste.«

»Ich hatte Angst, daß ich mir damit meine Bewerbung verderben würde.«

»Das wäre gerade nicht der Fall gewesen, Mister Green.«

»Ach. Das hätte also zu meinen Gunsten gesprochen?« Green versuchte sarkastisch zu klingen.

»Nein. Aber unser Firmenchef, Carl Miller, steht auf dem Standpunkt, daß man jedem eine zweite Chance geben sollte. Er selbst hat auch eine zweite Chance bekommen, und er hat vielen Menschen eine zweite Chance geboten. Wir weisen niemals jemanden ab, weil er mal einen Fehler gemacht hat. Denn wir glauben, daß Menschen sich ändern und bessern können. Und das beginnt bei der Offenheit und Ehrlichkeit.«

»Sie verschwenden viele Worte an jemanden, den Sie abgelehnt haben, Mister Lena.«

»Ein Freundschaftsdienst.« Auch in Lenas Stimme klang Sarkasmus durch.

»*Fuck you*«, fluchte Green.

»*Fuck you, motherfucker*«, erwiderte Lena ungerührt.

Green knallte den Hörer auf. Sofort erschien Charlie, der hinter seiner Tür gestanden und gelauscht hatte.

»He, Mann, der Apparat ist für die Allgemeinheit da, ja.«

»Laß mich in Ruhe«, entgegnete Green.

»Kriegst du die Rolle nicht, Green?«

Green blieb stehen und drohte Charlie mit einem Finger, den er wie eine Säbelspitze auf dessen Herz richtete, während das Adrenalin seine Muskeln anspannte und seine Augen herausfordernd die des Irren suchten. Green verspürte genügend Wut, Beschämung und Enttäuschung für eine primitive Rauferei. Innerhalb der Mauern dieses Gebäudes, wo jede nur denkbare Dummheit an der Tagesordnung war und wie etwas Ansteckendes um sich greifen konnte, war alles möglich; er war nicht immun dagegen, merkte Green. Aber Charlie erwiderte seinen Blick voll Spott und Unerschrokkenheit. Sein Gesicht und seine Arme waren mit Narben übersät, sah Green jetzt. Er wedelte noch ein paar Sekunden mit dem Finger, immer hilfloser, gelähmt von seiner eigenen Verblüffung über das, was er gerade eben noch vorgehabt hatte, und wiederholte: »Halt dich da raus.« Aber die Überzeugung war aus seiner Stimme verschwunden.

Und auf einmal hatte Charlie ein Schnappmesser in der Hand. Geschmeidig schnellte die Klinge aus dem Griff. Charlie ging halb in die Hocke und breitete die Arme weit aus, zum Kampf bereit. Vom Kämpfen verstand er etwas. Green konnte es nur simulieren.

Er sah sich dort in dem Flur dem Fiesling gegenüberstehen wie in der Schlüsselszene eines düsteren Siebziger-Jahre-Films, er hörte leicht angestaubte Musik, ein allzu nachdrückliches Schlagzeug, einen blechernen Synthesizer, und er wurde sich bewußt, daß er seinen Rückzug nicht decken konnte. Wenn Typen wie Charlie Feigheit witterten, wurden sie blutdürstig. Charlie hatte den Zweifel in Greens Stimme gespürt und wollte jetzt einen Knockout.

»Dies ist ein freies Land, du Pfeife«, sagte Charlie.

»Was willst du?« fragte Green, beherrschter jetzt, ohne Zittern in der Stimme.

»Was willst *du*, Arschloch?« Charlie grinste.

»Was jeder will. Ruhe.«

»Die Ruhe hast du mir vermiest, Green.«

»Wenn das so ist, dürftest du es in diesem Hotel schwer haben, Mann.«

»Du hast deinen Fernseher noch auf Farbe stehen, hä? Wußte ich's doch. Du bist auch so'n Arsch, der's nicht glaubt.« Charlie machte einen Schritt auf Green zu.

Green wich zurück, fühlte das Telefon im Rücken.

Da erklang plötzlich eine Stimme: »Charlie?«

Kage stand in einem der Flure, eine Pistole in der Hand,

und sah sie gelassen an. Wieso hatte Kage eine Waffe? Konnte man sich hier nur unter dem Schutz von Schußwaffen behaupten?

»Charlie? Hast du nicht noch was in deinem Zimmer zu erledigen?«

Charlie hob die Hände: »War nur ein Scherz, Mister Kage. Das hier ist Tom Green, Emmy-Nominierung 1982. Irre, was?«

Er ließ sein Messer zurückschnappen und tanzte lachend in sein Zimmer zurück, wobei sein Blick zwischen Kage und Green hin- und hersprang.

»Ich hab viel von ihm gesehen. Bist 'n guter Schauspieler, *dude*, ich wollte nur ein bißchen mit dir spielen, weißte, weiter nichts, okay? Als kleiner Empfang oder so. Hat weiter nichts zu bedeuten, Mister Kage! Alles unter Kontrolle. *Have a nice day, both of you!*«

Behutsam, als fürchte er, zuviel Lärm könne Kage zum Schießen veranlassen, schloß er die Tür.

Kage bedeutete Green, ihm zu folgen. Green torkelte mit steifen Gliedmaßen, als ströme sein Blut durch Holz, und deprimiert über die aberwitzige Situation, in die er geraten war, hinter ihm her.

»Man könnte Charlie für einen elenden Schurken halten, aber das ist nur gespielt. Er will provozieren, tut aber nichts. Hunde, die bellen... Du weißt schon.«

Er steckte die Waffe unter sein Hemd.

»Trotzdem danke.« Green verbarg seine zitternden Hände. Er fühlte sich, als müsse er sich gleich übergeben.

»Wenn er dich noch mal bedroht, trittst du ihm gleich in die Eier.«

»Komm, ich lade dich zu einer Tasse Kaffee ein«, sagte Green. »Du hast mir, glaube ich, das Leben gerettet.«

»Charlie sticht nicht zu.« Kage blieb vor dem Fahrstuhl stehen. »Er war früher Journalist. Hat für die *Variety* übers Fernsehen geschrieben. Und jetzt hat er eine interessante, aber ziemlich paranoide Theorie über die Gefahr von Farben auf der Mattscheibe entwickelt.«

Green machte eine ungelenke Gebärde in Richtung auf Kages Waffe: »Du nimmst das Ding doch wohl nicht mit nach draußen?«

»Plastik«, antwortete Kage. »Geh schlafen. Du siehst aus wie ein Stück Scheiße.«

Den Rest des Nachmittags verbrachte Green damit, sich erneut sein Drehbuch anzusehen. Er hatte das ursprüngliche französische Drehbuch sorgfältig angepaßt und sich eine eigene Variante ausgedacht. Bevor sie irgend etwas unternahmen, mußten sie *Der Himmel* oder *Fire* oder wie es auch heißen sollte, von einem Anwalt auf mögliche Plagiatsvorwürfe hin prüfen lassen. Die erneute Lektüre gab ihm keinen Anlaß zur Beunruhigung. Auch wenn das Drehbuch aus einem bereits existierenden Film hervorgegangen war, war es unbestreitbar sein Drehbuch mit seinen Dialogen. Der französische Film hatte als Inspirationsquelle fungiert, so wie ein Gemälde oder eine Symphonie inspirieren konnte, war aber ansonsten in seiner Geschichte nicht mehr wiederzufinden. Nachdem er ewig vor sich hin gestarrt und gegrübelt hatte, kam er dennoch zu dem Schluß, daß Kages Plan als reinste Idiotie zu betrachten war. Bensons alter Olds als Grundlage für eine Filmfinanzierung! Jimmy war nicht ganz bei Trost.

Einige Stunden später klopfte es an seiner Tür. Auf dem Flur wartete die riesenhafte Gestalt Floyd Bensons.

Green bot ihm den Stuhl an. Benson quetschte seinen breiten Hintern zwischen die schmalen Aluminiumarmlehnen, und Green setzte sich aufs Bett.

»Ich habe Sie doch nicht etwa geweckt?«

»Nein, ich hab nur auf dem Bett gelegen und nachgedacht«, log Green.

Benson sagte: »Wir hätten Tino doch liegenlassen sollen, wenn ich es mir recht überlege.«

»Ich hatte ihn so hingelegt, daß er vom Straßenrand aus nicht mehr zu sehen war, aber Sie wollten ihn ja unbedingt in Ihrer Gefriertruhe haben.«

»Ich hatte Angst. Habe nicht richtig nachgedacht.«

»Wollen Sie ihn wieder zurückbringen?«

»Wir haben heute nacht unverschämt viel Glück gehabt. Noch einmal mit Tino durch die Gegend fahren, das wage ich nicht. Da würden wir unter Garantie angehalten.«

»Wir könnten in die Wüste fahren und ihn dort irgendwo abladen.«

»Ich weiß. Das habe ich mir auch schon überlegt. Aber so geht man nicht mit Verstorbenen um.«

»Also...?« fragte Green leicht ungehalten.

»Also nichts, scheint mir. Tino bleibt, wo er ist. Die Frage ist nur, ob wir im Zusammenhang mit seinem Tod irgend etwas unternehmen sollten.«

»Wissen Sie, wie Tino zu dem Haus gekommen ist, steht sein Wagen noch dort?« fragte Green.

»Keine Ahnung. Vielleicht hat ihn jemand gebracht, oder er hat ein Taxi genommen.«

»Taxis lassen sich hier in LA ermitteln. Die meisten Fahrer führen genauestens Buch über ihre Fuhren. Und wenn ihn jemand gebracht haben sollte, gäbe es einen Zeugen, der bestätigen könnte, daß er Tino dort abgesetzt hat. Aber ich würde auf etwas anderes tippen. Tino ist mit seinem eigenen Wagen gekommen, und diesen Wagen haben sie angezündet. Mister Benson, Sie sind der einzige, der genau weiß, was passiert ist.«

»Vermutlich ist das so, ja.« Benson starrte nach draußen. »Aber warum sollte ich so viel aufs Spiel setzen? Ich brauche das alles nicht mehr. Ich habe vier Rolls-Royce gehabt, ich habe in Bettwäsche aus Satin geschlafen, ich habe in den teuersten Restaurants gespeist, ich habe die Korallenriffe von Fidschi gesehen, die Schildkröten auf den Galapagosinseln, ich habe auf der Chinesischen Mauer gestanden, warum also sollte ich mein Leben dabei riskieren, einen Kriminellen wie Rodney hereinzulegen?«

»Vielleicht…« Green zögerte, platzte dann aber einfach damit heraus: »Weil Sie ein unglücklicher alter Schlappschwanz geworden sind.«

Benson blinzelte ein paarmal, schnappte nach Luft und starrte mit traurigem Hundeblick und aufeinandergepreßten Lippen auf die Straße hinunter, als spielten sich dort sensationelle Szenen ab. Sein Gewicht war in den letzten Jahren auf über hundertfünfzig Kilo angewachsen, und er schleppte sich mühsam dahin, versuchte sich der Hitze der Stadt zu entziehen und blieb möglichst im Haus, bis der Abend dämmerte.

»Und Sie?« fragte er.

»Ich bin dabei, einer zu werden«, antwortete Green.

Ohne ihn anzusehen, sagte Benson: »Man denkt immer, das passiert einem nie, aber es passiert. Man wird vergessen. Außer vielleicht von so seltsamen Menschen wie Ihrem Nachbarn da hinten, der neben dem Fahrstuhl wohnt. Ich bin nicht der erste, der alles verloren hat, und nach mir wird es noch viele andere geben, aber es kommt vor, daß ich wochenlang mit niemandem spreche. Außer mit Mister Zar natürlich oder Leuten, bei denen ich gerade arbeite.«

Green sagte: »Sie gehören auf den Set. Alarmanlagen installieren, das ist keine Arbeit für Sie.«

»Ich muß wohl oder übel.«

»Mister Benson, Rodney gibt uns eine Chance.«

Benson schüttelte den Kopf: »Jimmy hat recht, es ist gefährlich.«

»Natürlich ist es gefährlich. Wenn die Frage nach der Gefahr das einzig Ausschlaggebende wäre, sollten wir es nicht tun. Aber ist es denn so? Da sind doch andere Dinge, die mindestens genauso zählen!«

»Was denn?«

Mit ausgebreiteten Armen stand Green auf und beugte sich emphatisch über den Oscarpreisträger: »Das Gefühl, daß man Herr und Meister seines eigenen Schicksals ist! Daß man seine Möglichkeiten ausschöpft! Daß man das Feuer dieses Lebens in seinen Eiern brennen fühlt! Daß man stark und schlau ist!«

»Meine Hoden haben genügend Brände gelöscht, glauben Sie mir, Mister Green. Und ich bin ein unglücklicher alter Schlappschwanz, das haben Sie gerade selbst gesagt.«

»Und der wollen Sie bleiben?«

Benson zuckte die Achseln.

»Ich muß wieder zurück.«

Er stemmte sich aus seinem Stuhl hoch und wehrte mit verärgerter Gebärde Greens helfende Hand ab. Leicht schwankend verließ er das Zimmer.

Charlie paßte ihn ab und rief ihm wie einem Popstar hinterher, doch Benson ging mit gesenktem Kopf an seiner Tür vorüber und kehrte seinen Beifallsbekundungen den dicken Rücken zu.

Benson hatte sich auf Jimmys Seite geschlagen. Und recht hatten sie. Die Aktion, die Green da vorhatte, war unmöglich, die Verzweiflungstat eines schwachköpfigen Trittbrettfahrers. Und es war unverantwortlich, Jimmy und Floyd mit hineinzuziehen in diesen Wahnsinn. Beide waren echte Stars gewesen, und das, was Green vorzuweisen hatte, ließ sich in keiner Weise damit vergleichen. Wenn sie gelegentlich nackte Ratlosigkeit überfiel und das Bewußtsein, daß alles definitiv vorbei war, konnten sie sich mit der Erinnerung an mindestens ein Dutzend klassischer Rollen trösten. Und Green? Er hatte sich mit zwei schlemihlhaften »Großtaten« hervorgetan: *Beinahe* wäre ihm ein Emmy verliehen worden, und er hatte, bevor er nach Amerika ging, auf eine riesige Erbschaft verzichtet – ein wackliges Denkmal sinnlosen Großmuts. Vielleicht konnte auch die Zeit mit Paula eine Großtat genannt werden, jene glücklichsten Monate seines Lebens, doch die Erinnerung daran beunruhigte ihn und bereitete ihm Unbehagen. Vermutlich würde eine wahre Großtat genau das Entgegengesetzte bewirken: Sie beruhigte und sorgte für Ausgeglichenheit.

Er nahm die Zeitung und suchte erneut nach einem Job. Die dritte Anzeige weckte sein Interesse: *DRIVER, for*

1 prsn. Bev. Hls. Cottge for 1 prsn. Rsnble pay. Reply: 310 394 4088.

Er ging mit der Zeitung auf den Flur und telefonierte mit der Sekretärin eines Rechtsanwalts. Sie erzählte, daß ihr Chef einen Chauffeur für eine Mrs. Downey suche, eine Einundneunzigjährige, der man nach einem Unfall den Führerschein abgenommen habe. Wenn er wolle, könne er in zwei Stunden zu einem Bewerbungsgespräch in ihre Kanzlei am North Camden Drive im Zentrum von Beverly Hills kommen.

Zwanzig Minuten später schloß Green, gewaschen und rasiert, sein Zimmer hinter sich ab und fuhr mit dem Fahrstuhl nach unten. Er wollte diese Chance nicht vertun. Tino sollte in Floyds Gefriertruhe in Frieden ruhen. Anstatt Gangster auszutricksen, würde er den Privatchauffeur einer reichen alten Dame mimen. In einem *cottage* auf ihrem Besitz würde er ganz im stillen an seinen Skripts arbeiten und eines schönen Tages seinen ersten Verkauf feiern.

Jimmy und Floyd wollten im Grunde nur ihre Ruhe und die Wiederanerkennung ihrer Verdienste – einen farbenprächtigen Herbst, der einem glorreichen Sommer gerecht wurde. Und Green wollte eigentlich nicht mehr als einen abgeschiedenen Ort, an dem er sich verstecken konnte. Ein kleines Haus im Schatten des Palastes einer alten Tante, hin und wieder eine Fahrt in ihrem Rolls, unsichtbar für die Welt, die seine Talente nicht zu schätzen wußte.

Und *Der Himmel von Hollywood*? Kage hatte keinen Blick für die Essentials beim Filmemachen: schiere Energie, bedingungslose Aufopferung, ein treues Gefolge, das einem Rückendeckung gab, besessene Hingabe, die einen erfaßte, wenn man gerade den Kinderschuhen entwachsen war und zur Eroberung der Erwachsenenwelt antrat. Mit anderen Worten: Zwanzigjährige konnten ihren ersten Film machen, Dreißigjährige auch noch, aber alte Knacker wie sie?

Mit der beruhigenden Aussicht auf ein Gespräch mit der alten Dame ging Green, wieder einmal in seinem Boss-Anzug, durch die Hotelhalle. Er beneidete Menschen, die ihre Hypothek abbezahlten, ihre Kinder zur Schule brachten, am Wochenende den Grill anwarfen und auf dem Sofa einschliefen, noch ehe David Letterman oder Jay Leno anfing. Er sehnte sich nach kleinen Alltagssorgen.

Der Olds parkte vor dem Eingang des St. Martin's. Jimmy stand leicht vornübergebeugt neben dem Wagen, eine Zigarette in der Hand, mit der er sich an der Dachleiste abstützte, und Benson saß auf dem Beifahrersitz, die Füße draußen auf dem Gehsteig. Jimmy nickte, während Benson irgend etwas vorbrachte. Benson machte ihn auf Greens Nahen aufmerksam, und beide drehten sich zu ihm um.

»Schick«, sagte Jimmy mit prüfendem Blick auf den Anzug. »Wohin gehst du?«

»Zu einem Gespräch mit jemandem.«

»Ich wäre Ihnen sehr verbunden, wenn Sie sich ein wenig präziser ausdrücken könnten«, monierte Benson. Er war anders als noch vor einer halben Stunde, weniger in sich gekehrt, als habe er sich aus einem Dilemma befreit.

»Ich habe ein Bewerbungsgespräch.«

»Kein Vorsprechen?«

»Nein.«

»In einem guten Anzug sehen Sie immer noch wie ein

vielversprechender junger Schauspieler aus«, sagte Benson. Er war geradezu vergnügt. Das mußte mit Tino zu tun haben: Er hatte mit Jimmy zusammen beschlossen, Tino in eine der Schluchten der Hollywood Hills zu werfen.

»Da sieht man mal wieder, was ein paar Baumwollfetzen ausmachen können. Und ihr?« fragte Green.

»Wir haben auf Sie gewartet«, sagte Benson. »Wir fahren zu mir. Bei mir in der Nähe ist ein hervorragender Thai-Takeaway. Ich bezahle.«

»Das ist nett«, sagte Green, »vielen Dank. Aber ich habe jetzt eine Verabredung.«

»Zuerst das.« Benson meinte den Koffer aus rostfreiem Stahl, der neben ihm auf dem Fahrersitz lag.

»Was ist das?«

»Der Hilfssender«, sagte Benson.

15

In seinem Zimmer schloß Green den Hilfssender an und stimmte ihn auf die Wellenlänge ab, die Floyd für den Mikrophonsender eingestellt hatte.

»Ich muß zu meinem Vorstellungsgespräch«, sagte er, als sie in Richtung Santa Monica fuhren.

Er saß allein auf der Rückbank. Verletzlich und unschuldig saßen Jimmy und Floyd vor ihm, vertrauensvoll die Hinterköpfe ihm zugewandt.

»Wie meinst du das?« fragte Jimmy Kage.

»Ich brauche einen Job.«

»Na fein.«

Einen Moment lang herrschte Schweigen.

»Ich bin mir nicht sicher, ob ich diese Sache wirklich noch durchziehen will«, bekannte Green.

Kage drehte sich um und musterte ihn scharf.

»Das ist alles auf deinem Mist gewachsen, mein Lieber«, sagte er bitter. »Floyd hat fast siebenhundert Dollar für das ganze Zeug ausgegeben, und jetzt läßt du hier so ganz nebenbei verlauten, daß du nicht mehr mitmachst? Du hast vielleicht Chuzpe.«

»Ich dachte, ihr wolltet nicht«, wehrte sich Green.

»Da hast du verkehrt gedacht«, entgegnete Kage.

»Aber du hast dich doch immer nur quergestellt!« rief Green erstaunt aus. »Wenn jemand den Eindruck erweckt hat, daß er nicht wollte, dann doch du! Und Tatsache ist: Du hast mich überzeugt! Wir dürfen das nicht machen! Es ist zu link! Sie könnten mit uns genauso umspringen wie mit Tino! Aber es genügt dir wohl nicht, daß du gewonnen hast, nein, jetzt willst ausgerechnet du dieses Spielchen zu Ende spielen! Ich verstehe das nicht.«

»Ich bin kritisch«, sagte Jimmy, »auch jetzt noch. Aber ich möchte doch gern wissen, ob deine Irrsinnsidee nicht doch auf wundersame Weise zu unseren Gunsten zu verwerten ist. Floyd hat die geeignete Ausrüstung aufgetrieben. Siebenhundert Dollar.«

»Für den Preis werde ich sie auch wieder los«, ließ Floyd in beruhigendem Baß verlauten. »Vielleicht mache ich dabei, wenn ich Geduld habe, sogar noch einen kleinen Gewinn, denn ich habe alles für einen relativ günstigen Preis bekommen.«

»Aber Mister Benson! Als Sie bei mir waren, schienen Sie

doch die größten Zweifel zu haben!« entrüstete sich Green. »Hatten Sie den Sender da etwa schon?«

»Ja«, gab Benson zu. »Und ich habe die Mikrophone angebracht. War eine Sache von zwei Minuten. Sie hatten recht. Warum sollten wir es nicht tun? Was haben wir vom Leben schon noch zu erwarten? Legen wir diese Herrschaften doch einmal so richtig aufs Kreuz!« Die Begeisterung eines *boy scout* im überquellenden Leib eines alten Mannes.

»Was für eine Bewerbung ist denn das?« fragte Jimmy, etwas weniger heftig jetzt, versöhnlich.

»Chauffeur für eine alte Dame. In Beverly Hills. Mit Dienstwohnung. Ich werde Zeit zum Schreiben haben und fahre ein bißchen in einem schönen Wagen herum.«

Jimmy nickte und schien Verständnis für seine Kapitulation zu haben.

»Ja, das müssen Sie machen«, sagte Benson. »In Ihrer Situation, ich verstehe das vollkommen. Machen Sie sich unseretwegen keine Sorgen. Diese Ausrüstung ist mindestens tausend Dollar wert. Lassen Sie sich nur in Beverly Hills nieder, Mister Green, Sie haben absolut recht.« Keinerlei Sarkasmus in seiner Stimme, kein Spott über Greens lächerlichen Traum, einen Rolls durch die Alleen von Beverly Hills und Bel Air zu steuern.

»Mußt du ’ne Dienstmütze tragen?« fragte Jimmy.

Das hatte Green sich noch gar nicht bewußt gemacht. Schwarzer Anzug und Dienstmütze.

»Laß ihn doch, Jimmy. Wir fahren jetzt einfach zu mir«, sagte Benson. »Da essen wir was und hören uns an, was in Whitley Heights besprochen wird. Wir haben ja ohnehin nichts anderes zu tun.«

16

Die Frequenz, die Benson gewählt hatte, ließ sich nicht abschirmen; jeder Amateurfunker, der sie hereinholte, konnte die Gespräche bei Rodney ebenfalls mithören.

Während sie mit Stäbchen Brokkoliröschen, Krabben und in Würfel geschnittenes scharfes Huhn aus den Schälchen vom Thai fischten, lauschten die Schauspieler den kuriosen Gesprächen im einstigen Haus Jean Harlows.

Als sie, um Bensons Küchentisch mit den thailändischen Gerichten sitzend, den Empfänger eingeschaltet hatten, war auch dort gerade jemand mit *take-out dinners* zurückgekehrt. Diffuse Raumgeräusche schallten aus dem Lautsprecher. Benson hatte winzige, aber äußerst empfindliche Mikrophone in die Sensoren der Alarmanlage in Rodneys Wohn- und Arbeitszimmer eingebaut. Die technische Qualität des Hörspiels entsprach zwar nicht den für Radiosendungen geltenden Normen, aber die Stimmen – es waren drei – waren deutlich wahrnehmbar.

Benson half bei der Unterscheidung der Männer.

Rodney hatte eine laute, von einem derben Jargon gefärbte Stimme:

Rodney: Na, hatten sie Thunfisch?

Muscles Stimme war weniger kräftig als die Rodneys, fast jungenhaft, obwohl er, laut Benson, nicht ohne Grund zu seinem Spitznamen gekommen war:

Muscle: Frischen. Gegrillt.
Rodney: Ganz durch?
Muscle: Denk ich doch.
Rodney: Roh mag ich ihn nicht. Ich will ihn ganz durch.

Undeutliche Geräusche, Plastiktüten wurden aufgerissen, die Essensbehälter ausgepackt.

Rodney: Hattest du diese Pampe bestellt?

Steve sprach mit neutraler Stimme, ohne merklichen Akzent, beinahe affektiert:

Steve: Diese Pampe ist Seetang mit Sesam und rohem Kugelfisch. Das gesündeste Essen, das es gibt.

Der nächste Behälter wurde aufgemacht.

Rodney: Mist. Siehst du? Innen roh. Hast du mich je rohen Fisch essen sehen?
Muscle: So ißt man das aber, Rodney.
Rodney: Interessiert mich nicht. Ich bin kein Japs.
Muscle: Ich hab's aber bei 'nem Japs geholt. Soll ich's kurz anbraten?
Rodney: Mann, denk doch mal nach. Hast du mich je was Rohes essen sehen?
Muscle: Keine Ahnung.
Rodney: Die Antwort ist *nein*.
Muscle: Ich guck dir nicht ständig auf den Teller.
Rodney: Dann wird's Zeit, daß du's tust.
Steve: Was hast du?
Muscle: Tempura.

Steve: Aus Fisch?
Muscle: Nein, nur Gemüse.
Steve: Und was ist da drin?
Muscle: Sushi. California Roll. Lachsrogen.

Das thailändische Essen auf Floyd Bensons Tisch stand in krassem Kontrast zu den Gerichten, die die Gangster verzehrten.

»Am Catering sparen sie nicht«, bemerkte Jimmy Kage.

Die empfindlichen Mikrophone fingen das Schmatzen auf, das einer der Gauner beim Essen von sich gab.

Muscle: 'ne *Diet Coke*?
Rodney: Nein, ich nehm ein Bier.
Muscle: Ich hab auch 'ne Flasche Sake mitgebracht.

Steve kündigte an, daß er den Sake kurz in der Mikrowelle warm machen wolle.

Schritte auf dem Holzfußboden, dann auf den Küchenfliesen.

Muscle rief ihm nach, daß der Metallring des Verschlusses nicht mit in die Mikrowelle dürfe.

Muscle: Und, wie schmeckt's?

Er war jetzt mit Rodney allein und schien auf dessen Urteil über das japanische Essen neugierig zu sein.

Rodney: Es hätte durch sein müssen.
Muscle: Aber so zur Abwechslung...?
Rodney: Ich brauch keine Abwechslung.

Jimmy Kage kommentierte: »Brillante Konversation.«

»Wir müssen Geduld haben«, sagte Benson ruhig.

Während aus der Küche das Piepsignal der Mikrowelle zu hören war, läutete irgendwo anders im Haus das Telefon.

Steve: Hast du einen kleinen Krug dafür?
Rodney (unwirsch): Ich telefoniere!

In verändertem Ton fuhr Rodney fort:

Rodney: Gut. Und woher hast du sie? *Waas?*

Jetzt wurde seine Stimme genauso barsch wie Steve gegenüber:

Bist du verrückt geworden? Ich will keine geklaute Maschine! Das Ding muß völlig sauber sein! Glaubst du, du hast es mit 'nem Idioten zu tun? Denk lieber erst nach, bevor du mich anrufst! Wenn du eine hast, die sauber ist, darfst du dich wieder melden. Sonst nicht.

Der Hörer wurde mit Wucht aufgeknallt.

Rodney: Dieser Armleuchter, will mir 'ne geklaute Zählmaschine andrehen! Aus 'ner Bank geholt! Für wen hält der mich eigentlich? Er kann doch wohl in 'nen Laden gehen und 'ne neue Zählmaschine kaufen, oder?
Muscle: Das sind Spezialgeschäfte. Nur Banken kaufen solche Sachen. Wenn du als Privatmann kommst, schöpfen sie Verdacht.

Steve kam aus der Küche zurück.

Steve: Rodney, hast du einen kleinen Tonkrug?
Rodney: Tonkrug? Wozu denn das?
Steve: Für den Sake.
Rodney: Der ist doch in 'ner Flasche?
Steve: Man trinkt ihn aus Porzellanschälchen. Und am besten schmeckt er, wenn man ihn aus einem Tonkrug einschenkt.
Rodney: Nimm ein Glas, und damit basta. Wein und Bier trinkt man ja auch aus Gläsern.
Steve: Aber das hier ist japanisch. Das ist was anderes.
Rodney: Mann, ich hab so was nicht im Haus. Und jetzt laß mich in Ruhe, ich hab andere Sorgen.

Benson stellte den Empfänger leiser: »Ich habe eine Zählmaschine bei ihnen stehen sehen. Die ist offenbar kaputt.«

»Wieso zählen sie nicht von Hand?« wollte Jimmy wissen.

»Es ist sehr viel Geld. Um das zu zählen, braucht man eine Maschine«, antwortete Benson.

Green fragte, ob Benson einen Kassettenrecorder habe.

»Ich habe noch ein altes Revox-Tonbandgerät mit großen Spulen.«

»Das sollten wir anschließen. Dann können wir alles mitschneiden, was sie sagen. Falls etwas schiefläuft, haben wir dann etwas in der Hand. Das können wir ihnen im Tausch anbieten. Oder der Polizei vorspielen.«

»Das Revox steht im Keller«, sagte Benson.

»Dieser Keller ist die reinste Goldmine«, bemerkte Green.

Zu dritt gingen sie die Kellertreppe hinunter. Benson

hatte einen alten Vorhang vor die Gefriertruhe gehängt, als könne das Tinos Geist in Schach halten. Das Revox stand in einem offenen Regal mit allerlei Krimskrams, inmitten anderer abgedankter elektrischer und elektronischer Geräte. Das Tonbandgerät war mindestens fünfundzwanzig Jahre alt, ein aufrecht stehendes Tischgerät mit auf Holz getrimmtem Gehäuse, zu seiner Zeit *state of the art*, mittlerweile jedoch eine Antiquität. Keine Filter, keine Dolby-Rauschunterdrücker, sondern unverfälscht prädigital.

Benson zeigte auf einen Karton mit Bändern.

»Da ist irgendwelche Musik drauf, für Feste und so«, erklärte er.

»Wie viele Stunden haben wir?« fragte Jimmy.

»Wenn wir die niedrigste Geschwindigkeit nehmen, können wir mit diesen großen Bändern rund zehn Tage aufnehmen«, antwortete Green. »Und mit einem Signalmelder vermutlich doppelt soviel.«

Jimmy wollte wissen, wozu so ein Ding gut sei.

»Der schaltet den Recorder ein, wenn sie was sagen, und wenn sie den Mund halten, schaltet sich der Recorder wieder ab.«

»Ich kann morgen das eine oder andere vom Geschäft mitbringen, und dann basteln wir uns einen zusammen«, sagte Benson. »Haben Sie so etwas schon einmal gemacht, Mister Green?«

»Nein. Aber gemeinsam werden wir's schon hinkriegen, Mister Benson.«

Sie ließen die Jalousien im Wohnzimmer herunter und schlossen Empfänger und Recorder zusammen.

Benson machte sich auf dem Sofa breit, ein Bein phlegmatisch auf dem Polster, ein paar Fläschchen Budweiser und eine große Tüte Chips in Reichweite, als bereite er sich auf den *Superbowl* im Fernsehen vor. Jimmy okkupierte den *recliner*, einen bequemen Sessel, dessen Rückenlehne man in verschiedene Positionen verstellen konnte. Mitten auf dem Sims über dem offenen Kamin stand der blinkende Oscar, den Benson vor gut dreißig Jahren entgegengenommen hatte. Green hatte die Statuette kurz in der Hand gehalten, um ihre Magie zu erfahren. Doch er fühlte nur, wie schwer das Ding war, so, als sei es aus massivem Blei gegossen.

Das Empfangsgerät erfüllte den Raum mit der Geräuschkulisse eines Basketballspiels, ausgestrahlt von ESPN. Rodney und Konsorten reichten Dosenbier herum, schimpften auf Spieler, gaben sich gegenseitig Tips für Wetten, überboten einander an Platitüden.

Halb liegend, die Beine auf dem ausgeklappten Fußteil, fragte Jimmy, ob er rauchen dürfe.

»Lieber nicht«, antwortete Benson. »Es tut mir leid, Jim, aber da mußt du kurz nach draußen gehen.«

Green leistete Jimmy Gesellschaft. Auf dem Rasen hinter dem Haus, in dem von Mauern umgebenen Patio, umrundete Jimmy den Swimmingpool, als habe er Hofgang. Es war ein schöner Maiabend, die schwüle Luft angereichert vom Duft der Sträucher und Bäume in den angrenzenden Gärten – Eukalyptus, Flieder, Bougainvillea, Zitrone. Über ihnen ein weiter Himmel mit funkelnden Sternen, das vage Sausen eines Jets auf dem Weg nach Hawaii oder Alaska.

An Abenden wie diesem, wenn Los Angeles die elegante Stadt von den Ansichtskarten war, mit samtfarbenen, von arroganten Palmen gesäumten Straßen voll weißer Cabrios mit zurückgeklappten Stoffverdecks, hatte Green in den Straßencafés des Sunset Strip angehende Schauspielerinnen umgarnt, während er vorsichtig an einem Glas Chardonnay oder Cabernet nippte und auf ihre beringten Finger starrte und die Art, wie sie damit über das Tischtuch strichen oder eine Zigarette festhielten. Danach gingen sie in einen Club, tanzten oder redeten, bis ihre Erregung nicht mehr zu bezähmen war – und er erwachte zur Zeit der morgendlichen Rush-hour mit einem Kater, stammelte Lügen in ein bleiches Gesicht mit verlaufenem Make-up.

Mit Paula war alles anders gewesen. Bis sie in seinem Leben auftauchte, war er ein neurotischer Hohlkopf gewesen, der nun mit Schrecken feststellte, daß er noch nie jemanden geliebt hatte, und als sie ihn verließ, versuchte er sich an ihr zu rächen, indem er möglichst viele Frauen aufriß. Impotentes Gehabe. Winkelzüge eines Verzweifelten.

Jimmy bot Green eine Zigarette an, und zu seiner Überraschung nahm dieser eine.

»Wir müssen es tun«, sagte Jimmy, während sein Gesicht von der Flamme seines Feuerzeugs beschienen wurde. »Ich hab genug von der Häßlichkeit und der Armut, die wir im St. Martin's Tag für Tag aushalten müssen. Von der Konfrontation mit meinem eigenen Untergang. Tommie! Wir müssen es tun! Und ohne dich wird das nichts! Die Idee stammt von dir, und nur wenn du mitziehst, haben wir auch Erfolg! Floyd und ich kriegen das allein nicht hin. Uns fehlt das Köpfchen für solche Sachen. Du bist der Gerissenste von uns...«

»Danke«, unterbrach ihn Green mit gespielter Entrüstung.

»...und du bist der einzige, der sich so einen Plan nicht nur ausdenken, sondern ihn auch umsetzen kann.«

Green sagte: »Du meinst, ich habe den gleichen kriminellen Verstand wie Rodney...«

»Du kannst dich zumindest besser hineindenken als wir.«

»Zuviel der Ehre.«

»Du kannst uns damit nicht allein lassen. Wir müssen ein Drehbuch verfassen, Alternativen austüfteln, einen Fluchtplan, alles...«

»Wir könnten gefaßt werden«, warnte Green.

»Weiß ich. Wir sehen zu, daß wir Waffen und Munition bekommen.«

»Was wir da vorhaben, ist illegal. Wir geben uns als Kriminalbeamte aus. Ich schätze, darauf stehen hohe Strafen.«

»Das werden wir dann sehen«, sagte Kage. »Willst du noch Chauffeur werden?«

»Ich habe nicht angerufen, damit hat sich das erledigt.«

»Schön«, sagte Kage. »Ich wußte gar nicht, daß du rauchst.«

»Ich rauche nicht«, erwiderte Green. »Ich tu nur so als ob. Und der Film, den du machen willst?«

»Das hier ist ein Film«, meinte Kage.

Im Haus auf den Whitley Heights wurde der Ton der Unterhaltung konsequent beibehalten.

Die Herrschaften dort hatten vorhersehbare Anliegen: Sport, Autos, Frauen, Gewalt, Männerehre. Das Gespräch, das auf dem Umweg über den Hilfssender im St. Martin's in Bensons Empfänger ankam, klang rassistisch, eitel, größenwahnsinnig, brutal, sexistisch, kindisch und dumm:

Rodney: Diesen schwarzen Affenarsch haben sie wohl vom Baum gepflückt. Guck dir bloß mal an, wie häßlich der ist! Wenn du einem Pavian das Basketballspielen beibringst, spielt der genauso gut wie dieser Blindgänger da.
Steve: Goldman? Goldman? Ist doch der Name von 'nem Shylock! Was macht 'n Jude denn bei denen auf der Bank? Stecken die ihre Krummnasen jetzt auch schon beim Basketball rein?
Muscle: Dahinten, in der dritten Reihe, sitzt 'ne Alte, die schafft bestimmt das ganze Team. Die steckt garantiert zehn Schwänze auf einmal weg.

Die Schauspieler hörten noch eine halbe Stunde zu und beschlossen dann, einander abzulösen. Sechs Stunden Wache, zwölf Stunden frei.

Green meldete sich freiwillig für die erste Nachtschicht, Jimmy würde ihn morgens ablösen.

Green blieb allein im Wohnzimmer, die Fernbedienung in der Hand, und starrte auf die geräuschlosen Bilder auf dem Fernsehschirm – ein Schwarzweißklassiker, unverschämt romantisch –, während er auf den Empfänger lauschte.

Steve und Muscle kündigten an, daß sie noch irgendwo etwas trinken wollten und am nächsten Tag gegen Mittag wiederkommen würden. Rodney blieb zu Hause.

Badezimmergeräusche, die WC-Spülung. Danach telefonierte Rodney mit irgendwem. Da er im Schlafzimmer war und die Mikrophone einiges an Raum zu überbrücken hatten, klang seine Stimme hohl und war nur schwach zu hören. Viele Hintergrundgeräusche, sogar der Verkehrslärm vom Hollywood Freeway, drangen aus dem Lautsprecher.

Schatz? Bist du noch wach?

Ein völlig anderer Rodney. Ruhig und charmant.

Sie sind weg.

Rodney verstummte, hörte derjenigen zu, die am anderen Ende der Leitung war.

Noch ein paar Tage. Ich weiß es noch nicht. Ich hab da einen Plan, aber der will gut überlegt sein. Mit den Jungs ist nicht zu spaßen.

Rodney hatte einen Plan. Und er hatte eine andere Stimme und Ausdrucksweise, weniger derb und schmierig, kein vulgärer Jargon mehr.

Ja, ich paß auf. Ich unternehme nichts, wenn es zu nichts führt.

Green ähnelte Rodney, beide waren sie vorsichtige Menschen.

Schätzchen, sie sind nicht auf den Kopf gefallen. Sie sind zwar dumm, aber sie haben einen Instinkt wie Tiere. Ich laß mir schon was einfallen. Es muß nur intelligent sein.

Green war sich sicher, daß Rodney über Steve und Muscle sprach. Und ihnen gegenüber gab er sich anders als bei seinem Schätzchen.

Hast du dich erkundigt?

Was hatte Rodney vor? Wollte er Steve und Muscle ausbooten?

Wieso Vancouver? Wieso nicht Tijuana?

Sein Schätzchen wollte nach Kanada, nicht nach Mexiko.

Und dann? Thailand?

Es war ein Fluchtplan. Rodney würde Steve und Muscle ausbooten und sich mit seinem Liebchen aus dem Staube machen.

Bali fände ich toll.

Das galt auch für Green. Eine Reise über den Pazifik, von Galapagos über Hawaii, die Osterinseln, Tahiti nach Bali.

Dann kannst du morgen schon kommen?

Was würde dann zu hören sein?

Nimm ein Taxi.

Es war also irgend etwas mit ihrem Auto. Vielleicht in der Werkstatt zur Inspektion?

Okay. Mach keine Staatsaktion draus. Bist du morgen in der Zentralkasse?

Was für eine Zentralkasse? Bei einem Supermarkt? Einer Bank?

> Samstag also, in Ordnung? Dann gehen wir zu Drai's, ein Lokal in Westhollywood, so richtig was für dich. Das eine Mal, als ich da war, hab ich Jacqueline Bisset und Roger Moore gesehen.

Green war mit Robert Kant dort gewesen. Ein elegantes Restaurant am La Cienega. Nicht jeder bekam dort eine Reservierung. Green wollte sich Rodney gern mal aus der Nähe ansehen, denn er war nicht der tumbe Primitivling, als der er sich im Beisein von Steve und Muscle gab. Sie könnten sich auf der anderen Straßenseite postieren, und Benson könnte ihm Rodney zeigen.

> Nein, nicht nur alte Stars, auch junge. Acht Uhr? Ich ruf an und laß einen Tisch reservieren. Schlaf schön, Schatz.

Wer war Rodney? Hieß er überhaupt Rodney? Und welcher Art war seine Beziehung zu Muscle und Steve? Er verkehrte mit ihnen, als sei er den Umgang mit solchen miesen Typen gewöhnt; daß es sich bei ihnen um eine enge Zusammenarbeit handelte, die seit Jahren bestand und durch gemeinsame Erfahrungen gefestigt war, war jedoch keineswegs gesagt.

Rodney manipulierte sie. Er wollte sich mit dem Geld absetzen, und Steve und Muscle würden den Kopf hinhalten müssen für den Tod von Tino, der tiefgefroren unter Green im Keller lag.

17

Benson telefonierte mit Brian Kelvin, einem Detective des Los Angeles Police Department, bei dem er mal in die Lehre gegangen war, als er einen Staatsanwalt spielen sollte.

Perfekt improvisiert, ohne zu übertreiben, ohne zu stottern, vollkommen glaubwürdig und mit der richtigen Dosis Entrüstung, erzählte Benson, daß er Arbeiten an seinem Haus in Auftrag gegeben und der Bauunternehmer ihn, nachdem er die Hälfte der veranschlagten Rechnung kassiert habe, bereits am zweiten Tag versetzt habe, unter Hinterlassung einer falschen Anschrift und falscher Telefonnummern. Zum Glück habe dieser Halunke in Floyds Haus alles mögliche angefaßt, ein Glas Bier getrunken, mit frischer Farbe seinen Fingerabdruck hinterlassen, und Floyd wolle nun wissen, ob der Mann vorbestraft sei.

Der Polizist wollte dem Oscar-Preisträger gern einen Gefallen tun, obwohl die Weitergabe von Polizeidaten nicht ganz vorschriftsmäßig sei. Floyd versprach im Gegenzug Karten für die Premiere seines nächsten Films.

Noch vor dem Abendessen wollten sie die Fingerabdrücke nehmen. Sie hoben Tinos steinharten Leichnam aus der Gefriertruhe und legten ihn auf die massive Werkbank, die mitten im Keller stand. Dampfend vor Kälte, in scheußlich verdrehter Haltung, lag Tino auf dem Tisch wie ein postmodernes Kunstobjekt.

»Könnte auf direktem Wege ins Museum of Modern Art«, sagte Jimmy, um seinen Ekel zu überspielen, »braucht nur noch 'ne Beschriftung. Das ist ein entscheidender Faktor bei der modernen Kunst.«

»Der Nordpol«, schlug Benson vor.

»Variation in Eis Nummer drei«, regte Jimmy an.

Sie versuchten Tinos Finger geradezubiegen, aber die Gefrierkälte hielt sie in Fäusten gefangen.

»Muß das wirklich sein?« fragte Jimmy.

»Hast du denn einen besseren Vorschlag?« entgegnete Benson.

Mit seinen Wurstfingern versuchte er eine von Tinos Fäusten gewaltsam zu öffnen, und plötzlich knackte es. Er hatte einen der Finger direkt unterhalb des mittleren Gelenks abgebrochen.

Einen Moment lang starrten sie atemlos auf das seltsame Ding in Bensons Hand. Dann schrie Benson auf und ließ den Finger fallen. Das Ding schlug auf dem Betonfußboden auf und zersprang, als sei es aus Glas. Alle drei hüpften sie beiseite, als fürchteten sie sich vor einer magischen Ansteckung durch die eisigen Splitter von Tinos Ringfinger.

»Unglaublich«, murmelte Jimmy.

»Elender, elender Mist«, jammerte Benson. »Mein Gott, was treiben wir hier eigentlich?«

»Wie kann das Ding denn so einfach abbrechen?« fragte Green. »Auf welche Temperatur ist die Truhe eingestellt?«

»Auf die höchste Gefrierstufe«, sagte Benson.

»Wenn wir ihn später auftauen müssen, zerbröselt er uns unter den Händen«, sagte Green, »sein Körper ist kaputtgefroren.«

»Dann spülen wir ihn im Klo runter«, sagte Benson.

Jimmy betrachtete die Faust, an der jetzt ein Finger fehlte. Er fragte: »Kommst du so ran?«

»Ja, ich denke schon.« Und Green sah, was passiert war:

»Der Ring ist schuld, daß er abgebrochen ist, seht ihr? Durchs Gefrieren hat das Fleisch an Umfang zugenommen, und am Ring wurde der Finger abgeschnürt.«

Der abgebrochene Finger schuf in der Faust genügend Raum für die Haare eines Pinsels, der eigens zu diesem Zweck in einem Geschäft für Zeichenbedarf gekauft worden war. Green tauchte den Pinsel in Tinte und strich mit ihm über die Fingerkuppen. Danach schob er behutsam ein Blatt weiches Papier zwischen die Finger und die Handinnenfläche, drückte es mit dem breiten Ende eines Schraubenziehers an, und der Abdruck der Finger von Tinos rechter Hand prangte, bis auf den Ringfinger, klar und deutlich auf dem Papier.

»Haben Sie das öfter gemacht?« fragte Benson.

»Jedesmal, wenn ich eine Leiche in der Gefriertruhe habe, greife ich zu meinem Tintenfaß«, antwortete Green.

Mit Schaufel und Besen kehrte er die Reste des Fingers zusammen, merkwürdige glasartige Plastikstückchen, eine unwirkliche Materie. Nur der Nagel war unversehrt geblieben. Er legte ihn zu Tino in die Truhe.

»Wenn wir das Ganze hinter uns haben«, sagte Green, »lassen wir eine professionelle Reinigungsfirma kommen, die das Haus von oben bis unten mit Lysol desinfiziert.«

»Und Tino?« fragte Jimmy.

»Den begraben wir in der Wüste«, sagte Benson. »Wir fahren ihn dorthin, und bevor er auftaut, bekommt er ein Grab, wie jeder anständige Mensch.«

Green ließ in einem Copyshop Vergrößerungen machen und faxte die Papiere an Brian Kelvin. Drei Stunden später erhielten sie ein Fax zurück.

*Lieber Floyd, Du hast Besuch von Antonio Rolando
Maria Rodriquez gehabt, geboren am 18. März 1961
in Los Angeles. Er ist viermal (!) wegen Schwindel und
Betrügereien festgenommen worden, mußte aber jedesmal aus Mangel an Beweisen wieder freigelassen
werden. Die letzte Information, die wir über ihn
haben: arbeitet im ›Eldorado‹ in Las Vegas. Ist nicht
vorbestraft und kann daher ohne weiteres in einem
Casino arbeiten. Verdient sich offenbar als Bauunternehmer was dazu. Unverheiratet, keine Kinder. Letzte
bekannte Adresse: 2321 Canyon Drive, Las Vegas. Tu
nichts Unüberlegtes, unternimm nichts auf eigene
Faust, laß es mich wissen, wenn du etwas planst. Bitte
zerreiß dieses Fax. Du hast das nicht von mir. Grüße,
Brian.*

18

Green konnte eine spontane Eingebung nicht unterdrük-
ken, griff zum Telefonhörer und erkundigte sich nach der
Nummer des Eldorado, des Casinos, in dem Tino arbeitete.

»Wieso?« fragte Jimmy.

Green schüttelte abwehrend den Kopf, bang, daß seine
Idee verblassen würde, wenn er sie äußerte. Er stand im
Wohnzimmer neben dem Kaminsims und umklammerte
das schnurlose Telefon, als wolle er es zerquetschen.

Er bekam eine Telefonistin des Eldorado an die Strippe
und ließ sich mit dem Personalbüro verbinden. Der Betrieb
lief rund um die Uhr, an jedem Tag des Jahres.

»Personalabteilung«, erscholl die sachliche Stimme einer Frau. »Rufen Sie wegen einer Bewerbung an?«

»Nein. Mein Name ist Fred Smith«, sagte Green, »könnte ich bitte Rodney Digiacomo sprechen?«

»Einen Moment bitte«, antwortete sie und gab den Namen in den Computer ein. Wie viele Tausende von Leuten mochten dort wohl arbeiten?

»Sie irren sich«, sagte Benson. »Tino Rodriquez arbeitete im Eldorado, der Verstorbene also. Nicht Rodney Digiacomo.«

Jimmy durchschaute sehr wohl, was Green herausbekommen wollte, und drohte ihm mit dem Zeigefinger: »Du bist mir ja vielleicht ein Schlitzohr«, sagte er grinsend.

Die Frau meldete sich wieder: »Digiacomo, geschrieben di-ai-dschi-ai-äi…?«

»Ja.«

»Welche Abteilung?« fragte sie.

Wie viele Abteilungen mochte das Casino haben? Es handelte sich um einen riesigen Casino- und Hotelbetrieb, in dem in einer Tour gespielt, gefressen und gevögelt wurde.

»Zentralkasse«, antwortete Green auf gut Glück.

»Ich verbinde.«

»Verbunden«, sagte Green zu Floyd und Jimmy.

»Wie kommst du auf Zentralkasse?« fragte Jimmy.

Green bedeutete ihm, daß er den Mund halten solle.

»Zentralkasse«, hörte Green.

Eine andere Frauenstimme. Eine schöne, rauchige, sinnliche Stimme. Es war unmöglich, daß es Paula war, die er jetzt hörte, aber sie hatte genau die gleiche Stimme.

»Könnte ich bitte mit Rodney Digiacomo sprechen?«
fragte Green.

»Mister Digiacomo hat Urlaub. Er ist in zwei Wochen
wieder da. Mit wem spreche ich?«

Genauso hätte Paula es auch gesagt. Die gleiche Intonation, das gleiche Zögern.

»Freddy Smith. Und Tino Rodriquez?«

»Der ist am Montag wieder da.«

»Vielen Dank.«

Green legte den Hörer auf und verbarg seine Verwirrung.

»Beide arbeiten dort«, sagte er mit trockenem Mund.
»Rodney und Tino. Der Lebende und der Tote. Kollegen.«

»Mein Gott«, stöhnte Benson. »Mister Green, woher
wußten Sie das mit der Zentralkasse?«

»Rodneys Freundin arbeitet dort. Er hat heute nacht
danach gefragt.«

»Nicht schlecht«, sagte Jimmy, »nicht schlecht.«

Er sah Green mit breitem Grinsen an und wandte sich
dann an Benson: »Und die Namen von den beiden anderen
Primitivlingen?«

»Ich kenne nur ihre Vornamen«, antwortete Benson.

»Sind sie Rausschmeißer?«

Benson zog die Schultern hoch: »Könnte sein. Bizeps haben die Herren jedenfalls. Jeden Tag im Fitneßstudio.«

Green fragte Jimmy: »Du meinst, sie arbeiten alle vier im
Eldorado?«

Jimmy nickte, erhob sich und begann unruhig hin- und
herzugehen: »Das Geld stammt aus dem Casino, da könnt
ihr Gift drauf nehmen.«

»Unmöglich.« Benson schüttelte den Kopf, daß seine

Wangen schwabbelten: »Ein Casino zu bestehlen, das gelingt keinem.«

»Doch, das gibt's! Alles schon mal vorgekommen!« rief Jimmy aufgeregt und fuchtelte mit den Händen. »Alle zehn Jahre mal gibt es irgendeinen brillanten Spinner, dem es gelingt, Geld zu unterschlagen, während Hunderte von Kameras und Bewachern zusehen! Tino, Rodney und dessen Flittchen haben das irgendwie gedreht! Und Muscle und Steve waren beteiligt, weil sie dort Bewacher sind! So sieht die Chose aus!«

Green sah ihn fasziniert an, den geläuterten, gefärbten Fuchs, der keine Rollenangebote mehr bekam, weil er zuviel gesoffen hatte, beseelt von dem naiven Glauben an eine Welt mit erklärbaren Mysterien und Menschen, deren Motive sich analysieren ließen. Vor acht Jahren hatte Paula ein Skript geschrieben, über das sie mit ihm reden wollte. Es handelte von Las Vegas. Von einem Casinoraub. Natürlich. Paula war die Frau, mit der er gerade gesprochen hatte. Sie arbeitete im Eldorado und hatte gemeinsam mit Tino, Rodney und zwei Schwergewichten die Zentralkasse beklaut.

»Wir müssen die Nachnamen von Steve und Muscle ausfindig machen«, sagte Jimmy. »Wenn die zwei auch im Eldorado arbeiten, besteht kein Zweifel mehr: Wir haben es hier mit gestohlenem Casinogeld zu tun.«

Strahlend wie ein kleiner Fußballer, der sein erstes Tor geschossen hat, nickte er Green zu und machte eine elegante Reverenz.

»Und Rodneys Freundin?« fragte Benson, der Jimmys Theorie nicht mehr in Zweifel zu ziehen schien.

»Die steckt auch mit drin«, antwortete Jimmy im Brustton der Überzeugung.

Triumphierend legte er eine Hand auf den Kaminsims, eine Haltung suchend, in der er seinen Adrenalinstößen freien Lauf lassen konnte.

Green war davon überzeugt, daß sie nicht Rodneys Freundin war. Sie liebte doch *ihn*. Es konnte nicht sein. Die Stimmen ähnelten sich wohl nur. Die Frau von der Zentralkasse sprach so, wie Paula gesprochen hatte. Die gleichen Stimmbänder oder so. Die gleichen Lippen.

»Es verhält sich also folgendermaßen«, sagte Benson und machte, vom Rätselfieber angesteckt, Anstalten, sich ebenfalls zu erheben, wobei er einige Mühe hatte, den schweren Leib vom Polster hochzubekommen. Er versuchte sich den Diebstahl auszumalen: »Die Freundin von Mister Rodney arbeitet in der Zentralkasse. Sie versteckt das Geld, kann es aber nicht selbst mitnehmen, denn sie wird jedesmal, wenn sie kommt und geht, kontrolliert, das ist dort wie im Gefängnis. Also wandert das Geld mit Rodney, der vielleicht ihr Chef ist, an einen anderen Ort innerhalb des Gebäudes. Dazu benötigt man die Mithilfe von zwei Bewachern. Auftritt Steve und Muscle. Und schließlich bringt Tino als letztes Glied in der Kette das Geld nach draußen. So in etwa muß es sich verhalten. Über die Reihenfolge bin ich mir nicht sicher, aber vom Prinzip her muß es so oder ähnlich vonstatten gegangen sein.«

»Woher wissen Sie das?« fragte Green und nahm einen Schluck Bier, direkt aus der Flasche. Es sollte kritisch klingen, aber was Benson da gerade erzählt hatte, glich einer schludrigen Zusammenfassung von Paulas Drehbuch. In ihrem Skript hatte die Frau in der Geschichte eine zentrale Rolle gespielt. Die täuschte eine Schwangerschaft vor und konnte mittels eines Kunstbauchs Geld aus dem Gebäude schleusen.

Benson antwortete: »Es gibt bei so etwas nur eine begrenzte Anzahl von Schemas. Wenn wir herausbekommen können, daß auch Steve und Muscle dort arbeiten, ist es sehr wahrscheinlich, daß es sich um Geld aus dem Casino handelt, wie Jim sagt. Sie haben es dem Eldorado gestohlen, und wir nehmen es ihnen ab. Wo sollte es sonst herkommen?«

»Warum haben sie Tino umgebracht?« warf Jimmy Kage ein.

»Irgend etwas muß schiefgegangen sein«, antwortete Green.

»Im Keller liegt der Beweis dafür, abzüglich eines Fingers«, flachste Jimmy. »Köstlich, *es muß etwas schiefgegangen sein.* Na, was wohl?«

»Keine Ahnung«, sagte Green. »Ich glaube nicht, daß das geplant war.«

»Und wieso hocken sie dann in dem Haus?«

»Weiß ich nicht.«

»Wieso rufen wir Rodney nicht an?« schlug Jimmy vor.

»Und was fragen wir ihn?« wollte Green wissen. »Wir dürfen nichts machen, was ihren Argwohn weckt.«

»Wir behaupten, daß Muscle jemandem Rodneys Telefonnummer gegeben hat.«

»Und dann? Muscle wird das natürlich abstreiten«, sagte Green. »Ich weiß was Besseres. Wir statten Rodney einen Besuch ab, Jimmy und ich. Wir leihen uns zwei Polizeiabzeichen aus und tun so, als führten wir Ermittlungen durch. Wir hätten die Leiche von Tino Rodriquez gefunden und bei ihm zu Hause in Vegas einen Zettel mit Rodneys Telefonnummer entdeckt, sagen wir. So hätten wir zu ihm gefunden.«

»Angenommen, der gute Mister Rodney ist Filmfan, wie Mister Zar? Dann besteht die Gefahr, daß er Jimmy erkennt.«

»Jimmy, du setzt deine Lesebrille auf und klebst dir 'nen Schnurrbart an.«

Jimmy nickte und verlagerte seine Aufmerksamkeit auf den Empfänger. In Rodneys Haus läutete das Telefon.

Benson schüttelte den Kopf: »Ich habe nie viel Vertrauen in Schnurrbärte gesetzt, Mister Green. Ich habe unten noch eine ganze Kollektion davon. Nur Schwule haben Schnurrbärte. Und sie kleben nie richtig.«

»Ich sorge schon für einen guten Schnurrbart, der nicht abfällt«, versprach Green.

»Weißt du, was du machen mußt?« schlug Benson Jimmy vor, der ihm nicht zuhörte. »Eine schwarze Perücke aufsetzen! Brille auf und schwarzes Haar, das funktioniert besser. Ich habe Perücken und Brillen in Hülle und Fülle. Und ... ich habe noch ein Polizeiabzeichen! Von irgendeinem Film.«

Im Überschwang der Begeisterung zog Benson die Schubladen eines Schranks auf, suchte zwischen Kassetten, Bindfadenrollen, Klebeband und wühlte in dem ganzen Krimskrams herum, den er dort angesammelt hatte. Mit einem Mal drehte er sich zu Green um: »Und wenn Rodney im Casino anruft? Da wissen sie nichts von Tinos Tod. Muß ihm das nicht merkwürdig vorkommen? Die Polizei würde doch bei Tinos Arbeitsstelle anrufen und Fragen stellen. Meinen Sie nicht auch?«

»Sie haben recht. Das müssen wir also auch machen«, räumte Green ein.

»Still!« rief Jimmy.

Rodneys Stimme schallte aus dem Empfänger, er nahm den Anruf entgegen.

Rodney: Wer? Nie gehört. (Lauter:) Steve! Kennst du einen Freddy Smith?

Steve: Wen?

Rodney: Freddy Smith?

Steve: Freddy Smith? Nein. Arbeitet der nicht bei Food and Beverages?

Rodney: Keine Ahnung. (Leiser:) Paula, Steve glaubt, daß er bei Food and Beverages ist.

»Paula«, flüsterte Green.

»Habt ihr das gehört?« fragte Jimmy. Strahlend wandte er sich an Green: »*Holy shit*, Paula ist die Dame von der Zentralkasse! Die hast du gerade noch an der Strippe gehabt!«

»Scht«, gemahnte Benson. Während er zuhörte, polierte er mit seinem Ärmel das Polizeiabzeichen, das er in einer der Schubladen gefunden hatte.

Rodney: Ich hab Tino nicht mehr gesprochen. Steve, hast du Tino noch gesehen?

Steve: Nein.

Rodney: Steve auch nicht ... nicht kontrollieren, nein. Hat nichts zu bedeuten, Paula.

Mit erhobener Stimme sagte Rodney:

Paula! Ganz ruhig! Beruhige dich doch.

Dann schlug er einen anderen Ton an, leiser, vertraulicher:

Was kann denn schon passieren, Schätzchen? Freddy Smith
fragt nach Tino. Dann nach mir. Gott weiß, warum. Will
ich gar nicht wissen. Du solltest in so was nicht groß her-
umstochern, denn du kannst nie wissen, was dich dann
erwartet. Niemals etwas tun, wenn du dir nicht sicher
sein kannst, was dabei herauskommt. Ich denk an dich,
Baby.

»Jetzt haben wir dich am Arsch, du Saftsack!« jubelte
Jimmy dem Empfänger zu: »Auch wenn du's noch nicht
weißt, der liegt längst hier in der Gefriertruhe!«

Rodney: Ich dich auch. Bis morgen, Schätzchen.

Er legte auf.
»Ich dich auch«, wiederholte Benson süffisant und schlug
sich mit der flachen Hand auf den Schenkel. »Bis morgen!«
Er leerte sein Fläschchen Bier.
»Du auch?« fragte Jimmy und bot Green ein Bier an.
Green nickte. Seine Kehle war vor Nervosität ganz aus-
getrocknet. Jetzt war er es, der aufgeregt hin- und herging.
»Floyd, du auch?« offerierte Jimmy.
»Ja, gib mir auch noch eins.«
Ohne hinzusehen, als sei es schon ein Automatismus,
stellte Benson die leere Flasche neben sich auf den Fuß-

boden. Vermutlich verbrachte er die meisten Abende so, Bier trinkend, bis er auf dem Sofa einschlief.

Steve: Was wollte sie?
Rodney: Sie will alles perfekt haben. Zu perfekt. Was kommt in der Glotze?

19

In unzähligen, über die ganze Stadt verteilten *screening rooms* wurden beinahe täglich Kinofilme und MOWs – *movies of the week,* das heißt für das Fernsehen produzierte Filme – vorgestellt. Im Laufe von zwei Jahren hatte er sie mehrmals bei so einer Premiere gesehen, ohne daß sie ihm vorgestellt worden war. Ihren Namen kannte er nicht, wohl aber ihr Gesicht und ihre Beine, die ihm jedesmal aufgefallen waren. Sie trug immer kurze Röcke und ausgefallene Strümpfe, gemustert, farbig, aus schimmerndem Material. Sie hatte die Art von Beinen, von denen er die Augen nicht abwenden konnte. Nicht alle schönen Beine übten diese so schwindelerregend körperliche Wirkung auf ihn aus. Sie war groß und schlank, sie hatte dunkles Haar und ein schönes Gesicht, auch wenn ihre Schönheit nicht von der unmittelbar wirkenden, gefälligen Sorte war, die in Hollywood so beweihräuchert wurde. Eine bescheidene kleine Nase, volle Lippen, die ständig in Bewegung waren, ausweichende grüne Augen, kräftige Wangenknochen, mädchenhaft zierliche Ohren, glattes Haar, zerbrechlich schmale Handgelenke. Man sah ihr nicht an, daß sie intelligent war; er hielt sie für ein Filmgroupie oder eine Kostümassistentin. Er unterschätzte sie, weil er nur Augen für ihre Beine, für die Rundung ihres Hinterns und die Bewegungen ihrer Finger hatte, deren Berührung auf seinem Gesicht er sich ausmalte. In ihrem Blick lag etwas Scheues, Unsicheres, womit sie sich ihm entzog. Die fünf, sechs Male, da sie ihm aufgefallen war, hatte er sich bemüht, näher an sie heranzukommen, doch es war ihm nie gelungen. Entweder war sie in Begleitung gewesen oder er.

Als er sie dann endlich kennenlernte, befand er sich gerade in den Turbulenzen einer zu Ende gehenden Beziehung. Ein Jahr lang hatte er eine Affäre mit Barbara Hartmann gehabt. Barbara war Kunsthistorikerin, organisierte Ausstellungen, spielte eine Rolle in der Kunstszene der Westküste. Bei der Eröffnung einer Galerie in Beverly Hills kamen sie miteinander ins Gespräch. Zwei Tage später rief sie ihn an und lud ihn zum Essen ein – eine auch für amerikanische Verhältnisse ziemlich direkte Vorgehensweise. Sie war mit einem französischen Regisseur verheiratet, der sich oft für den Dreh eines Spots oder einer Folge irgendeiner Fernsehserie in Europa aufhielt.

Was sie taten, mußte geheim bleiben, und das machte spannend, was sonst vermutlich recht mittelmäßig gewesen wäre. Green wußte nicht, ob er sie liebte – vermutlich nicht, denn wenn sich die Gelegenheit ergab, nahm er eine andere mit ins Bett –, aber die äußeren Begleitumstände verstärkten den Rausch. Sie hatte ein Kind, sie wohnte in einem schönen Bungalow in Pacific Pallisades, sie fuhr einen schwarzen Chevrolet Suburban, und sie zog sich vor Green aus, in der Küche, direkt hinter der Haustür, auf der Kellertreppe. Was er nicht bemerkte, war, daß Barbara sich in eine gewisse Fatalität hineinsteigerte, die ihr Leben plötzlich zu einer Stromschnelle und einem heißen Abenteuer machte: in ihre Verliebtheit in Green, oder besser ihre Verliebtheit in das Verliebtsein. Sie konnte es ein knappes Jahr vor Claude geheimhalten. Dann erzählte sie es ihm wie in Trance. Sie liebe Green und wolle sich scheiden lassen. Und Green, den sie mit ihrer Selbstbefreiung hatte überraschen wollen (eines Tages rief sie exaltiert an und teilte mit, daß ihr Mann jetzt alles wisse), versuchte ihre Beziehung sofort zu beenden. Doch er war nicht eindeutig genug. Es war zwar spannend, mit ihr liiert zu sein, aber eine Ehe zu zerstören und womöglich mit Claudes Sohn in der Weltgeschichte herumzureisen, war nicht Sinn der Sache gewesen. Er versuchte eindeutig zu sein; Schuldgefühle und Feigheit hinderten ihn jedoch, Barbaras Illusionen ein für allemal zu zerstören. Er ging ihr aus dem Weg, gab vor, verreist zu sein, rief nicht zurück, wenn sie ihm eine Nachricht auf dem Anrufbeantworter hinterlassen hatte, log, wenn er sie versetzt hatte, war aber, wenn sie ihn hin und wieder an die Strippe bekam, nach wie vor zuvorkommend und lieb, unfähig, sie mit der ungeschminkten Wahrheit zu konfrontieren.

Eines Tages wollte Linda Gross ihn mit einer Drehbuchautorin bekannt machen, einer talentierten Debütantin, die ein Skript über einen *casino scam* geschrieben habe und Green gern für die Hauptrolle wolle. Sie habe zwar noch keine Finanzierung, aber die werde sie schon bekommen, behauptete Linda, denn das Skript sei originell und koste *below the line* nicht mehr als zwei Millionen.

Paula Carter hieß die Frau mit den bewußten Beinen.

Auch bei jenem ersten Mal – auf der Gartenterrasse des Miramar Sheraton an der Ocean Avenue, einem neutralen Ort, den er oft für solche Termine nutzte – trug sie einen kurzen Rock und dazu wahrhaftig Netzstrümpfe und Stöckelschuhe wie die Huren am Sepulveda. Ihre Augen und ihre Art zu sprechen standen in krassem Kontrast zu ihrer Kleidung, die provozierte, ja beinahe so etwas wie ein satirischer Kommentar zu ihrer Schüchternheit war. Sie rauchte viel, fühlte sich angesichts seiner Verwunderung über diese seltsame Kombination von körperlicher Attraktivität, Scharfsinn und Labilität offenbar unbehaglich. Sie wußte, daß sie schön war, konnte diese Schönheit jedoch nicht gezielt einsetzen, nicht darauf bauen, nicht damit umgarnen. Ihr Körper war für das, was sich in ihrem Kopf abspielte, zu auffällig; in ihr tobte eine Titanenschlacht, von der Green zu jenem Zeitpunkt nur schwache Signale auffing.

Hinter ihr planschten Kinder im Swimmingpool, zwischen Palmen, die hochmütig über den Hotelbungalows aufragten. Ein paar hundert Meter weiter schlug der Pazifik an die Küste. Die Tische waren mit weißem Leinen gedeckt, zum Pellegrino wurden Oliven, Zitronenscheibchen und Nüsse serviert, ein Ober behielt sie ständig im Blick, ein Augenaufschlag genügte, und sie wurden mit größter Zuvorkommenheit bedient.

Sie komme aus Ann Arbor, Michigan, erzählte sie kettenrauchend. Mütterlicherseits gebe es einen niederländischen Familienzweig, Devries, weshalb sie eine Schwäche für alles habe, was mit Käse, Holzschuhen und Tulpen zu tun habe. An der großen Universität ihres Geburtsortes habe sie, mit dem festen Ziel vor Augen, Cutterin oder

Regisseurin zu werden, Filmtechnik studiert. Knapp zehn Jahre sei sie jetzt schon auf der Suche. Seit sie aus Michigan weggegangen sei, habe sie alles mögliche gemacht, um sich über Wasser zu halten und zugleich an ihrer Filmlaufbahn zu basteln. Sie habe Unterhosen verkauft, telefonisch Lexika angepriesen, sie habe in *diners* gekellnert, auf der Straße Versicherungen verhökert, in Hotelzimmern Betten gemacht, und nach unzähligen vergeblichen Anläufen in New York und LA, nach Bewerbungen bei Fernsehsendern und Filmproduzenten habe sie in Las Vegas einen Kurs in *casino accountancy* absolviert. Letztlich habe sie sich dafür entschieden, nicht die Hure zu spielen, was in Las Vegas ein einträglicher Beruf sei – sie erzählte das en passant, ohne Skrupel –, sondern sich überlegt, was sich auch Green und unzählige andere, die eine Filmkarriere anstrebten, überlegten: Schreib ein Skript und geh damit hausieren.

In ihrem Fall war dieser Rat von einem berühmten Regisseur gekommen. Sie hatte gerade einen Sommerjob in LA und kellnerte auf der Terrasse des ›Pane e Vino‹ am Beverly, einer Art toskanischer Gartenlaube mit weißgedeckten Tischen unter Flieder- und Lorbeerbäumen.

»Ich erkannte ihn sofort: Billy Wilder. Er kam als erster einer Viererrunde, für die ein Tisch reserviert war, und ich sagte ihm, daß ich seine Filme sehr liebte. Er fragte, ob ich auch zum Film wolle. Ich sagte ja, womit ich meinte, hinter der Kamera, genau wie er, aber er dachte, ich wolle Schauspielerin werden. Und nach dem Essen kam er zu mir, einfach so, von sich aus. Er sagte: ›Ich will dir nichts vormachen. Du bist zwar eine schöne Frau, aber ich weiß nicht, ob du *star quality* hast. Es dürfte schwer sein, hier in Hollywood, wo die allerschönsten Frauen von der ganzen Welt herumlaufen, ein Star zu werden. Weißt du, was du machen mußt? Schreib ein Skript, nicht zu umfangreich, übernimm selbst die Hauptrolle und zeig es allen. So mußt du es aufziehen.‹ Das hab ich nun also gemacht. Und ich will dich für die männliche Hauptrolle.«

In welchem Moment verliebte er sich in sie? Sie wollte ihn möglichst nicht ansehen (sie hatten kurze, heftige Blickwechsel, die sie sogleich abbrach, nur für Bruchteile von Sekunden konnte er die Tiefe ihrer Augen erahnen), sie war nicht bei ihm, um ihn zu verführen – damals hatte er noch ein gewisses Renommee, das bei dem einen oder anderen Geldgeber Vertrauen weckte –, und ihr eigener Körper schien ihr gleichgültig zu sein, weshalb sie sich auch so schamlos kleiden konnte.

Später, bei ihm zu Hause, als er einen Salat für sie zubereitete, erzählte sie eine Anekdote über ein Jugendschachturnier, an dem sie einmal teilgenommen hatte. Sie hatten geredet und literweise Wasser getrunken, der Nachmittag verstrich, und sie wollte sich die Beine vertreten. Nach einem Spaziergang über den Boulevard schlug er vor, zu ihm nach Hause zu fahren und dort etwas zu essen. Er mußte dringend seine Blase entleeren. Sie nahm an.

Sie war die Enkelin von Leo Kranski, dem berühmten amerikanischen Schachspieler und Großmeister in dieser sonderbaren Kombination aus Mathematik, Intuition, Ästhetik, Sport und Glücksspiel. Sie war selbst passionierte Schachspielerin, bis sie bei einem Jugendschachturnier als die Enkelin von Kranski vorgestellt wurde. Da ergriff sie die Flucht und konnte keine Schachfigur mehr anrühren.

Durch diese Anekdote erfuhr er, wer sie war. Eier für den französischen Salat pellend, zuhörend und nickend, während sie, an einem Glas kühlem Chardonnay nippend, mit dem Bauch gegen die Anrichte gelehnt neben ihm stand, verliebte er sich, halb außer sich vor Verblüffung, Entzükken und komplexen chemischen Prozessen, bis über beide Ohren in sie. Er wollte diesem Mädchen mit den Zöpfen, das weinend (»heiße Tränen vergießend«, wäre wohl für einen solchen Anlaß der passende Ausdruck) aus der Turnhalle einer High School in Michigan rannte, zurufen, daß es sich nicht mit der Vergangenheit seiner Eltern und Großeltern schikanieren und davon einschränken lassen solle und daß er genauso sei wie dieses Mädchen, daß es einen Seelenverwandten gefunden habe, in ihm, dem Flüchtling aus Amsterdam.

Drei Tage lang redeten sie nur. Dann ergriff sie die Initiative. Eines Abends zog sie ihn an seinem Hosengürtel zu sich heran und küßte ihn.

Im Jahr davor hatte er oft mit Barbara geschlafen, nie aber die ganze Nacht mit ihr verbracht. Sie wollte nicht, daß er morgens am Frühstückstisch ihrem Kind gegenübersaß. Und auch bei den unbeholfenen *one night stands* war alles anders gewesen. Paula lag so unvermeidlich neben ihm wie ein Naturereignis. Binnen weniger Tage war er ihr völlig verfallen, war süchtig nach ihrer Gegenwart. Sie blieb nüchtern, wenn er allzu euphorisch war, und war Feuer und Flamme, wenn er allzu sachlich blieb, und manchmal, wenn sie Pläne schmiedeten, verschmolzen ihre Gegensätze zu einem realen Szenario (zumindest war es das in ihren Augen). Es sollten die Flitterwochen ihrer Beziehung werden.

Er hatte ein Apartment in der Third Street in Santa Monica, sie zog bei ihm ein, und ihre gemeinsame Idylle war perfekt. Nach einem Monat nahm sie ihn mit zu ihrer Mutter in Michigan. Sie gingen in Wäldern spazieren, in denen die Wege Namen hatten, in denen sie gespielt und geträumt und mit vierzehn zum erstenmal einen Jungen geküßt hatte, und sie mieteten ein Boot und segelten über einen See, vorbei an Inseln mit Spukhäusern und verfallenen Jagdhütten. Wenn sie miteinander geschlafen hatten, sprangen sie ins Wasser und machten es dort noch einmal, zwischen Lilien und silbernen Fischen halb am Ufer liegend, von der anderen Seeseite her von durstigen Hirschen beäugt.[*]

Sie befreite ihn aus seiner Isolation. Er hatte die Flausen seiner Jugendzeit für eine individuelle Ausnahmeerscheinung gehalten. Doch sie hatte die gleichen Absurditäten durchlebt.

Am Wasser, halb angezogen, träge und von seliger Leere erfüllt, fragte er: »Warum wolltest du mich? Warum bin ich der Auserwählte?«

»Ich hab dich in *The crown on the hill* gesehen.«

Das war eine Miniserie gewesen, in der er zwei Jahre zuvor in San Francisco mitgespielt hatte.

»Ich fand dich gut«, sagte sie. »Und du kamst aus Holland. Ein unsinniges Argument, aber es zählte. Und du hattest so etwas an dir, das... Manchmal sieht man jemanden, in einem Restaurant oder im Flugzeug, du bist ein, zwei Stunden in seiner Nähe, und du weißt: Wenn wir mitein-

---

[*] Oder hatte seine Phantasie das daraus gemacht? Vielleicht waren es ja verwilderte Hunde und schwammen Ratten durch die Schlingpflanzen des dreckigen Tümpels.

ander ins Gespräch kommen, werden wir nie mehr auseinandergehen, denn wir gehören zusammen. Du schielst zum andern hinüber, du versuchst seine Augen zu ergründen, du willst plötzlich alles aufs Spiel setzen, bei ihm bleiben, ihm bis in die hintersten Winkel dieser Erde folgen, aber schließlich und endlich tust du nichts dergleichen, sondern gehst wieder weg, und nach einer Stunde hast du beinahe vergessen, wie er aussah, welche Haarfarbe er hatte, welchen Hautton, und die Erinnerung beginnt zu verblassen. Bis auf dieses bohrende Gefühl, daß du so nah dran warst an der Vollendung deines Lebens. Ich hatte den Eindruck, daß du so jemand bist, mit dem mich das verbindet. Ein Kleinmädchentraum. Kennst du das?«

Sie war intelligent und forsch, aber auch noch unverbraucht romantisch, kaum gezeichnet von zähen Beziehungen. Was sie zu der gemacht hatte, die sie jetzt zu sein meinte, konnte nur ihre Kindheit und Jugend gewesen sein, was sonst? Ihre Eltern hatten sich scheiden lassen, als sie drei Jahre alt gewesen war, ihre Mutter hatte wieder geheiratet und sich fünf Jahre später erneut scheiden lassen, woraufhin ihre jüngere Halbschwester zu ihrem zweiten Vater kam. Jede Form familiären Selbstverständnisses, jede Form der Zusammengehörigkeit war bei ihr von Anfang an gründlich gestört. Sie hatte keinen Einfluß auf die wechselnden Konstellationen gehabt, die ihr im Laufe ihrer Kindheit fortwährend Anpassungen, Umzüge und Abschiede abverlangten. Ihren leiblichen Vater sah sie nie wieder, ihr zweiter Vater hatte ihr die Schwester weggenommen, ihre Mutter war ein Berkeley-Hippie reinster *flower-power*-Machart. Sie fürchtete sich davor, jemanden zu lieben, denn unweigerlich und schneller als vorhergesehen würde der Abschied kommen. Was demgegenüber für sie Bestand hatte, war die Kraft der Mathematik, die die unendlichen Unebenheiten des Lebens mit ewigen Sicherheiten nivellieren konnte. Doch die gefühllosen Organisatoren jenes Jugendschachturniers hatten ihr den Weg zu mathematischer Schönheit verbaut, und so tastete sie sich allmählich an den Bereich des Geschichtenerzählens heran. Auf Zelluloid. Genau wie Mathematik und Schachspielen erforderte das ihren ganzen Einsatz. Und das brauchte sie. Genau wie Green. Gemeinsam gaben sie ihrem Skript über einen Casinodiebstahl, *Der Himmel von Hollywood,* den letzten Schliff. Siamesischen Zwillingen gleich waren sie unzertrennlich, waren Liebende, Freunde und Kollegen. In die Brüche ging das Ganze, als sich Greens vorherige Freundin in sein Glück einmischte. Das war zwar nicht der einzige Grund, aber es trug dazu bei, die Haarrisse, die sich allmählich zeigten, zu verstärken.

Mit dem Mut der Verzweiflung versuchte er sich Barbaras Fängen zu entziehen, doch sie war beharrlich. Sie rächte sich an ihm, indem sie Paulas Vertrauen gewann. Das dauerte einige Monate. Und Paula glaubte, was Barbara ihr auftischte, über den Sex, den sie angeblich noch mit Green hatte, über sein Doppelspiel und seinen beiderseitigen Betrug. Alles, was Barbara erzählte, war gelogen, aber sie erzielte damit den beabsichtigten Effekt. Bei Paula, der Frau, die zutiefst davon überzeugt war, daß jeder Mann eines Tages in einem Dunst aus Lügen entschwinden würde, fielen Barbaras fingierte Enthüllungen auf fruchtbaren Boden.

In jener Zeit bekam Paula eine Absage nach der anderen. *Der Himmel* war mit ihr als Regisseurin und Green in der

Hauptrolle nicht zu finanzieren. Und Green hatte Mühe, die Verzweiflung über ihr Skript, die Angst, daß niemals etwas daraus würde, die Unsicherheit, ob ihr Talent ausreichte, aus ihrem Blick zu verbannen.

Es war ein altbekannter Refrain, gegen den er ansingen mußte. Er kannte die Melodie in- und auswendig. Monate des totalen Aufeinander-Fixiertseins zerrannen nach und nach zu Wochen voller in sich gekehrter Gedanken, stets weniger hörbarer Worte, zunehmend unausgesprochener Monologe. Auch Green hatte Mühe, sich gegen die die Stadt brandschatzenden Schauspielerhorden zu behaupten. Er wollte seine Alpträume nicht mit Paula teilen, weil er fürchtete, daß sie, die ja selbst mehr als genug davon hatte, sie nicht mehr verkraften würde. Paula aber sah in seiner zunehmenden Introversion die ersten Anzeichen dafür, daß er nicht mehr so viel Wert auf ihre Anwesenheit legte. Nichts stimmte weniger als das. Vielmehr machte er sich Sorgen, ob er ihr, falls nötig, auch die entsprechende finanzielle Unterstützung geben konnte. Geld war das Problem, nicht, ob er ihrer Stimme, ihrer Augenbrauen, ihrer Achselhöhlen überdrüssig war. Er wollte sie sogar heiraten, Kinder mit ihr haben, alles wollte er mit ihr.

Sieben Monate nach Paulas erstem Besuch bei ihm kam er von einem verpatzten Vorsprechen nach Hause, und sie war nicht mehr da. Ihre Kleider, ihre Fotos und Bücher, alles, was ihr gehörte, hatte sich mit einem Mal in Luft aufgelöst. Sie war weggegangen, wie ihr leiblicher Vater weggegangen war, sie hatte es selbst einmal erzählt: Knall auf Fall, ohne Gründe anzugeben, ohne einen Zettel oder eine Erklärung zu hinterlassen, ohne auch nur einen Seufzer.

Verrückt vor Sehnsucht, krank vor Selbstvorwürfen suchte er nach ihr. Aber in diesem Land konnte man mühelos untertauchen, sich irgendwo unter einem falschen Namen einmieten und sich eine neue Identität zulegen. Drei Monate später hörte er, daß sie mit Ritchie Mayer zusammen sei, jenem Regisseur von *Dead end street*, dem Armleuchter, der zuerst Kage und dann ihn vom Set hatte gehen lassen. Rasend vor Eifersucht postierte er sich stundenlang vor Ritchies Haus in Brentwood, voller Angst, er könnte Paula tatsächlich hinter einem der Fenster entdecken, aber auch so aufgebracht, daß es für eine erbitterte Schlägerei oder zumindest skandalträchtige Beschimpfungen gereicht hätte. Doch er sah niemanden, weder Paula noch Mayer.

Mit ihr ging sein letztes bißchen Selbstvertrauen dahin. Er schrieb nicht mehr, vermasselte Probeaufnahmen und bereitete sich kaum noch auf die kleinen Rollen vor, die ihm von wohlgesinnten Casting Directors noch zugeteilt wurden. Andere Sorgen – Geld, Geld, Geld, Rollen, Rollen, Rollen – bemächtigten sich dann allmählich seines gebeutelten Magens und seiner gebeutelten Seele, und wenn er an sie zurückdachte, war es oft mit Stichen tiefer Trauer, unstillbaren Verlangens und Heimwehs, aus der festen Überzeugung heraus, daß er kein Recht auf sie hatte. Auf nichts eigentlich.

Er hatte schon viele Jahre nichts mehr von ihr gehört.

20

Schweigend tranken die Schauspieler ihr Bier, starrten, die Situation überdenkend, auf den fahlen Teppich, den staubigen Kamin mit dem unechten Holz, den blinkenden, über alles erhabenen Oscar, die beschlagenen Budweiser-Fläschchen und lauschten, leicht benommen vor Nervosität, mit einem Ohr auf die Fernsehgeräusche in Rodneys Haus auf den Whitley Heights.

»Ob Rodney weiß, daß Tino tot ist?« fragte Benson.

»Gute Frage«, meinte Jimmy.

»Allerdings«, bestätigte Green.

»Und ob Steve es weiß? Oder Muscle? Oder anders formuliert: Einer von den dreien hat Tino ermordet«, fuhr Benson fort, »und wir wissen nicht, wer beziehungsweise in welcher Konstellation. Angenommen, daß Steve und Muscle den Tod von Mister Tino auf dem Gewissen haben, warum lassen sie Rodney dann ungeschoren?«

»Wissen Sie, wie es sich verhalten könnte?« Green versuchte seine Gedanken auf das zu konzentrieren, was jetzt wichtiger war als die Frage, ob Paula mit Rodney schlief. »Rodney und diese Frau wollen die anderen austricksen, und Steve und Muscle wiederum planen, *sie* auszutricksen. Wir haben also zwei Duos, die sich gegenseitig betrügen. Aber Steve und Muscle kämpfen mit harten Bandagen: Tino haben sie schon um die Ecke gebracht, und als nächstes sind Rodney und diese Frau dran.« Von Paula kein Wort. Ihr Name durfte nicht ausgesprochen werden.

»Wenn sie Rodney ermorden, haben sie alles«, bemerkte Jimmy.

»Nein, diese Frau hockt schön sicher in Las Vegas«, entgegnete Green mit Bestimmtheit. »Das schränkt ihre Möglichkeiten ein. Die ruft die Polizei an, wenn irgendwas mit Rodney ist. Wenn Rodney ermordet würde und diese Frau würde mit der Justiz zusammenarbeiten, ließe man sie im Gegenzug für ihre Aussage vor Gericht vermutlich straffrei davonkommen. Und so wie wir uns das jetzt ausrechnen können, haben Steve und Muscle sich das sicher auch überlegt. Was machen sie demnach? Sie warten, bis diese Frau auch nach Hollywood kommt, und dann ist die Hölle los.«

»Ist euch eigentlich klar, daß das Ganze hier Wirklichkeit ist?« fragte Jimmy in bitterem Ton. »Was wir da hören, sind keine Schauspieler. Das ist kein Hörspiel. Wir hören die Stimmen von Dieben und Mördern. Das passiert in Wirklichkeit. Die kriegen nicht am Ende des Tages ein *callsheet* mit dem Info für den nächsten Drehtag in die Hand gedrückt.«

»Jim, was ist das, Wirklichkeit?« brummte Benson. »Seit ich erwachsen bin, habe ich mein Geld mit Illusionen verdient, und du willst mir erzählen, daß das hier Wirklichkeit ist? Ich weiß wirklich nicht, was wirklich ist. Und ehrlich gesagt interessiert es mich auch nicht mehr. Wenn sie mich erschießen sollten, werde ich denken: Ist das nun echt, oder ist es Ketchup? Und bevor mir irgendwer darauf antworten kann, schwebe ich schon zwischen den Sternen. Also, was soll's, Jim? Meinst du, es gibt irgendwen in dieser Stadt, der noch weiß, welches Format die Wirklichkeit hat? Ich sag dir, was ich vorige Woche gelesen habe. In diesen Disney-Läden, die es neuerdings fürs Merchandising gibt, werden doch solche Baseballkappen und Sweatshirts mit dem

Abdruck von Mickey Mouse und Goofy und so weiter verkauft. Die werden in der Dominikanischen Republik hergestellt. Und die Menschen, die das machen, müssen sechzehn Jahre – hörst du, sechzehn JAHRE – arbeiten, um das zu verdienen, was der Präsident von Disney in *einer* Stunde verdient! In *einer* Stunde! Sechzehn Jahre und *eine* Stunde! Was ist hier Wirklichkeit, und was Traum? Das ist doch alles gar nicht mehr zu begreifen. Wir werden Steve und Muscle und Rodney und seine kleine Freundin hereinlegen, und ich tue das mit Vergnügen. Reichst du mir bitte noch ein Bier, Jim?«

Jimmy reichte ihm ein Budweiser.

»Wenn wir nichts unternehmen«, mahnte Green, »dann müssen Rodney und diese Frau in Las Vegas dran glauben.«

»Ja, *shit*«, sagte Jimmy, »auch das noch. Jetzt werden wir auf einmal noch zu Lebensrettern.«

»Wir können auch einfach abwarten, Mister Green«, regte Benson an, »dann brauchen wir nur mit Steve und Muscle abzurechnen.«

»Aber wir machen uns an dem Mord mitschuldig«, erwiderte Green mit Unbehagen.

»Wissen Sie, wer die sind?« fragte Benson. »Bis jetzt handelt es sich lediglich um Namen im Radio. Rodney ist höchstwahrscheinlich ein Schurke und Paula eine Diebin. Und vergessen Sie nicht: Vielleicht sind es gerade Steve und Muscle, die sich in Gefahr befinden. Vielleicht ist unser Mister Eiszapfen ja von Rodney und Paula getötet worden. Wer weiß. Aber wenn ich einen Tip abgeben müßte, würde ich sagen: Steve und Muscle sind die bösen Buben.« Nach zwei Sixpacks war er endlich beschwipst und seine falsche Bescheidenheit wie weggewischt.

»Und du?« fragte Jimmy.

»Ich möchte nach dieser ganzen Sache noch ruhig in den Spiegel sehen können«, antwortete Green, dem bleierne Bilder durch den Kopf gingen. Er wollte nicht wahrhaben, daß sie mit Rodney zusammen war, um dessen Leib oder Seele zu retten. Denn die Rolle des Engels hatte sie bei *ihm* gespielt, um *ihn* auf den Weg der Besserung zu führen. Jetzt war sie Pragmatikerin. Sie wollte ihren Teil des Geldes, und danach würde sie Rodney Lebewohl sagen.

Eine sonderbare Raublust ergriff Besitz von ihm: Er wurde von dem unbezwinglichen Verlangen heimgesucht, mit ihr durchzubrennen, obwohl er keineswegs voraussetzen konnte, daß sie ihn auch begleiten wollte. Es war ein eigenartiger Wunsch, vollkommen irreal, lächerlich primitiv, eine fast schon körperliche Empfindung, ein glühendes Feuer irgendwo im unteren Bereich seines Brustkastens, in Höhe des Zwerchfells, wo sich anscheinend ein unbekanntes Organ befand, das irgendwann zur Zeit des Urmenschen einmal das männliche Verhalten gesteuert haben mußte. Der Plan, Rodney und Konsorten auszutricksen, konnte nicht zu einem erfolgreichen Abschluß kommen, ehe er nicht mit ihr geschlafen hatte, seine Ohrmuschel nicht ihr Flüstern aufgefangen hatte, er nicht mit zwei Fingern über ihre Brüste zu ihrem Bauch hinabgewandert war, nicht die straffe Haut ihrer Schenkel gespürt hatte, wenn sie die Beine für ihn spreizte. Wer war er? Ein völlig verarmter Schauspieler mit Abhöranlage. Und verrückt genug, sich von ihrer Stimme betören zu lassen.

Sehnsüchtiges Verlangen nach ihrer Umarmung. Phantasien über eine Bestimmung, mit der er sich auf diese unmögliche Art und Weise versöhnen konnte. Paulas Stimme ließ das alles wiederauferstehen.

21

Dann erschien Paula in dem Haus an der Whitley Avenue.

Die Schauspieler hörten sie von Schichteinteilungen reden und von den Urlaubstagen, die die Komplottbeteiligten genommen hatten. Als erste mußte Paula sich wieder bei der Zentralkasse melden, in einer Woche. Und nun wurde auch deutlich, wer Urheber des Plans war: weder Rodney noch Steve, noch Tino. Paula war der Kopf. Irgendeine Paula. Nicht die Frau, die Greens Leben angeknackst hatte. Sondern irgendeine x-beliebige Paula mit identischer Stimme. Und nicht mehr als das. Denn das gab es nicht.

Paula hatte nicht vor, sich noch einmal im Casino blicken zu lassen. Es war vereinbart, daß sie alle abtauchen würden, wenn sie sich erst einmal mit falschen Pässen über die Grenze abgesetzt hätten. Papiere, Tickets, Hotels und Leihwagen, alles war geregelt. Sie warteten nur noch auf Tino.

Er hatte jetzt schon einige Tage nichts mehr von sich hören lassen. Er war der einzige, der an diesem Wochenende hätte arbeiten müssen, aber er war nicht im Casino erschienen. Paula hatte mit seinem Chef gesprochen, und dieser hatte gesagt, er werde Tino vor die Tür setzen. Achtundvierzig Stunden ohne Krankmeldung oder sonstige Entschuldigung, das bedeutete Entlassung.

Zum Glück stellte Benson das Empfangsgerät leiser, als Paula und Rodney Anstalten machten, sich im Schlafzimmer zu vergnügen.

»Sonst haben wir nachher womöglich nur noch ein Ding im Kopf, meine Herren, nämlich welche besonderen Möglichkeiten diese Dame so zu bieten hat. Wir müssen cool bleiben und uns auf das konzentrieren, um das es hier geht: den Schatz des Eldorado. Gott weiß, wie sie das Geld dort entwendet haben, aber es ist ihnen gelungen, und jetzt geht es darum, daß wir es ihnen wieder abspenstig machen. In Ordnung? Nur keine schwülen Phantasien jetzt.«

Steve und Muscle streckten sich mit Bier und ein paar Heften von *Playboy* und *Hustler* am Pool aus. Hin und wieder war das harte Klatschen eines aufs Wasser aufschlagenden Körpers zu hören, eine Bemerkung über die Schamgegend des *Playmate des Monats,* die Bitte um eine weitere Dose *Bud.** Gegen Abend setzten sie sich mit Rodney und Paula zusammen, um nochmals über Tinos Wegbleiben zu reden.

Paula sagte frei heraus, sie mache sich Sorgen um Tino. Für sie sei es ganz und gar nicht einsichtig, aus welchem Grund er plötzlich abgehauen sein sollte. Schließlich warte ein Fünftel von vier Millionen auf ihn, da begebe man sich doch nicht in Schwierigkeiten.

Das also war der Betrag, der verteilt werden sollte. Vier Millionen Dollar. Feierlich sahen sich die Schauspieler an. Das war der Hauptgewinn. Das würde alles verändern.

---

* Die Mikrophone konnten nicht alles einfangen, was sich abspielte. Es gab zu viele Hintergrundgeräusche, atmosphärische Störungen, Rauschen.

Rodney: Solange Tino nicht da ist, können wir nichts machen.

Steve: Wenn er sich morgen nicht blicken läßt, brechen wir den Tresor auf.

Rodney (entschieden): Nein. Es war vereinbart, daß alle dabeisein sollen. Ihr habt gesehen, daß das Geld reingelegt worden ist. Wir teilen es erst auf, wenn er da ist. Vorgesehen war Montag.

Steve: Wenn er Montag nicht auftaucht, macht er nicht mehr mit.

Paula: Wie willst du den Tresor öffnen, ohne Schlüssel?

Steve: Das laß mal meine Sorge sein, *darling*.

Paula: *Don't darling me, baby.*

Rodney: Sprengen?

Muscle: Schneidbrenner. 'ne Viertelstunde draufhalten, und die Tür fällt raus.

Rodney: Ich will nicht, daß wir hier irgendwas beschädigen. Ich will nicht, daß sie uns über den Tresor auf die Spur kommen.

Paula: Vielleicht hat Tino einen Unfall gehabt.

Muscle: Er hat in einem dieser Schwulenschuppen hier in Hollywood zu sehr mit seinem Schwanz gewedelt, das wird's gewesen sein. Unser guter Tino geht doch immer nur seinem Eierstab nach.

Paula: Und das sagst ausgerechnet du? Hör mal, du Dreckschleuder, ich kenne Tino schon seit sechs Jahren, und ich sage dir, er hat mich in all den Jahren nicht ein einziges Mal angelogen! Er ist absolut ehrlich! Absolut!

Steve (defensiv): Wenn man mal davon absieht, daß er seinen Arbeitgeber um ein Vermögen erleichtert hat.

Paula (heftig): Das ist was ganz anderes! Seine Freunde nimmt er nicht hoch! Wir rackern uns da doch für einen Hungerlohn ab! Und was machen wir? Wir bescheißen die Kunden! Das ganze System ist doch darauf ausgerichtet, daß nur das Casino gewinnen kann! Tino hatte recht. Wir nehmen uns auch was davon. Gut, er ist ein Homo, aber was hat das damit zu tun? Wenn er nicht mitgemacht hätte, bekämst du jetzt nicht so viel Kohle in die Klauen! Wir warten auf Tino. Bis Dienstag. Wenn er dann noch nicht hier ist, dann ... dann weiß ich auch nicht mehr weiter. Dann muß ihm wirklich was Schlimmes zugestoßen sein.

Rodney: Und sein Anteil?

Paula: Das Problem steht erst Dienstag auf der Tagesordnung. Ist hier alles sicher?

Rodney: Ich hab 'ne Alarmanlage installieren lassen. Der Kerl, der das gemacht hat, war viel zu lange damit beschäftigt. Er hat Tino hier gesehen.

Muscle: Was willst du damit sagen?

Rodney: Er könnte im Falle eines Falles gegen uns aussagen! Angenommen, Tino ist was passiert. Ein Foto von ihm in der Zeitung oder im Fernsehen, der Alte sieht es, geht zur Polizei und erzählt, was er weiß?

Steve: Weißt du, wer das war? Floyd Benson. Hat, glaub ich, mal 'nen Oscar gekriegt. War zu seiner Zeit ein berühmter Schauspieler.

Rodney: Jetzt nicht mehr.

Paula: Floyd Benson? Mensch, Rodney, der Mann hat tolle Rollen gespielt!

Rodney: Und jetzt ist er ein lahmer Elektriker.

Benson murmelte: »Na schön, auf diese Weise bekomme ich es auch einmal von einem anderen zu hören. Fehlt nur noch, daß die Herrschaften hier gleich vor der Tür stehen und ein Autogramm wollen.«

»Keine Sorge«, sagte Jimmy, »wir werden sie herzlich willkommen heißen.«

»Wir können immer noch die Polizei benachrichtigen«, entgegnete Benson.

»Es ist doch gar nichts passiert«, beschwichtigte Green sie.

Paula: Was ist nur mit Tino?

Rodney: Ich wünschte, ich wüßte es.

Paula: Wo habt ihr ihn zum letztenmal gesehen?

Steve: Marmont-Bar, neben dem Hotel. Er war mit ein paar Tunten und Transvestiten zusammen.

Paula: Wenn ihm etwas zugestoßen ist, sind wir den Schlüssel los.

Steve (ungeduldig): Ich hab doch schon gesagt, laß das nur meine Sorge sein!

Rodney: Ich will nicht, daß dieser Tresor beschädigt wird. Damit würden wir eigenhändig Spuren legen.

Paula: Und es gibt wirklich keine Reserveschlüssel?

Rodney: Der Hausbesitzer hat mir nur einen Schlüssel gegeben und gesagt, das sei der einzige.

Steve: Der hat noch mindestens zwei davon. Glaubst du wirklich, der vermietet dieses Haus, ohne Duplikate von allen Schlüsseln zu haben? Ich wette, dieser Tresorschlüssel ist schon ein paarmal von anderen Mietern verbummelt worden. Der rechnet doch damit, daß das noch mal passiert.

Rodney: Soll ich ihn anrufen?

Steve: Klar. Sag einfach, daß der Schlüssel weg ist. Da wird er natürlich meckern und jammern, was ihn das alles kostet und so. Was kann er schon verlangen? Zwanzig, dreißig Dollar? Soll der Halunke von mir aus hundert für die Anfertigung eines Zweitschlüssels nehmen. Ist zwar alles fauler Zauber, aber was soll's. Hinter der Tür da unten liegt ein Vermögen!

Jimmy wandte sich Green zu und malte den Hergang aus: »Tino geht nach Vegas zurück. Steve und Muscle sollen ihn zum Flughafen bringen. Unterwegs bedrohen sie ihn und fordern den Schlüssel. Tino behauptet, er hat den Schlüssel nicht bei sich. Sie traktieren ihn mit Fäusten. Kein Schlüssel. Sie ziehen ihm noch ein paar über. Noch immer kein Schlüssel. Da machen sie ihn dann endgültig kalt.«

»Und wo ist der Schlüssel nun?« fragte Benson.

»Wir müssen vielleicht noch mal in die Gefriertruhe sehen«, sagte Jimmy.

Benson schluckte, und ein Ausdruck des Widerwillens wanderte durch seine Augen: »Nein, tut mir leid, Jim. Ich kann da nicht mehr mitmachen.«

»Tom?«

»Ich glaube zwar, daß Steve und Muscle Tino gründlich auf den Kopf gestellt haben, aber man kann ja nie wissen. Ich habe nur meine Bedenken hinsichtlich des Leichnams. Wenn wir Tino anfassen, zerbricht er in tausend Stücke.«

»Wir müssen ihn erst ein bißchen antauen lassen«, schlug Jimmy vor. »Wie stark mag er jetzt gefroren sein, wie kalt kann man die Gefriertruhe stellen?«

»Keine Ahnung«, sagte Benson unwillig. »Ich hab das Ding bei einer Versteigerung erworben. Da wurden Einrichtungsgegenstände aus Gaststätten und Geschäften verkauft. Sie stammt aus einer Fleischerei, soweit ich weiß.«

»Versuchen können wir es ja mal«, sagte Green.

Rodney: Mister Elms? (Lammfromm und wohlerzogen:) Hier Rodney Digiacomo – ja, sehr gut, ja – ein herrliches Haus, gewiß – nun ja, es geht um den Tresor, der Schlüssel ist weg – Sie haben nicht vielleicht ein Duplikat? – keine Ahnung, was ein neues Schloß kostet. Haben Sie denn wirklich keinen Zweitschlüssel? – ja, ich verstehe – überall nachgesehen, ja – ja, ich habe etwas hineingetan, ein paar Papiere und so, Dokumente – ja, ja, ich werde dafür sorgen, daß nichts beschädigt wird – ja, ich halte Sie auf dem laufenden, ja, auf Wiedersehen, Mister Elms. (Hängte auf.) Mist. Behauptet, daß er keinen Zweitschlüssel hat.

Muscle: Er lügt.

Paula: Warum sollte er lügen? Wenn Elms einen Schlüssel hätte, würde er ihn uns verkaufen. Womöglich wird sein Tresor sonst beschädigt!

Muscle: Glaubst du wirklich, daß dieser Heini nur einen Schlüssel für das Ding hat?

Paula: Ja.

Steve: Wir schweißen ihn auf.

Erneut ein erbitterter Wortwechsel über die Art und Weise, wie der Tresor zu öffnen sei. Paula hielt sich bedeckt, aber Rodney wehrte sich energisch dagegen, es gewaltsam zu tun. Nach zehn Minuten hatte Paula genug davon.

Paula: Ich spring jetzt mal kurz in den Pool.

Muscle (nachdem sie das Zimmer verlassen hat): Vielleicht hat sie ja ihren Badeanzug vergessen.

Rodney: Komm ja nicht auf dumme Gedanken, sonst reiß ich dir den Kopf ab, verstanden?

Muscle: Na, das woll'n wir doch mal sehen.

Jimmy kommentierte die gegenseitigen Drohungen: »Prima, Jungs, weiter so!«

Steve (beschwichtigend): Er hat das nicht so gemeint. Ein kleiner Scherz wird doch mal erlaubt sein!

Rodney: Andere Scherze, wenn ich bitten darf.

Man hörte Schritte, auch Rodney begab sich zum Swimmingpool.

Steve: Du solltest ihn nicht so reizen.

Muscle: Er sieht nicht, was wir sehen. Die Kleine benutzt ihn. Oder glaubt er im Ernst, daß sie auf ihn steht, weil er 'n Kopf kleiner ist als sie und so hübsche krumme Beinchen hat? Sobald die ihre Knete hat, läßt sie ihn doch fallen.

Steve: Das ist sein Problem.

Sie sagten eine Weile nichts. Offenbar schauten sie auf den Swimmingpool hinaus.

Muscle (kontemplativ): Mannomann, was für 'n Hintern! Und die Möpse, was meinst du, ob die so gewachsen sind?

Steve: *Implants, but who cares?* Wenn du mich fragst, sind die Titten mit Altöl gefüllt, aber wenn sie so aussehen wie bei ihr, ist dir egal, wie sie zustande gekommen sind.

Muscle: Vielleicht sollten wir doch noch mal zu Tino gehen und ihn gründlich durchsuchen.

Steve: Er hatte ihn wirklich nicht bei sich.

Muscle: Wo hat dieses Arschloch das Ding bloß gelassen?

Steve: Er kann ihn überall versteckt haben. Hier im Haus. Irgendwo anders. Aber er hatte ihn nicht bei sich.

Muscle: Wir haben nicht in seinen Schuhsohlen nachgesehen.

Steve (lakonisch): Er ist nicht James Bond.

Muscle: Wieso nicht? Wir haben überall nachgesehen, nur da

nicht. Vielleicht hatte er ja eine Sohle ausgehöhlt und diesen
Scheißschlüssel da reingelegt.
Steve: Na ja, möglich ist alles.

Erneute Stille, dann wieder Steves Stimme:

Steve: Ich hoffe nicht, daß sie ihn gefunden haben.
Muscle: Ich hab die Zeitungen verfolgt. Nichts. Der liegt noch
da.
Steve: Wir fahren nachher kurz hin, wenn unsere beiden einen
auf Turteltäubchen machen.
Muscle: Wieso, haben sie was vor?
Steve: Edelfreß bei Drai's und danach mit besoffenem Kopf die
Leiber aneinander wetzen, bis es ihnen kommt.

Jimmy schüttelte die Faust in Richtung Empfänger, die
Zähne aufeinandergepreßt vor Rachsucht: »Wir haben sie!
Dafür kriegen sie lebenslänglich! Das ist unsere Lebensver-
sicherung! Sie haben jetzt selbst eine Verbindung zu Tino
hergestellt! Wenn's schiefläuft und wir die Polizei einschal-
ten müssen, können wir damit unsere Unschuld belegen!
Denn jetzt brauchen wir nicht mehr zu beweisen, daß wir
Tino nichts zuleide getan haben!«

»Da habe ich doch einen guten Riecher gehabt«, sagte
Benson strahlend. »Steve und Muscle sind die Mörder.«

»Wir gehen auch zu Drai's«, schlug Green vor.

22

Vor dem Eingang des Drai's sprangen südamerikanische *valets*, bekleidet mit roter Weste, weißem Oberhemd und schwarzer Hose, eilfertig zu *stretch limos*, Mercedessen, Bentleys und BMWs, öffneten Türen, begrüßten Gäste und überreichten mit höflicher Verbeugung den Empfangsschein für das teure Gefährt, das sie selbst sich auch nach einem langen arbeitsreichen Leben niemals würden leisten können, das sie jedoch lässig und wie nebenbei auf einen Parkplatz fuhren. Das funkelnde Interieur, das durch die Fenster des gesichtslosen Neubaus zu sehen war, strahlte elegante Dekadenz aus.

Das Restaurant lag etwa auf der Mitte zwischen Sunset Boulevard und Beverly Center, dem fensterlosen Kaufhausbunker aus dunkelgrauem Beton, der West Hollywood beherrscht. Im Schneckentempo schob sich der dichte Samstagabendverkehr in Richtung der In-Restaurants an Melrose und Strip und der exklusiven Lokale jenseits des Cedars Sinai Hospital am Olds vorüber. Jimmy und Green hatten ihre Sachen aus dem St. Martin's geholt. Green hatte seine Anzughose und ein sauberes weißes Hemd angezogen, er wollte präsentabel aussehen.

Floyd Benson war in Santa Monica am Empfänger geblieben. Er hatte eine Beschreibung von Rodney gegeben, doch die war weniger genau als die von dessen Auto: ein gelber, aufgemöbelter Mustang mit rotem Stoffverdeck.

»Wenn das Ganze durchgestanden ist, nehm ich dich mal mit ins Drai's«, versprach Jimmy, der neben Green saß und eine Zigarette rauchte, wobei er sich so weit wie möglich aus dem geöffneten Fenster lehnte, um Green den Qualm zu ersparen.

»Das machst du nicht«, sagte Green. »Wir werden uns nämlich alle drei erst mal eine Zeitlang von hier verdrücken. Fahr lieber nach Hawaii. Oder nach Bali.«

»Mit wem? Glaubst du, es macht Spaß, da allein unter den Palmen zu hocken?«

»Immer noch besser als allein im St. Martin's«, sagte Green.

»Dazu gehört nicht viel.«

»So ein gutaussehender alter Knabe wie du braucht sich darüber doch keine Sorgen zu machen. Wenn alles glattgeht, wäre es zu riskant hierzubleiben. Da sollten wir aus dem Blickfeld verschwinden.«

»Wie lange?« fragte Jimmy.

»Ein Jahr? Zwei Jahre? So lange, bis ihnen die Puste ausgeht.«

»Na, für vier Millionen werden sie sich schon 'ne Weile dahinterklemmen«, sagte Jimmy. »Ich fürchte, sie werden nie aufgeben. Du brauchst dich gar nicht erst der Illusion hinzugeben, daß du das Geld je in aller Gemütsruhe ausgeben kannst. Sie werden uns zeitlebens jagen.«

»Ich werde es ihnen schwermachen.«

»Wenn du noch 'n Weilchen auf dieser Erde herumlaufen möchtest, ist das wohl das oberste Gebot, scheint mir«, sagte Jimmy. »Was machen wir jetzt?«

»Einfach nur gucken. Dann sehen wir unseren Freund Rodney mal leibhaftig.«

Jimmy feixte: »Steve und Muscle werden beim Hollywood Sign gleich 'ne seltsame Entdeckung machen. Da kriegt Floyd bestimmt was Nettes zu hören, wenn sie nach Hause kommen.«

»Sie können nur einen Schluß daraus ziehen«, sagte Green. »Und der ist, daß die Polizei Tino gefunden hat.«

»Oder daß Tino nicht, wie sie dachten, tot war, was hältst du davon?«

»Sie haben ihn dort abgeladen, nachdem sie ihn irgendwo anders umgebracht hatten. Ich kann mir nicht vorstellen, daß sie ihn dorthin geworfen hätten, wenn er noch ein Fünkchen Leben in sich gehabt hätte.«

Sie starrten zur anderen Straßenseite hinüber, wo betagte Filmproduzenten in Begleitung nahezu unbekleideter Sternchen einen mit Perlen bestreuten Salat essen gingen.

»Wie alt mögen die Mädchen sein?« seufzte Jimmy.

»Siebzehn? Achtzehn?« schätzte Green.

»Ich hab Schuhe, die achtzehn Jahre alt sind«, sagte Jimmy kopfschüttelnd. Doch dann war er sofort wieder beim Thema.

»Sie hätten ihn nicht abmurksen müssen«, fuhr er fort. »Wenn sie den Schlüssel gekriegt hätten, hätten sie ihn am Leben gelassen. Denn bei wem hätte Tino sich schon beschweren können? Ich glaube, daß sie über Tinos mangelnde *Ausdauer* überrascht waren. Kennst du dieses deutsche Wort?«

»Ich bin Niederländer, Jim, vergiß das nicht.«

»Ach, stimmt ja«, erwiderte Jimmy. »Wie sieht dein Plan aus?«

Green sagte: »Wir gehen Montag zu Rodney. Wir zeigen unsere Dienstmarken vor und bitten, kurz hereinkommen zu dürfen. Wir hätten ein paar Fragen in bezug auf Tino. Und wir haben einen Schlüssel dabei.«

»Wie kommen wir an den?«

»Floyd hat den Tresor gesehen, ein Gardall. Ein Gardallschlüssel dürfte doch aufzutreiben sein.«

»Und dann?«

»Dann spielen sie verrückt. Sobald wir weg sind, werden sie das Ding sprengen. Weil sie schnellstens abhauen wollen.«

»Können wir sie aufhalten, wenn sie das tun?«

»Wir müssen uns vor der Tür postieren.«

»Wir hocken uns da also den ganzen Tag vor die Tür?«

»Wenn's sein muß, ja.«

»Schwach«, fand Jimmy. »Kommissare tun so was nicht. Die lassen Polizisten kommen, in einem Streifenwagen.«

»Ja, vielleicht sollten wir das machen. Aber wie?«

»Wir müssen zwei junge Typen anheuern. Uniformen und einen Wagen für sie leihen.«

»Schwierig«, gab Green zu bedenken. »Das besprechen wir später.«

»Und dann?«

»Dann taucht Floyd bei ihnen auf. Der erzählt, daß ich sein Neffe sei und ihm von den Ermittlungen erzählt hätte. Und daß ich ziemlich hohe Schulden hätte. Daß ich bestechlich sei.«

»Die schlagen ihn zusammen.«

»Wir hören mit«, sagte Green.

»Gehen sie auf seinen Vorschlag ein?«

»Er erzählt, daß sie abgehört worden seien. Daß sie keine Chance hätten, wenn es zum Prozeß kommt.«

»Woher weiß er das alles?«

»Von seinem Neffen.«

»Sie geben also klein bei: Sie bestechen die *cops*«, sagte Jimmy.

»Ja.«

Sie verstummten, als ein weißer Rolls-Royce vorfuhr. Drei platinblonde Frauen stiegen aus, alle drei schlank, vollbusig, auf hohen Absätzen.

»Junge, Junge«, stöhnte Jimmy voller Bewunderung. »Das geht einem an die Nieren.«

»Da steckt 'ne Menge Geld drin, Jim. Ich würde sagen, sie haben sich total umbauen lassen.«

»Gegen ein paar kleine plastische Korrekturen hab ich nichts einzuwenden. Und dieser Schlüssel?«

»Ich behaupte, daß dieser Schlüssel inzwischen unter Verschluß sei. Auf dem Präsidium. Daß wir nicht mehr drankämen. Aber daß wir eine Kopie angefertigt hätten. Wir sind eben bestechlich und durch und durch korrupt. Wir bieten an, ihnen den Schlüssel abzutreten. Unter der Bedingung, daß wir mit von der Partie sind, wenn der Tresor geöffnet wird.«

»Wieviel wollen wir?« fragte Jimmy, fiebrig, in Gedanken versunken.

»Eine halbe Million pro Mann.«

»Zuwenig«, entgegnete Jimmy. »Die Hälfte von allem.«

»Ich will keinen Krieg mit ihnen«, sagte Green, »sie müssen noch genug für sich selbst übrigbehalten.«

»Wir sind Polizisten! Die Sippschaft sitzt in der Falle. Wir haben sie total in der Hand!«

»Wir fangen bei halbe-halbe an«, schlug Green vor, »und

gehen dann eventuell bis zu einer halben Million pro Mann runter.«

»Als absolutes Minimum.«

»Okay.«

»Und wieso bin ich bestechlich?« fragte Jimmy nervös, in sich gekehrt, als müsse er gleich auf den Set.

»Du hast durch Spekulationen deine Altersversicherung verspielt. Du wirst in einem Jahr pensioniert und mußt dir dann einen anderen Job suchen, um dich über Wasser halten zu können.«

Jimmy schüttelte den Kopf.

»Eine Frau«, sagte er. »Ich hab lieber was mit 'ner Frau, einer Geliebten, die mich ein Vermögen kostet. Damit kann ich mehr anfangen.«

»Du kannst es dir aussuchen«, sagte Green.

»Ja, damit kann ich was anfangen. Ich spiel diesen Kerl, wie ich noch nie gespielt habe. Wie heiße ich?«

»Jimmy Loman.«

»Und du?«

»Tom Bergman.«

»Und Floyd?«

»Floyd Benson kennen sie schon. Ein berühmter Schauspieler, der alles verloren hat. Floyd bleibt Floyd.«

»Wenn sie wissen, daß Floyd Schauspieler ist, und das wissen sie, wittern sie dann nicht, daß da was nicht stimmt? Daß wir vielleicht auch Schauspieler sind?« Er sah Green angesichts der von dorther lauernden Gefahr besorgt an.

»Solange sie uns nicht erkennen, brauchen wir uns keine Sorgen zu machen.«

»Sie können beim LAPD unsere Namen checken.«

»Wenn sie da Kontakte hätten, hätten sie sich schon nach Tino erkundigt.«

»Ich brauche einen besonders guten Schnurrbart«, sagte Jimmy.

»Setz deine Lesebrille auf. Die Gläser vergrößern deine Augen, da siehst du aus wie ein Frosch, der sich als Mensch verkleidet hat.«

»Es ist immer wieder schön, zu hören, wie gut ich Illusionen wecken kann«, entgegnete Jimmy. »Wie sind wir ihnen auf die Spur gekommen?«

»Wir haben Tino gefunden. Seine Fingerabdrücke haben uns nach Vegas geführt. In Tinos Haus haben wir Rodneys Telefonnummer gefunden.«

»Gut. Das paßt, ja.«

»Was gefällt dir nicht?« fragte Green.

»Was mir nicht gefällt, ist, daß wir einen Deal mit diesen Drecksäcken machen müssen. Können wir uns nicht was anderes einfallen lassen? Können wir sie nicht verhaften? Wir bringen sie irgendwohin, wo wir sie festhalten können, und räumen in der Zwischenzeit den Tresor aus. Ein astreiner Betrugsstunt mit allem, was dazugehört. Was hältst du davon?«

Green antwortete: »Da haben wir das traute Paar.«

Es gibt Abende, an denen Menschen und Dinge von innen beleuchtet zu sein scheinen, als sei die Nacht nichts als ein schwarzes Dach über einer Stadt, die die überschüssige Wärme und die Glut der Sonne in die Dämmerung ausatmet. Das Licht an diesen Abenden ist genauso magisch wie der kalifornische Sonnenschein. Und in diesem Licht schimmerte das Gelb von Rodneys Mustang auf.

Rodney, ein kleiner Italiener, stieg mit großem Gebaren aus und gab sich als Mann von Format, während ein *valet* ihm die Wagentür aufhielt. Seine Schulter- und Halsbewegungen waren die eines hysterischen Machos. Auf der Gehwegseite sah Green die hochgewachsene Gestalt Paulas, bekleidet mit einem hautengen roten Latexkleid, das alle Lichter des La Cienega reflektierte und jede Linie ihres Körpers preisgab. Seine Paula, nicht die von Rodney. Sie war, durch Bleistiftabsätze erhöht, mindestens einen Kopf größer als der Bandit und hatte ihr dunkles Haar mit einer roten Seidenschleife zu einem frappanten Pferdeschwanz zusammengebunden, als sei sie ein überdimensionales Bonbon. Während sie wartete, bis er an ihrer Seite stand, zupfte sie an ihrem Kleid und stellte dabei ihren vollendeten Hintern den Blicken der interessierten mexikanischen *valets* zur Schau. Green sah, wie der kleine Drecksack ihre Hand ergriff und sie mit überspannt großen Schritten ins Restaurant hineinführte. Sie war noch genauso schön wie vor sieben Jahren und kleidete sich genauso freizügig.

Da ging Paula. Trug sie Rodneys Samen von ihrem nachmittäglichen Fick noch im Bauch, oder hatten sie ein Gummi benutzt, ein Trojan oder Durex, um ihre schädlichen Mikroben voneinander getrennt zu halten? Green hatte nicht darauf geachtet, als sie einander keuchend und stöhnend mit geflüsterten Worten (»ja, ja, hier, das noch, das Knöpfchen, mach du das«) aufgeilten. Paula hatte eine genaue Marschroute vorgegeben. Früher hatte sie das nicht gemacht.

Im Foyer des Drai's wandte Rodney sich an eine der Hostessen, eine Liste wurde durchgesehen, und es wurde genickt. Sie gingen in den Speisesaal hinein, zu den weißgedeckten Tischen, unter denen die alten Filmheinis ihre rheumatischen Finger auf den gebräunten Beinen ihrer ehrgeizigen, verliebten Mätressen ruhen ließen.

»Fahren wir?« schlug Jimmy vor.

Green stieg aus und hörte Jimmys Stimme: »Was hast du vor? Tom, was hast du vor?«

»Bin gleich wieder da«, sagte Green.

Während er seine Sonnenbrille aufsetzte, schlängelte er sich zwischen den bremsenden Autos durch zur anderen Seite der breiten Straße hinüber und spazierte inmitten einer Gruppe Japaner in das Restaurant hinein. Die Hostessen waren in einen aufgeregten Disput mit zwei empörten Paaren verwickelt, die trotz frühzeitiger Reservierung auf einen Tisch warten mußten, und so konnte er schnell in den Saal huschen, der wie ein englisches Landhaus eingerichtet war, mit cremefarbenen Vertäfelungen, einer Lounge mit wuchtigen Sitzgruppen und Schirmlampen, geschmackvoll und teuer.

Rodney und Paula nahmen in einer Ecke des ersten Saales Platz (der nicht der beste war: die angesehensten Gäste bekamen einen Tisch im zweiten, strategisch günstiger gelegenen Saal, dem Raum für die Elite), ein Ober schob den Stuhl hinter Paula an, ein anderer Ober machte das gleiche bei Rodney. Das Personal tat, als sei ihr Anblick genauso aufregend wie die braunen Landschaften an der Wand, aber Green fing den vielsagenden Blickwechsel zwischen den beiden Männern auf, als diese sich entfernten. Er ging am Tisch vorüber und sah Rodneys pockennarbiges Gesicht, seine schlauen Augen unter monströsen Augenbrauen, seinen runden Schädel, das Oberhemd, das zu weit aufgeknöpft war und sein pechschwarzes Brusthaar hervorkräuseln ließ, und das Handgelenk mit dem Gliederarmband, und Green sah ihre Augen, ihr Dekolleté, ihre Ohrmuschel, ihren Hals unter der Schleife.

Sie schaute kurz zu ihm auf, und er glaubte etwas von ihrem Mund ablesen zu können, als flüstere sie ihm eine geheime Botschaft zu, so etwas wie: »Das hier hat nichts zu bedeuten, das ist Theater für einen guten Zweck, denn ich gehöre dir.«

Sie erkannte ihn nicht, diesen Blödmann mit Sonnenbrille.

Draußen stand Jim und wartete auf ihn, eine frische Zigarette zwischen den Fingern.

»Was hast du da gemacht, du Idiot?«

»Reine Recherche«, sagte Green.

»Wozu?«

»Ich wollte sie mir aus der Nähe ansehen.«

»Wozu?«

»Um eine genauere Vorstellung von den Typen zu bekommen, mit denen wir es demnächst zu tun haben.«

»Und dafür gehst du ein solches Risiko ein?«

»Wieso Risiko? Die beiden wissen doch nicht, was ich vorhabe!«

»Muß ich mich auf weitere solcher Scherze von dir gefaßt machen?«

»War nur eine Anwandlung. Hat nicht soviel zu bedeuten.«

23

Die große stählerne Gefriertruhe war abgestellt. Um das Abtauen zu beschleunigen, hatten sie die drei Heizstrahler, über die Floyd Benson verfügte, neben die geöffnete Truhe in den Keller gestellt, doch Tino fühlte sich immer noch an wie ein Stück Basalt.

»Das Gerät kommt aus Deutschland«, hatte Jimmy, hinter der Gefriertruhe kniend, festgestellt. »*Liebherr, made in Germany.* Wenn die Moffen* wehmütige Erinnerungen an Stalingrad überfallen, legen sie sich kurz in so 'ne Truhe.«

In der Küche verfaßten sie eine Liste der Dinge, die sie benötigten. Jimmy stand in der Tür zum Garten und rauchte eine Zigarette, Benson briet ein »Spitzenomelett, das gibt Kraft für eine volle Woche«, und Green notierte am Küchentisch auf einem *legal pad*, einem linierten Schreibblock, die verschiedenen Posten: Dienstmarken, Waffen und Halfter, *cellular phones*, zwei Uniformen, ein Streifenwagen, Durchsuchungsbefehl, zwei Streifenpolizisten.

»Wir engagieren einfach zwei Komparsen«, schlug Jimmy vor. »Wir erzählen ihnen, daß wir ein paar Freunden einen Streich spielen wollen. Sie werden für einen Tag Rumhocken bezahlt.«

Vom Herd aus fragte Benson: »Und wenn Steve und Muscle zu ihnen hingehen?« Er hatte sich das Polizeiabzeichen ans Oberhemd geheftet, »um mich schon einmal einzustimmen«.

---

* Kage ließ sich das Schimpfwort *Mof*, das er irgendwann einmal von seinem Vater gehört hatte, so genüßlich auf der Zunge zergehen, als wäre es ein Keks, den er als Kind immer bekommen, jetzt aber schon lange nicht mehr geschmeckt hatte.

»Die werden sich garantiert vom Streifenwagen fernhalten. Was sollten sie auch von den Polizisten wollen? Die Polizisten müssen, eine Viertelstunde nachdem wir gegangen sind, plötzlich vor der Haustür erscheinen. Um das Haus im Auge zu behalten. Wir müssen diese Komparsen nur richtig instruieren, das ist alles.«

»Emmy Nickles hat eine Liste von Leuten, die sich als Polizeikomparsen ihr Geld verdienen«, sagte Green. »Weißt du noch, dieser Film, den wir damals zusammen gemacht haben?« Jimmy nickte.

Die berühmte Szene mit dem Streifenwagen. *Dead end street*, Regie: Ritchie Mayer, nach Green der nächste in der Reihe derer, die Paula bumsen durften.

»Alle Komparsen da machten das hauptberuflich. Die tun den lieben langen Tag nichts anderes, als den Polizisten im Hintergrund zu spielen. Ich werde Emmy morgen mal anrufen.«

»Und ich ruf Simone Jeffries an«, sagte Jimmy und nickte, an seiner Zigarette saugend. »Wenn wir Massel haben, hat sie gerade was in Arbeit und Dienstmarken und das alles zufällig vorrätig.«

»Können wir diese Dinge nicht einfach ausleihen?« schlug Benson vor. »Dann brauchen wir niemanden ins Vertrauen zu ziehen.«

»Hab ich gesagt, daß ich das tun würde?« fragte Jimmy. »Du glaubst doch wohl nicht, daß ich ihr erzähle, wir wollten eine Gangsterbande beklauen?«

»Laß es uns ausleihen, Jim«, insistierte Benson. »Was kann das schon kosten?«

»Geld«, antwortete Jimmy.

»Das werde ich schon noch verkraften«, sagte Benson.

Green sprach den Streifenwagen an.

»Auch ausleihen, Mister Green.« Benson fuchtelte mit einem Bratenwender herum. »Wir dürfen kein Risiko eingehen. Wir mieten diesen Wagen. Für nur einen Tag, das kann uns auch nicht die Welt kosten.«

Nach Mitternacht wurden im Empfänger die Stimmen von Steve und Muscle laut.

Die Schauspieler saßen bereit, Bier, Scotch, Chips und Salzbrezel in Reichweite.

Steve: Rodney! He, seid ihr wieder da?

Keine Antwort.

Steve: Ich seh mal oben nach, vielleicht schieben sie 'ne Nummer.

Dreißig Sekunden später hörten sie ihn wieder herunterkommen.

Steve: Sie sind nicht da.
Muscle: Was willst du trinken?
Steve: Scotch.
Muscle: Eis?
Steve: Nein.

Das Glucksen des aus der Flasche eingeschenkten Whiskys. Die Stille während des Trinkens, eine Art Aufseufzen, das dem Hinunterschlucken folgte.

Muscle: Was machen wir jetzt?

Steve: Wenn dieser verdammte Tino noch lebt, liegt er irgendwo in einem Krankenhaus. Ich glaub, dem haben wir den
Kiefer gebrochen. Dauert Wochen, bis der wieder sprechen
kann.

Muscle (triumphierend): Wenn ich mich recht entsinne, warst
du davon doch erst gar nicht so begeistert.

Steve: Na, wenn du jemanden ausquetschen willst und schlägst
ihm dabei den Kiefer ein, so daß er kein Wort mehr heraus-
bringen kann, ist das ja auch wirklich nicht sehr geschickt.

Muscle: Seine Finger waren durch.

Benson fragte: »Was meint der Mann, um Himmels willen?«

»Sie haben Tino die Finger gebrochen«, erläuterte Green.
»Deswegen ist der Ringfinger so leicht abgeknackst.«

»Mein Gott«, flüsterte Benson.

Steve: Wenn er noch lebt, muß er jetzt so was wie 'n Zombie
sein. Dürfte Wochen oder sogar Monate dauern, ehe er auch
nur ansatzweise erklären kann, was passiert ist. Kein Problem also. Und wenn er tot ist, kann er schon gar nicht reden. Nein, also eigentlich überhaupt kein Problem. Zumindest, wenn er keine Spur hinterlassen hat.

Muscle: Wie meinst du das?

Steve: Die Polizei wird herumfragen. Bei ihm zu Hause in Vegas, an seiner Arbeitsstelle, die gucken sich immer zuerst im
unmittelbaren Umfeld um, denn die meisten Morde werden
von Familienmitgliedern und Bekannten begangen.

Muscle: Echt? Das wußte ich auch noch nicht.

Steve: Wenn er seinen Lovern gegenüber die Klappe gehalten
hat, besteht kein Grund zur Beunruhigung.

Muscle: Da hat er sich eigentlich immer vorgesehen.

Steve: Komplikationen könnte es nur von einer Seite her geben: Sie werden natürlich mit Paula reden wollen, denn die wohnt mit ihm zusammen.

Muscle: Ich dachte, sie wären Nachbarn.

Steve: Sie teilen sich ein großes Haus in diesem neuen Viertel am See. Haben jeder mehrere Zimmer. Wir müssen mit Paula reden.

Muscle (als deklamiere er): Liebe Paula, wir haben versehentlich Tino abgemurkst, und nun wird die Polizei dir Fragen stellen, und da mußt du schön den Mund halten.

Steve: Nein, so doch nicht, du Idiot. Wir sagen ihr: Hör zu, du mußt dich auf das Schlimmste gefaßt machen. Das mit Tino ist nicht normal. Wir müssen mit dem Schlimmsten rechnen. Daß er tot ist. Und dann wird die Polizei bei dir auftauchen und dir Fragen stellen. Es versteht sich doch, was du denen wohl und was du denen nicht sagen kannst.

Muscle: Na, darauf wird sie auch von alleine kommen.

Steve: Ja, aber jetzt könnte sie sich schon mal darauf vorbereiten. Dann hat sie sich im Kopf damit befaßt, und der Schock ist nicht so groß, wenn plötzlich leibhaftige *cops* bei ihr im Wohnzimmer stehen.

Muscle: Also darf sie auch nicht gleich das Land verlassen?

Steve: Nein, jetzt nicht, bloß nicht! Wenn sie nicht mehr zu Hause auftaucht, ist sie sofort verdächtig. Wieso ist sie plötzlich verschwunden, werden sich die *cops* dann fragen, wieso ist sie plötzlich unauffindbar?

Muscle: Und was wär daran so schlimm? Das kann uns doch egal sein!

Steve: Die hält doch niemals dicht, wenn man sie in Sri Lanka oder wo einbuchtet! Was meinst du, wie's da im Knast aussieht? Das hält die doch nicht aus! Die singt und reißt uns mit rein.

Muscle (ruhig): Sie können ihr nichts anhaben. Wenn sie nur die Klappe hält.

Steve: Sie kann ihre Haut retten, wenn sie uns verpfeift. Und das macht sie, da kannst du Gift drauf nehmen.

Muscle: Das heißt, unser Schicksal...?

Steve: Liegt in ihren Händen, ja. Schenk noch mal was nach.

Es blieb still, und die Schauspieler konnten sich denken, was Steve und Muscle jetzt durch den Kopf ging.

Benson sprach es laut aus: »Die werden sich erst sicher fühlen, wenn sie gewiß sein können, daß die Frau schweigt.«

»Ich möchte deine Überlegungen nicht hören, Floyd«, knurrte Jimmy. »Ich dachte, wir würden einer Bande von Dieben einen kleinen Streich spielen. Statt dessen müssen wir jetzt den einen Dieb vor dem anderen beschützen!«

Benson schüttelte den Kopf, atmete geräuschvoll durch die Nase ein – ein indigniertes Schnaufen – und blickte gequält zu Green.

Green schwieg.

»Das ist ein Himmelfahrtskommando!« rief Jimmy. »Wir haben ohnehin nur eine zehnprozentige Chance, daß wir ungeschoren davonkommen! Und jetzt mußt du plötzlich bei dieser Horde von Banditen den Friedensstifter raushängen? Nein! Mit denen hab ich nicht ein Fünkchen Mitleid! Rodney und seine Bande haben die Mafia behumpst! Denn die hat in Vegas das Sagen! Die *wise guys*, die sich da profiliert haben, räumen die Gewinne ab, und wenn du die Frechheit besitzt, dir auch nur ein Fitzelchen davon zu mopsen, kannst du gleich dein Testament machen! Da wird ein Heer von *zips* – so nennen die ihre bezahlten Killer – auf dich angesetzt, und die finden dich garantiert noch im hintersten Winkel von Tibet, wo du dich für unauffindbar gehalten hast! Das Risiko gehst du ein, wenn du ein paar Koffer grüne Scheine aus 'nem Casino mitgehen läßt. Gut, schön, damit beweist du Mut, Köpfchen, Durchblick, aber das heißt noch lange nicht, daß ich mir die ganze Chose wegen irgendwelcher Gefühlsduseleien vermasseln lassen muß. Soll'n sie von mir aus machen, was sie wollen. Mich interessiert nur das Geld. Tut mir leid.«

Benson und Green schwiegen einen Moment lang, verdutzt über seinen Ausbruch.

Der Empfänger übertrug weiterhin die Diskussion zwischen Steve und Muscle, die mögliche Schachzüge wieder und wieder erörterten und auf der Suche nach neuen Gesichtspunkten im Kreis herumredeten.

»Was willst du mit dem Geld machen?« fragte Jimmy, der sich wieder abgeregt hatte.

Benson zuckte die Achseln und schlug die Augen nieder. Er nahm einen Schluck Bier und tat, als lausche er auf den Empfänger.

»Ja, was wollen Sie damit machen?« fragte auch Green.

»Ach, nichts Besonderes«, antwortete Benson unwillig.

»Komm schon, du weißt es doch ganz genau, Floyd«, sagte Jimmy. »Diese Saftsäcke da wissen es, Tommie weiß es, ich – und du auch. In unserem Alter weiß man genau, was man mit einer halben Million Dollar in der Tasche machen wird.«

Benson schüttelte den Kopf: »Ich nicht.«

Jimmy feixte: »Du kaufst in Amsterdam ein Bordell an einer schönen Gracht und vögelst dir die Seele aus dem Leib.«

Mühsam brachte Benson ein Grinsen hervor: »Nein.«

Jimmy sagte: »Weißt du, was ich machen werde? Aber versprich mir, daß du nicht lachst.«

»Na, schieß los«, sagte Green.

»Ich kauf mir 'nen kleinen Bauernhof in Irland. Irgendwo, wo die durchschnittliche Zahl der Einwohner pro Quadratmeile bei null Komma drei liegt. Wo du noch Wasser aus einem Bach trinken kannst. Ich gründe da einen kleinen Verlag. Gebe kleine, aber feine Bücher heraus. Gedichte. Ich schreibe schon jahrelang Gedichte. Hab noch nie was davon veröffentlicht. Noch nie was an eine Zeitschrift oder einen Verlag geschickt. Ich werde richtig schöne Bücher machen. Von vergessenen Dichtern. Hab schon so etwa zwanzig zusammen. Ich werde die schönste Poesiereihe der Welt herausgeben.«

»Gut«, brummte Benson.

»Und du?« fragte Jimmy Green.

»Ich?« Green hatte zwar darüber nachgedacht, aber ohne Konturen, ohne Farben, als könne er an etwas ohne Worte denken. Jetzt machte er es konkret: »Ich gehe nach Tahiti«, sagte er. »Ich wollte mir schon lange mal Gauguins Inseln ansehen. Ein schöner Grund, um dort abzutauchen. Ein, zwei Jahre auf Tahiti, das werde ich machen. Danach: keine Ahnung. Schreiben, denke ich. In aller Ruhe an etwas arbeiten.«

Jimmy sagte: »Also beide weg von hier. Und du bleibst hier, Floyd?«

Benson zog seine struppigen Augenbrauen hoch und schnitt eine Grimasse, die besagen sollte, daß er es nicht wisse.

»Wenn wir das hier überleben...«, knurrte er leise wie ein alter Hund, der nicht die richtige Lage findet und sich in seinem Korb herumdreht.

Im Empfänger war es kurz still, als hörten Steve und Muscle mit.

»Ich gehe nach Marokko«, sagte Benson. »Ich möchte in eine kleine Stadt am Rande der Wüste. Taroudannt, heißt sie. Ich habe dort einmal gedreht. Dachte damals schon: Wenn meine Zeit gekommen ist, gehe ich dorthin. Wir waren in einem Hotel untergebracht, das war ein Traum. Ein maurischer Palast mit Palmengarten und einem Swimmingpool mit blauen Kacheln, alles duftete nach Blumen und Fruchtbarkeit. Dorthin laß ich mich fahren und nehme mir ein Apartment in diesem Hotel. Abends spaziere ich dann durch den Suk und esse Ziegenfleisch und trinke Minztee. Und eines Tages lasse ich mich in die Wüste bringen. Dann laufe ich einfach drauflos. So lange, bis ich selbst die Sonne bin und in ihr aufgehe, nur noch Wärme bin. Ja, das mache ich.«

Er verstummte kurz und trank einen Schluck.

»Wieso fragt ihr nichts?« fragte er herausfordernd.

»Was hast du?« fragte Jimmy, schneller als Green.

»Krebs«, sagte Benson. »Meine Leber.«

24

Jimmy hatte gesagt, daß sie Floyd Gesellschaft leisten würden. Sie würden zu dritt auf Reisen gehen, in die Wüste reisen. Floyd sei nicht allein. Sie seien seine Freunde.

Green hatte Jimmy beigepflichtet, obwohl er nicht an das glaubte, was Jimmy sagte. Floyd Benson war sehr wohl allein. Und selbst wenn sie als Dreigespann durch die Wüste pflügten, ginge doch jeder für sich allein, einsam in seinen Erwartungen, seiner Illusionen beraubt.

In dem fremden Bett konnte Green nicht einschlafen und stand daher wieder auf. Er ging in die Küche. Das Licht brannte, und er sah, daß die Tür zum Keller offenstand.

Floyd Benson stand im Keller an der Gefriertruhe und schien nicht überrascht, als Green hereinkam.

»Sie kommen wie gerufen, Mister Green. Ich habe es allein versucht, aber er ist doch ein bißchen zu schwer für mich«, sagte Benson.

Noch immer dampfte die Kälte aus der geöffneten Truhe. Tino glich nur noch der lausigen Kopie eines menschlichen Wesens, dem billigen Produkt eines drittklassigen *special-effects*-Künstlers für einen No-Budget-Film. Man konnte ihn ungerührt ansehen, weil keine Persönlichkeit, ja nicht einmal die Erinnerung daran in ihm zu erkennen war. Tino war nichts als ein gefrorener Klumpen Blut und Gewebe, durch die Mißhandlungen, die er erlitten hatte, verformt und in einer Haltung erstarrt, die kein normal atmender Mensch würde einnehmen können.

Benson trug Gummihandschuhe, die Attribute von Putzfrauen und Tellerwäschern.

»Ich konnte nicht schlafen, und da dachte ich mir, ich könnte mich nützlich machen«, sagte Benson. »Ich wollte mir seine Schuhe ansehen.«

»Ist er immer noch so hart?«

»Durch und durch.«

»Wenn wir ihn ein paar Zentimeter anheben könnten und ein Brett drunterschöben, könnten wir ihn damit hochhebeln«, schlug Green vor. »Dann kämen wir an seine Füße heran.«

Benson ging in eine Ecke des Kellers, in der allerlei Latten und Bretter lagen, und suchte ein stabiles, solides Rundholz heraus. Während auch Green sich ein Paar Handschuhe anzog, besprachen sie, wie sie mit Tino verfahren würden.

Benson zählte bis drei, und dann faßten sie Tino an den Beinen und hoben ihn an. Die Adern an Bensons Schläfen schwollen an. Es war, als müßten sie einen Bulldozer von der Stelle bewegen. Schnell schob Green das Rundholz unter Tinos Kniekehlen durch. Tinos Beine ruhten nun auf dem Holz, das quer auf den Rändern der Gefriertruhe verankert war. Nun kamen sie an seine Schuhe heran.

Benson befühlte die Schuhe – es waren elegante italienische –, doch sie saßen unverrückbar an den Füßen fest.

»Der ganze Körper ist gefroren«, stellte Benson fest. »Wenn ich einen Schneidbrenner draufhalte, geht es vielleicht schneller.«

»Mister Benson, ich weiß nicht, ob Sie sich dessen bewußt sind, aber dann verbrennen Sie ihn«, sagte Green.

»Wenn der Herr zu schreien anfängt, höre ich auf«, versprach Benson.

Er nahm einen Lötkolben, schloß ihn an eine kleine Gasflasche an und entzündete den fauchenden Kopf, aus dem das Gas strömte. Eine kleine blaue Flamme kam aus dem Brenner geschossen.

»Hätten Sie etwas dagegen, wenn ich kurz nach oben gehe?« fragte Green.

Benson wedelte nur mit der Hand, daß er einverstanden sei.

Im Wohnzimmer drehte Green den Empfänger lauter, weil er das Geräusch des Schneidbrenners übertönen wollte. Doch in Rodneys Haus war es vollkommen still.

Green spulte das Band des Revox zurück, um zu hören, ob noch etwas passiert war, nachdem sie sich in ihre Schlafzimmer zurückgezogen hatten.

Er hörte, wie Rodney und Paula von ihrem Essen im Drai's zurückkamen. Steve und Muscle wollten noch kurz über Tino reden. Durchtrieben warfen sie die Möglichkeit auf, daß Tino etwas zugestoßen sein könne, Tinos Lebensweise sei gefährlich, weil er mit Wildfremden lossziehe, irgendwelche Typen von der Straße aufgabele.

Paula verteidigte Tino. Sie kenne ihn besser als Steve und Muscle.

Nach einer Viertelstunde verließen Steve und Muscle das Haus. Rodney und Paula tranken noch ein Glas Wein zusammen, redeten über Tino und fingen dann mit etwas an, das Green lieber nicht hören wollte.

Er spulte weiter, eifersüchtig und neugierig zugleich, mit einer sonderbaren, dunklen Sehnsucht nach ihren Lauten, und drückte die Stop-Taste, als er ein sonores Rauschen hörte. Es war die Dusche. Und danach Paulas Stimme:

Kate? – hier Paula, entschuldige, daß ich so spät anrufe – ruf mich doch bitte morgen früh unter der Nummer in LA an und sag, daß bei dir die Wehen eingesetzt hätten und ob ich sofort nach Vegas zurückkommen kann – ich bin dir ewig dankbar, wenn du das machst, ja – ich erklär's dir morgen – vergiß es um Himmels willen nicht – hast du die

Nummer noch? – danke, Kate, und entschuldige bitte noch mal, ich muß mich jetzt beeilen – okay, tschüs.

Was war denn jetzt los?

Rodney stand unter der Dusche, und Paula nutzte die Gelegenheit, um rasch jemanden anzurufen. Sie brauchte einen Vorwand, um nach Las Vegas zurückzufliegen. Sie wollte allein sein. Wollte sie etwas nachprüfen, hatte es mit Tino zu tun, mit dem Schlüssel? Nachdem das Geräusch der Dusche verstummt war, ertönte Rodneys Stimme. Er erzählte, daß er einen Reiseführer gekauft habe. Indonesien und Thailand. Paula verschwieg das Telefongespräch.

Floyd Benson kam die Treppe heraufgepoltert. Green stellte das Revox auf Aufnahme – es war still in Jean Harlows Haus, schweigend lag Paula dort neben Rodney, wohl mit klopfendem Herzen, unruhig, in bange Sorge versetzt durch das, was Steve und Muscle aufgeworfen hatten – und drehte sich erwartungsvoll zu Benson um.

»Leider. Nichts«, sagte Benson. »Ganz normale Absätze. Neue Schuhe übrigens. Hatte er gerade erst gekauft. Jungfräuliche Sohlen. Vielleicht schon als Vorschuß auf das große Geld gekauft, das er gestohlen hatte. Er tut mir leid. Wirklich keine schöne Vorstellung, da so tot in einer Gefriertruhe in irgendeinem Keller zu liegen! Wir sollten ihn irgendwo begraben, finden Sie nicht? Wir mieten einen Lieferwagen und fahren ihn in die Wüste. Wenn man tot ist, muß man in die Wüste. Mag man auch noch so ein gerissener Betrüger gewesen sein. So denke ich darüber. Und Sie, Mister Green?«

25

Um Viertel vor sieben läutete das Telefon. Green war im Wohnzimmer am Empfänger geblieben, auf dem Sofa liegend, und wurde von den Geräuschen in Rodneys Haus geweckt.

Paula nahm ab. Ihre Freundin Kate, sie bekomme jetzt ihr Kind, Paula solle sofort zurückkommen.

Rodney protestierte, sah dann aber ein, daß es sich hier um höhere Gewalt handelte, eine Frauensache, die keinen Widerspruch duldete. Paula buchte sofort einen Flug.

Green rief Floyd und Jimmy in die Küche, gab ihnen eine Tasse heißen Kaffee und schilderte, was sich ereignet hatte. Sie beschlossen, daß er Paula folgen solle.

Es war Sonntag vormittag, die Maschine voller Spielsüchtiger. Die billigen Plätze waren schon ausgebucht gewesen, und so hatte Green das Doppelte des Betrages zahlen müssen, für den seine Sitznachbarn flogen, ein deutsches Ehepaar auf Rundreise durch den Westen der USA. Benson hatte ihm fünfhundert Dollar mitgegeben.

Green saß neun Reihen vor ihr und wagte nicht sich umzudrehen. Beim Einchecken, beim Betreten des Flugzeugs, in dem Gewühle beim Einnehmen der beklemmend engen Sitze – wie immer die gerechte Strafe für den Hochmut, sich durch die Luft befördern zu lassen – hatte er Abstand gehalten und sein Gesicht abgewandt, wenn sie ihren Blick über die Mitreisenden schweifen ließ, als spiele er den Spion in einem antiquierten Spielfilm über den Kalten Krieg.

Paula flog nach Hause zurück, weil sie sich Gewißheit

über Tinos Schicksal verschaffen wollte. Wenn sie sich ein Haus teilten, lag es nahe, daß sie die Pläne gemeinsam ausgetüftelt hatten, Alternativen erwogen, ein Drehbuch verfaßt, Notsignale verabredet hatten. Sie waren enge Freunde, die vermutlich der Zufall der gemeinsamen Arbeit im Casino zusammengeführt hatte, zwei *loser,* die ihre letzte Chance ergriffen, ehe es nicht mehr möglich sein würde, ihr Dasein als Lohnsklaven im Casino gegen eine Existenz einzutauschen, die noch Raum für die Verwirklichung des Traums von einem mehr oder weniger anständigen Leben ließe.

Green hatte keine Ahnung, wie sie lebten. Er konnte sich aber vorstellen, daß es bestimmt kein Spaß war, sich sein Brot im legalisierten Betrügerzirkus der Casinos von Las Vegas zu verdienen, diesem Wirklichkeit gewordenen Traum des Gangsters Bugsy Siegel. Hatte Paula sich dort Arbeit gesucht, um ihr Skript in die Praxis umzusetzen? So wie die drei Schauspieler, über die bloße Vorstellung hinaus?

Der Flug dauerte vierzig Minuten. Er hatte kein Gepäck bei sich. Falls er übernachten mußte, würde er für zwanzig Dollar ein vernünftiges Zimmer bekommen. Viele Hotels berechneten niedrige Tarife, weil es ihnen lieber war, wenn ihre Gäste ihre Ersparnisse beim Spielen ausgaben. Für Amerikaner war diese Stadt der ultimative Traum. In riesigen Hallen, in die kein Tageslicht drang, jenseits von Zeit und Witterungsverhältnissen, konnte jederzeit das Wunder der plötzlichen Millionärwerdung geschehen – die zeitgenössische Variante des Erscheinens des Erlösers, ein Moment des Trostes und der Vergebung, der Ertrinkenden eine

Motorjacht schenkte, Lahmen einen Lamborghini, Blinden eine schnurlose Stereoanlage von B & O.

Er wartete mit dem Hinausgehen, bis Paula vor ihm das Flugzeug verlassen hatte. Sie trug eine kleine Wochenendtasche an einem Riemen über der Schulter.

Green setzte sich eine Baseballkappe auf und versteckte seine Augen hinter dem Spiegelglas seiner Sonnenbrille. Der Schnurrbart, den er sich vor der Abreise angeklebt hatte, juckte auf seiner Oberlippe, aber er durfte nicht kratzen.

Paula hastete durch Gänge und Gepäckausgabe zum Ausgang.

Der Taxistand lag mitten in der heißen Wüstenluft. Paula reihte sich in eine kurze Warteschlange ein, überwiegend Urlauber, die mit grellbunten Hemden und Blusen bekleidet waren und dem Moment entgegenfieberten, da sie an einem Roulette- oder Black-Jack-Tisch ihr Geld verspielen durften. Green konnte nicht riskieren, daß sich jemand zwischen sie stellte. Ihr Taxi würde dann einen zu großen Vorsprung vor dem seinen bekommen, und er würde sie aus den Augen verlieren. Er hatte zwar Tino Rodriquez' letzte bekannte Adresse, doch er konnte nicht mit Sicherheit davon ausgehen, daß Tino noch dort gewohnt hatte oder daß er gegebenenfalls im Telefonbuch stand.

Paula war zum Anfassen nahe. Sie trug Jeans und ein weißes Oberhemd, ein Männerhemd, so wie es aussah, vielleicht eines aus Rodneys Kollektion. Sie nahm eine Sonnenbrille aus ihrer Tasche, klappte die Bügel auseinander und setzte sie auf. Sie drehte sich um und sah ihn an, als könne sie seine Gedanken lesen, als trage er keine Brille, als hänge der Schnurrbart lose, und er wandte sich ab, schaute nach den Taxis und tat so, als bemerke er sie nicht. Ohne Make-up, in dem gleißenden Licht, wirkte sie älter, als er im Drai's geschätzt hatte (war sie vor sieben Jahren sechs- oder siebenundzwanzig gewesen?), eine erwachsene Frau mit etwas Asiatischem oder Orientalischem im Gesicht, eine Prinzessin aus dem Morgenland.

Sie wandte sich wieder ab, und der Wüstenwind strich kurz durch ihr Haar. Liebste, dachte er, du hättest bei mir bleiben sollen. Er sah die feinen Härchen an ihren Schläfen, auf ihren Ohrläppchen. Der Riemen der vollen Tasche hatte ihr Hemd seitlich heruntergezogen, so daß ein Teil ihrer nackten Schulter und ein weißer Träger ihres BHs entblößt wurden. Ihre Haut leuchtete in einem warmen Braunton. Vielleicht ging sie oft baden oder sonnte sich nackt in ihrem Garten, nein: Das war das natürliche Schimmern ihres Körpers. Sie stieg in ein Taxi ein, und er winkte ungeduldig das nächste herbei.

Eine Variante gab es nicht. Er mußte sagen, was er in Hunderten von Filmen gehört hatte: »Folgen Sie dem Taxi da.«

Sie mieden den Strip, den langen Boulevard, an dem die großen Casinos lagen, und fuhren in einen der Außenbezirke. Noch bis vor kurzem hatten in Vegas vornehmlich Leute gewohnt, die hier in den Vergnügungszentren Beschäftigung fanden, als Bedienungen, Reinigungskräfte in den Hotels, Küchenhilfen in den unzähligen Restaurants, Wartungsmonteure, Varietékünstler. Las Vegas war einmal eine künstliche Stadt inmitten einer flimmernden Wüste gewesen, ein Ort, an dem besser keine Kinder aufwuchsen,

doch jetzt gab es dort Schulen und Geschäfte für Zeichenbedarf, es gab Fahrradhändler, Beschäftigungstherapeuten
und Fliesenleger, man konnte dort Kurse in Buchhaltung,
Blumenbinden oder japanischer Kochkunst belegen.

Die Straßen, durch die sie fuhren, unterschieden sich
nicht von den entsprechenden Straßen in anderen amerikanischen Städten, überall die gleichen Flachbauten mit groß-
räumigen Parkplätzen, Supermärkte ohne Fenster, alles so
funktional wie möglich gebaut, unordentlich, stillos, achtlos.

Sie fuhren in ein neues Wohnviertel. Flache Bungalows,
alle in unterschiedlicher Form und Größe, hinter perfekt
gepflegten Vorgärten mit Rasen, Sträuchern und Bäumen,
Auffahrten mit Doppelgaragen. Die Bremslichter von Paulas Taxi leuchteten auf, und der Wagen hielt.

Green bat seinen Fahrer, weiterzufahren und in die nächste Seitenstraße einzubiegen. Er gab ihm zwei Zwanzig-
dollarscheine und bat ihn, auf ihn zu warten.

Er rannte zur Straßenecke zurück und sah, daß Paula die
Haustür eines der Bungalows öffnete. Er blieb stehen, um
zu Atem zu kommen, und sah im Geiste, was sich jetzt in
dem Haus abspielte: Paula würde leere Zimmer vorfinden,
keine Nachricht auf dem Anrufbeantworter, nur das Echo
ihrer Stimme, wenn sie Tinos Namen rief, und er legte die
siebzig Meter zu ihrer Haustür im Laufschritt zurück. Vorsichtig fühlte er, ob der Schnurrbart noch richtig saß. Wenn
er klingelte, würde sie gerade die erste Runde durchs Haus
gemacht haben.

Er betrat die betonierte Auffahrt und ging zur Haustür. Die Fenster waren mit schmiedeeisernen Rosetten ver-

gittert, die Haustür war aus massivem Holz, ein robustes Schloß, Stahlleisten, die einem Kuhfuß standhalten konnten.

Er klingelte, spürte, daß sie ihn durch den Spion im Milchglasfenster der Tür beäugte.

»Wer ist da?« erklang ihre gedämpfte Stimme.

»Polizei.«

Er hielt Floyds nachgemachtes Polizeiabzeichen hoch. Sie öffnete das kleine Türfenster und warf einen Blick auf das Abzeichen. Im Dunkel der Diele war ihr Gesicht kaum zu sehen.

»Detective Vaneeghen«, las sie. »Was wollen Sie?«

»Ich möchte Ihnen ein paar Fragen stellen«, sagte Green, um einen texanischen Akzent bemüht.

»Worüber?«

»Über Tino Rodriquez.«

Sie schluckte, wurde sich bewußt, daß sie ihn nicht abweisen konnte.

»Ist Tino tot?«

»Ja. Mister Rodriquez ist tot. Ermordet. Sind Sie seine Frau?«

»Nein, nein, wir sind... Könnten Sie bitte Ihre Brille absetzen?«

Er kam ihrer Bitte nach. Verengte die Augen zu Schlitzen, aus Furcht, sie könne ihn sofort erkennen, und sah nur die Silhouette ihres Kopfes.

Sie öffnete die Tür. Green betrat das Haus, litt, weil ein verblüffter Aufschrei über sein plötzliches Auftauchen ausgeblieben war.

Er folgte ihr ins Wohnzimmer, links von der Diele. Die

Vorhänge waren geschlossen, und sie knipste eine Lampe an.

»Wenn ich weg bin, lasse ich die Vorhänge zu«, erklärte sie.

Mit geschlossener Faust wies sie aufs Sofa, ein breites Dreiersofa aus grünem Samtvelours, und er setzte sich. Sie nahm auf einem Stuhl Platz.

In der einen Hand hielt sie ein aufgerissenes FedEx-Kuvert, das sie offenbar gerade von der Fußmatte aufgehoben hatte, die andere war zur Faust geballt. Ihr Gesicht war starr. Sie war eine Schachspielerin. Sie erkannte ihn nicht, weil sie ihn nicht richtig ansah, so sehr beschäftigten sie die Fragen, die sie sich jetzt stellte, nach einer Logik suchend.

»Was ist passiert?« fragte sie, ohne den Blick auf ihn zu richten, in Gedanken nur auf Tino starrend.

»Man hat Mister Rodriquez' Leiche in Los Angeles gefunden, in den Hollywood Hills, in unmittelbarer Nähe des Sign. Er starb an inneren Blutungen. Er wurde schwer mißhandelt.«

Sie schüttelte den Kopf und schwieg, erhaben wie eine Statue, ohne ein Anzeichen von innerer Zerrissenheit, ohne die Haltung zu verlieren, ganz stolze Trauer wie eine Madonna aus der Renaissance.

»Haben Sie irgendeine Vermutung, was ihm zugestoßen sein könnte?« fragte Green.

Mit geschlossenen Augen schüttelte sie den Kopf. Sie ließ das Kuvert fallen, beugte sich vornüber und verbarg das Gesicht hinter ihrer Hand. Die Faust blieb geschlossen.

Green erhob sich und ging in die Küche, einen quadratischen Raum, der zur Gartenseite hin ans Wohnzimmer grenzte. In einer Ecke standen große Kartons mit Säcken voll Hundefutter, wie Zementsäcke aufeinandergestapelt, als müsse hier ein ganzer Hundezwinger durchgefüttert werden. Er fand eine Packung Papiertücher und kehrte ins Wohnzimmer zurück. Hielt ihr die Schachtel hin.

Sie zog sich eine Handvoll Tücher heraus. Keine Faust mehr; was sie darin verborgen hatte, war jetzt an anderer Stelle versteckt.

»Wie ist Ihr vollständiger Name?« fragte Green, gezwungenermaßen seine Rolle durchspielend.

»Paulette Isabella Carter.«

»Welcher Art ist Ihre Beziehung zu Mister Rodriquez?«

»Wir wohnen hier zusammen. Wir sind nicht miteinander liiert, wir teilen uns nur das Haus. Tino war Homo.«

»Hatte er Feinde?«

»Nein. Nicht, daß ich wüßte.«

»Er war nicht vorbestraft, aber er wurde ein paarmal verhaftet, wußten Sie das?«

»Nein.« Ihre Nase war verstopft, und sie hörte sich jetzt an, als wenn sie erkältet wäre. Sie sah ihn durch einen Schleier von Tränen an, überrascht über diese Information.

»Weswegen?« fragte sie.

»Verdacht auf Betrug und Hochstapelei. War er in irgendein kriminelles Vorhaben verwickelt?«

»Nein. Für so was war Tino viel zu weich. Viel zu anständig.«

»Sind Sie eine Kollegin von ihm?«

»Ja. Wir arbeiten zusammen im Eldorado.«

»Sie arbeiten auch in der Zentralkasse?«

»Ja.«

»Mister Rodriquez verkehrte also in homosexuellen Kreisen?«

Er versuchte wie jemand zu reden, der sich die Technik auf der Polizeischule erworben hat, mit förmlicher, unbeteiligter Stimme, ein Mann, der Fakten in ein Schema bringen wollte, der befördert werden wollte und seine Gedanken ordnete wie ein Buchhalter.

Sie nickte.

»Hatte er irgend etwas mit Erpressung zu tun, verkehrte er mit fragwürdigen Leuten?«

»Nein, nein, nein.«

»Haben Sie einen Kassettenrecorder?«

Sie zeigte auf einen Schrank.

»Wieso?«

»Ich möchte Ihnen etwas vorspielen.«

Green reichte ihr die Kassette. Sie nahm sie in die Hand, betrachtete das Ding, ohne dessen Bedeutung erfassen zu können, und erhob sich.

Die Lautsprecherboxen gaben ein kurzes »Plopp« von sich, als sie die Anlage einschaltete. Sie schob die Kassette in das Gerät. Außer der Kassette hatte Green auch ein Polaroidfoto von der Leiche in der Gefriertruhe bei sich.

Sie fragte: »Hatte Tino dieses Band bei sich?«

»Das wird gleich deutlich werden.«

Sie drückte auf den Startknopf und blieb vor dem Schrank stehen, in der Mitte der Wand zwischen Diele und Küche.

Steve: Sie sind nicht da.
Muscle: Was willst du trinken?
Steve: Scotch.
Muscle: Eis?
Steve: Nein.

(Der Scotch wurde eingeschenkt, sie tranken.)

Muscle: Was machen wir jetzt?
Steve: Wenn dieser verdammte Tino noch lebt, liegt er irgendwo in einem Krankenhaus. Ich glaub, dem haben wir den
Kiefer gebrochen. Dauert Wochen, bis der wieder sprechen
kann.
Muscle (triumphierend): Wenn ich mich recht entsinne, warst
du davon doch erst gar nicht so begeistert.
Steve: Na, wenn du jemanden ausquetschen willst und schlägst
ihm dabei den Kiefer ein, so daß er kein Wort mehr her-
ausbringen kann, ist das ja auch wirklich nicht sehr geschickt.
Muscle: Seine Finger waren durch.

Paula schaltete den Recorder aus. Green ging zu ihr hin,
weil er befürchtete, sie könne plötzlich weglaufen oder zu
einer Waffe greifen. Er kannte sie nicht mehr, wußte nicht,
wozu sie imstande war. Aber er liebte sie.

Sie verschränkte die Arme vor der Brust und blitzte ihn
argwöhnisch an.

»Steve und Muscle«, sagte Green. »Im Haus in Whitley
Heights. Wir kamen schnell dahinter, wo Tino Rodriquez
seine letzten Stunden verbracht hat. Wir erhielten die Ge-
nehmigung, das Haus abzuhören, und das ist das Resultat,
Paula Carter. Du wirst ein paarmal erwähnt. Übrigens, dich

haben wir auch auf Band. Im Zusammenhang mit dem Schlüssel und dem Tresor. Dem zu verteilenden Geld. Dem Schmus, den du Rodney erzählt hast, um nach Hause fahren zu können. Genug, um dich zu verurteilen. Betrug, Beteiligung an einer Straftat. Vielleicht sogar Mitschuld an einem Mord.«

Sie hatte ihn still angesehen, aber jetzt schüttelte sie den Kopf.

»Wieso bist du allein gekommen?« fragte sie. »Polizisten kommen nie allein, das dürfen sie gar nicht. Ich hab Bücher über polizeiliche Ermittlungen gelesen, sie operieren immer zu zweit, damit sie sich gegenseitig beistehen können, Beweisführung und so.«

Sie schwieg einen Moment und sah ihn aus großen Gazellenaugen an.

»Ich hab dich gestern schon gesehen. Im Drai's. Ich hab dich sofort erkannt, Tommie. Ich sah dich vorbeigehen und dachte: Wie kann das sein, du...? Du bist Tommie Green. Du hast seine Augen, seine Stimme, sein *alles*. Du bist kein Polizist. Du bist Tommie Green, und du hast dir einen lächerlichen falschen Schnurrbart angeklebt, und du tust, als wärst du ein Polizist. Ich wäre sogar fast darauf hereingefallen. Ich dachte: Wie kann Tom Green hier vor mir stehen und behaupten, er sei ein *cop*? Ein Doppelgänger? Ein Zwillingsbruder? Nein, du bist ganz einfach Tommie Green *himself*. Hör zu, *officer*, wenn du ein echter Cop bist, mußt du mir deinen Namen sagen, das Gesetz verpflichtet dich dazu. Du heißt nicht Vaneeghen. Wie ist dein richtiger Name?«

Er sagte: »Wo ist der Schlüssel, den du die ganze Zeit in der Faust hattest?«

26

Paula also.

Gegen Abend, nachdem sie von Tino und dem Plan erzählt hatte, gingen sie am Strip essen, in den Caesar's Palace, einen aus Holzwänden errichteten Spago-Abklatsch. Das original Spago war das Restaurant des gefeierten Chefkochs Wolfgang Puck, das mit x Sternen ausgezeichnete, ultimative Lokal für die Berühmtheiten aus der Filmindustrie am Sunset Boulevard in Westhollywood. Im Spago-Klon Caesar's Palace konnte nun jedermann den Star spielen.

Paula also. Ehe sie aus dem Haus ging, band sie sich einen Kunstbauch vor, der vortäuschte, daß sie im achten Monat schwanger sei. Für den Fall, daß sie einem Kollegen begegnete, mußte sie den Schein wahren, daß es bei ihr in wenigen Wochen soweit sein würde. Der Kunstbauch war ein professionelles Kissen aus einem Laden für *special effects,* so gut wie unsichtbar mit Bändern im Rücken festgeschnürt. Wenn man es nicht wußte, sah man es nicht.

Green kannte diesen Flügel des Caesars nicht, ein nachgebautes italienisches Dorf mit pittoresken Gassen, Springbrunnen, projizierten Wolkenformationen, alles vollklimatisiert und von haarsträubender Absurdität. Die Kopie war praktischer, komfortabler und sicherer als das Original unter einer brennenden toskanischen Sonne, mit Taschendieben auf Motorrollern und Kellnern, die Tausende von Lire zuwenig herausgaben.

Paula. Scheinschwanger. Anstifterin zu einem Diebstahl.

»Hier hat die Welt der Zukunft bereits begonnen«, erklärte Paula ihren Wunsch, ihm diese fensterlosen, klimalosen Hallen zu zeigen. »Hier besteht für die meisten Leute kein Unterschied mehr zwischen echt und illusorisch. Hier ist alles zu einem einzigen großen Vergnügungspark geworden. Ob etwas über Jahrhunderte hinweg gewachsen ist und zeitlichen Veränderungen unterworfen war, spielt keine Rolle mehr. Die Vorstellung von der Wirklichkeit als einem komplexen, dynamischen Ganzen, das studiert und analysiert werden muß, ist durch den Gedanken ersetzt worden, daß die Wirklichkeit etwas ist, das von Baulöwen, Technikern und den Bonzen der Vergnügungsindustrie in einem geschlossenen Raum kreiert werden kann. Und die Illusion ist eine verbesserte Version des Originals, vergiß das nicht. Wenn du das hier hast...« – sie machte eine ausholende Handbewegung, die die Kulissen und den neobarocken Springbrunnen einschloß, dessen Figuren sich in bestimmten zeitlichen Abständen in Bewegung setzten und eine Art Theaterstück für die Touristen aufführten –, »dann brauchst du nicht mehr nach Italien zu fahren. Wozu, wenn du dich hier nie mit Sonnenöl einzureiben brauchst?«

»Und du?« fragte Green.

»Du weißt, was ich mache. Ich zwinge der Wirklichkeit meine Fiktion auf. Du kennst das Skript.«

Er wollte wissen, warum sie damals weggegangen war, warum sie sich für Ritchie Mayer entschieden hatte, warum sie klammheimlich die Stadt verlassen hatte, aber es war noch zu früh, sein schamloses Bedürfnis nach Versöhnung, Vergebung, Trost zu erkennen zu geben. Fürs erste war das hier schon berauschend genug: Er saß ihr gegenüber, sie sah ihn an, sie unterhielten sich, er kannte ein paar ihrer Geheimnisse.

Im vergangenen Jahr hatten sie die Luftschächte in den Herren- und Damentoiletten ihrer Abteilung dazu benutzt, einen Teil des Geldes zu verstecken, das den ganzen Tag kontinuierlich von den Spielsälen in den Zählraum gebracht wurde.

Rodney Digiacomo war ein Läufer, einer der wenigen Mitarbeiter, denen Geld anvertraut wurde, jemand mit dem höchsten *clearing*, der in Begleitung eines Bewachers einen grauen Leinensack mit Hunderttausenden von Dollar durch das Gebäude tragen durfte. An den Tagen, an denen er von Muscle Fredericks begleitet wurde, legte Rodney einen kurzen Toilettenstopp ein. Auch Paula hatte das höchste *clearing* und ließ Geld in der Toilette verschwinden.

Vor einem Monat hatte Steve Banelli, ein Monteur, der die Klimaanlage wartete, die Roste der Luftschächte abmontiert und das Geld zur Schachtöffnung in Tinos Büro weiterbefördert. Wenn Muscle Kontrolldienst am Personalausgang hatte, schleusten Tino und Paula das Geld aus dem Gebäude. Das dauerte gut zwei Wochen, da so viel Geld, in kleiner Stückelung, einen gewissen Umfang hatte. Sie hatten das frühzeitig geplant. Im letzten halben Jahr hatte Paula eine Schwangerschaft inszeniert. Sie hatte sich ein paarmal für Arztbesuche freigenommen, sie hatte mit den Kollegen gefeiert, daß sie schwanger sei (der Vater lebte angeblich in New York), und mit Hilfe von *special-effects*-Kissen hatte sie einen Bauch entstehen lassen. Ohne Kissen durfte sie sich in der Öffentlichkeit nicht mehr zeigen.

Tinos Tod stand nicht im Skript. Sie hatte Steve und Muscle unterschätzt, ihre Geldgier war größer als ihre Loyalität, und sie war nun auf Hilfe von außen angewiesen. Drei lausige Schauspieler, die eine Rolle spielen konnten. Überrascht vernahm sie, wer Greens Partner waren.

»Schade, daß keine Kamera dabei ist«, sagte sie.

Die Details des Diebstahls, den sie schon in ihrem Skript vorbereitet hatte, verriet sie ohne Vorbehalte, und Green konnte nicht anders, als ihren Worten Glauben zu schenken. Sie hatte nicht gelogen, nichts verschwiegen, ihm unbefangen ihre Geheimnisse anvertraut. Der Umstand, daß er diese vor acht Jahren bereits gelesen hatte, trug mit zu dem Gefühl bei, daß sie jetzt plötzlich wieder ein *team* darstellten, wie damals, als sie gemeinsam die Welt erobern wollten.

»Wieso hast du es nicht schon früher gemacht?« wollte Green wissen.

»Der Mond. Er stand nie zuvor so gut wie vor drei Monaten.«

»Der Mond reflektiert das Licht der Sonne, das ist alles«, sagte er.

»Für mich nicht. Wenn der Mond das Wetter beeinflußt, Ebbe und Flut, allerlei natürliche Prozesse hier auf der Erde, wieso dann nicht auch das, was in unserem Kopf abläuft?«

»Du bist astrologiegläubig«, sagte er.

»Und du bist ein spinnerter Philosoph. Schreibst du noch Essays?«

»Nein.«

»Ich hab sie gern gelesen. Ich war zwar nie deiner Meinung, aber du hast deine Abstraktionen immer sehr unterhaltsam rübergebracht. Ist Amerika immer noch dein mythisches Ideal?«

»Ich hab die Vorläufigkeit von allem hier bewundert. Schluß mit dem Ballast der Vergangenheit! Erfinde dir deine eigene Mythologie! Ich hab das damals gebraucht, aber aus dem Alter bin ich raus, glaube ich.«

»Willst du nach Europa zurück?«

»Nein. Das nicht.«

»Was dann?«

»Darf ich dir darauf antworten, wenn wir das hier hinter uns haben?«

Von der Hauptlobby des Caesar aus telefonierte Green mit Benson und Jimmy. Er kündigte an, daß er mit einer Spätmaschine zurückkommen werde.

»Was hast du gemacht?« wollte Jim wissen.

»Ich bin mit Paula ins Gespräch gekommen«, sagte Green.

»Und die hört jetzt, was du sagst?«

»Ja.«

»Herrje, Mann! Hast du etwa erzählt, was wir gemacht haben?«

»Ja.«

Jim schrie: »Du hast sie wohl nicht mehr alle! Floyd, weißt du, was dieser Vollidiot gemacht hat? Der hat die Tussi ins Vertrauen gezogen! Dieser Vollidiot hat alle Karten auf den Tisch gelegt! Mensch, Tom, ich hab's doch gleich gewußt, als du da im Drai's den Schwanz aus der Hose hängen mußtest, ich hab verflucht noch mal gleich gewußt, der läßt sich von seinen Eiern leiten, der kann nicht auseinanderhalten, was jetzt wirklich wichtig ist und was er auch später noch machen kann, 'ne Lady bumsen! Ich raff's einfach nicht! Warum hast du das gemacht, du Volltrottel?«

»Paula wußte, wer ich bin«, antwortete Green ruhig, »sie

hat mich wiedererkannt. Ich hatte keine andere Wahl. Aber wir haben dafür auch etwas von ihr bekommen.«

»Ja, *du* hast was von ihr bekommen, Bürschchen«, rief Jim wütend in den Hörer.

»Paula hat den Schlüssel.«

»Den Schlüssel? Wie kommt sie denn an den? Floyd, sie hat den Tresorschlüssel!«

Im Hintergrund hörte man Benson sprechen: »Haben sie und Tino ihr eigenes Spielchen gespielt?«

»Hast du gehört, was Floyd gefragt hat?« sagte Jim. »Waren Tino und sie ein separates Duo?«

»Tino hat Lunte gerochen, als er in Hollywood war. Bevor er umgebracht wurde, hat er den Schlüssel nach Vegas geschickt, an seine eigene Adresse. Und da wohnte er mit Paula zusammen. Er hat sogar einen Zettel dazugelegt, den hab ich jetzt in der Hand.«

Jim rief: »Leg den Zettel weg! Da sind seine Fingerabdrücke drauf! Das ist ein Beweisstück!«

»Ich hab ihn gleich in eine Plastiktüte getan«, entgegnete Green. Das stimmte zwar nicht, aber er wollte Jim beruhigen.

»Wie spät kommst du an?«

»Ich fliege hier um halb zwölf ab. Mit Delta.«

»Ich hol dich ab«, sagte Jim. »Und die Tussi?«

»Paula bleibt hier in Vegas. Sie ist angeblich bei einer Freundin, die ein Kind bekommt. Es ist besser, wenn sie wegbleibt. Ich bring den Schlüssel mit, dann holen wir morgen das Geld.«

»Woher willst du wissen, daß der Schlüssel paßt?«

»Das weiß ich«, sagte Green.

»Vielleicht führt sie dich genauso an der Nase herum wie Rodney.«

Dieser Gedanke war Green auch schon gekommen, aber wenn sie in seiner Nähe war, konnte er unmöglich an ihrer Integrität zweifeln. Er war davon überzeugt, daß der Schlüssel, den sie ihm mitgab – eine ungewöhnlich breite Ausfertigung mit kompliziert gezacktem Bart –, den Tresor öffnen würde.

27

Nach Mitternacht landete Green auf LAX. Am Ausgang erwartete ihn Benson. Er erzählte, er sei selbst mit dem Olds gekommen, da Jimmy Kage sich betrunken habe. Nachdem sie über die Polizeirolle bei Rodney gesprochen hätten, habe Jim angefangen zu trinken. »Die Nerven«, konstatierte Benson.

Er ließ Green den Wagen nach Santa Monica zurückfahren, denn er fand, daß sich Leute seines Alters nicht mehr ans Lenkrad setzen, sondern, wenn es irgend ging, auf der Rückbank von Limos durch die Gegend kutschieren lassen sollten.

»Wie oft habe ich das nicht schon beobachtet?« fragte sich Benson laut. »Es gibt Menschen, die so unsicher sind, daß sie irgend etwas einnehmen oder zur Flasche greifen. Ich wußte, daß Jimmy früher getrunken hat und daß ihm das gehörigen Schaden zugefügt hat, aber daß er immer noch so ist, wußten Sie das?«

»Nein, Mister Benson.«

»Ich kenne Jim noch von vor zwanzig, dreißig Jahren. Da war er nicht so. Eiserner Schauspieler. Favorit von Lee Strasberg. Gab alles. Auch wenn man mit ihm zusammenspielte. Hielt mit nichts zurück. Absolut seriös und grundehrlich. Machte es sich nie leicht und holte alles aus sich heraus, was er zu bieten hatte. Ich weiß noch, daß er nach einem Film mindestens einen Monat brauchte, um sich zu erholen. Wenn er bei der Arbeit war... Ich sehe ihn noch auf dem Set herumlaufen. Mit Dämonen kämpfend, die er heraufbeschwor, um spielen zu können. Ganz methodisch. Drückte jeder Szene ein Etikett aus seinem Leben auf. Mit was er so abzurechnen hatte, das ergab eine ansehnliche Liste. Kostet viel Energie. Man muß schon Mut haben, wenn man auf diese Art und Weise seine Kindheit und Jugend aufarbeitet.«

»Ich war dabei, als er seine Karriere endgültig ruinierte«, sagte Green.

»Mit diesem Streifenwagen?«

»Ja. Damals hatte er auch einen sitzen.«

»Er kann morgen nicht mit, Mister Green. Wir brauchen einen vierten Mann, denn mich kennen sie. Ich bin der abgetakelte Schauspieler, der einen kleinen Hilfsjob bekommen hat.«

»Wir können niemand anders mitnehmen«, sagte Green entschieden. »Wir sind zu dritt. So auf die Schnelle finden wir niemanden mehr.«

In Bensons Wohnzimmer saß Jim auf dem Sofa. Die Lautstärke des Empfängers war voll aufgedreht, aus den Lautsprechern rauschte die Stille in Rodneys Haus.

Jim hob eine Hand zur Begrüßung, eine Zigarette zwischen den Fingern. Auf dem Tisch stand ein voller Aschenbecher.

»Ich hab das Schiff bewacht«, sagte er. »Nichts passiert. Niemand zu Hause. Na, wie ist's gelaufen? Hat sie dir einen geblasen?«

Benson monierte: »Ich will nicht, daß du hier drinnen rauchst. Aber du weißt, ich kann dich deswegen schlecht auf die Straße setzen. Oder die Polizei anrufen.«

»Nur ein Zigarettchen.«

»Lungenkrebs«, sagte Benson.

Grinsend schüttelte Jimmy den Kopf. »Du krepierst demnächst an Leberkrebs und machst dir Sorgen wegen Lungenkrebs. Du benutzt wohl auch noch Anti-Schuppen-Shampoo, was? Er hat Krebs, aber seine Schuppen bereiten ihm schlaflose Nächte!«

Er brach in brüllendes Gelächter aus und mußte danach schleimigen Speichel aushusten.

»Sie sehen ja selbst, den bekommen wir für morgen früh nicht mehr in Form«, sagte Benson.

Green nahm die Scotchflasche vom Tisch.

»He, he, was gibt denn das?« sagte Jim. »Spielen wir auf einmal Trockenlegung? Hör mal, Junge. Als du noch in den Windeln lagst, hab ich hier schon auf dem Set gestanden, kapiert? Da hatte ich 'n Schwanz, gegen den deiner ein Nebbich ist, klar? Stell die Flasche wieder hin, dann reden wir nicht weiter drüber, okay?«

»Wir wollen morgen vier Millionen Dollar stehlen«, sagte Green. »Dafür brauchst du einen klaren Kopf, und den hast du jetzt nicht. Wenn du morgen mitkommen und einen Teil vom Geld abhaben willst, hörst du jetzt auf zu saufen. Sonst ist es vorbei, Jim, dann ist Schluß.«

»Mann, red keinen Stuß, ich weiß, was ich tu.«

»Ein Bier, Mister Green?« bot Benson an. Sie standen beide am Kamin und blickten auf Jimmy herab.

Green nahm das Bier entgegen und sagte: »Und fang jetzt bloß nicht damit an, daß wir ja auch trinken, Jim. Das hier ist *ein* Bier. Wir lassen uns nicht vollaufen. Wir wollen uns diese Chance nicht vermasseln.«

»Ich auch nicht. Wir krallen uns die Kohlen und verduften.«

Green sagte: »In deinem jetzigen Zustand kommst du höchstens bis zum Rinnstein.«

»Mann, hör doch auf. Ich hab mir nur mal einen genehmigt. Um mich zu entspannen. Ich hab nicht irgendwo meinen Schwanz reingesteckt zur Entspannung, nein, ich ziehe es vor, ein Gläschen zu trinken, kapiert?«

»Was redest du denn da?« sagte Green. »Ich hab sie mit keinem Finger angerührt, du Schandmaul.«

»Brav. Das hört man gern. Wahre Liebe, feuchte Höschen.«

Hilfesuchend blickte Green zu Benson: »Sie haben recht, das kann nicht gutgehen. Wie bringen wir den Mann bloß wieder zur Vernunft?«

Benson sah ihn mit betrübter Miene an.

»Wie weit wollen wir gehen?« fragte er.

»Wie meinen Sie das?«

»Ich wüßte schon, wie wir Jimmy Kage wieder zu sich bringen.«

»Haa«, sagte Jimmy, »da bin ich aber gespannt.«

Benson verließ das Zimmer.

»Was regt ihr euch eigentlich so auf, Jungs?« wollte Jim von Green wissen. »Ich hab ein bißchen was getrunken, das ist alles. Hab in meinem Leben schon mehr getrunken, das hab ich voll im Griff, kapiert? Morgen werd ich 'ne Glanzrolle abgeben. Du kennst doch diesen kleinen dicken Inspektor aus *NYPD Blue*? Mit irgend so 'nem polnischen Namen, Slibowitsch oder so. Auf die Tour mach ich's morgen. Aber eher so, als ob ihm jeden Moment die Sicherung durchbrennt, verstehst du? Der Mann spielt seine Wut aus, ich weiß, wie er das macht. Die Wut, die hab ich auch. Hörst du, Tommie? So 'n Gefühl mußt du dir suchen, du mußt reingucken in deine eigene Kacke, verstehst du? Dann erst kannst du spielen.«

»Du erstickst noch in deiner Kacke«, erwiderte Green.

Floyd Benson kam zurück. Er hatte einen großen Zinkeimer in der Hand.

»Würden Sie bitte einen Schritt beiseite treten, Mister Green?«

»Mister hier, Mister da«, sagte Jim. »Was seid ihr doch bloß förmlich! Hört doch mal auf mit diesem Quatsch!«

Ehe Jim aufgehen konnte, welchen Nutzen der Eimer im Wohnzimmer haben mochte, holte Benson weit nach hinten aus, um genügend Schwung zu haben, und ein großer Schwall Wasser ergoß sich über Jimmy.

Im Nu war er völlig durchweicht, das Wasser rann ihm über Kopf und Gesicht, seine Kleider sogen sich voll, ebenso wie das Sofa und die ganze Ecke, in der er saß.

Verdattert war er in dem Wasserschwall sitzen geblieben, hatte nur mit den Augen geblinzelt, sekundenlang, und erst als er langsam die Hand zum Mund bewegte, merkte er, daß seine Zigarette erloschen war und nun zwischen seinen Fingern zerfiel.

»Ich will nicht, daß hier geraucht wird«, sagte Benson mit beherrschter Stimme.

Offenbar fand er es nebensächlich, daß eine Ecke seines Wohnzimmers unter Wasser stand. Er setzte den Eimer ab, lehnte sich mit einem Arm auf den Kaminsims und trank entspannt einen Schluck Bier.

»Entschuldigung«, sagte Jim leise.

»Kommt, wir setzen uns in den Garten«, schlug Benson vor, »es ist eine so schöne Nacht. Möchtest du dir etwas Trockenes anziehen, Jim?«

»Ja, gern, geht das?«

»Ich helf dir«, sagte Green.

Jimmy suchte an seinem Arm Halt, als er sich vom Sofa erhob. Green half ihm in sein Zimmer auf der Rückseite des Hauses, neben der Küche.

Stark verlangsamt zog Jimmy sich aus, mit kleinen, müden Bewegungen, als tue ihm die Haut bei jeder Berührung weh. Ein schöner Körper für sein Alter, muskulös und durchtrainiert, auch wenn das graue Schamhaar sein wahres Alter verriet. Wieso färbte er das nicht?

Green sagte: »Du machst dir zwar in die Hose, wenn du in einer Rolle aufgehen sollst, aber wenn die vorbei ist, stehst du plötzlich wieder mit nacktem Arsch da. Ohne Text, ohne Nebenhandlung, ohne Moral von der Geschichte.«

Jim reagierte nicht. Konzentriert wählte er trockene Garderobe aus seinem Koffer mit Kleidung aus. Noch vor gar nicht so langer Zeit hatte er Schränke voller Anzüge und

Hemden gehabt, Schubladen voller Unterhosen und Sokken, zig Paar Schuhe. In dem Koffer war alles säuberlich gefaltet, mit Sorgfalt aufeinandergelegt, gehegt und gepflegt.

Green fragte: »Wann hast du angefangen, so zu saufen, Jim? Was war der Grund?«

Jim antwortete: »Jetzt geht's schon wieder. Ich komm gleich runter.«

Green blieb sitzen: »Nach dem Tod von deinem Sohn?«

Kage schluckte und zog konzentriert eine Hose an, ohne Green zu beachten.

»Was ist damals mit deinem Sohn passiert, Jim?«

Kage zog den Reißverschluß von seinem Hosenschlitz zu, nahm ein akkurat gebügeltes Oberhemd aus dem Koffer und schob etwas unter einen Pullover, um es Greens Blikken zu entziehen. Doch Green hatte bereits gesehen, daß es eine Videokassette war.

»Du hast mir geholfen, als ich da im Hotel auf dem besten Wege ins Delirium war, jetzt bin ich an der Reihe.«

»Danke. Aber das ist nicht nötig. Ich komm schon zurecht.«

Er knöpfte das Hemd auf, den behaarten Rücken Green zugewandt, und zog es umsichtig an, ängstlich darauf bedacht, daß ja kein Fleck darauf kam.

Floyd Benson saß in einem Gartenstuhl draußen neben dem dunklen Swimmingpool, dessen Becken mit Algen und Pflanzen überwuchert war.

»Was werden Sie morgen machen?« fragte er.

»Ich gehe allein«, sagte Green. »Paula sagte zwar, daß Cops das nie machen, aber auf Jim können wir jetzt nicht bauen. Er ist psychotisch. Das hätte ich schon damals mit dem Cadillac begreifen müssen, daß er Hilfe brauchte, ein tägliches Therapiegespräch mit einem vernünftigen *shrink*.«

»Und wenn sie gewalttätig werden?«

»Ich nehme Jims Waffe mit. Er hat eine Pistole. Sie ist zwar nicht echt, aber das sieht man nicht.«

»Und welchen Gedanken verfolgen Sie dabei, Mister Green?«

»Ich muß sie irgendwie aus dem Haus herausbekommen. Ich benötige nicht mehr als zwei Minuten. Sie bleiben hier und hören zu. Wir müssen in Kontakt bleiben, das heißt also, ich sollte mir vielleicht ein *cellular phone* leihen. Was wir jetzt besprechen müssen, ist: Wie bekommen wir diese drei Typen von dort weg, welche Methode können wir anwenden, um sie aus dem Haus zu bekommen?«

»Sie bitten sie, aufs Präsidium zu kommen«, sagte Benson. »Wenn Sie zum Beispiel um neun Uhr bei Rodney sind, sagen Sie: Ich will euch alle drei um elf auf dem Präsidium in Downtown haben. Ich höre dann schon, wie sie darauf reagieren, wenn Sie gegangen sind. Aber sie haben keine Wahl, die werden hinfahren, glauben Sie mir. Das heißt, es wird sie mindestens eine Stunde kosten, vermutlich sogar mehr, ehe sie merken, daß sie hereingelegt worden sind. Sobald sie aus dem Haus sind, und ich höre das ja alles wörtlich, gehen Sie hinein. Sie räumen den Tresor aus. Und ab geht's an den Stillen Ozean.«

Jimmy Kage betrat den Garten. Er blieb im Licht stehen, das aus den Fenstern von Küche und Wohnzimmer nach draußen fiel, um eine Zigarette aus der Packung zu fingern.

»Hier darf ich doch, Floyd, oder?« fragte er.

»Ja, hier darfst du.«

»Fein. Danke, Floyd.« Ohne Ironie oder Übermut. Sanft und bescheiden.

Sein Feuerzeug flammte auf, und er sog Feuer in die Zigarette. Rauch waberte im Licht auf.

»Meinem Sohn ging es nicht so berauschend«, sagte er. »Er konnte sich irgendwie nicht freischwimmen. Blieb in meinem Schatten. Er hatte ein kleines Architekturbüro, aber das lief nicht besonders. Ist 'ne harte Welt. 'ne schwierige Welt auch. Er konnte sich nicht davon ernähren. Ich unterstützte ihn. Gab ihm Geld für seine Miete. Wenn er mal was zur Überbrückung brauchte, legte ich einen Scheck auf den Tisch. Er hatte sehr genaue Vorstellungen, was seine Arbeit betraf. Wollte unabhängig bleiben. In irgendeinem großen Büro zu arbeiten kam für ihn nicht in Frage. Davor hatte ich Respekt. Er wollte es auf seine Art machen, ohne Konzessionen entwerfen und bauen. Hatte regelrechte Philosophien über die Umwelt und wie man am besten baut, um die Umwelt zu schützen. Aber gut lief es nicht. Dieser Architektenmarkt ist genauso schwierig wie die Filmwelt.«

Jim stieß mit einem Fuß gegen unsichtbare Barrieren über dem Gras, Felsblöcken aus Luft.

»Eines Tages wollte ich ihm dann kein Geld mehr geben. Nicht, weil ich blank war, nicht, weil ich ihn nicht mehr liebte. Aber so was macht man eben als Vater. Man sagt: Zu deinem eigenen Besten, das führt doch alles zu nichts, hör auf damit, mach was anderes, nimm diesen Job in dem großen Büro an, da sammelst du Erfahrungen, das bringt dich weiter. Ich sagte: Genug ist genug, ich kann dich nicht mehr unterstützen. Er war wütend. Empfand es als Verrat, daß ich plötzlich den Hahn zudrehte. Ich sagte: Jaap – ich hatte ihm den Namen meines Vaters gegeben, ein niederländischer Name –, Jaap, zieh einen Strich unter die Selbständigkeit, geh auf Nummer Sicher. Aber das wollte er nicht. Er konnte den Traum nicht aufgeben.«

Es blieb einen Augenblick still, aber sie hörten förmlich, wie Jim seinem Sohn lauschte, einer Stimme, die in seinem Kopf sang.

»Er war immer ein guter Zeichner gewesen. Meine Unterschrift nachzumachen war für ihn ein Klacks, und er wußte, wo ich meine Scheckhefte hatte. Drei Sekunden, nachdem er gegangen war, entdeckte ich, daß ein paar Schecks fehlten. Aber ich unternahm nichts. Ich dachte nur: Dieser elende Dieb, das zahle ich ihm eines Tages heim. Er ist dann zur Bank of America gegangen, Ecke Fourth/Santa Monica, hier im Ort. Er geht da rein und läuft seinem Tod in die Arme. Die Bank wird gerade von ein paar Mördern überfallen. Jaap will seinen gefälschten Scheck einlösen, muß aber statt dessen die Hände hochheben. Er wird fuchsteufelswild. Er schreit dieses Pack an. Eine Überwachungskamera hat das alles festgehalten. Ich konnte es mir auf Videokassette ansehen. Erstklassiges Material. Mein Sohn liegt da mitten im leeren Kassenraum dieser Bank, vor Schalter Nummer acht. Ihr müßt wissen...«

Erneut verstummte er für einen Augenblick und atmete tief durch, damit sein aufgeregtes Herz wieder zur Ruhe kam.

»Ihr müßt wissen, daß ich ein Schauspieler der alten Stanislavski-Schule bin. Ich wollte, ich könnte, was die Engländer können. Die kriegen einen Text und machen's. Die können *spielen,* im wahrsten Sinne des Wortes. Das kann ich nicht. Für mich muß es echt sein. Ich kann nur spielen, wenn ich denke, daß alles, was ich tue, Realität ist. Für mich ist es genau umgekehrt. In meinen besten Zeiten konnte ich aus der albernsten Nebensächlichkeit einen *wahren* Moment machen. Wenn ich drehte, war ich für die meisten Menschen ungenießbar. Ich hatte Angst, daß ich sonst aus der Konzentration gerissen würde. Ich vergrub mich nämlich in meinen Erinnerungen, in den Dingen, vor denen ich normalerweise davonlaufe, wie vor allem, was sich im Innern meines verrotteten Schädels befindet. Und damals, als das passiert war, da war Schluß, versteht ihr? Was gab es Wirklicheres als das? Wie konnte ich mit dieser Erinnerung noch spielen? Es ging nicht. Ich konnte nicht mit Jaap im Kopf spielen. Das Bewußtsein, daß ich ihn mit diesem Scheißscheck in die Bank hab gehen lassen, machte mich wahnsinnig, denn ihr müßt wissen: Jaap war bei mir, und als er wegging, hätte ich ihm noch helfen können, denn ich wohnte damals in einer Wohnung am Wilshire, und ich hätte das Wachpersonal unten anrufen können, und die hätten ihn wieder raufgeschickt. Ich hätte gleich unten anrufen sollen, versteht ihr? Er war genauso alt wie du, Tom, ihr seid nur zwei Wochen auseinander.«

Er kam auf sie zu, mit seltsamem Gang, als könnten seine Beine ihn plötzlich nicht mehr tragen, und ließ sich auf dem Sitzgeflecht eines eisernen Gartenstuhls nieder.

Sein Gesicht glänzte naß vom Weinen, während er unsicher lächelte und seine zitternden Hände und weich gewordenen Knie zu verbergen versuchte, eine Explosion von

Nervenreizen, die aus seinem Bauch und seiner Brust in seine Gliedmaßen schossen – einschießende Trauer.

»Komm mal her, Jimmy«, brummte Benson.

Er nahm Jimmys Hände in die seinen, als hielte er ein Vögelchen darin fest.

Benson sagte: »Du bist zwar ein verdammter Mistkerl, aber diese Sache hast du nicht auf dem Gewissen. Wenn du ihm den Scheck von dir aus gegeben hättest, hätte genau dasselbe passieren können. Ich weiß nicht, wie man das Ganze nennen soll, aber du bist nicht dafür verantwortlich.«

»Willst du es vielleicht Schicksal nennen?« höhnte Jim. Er war kaum zu verstehen, so sehr klapperten ihm die Zähne: »Schicksal ist eine Dummheit, Mangel an Talent, die Fähigkeit, zur falschen Zeit am falschen Ort zu sein. Wer will schon Opfer seines Schicksals sein? Das ist ein Unding. So sieht meine Welt nicht aus. Jaaps Tod beginnt bei meinen unzulänglichen Vorstellungen von Vaterschaft. Daß ich hart sein muß. Daß ich irgendeine Grenze für ihn ziehen muß, weil er es selbst nicht tut. Ich hätte ihm das Geld geben müssen, aus dem einfachen Grund, weil ich genug davon hatte. Ich hatte es im Überfluß. Es hätte mir nicht gefehlt. Ich wollte *für ihn* denken. Das ist kein Schicksal. Das ist mein Mangel an Einsicht.«

»Und deshalb hast du angefangen zu trinken?« fragte Benson.

»Ich hätte mich lieber umbringen sollen.«

Benson flüsterte beinahe, ein dunkles Donnergrummeln, das von weit her herangerollt kam: »Du mußt wieder spielen. Erinnerst du dich noch, was Stella Jung immer sagte?

Laß es für dich arbeiten! Du hast die ganzen Jahre keinen Weg gefunden, trotz dieses Elends eine Rolle zu finden.«

»Das geht nicht. Es frißt mich auf.«

»Du bist der geborene Schauspieler. Ein solches Unglück wie den Tod von Jaap kannst du demnach auch nur als Schauspieler verarbeiten. Durch dein Spiel, daraus kannst du schöpfen.«

»Abstraktion, alles nur Abstraktion«, entgegnete Jim. »Jaap ist in einem Film erschossen worden. So fühlt es sich an. Solche Dinge passieren doch nicht in Wirklichkeit?«

Und plötzlich verdrehte er die Augen, als verliere er das Bewußtsein, und sein gesamter Körper wurde von einem heftigen Schüttelkrampf erfaßt, alle Muskeln waren zum Zerreißen angespannt.

In panischem Schrecken hielt Green ihn fest: »Jim! Jim!«

»Ruhig«, mahnte Benson. »Das ist ein epileptischer Anfall. Ein nasses Tuch, bitte.«

Green rannte in die Küche und hielt ein Geschirrtuch unter den Wasserhahn. Als er zurückkam, hatten die Zuckungen schon nachgelassen. Jims Körper wurde schlaff, und er schien zu schlafen. Sie legten ihn der Länge nach ins Gras.

»Er nimmt Medikamente dagegen«, sagte Benson. »Ich habe sie in seinem Zimmer liegen sehen.«

Green wickelte Jim das nasse Tuch um den Kopf. »Müssen wir einen Arzt rufen?«

»Ich denke nicht«, antwortete Benson. »Das hier kann ein paar Minuten dauern. Danach ist alles wieder okay. Ich nehme an, daß die Pillen sich nicht so gut mit Alkohol vertragen.«

Sie saßen neben Jim auf dem Rasen, etwa in der Mitte zwischen Swimmingpool und Haus. Unter den Sternen, hoch über ihnen, die Lichter eines Verkehrsflugzeugs auf seiner Bahn zum Flughafen.

»Sie sind mit zwei Invaliden im Bunde«, sagte Benson.

»Invalide oder nicht, wir müssen morgen etwas unternehmen«, sagte Green.

»Sie mögen ja nicht soviel davon halten, aber ich denke doch, daß wir zu dritt gehen sollten«, schlug Benson vor. »Das sind wir uns schuldig. Morgen früh rufe ich Patty Hammer an. Die hilft uns mit den Perücken, Schnurrbärten und Brillen. Ich versichere Ihnen, daß sie mich nicht erkennen werden. Vielleicht auch was für Jim, eine Brille oder so. Damit sind wir dann so um die Mittagszeit fertig. Bis dahin haben wir dann auch herumtelefoniert, wo wir einen Streifenwagen leihen können und Dienstmarken. Und dann, am frühen Nachmittag, fahren wir zu Rodney und öffnen den Tresor. – Und wen haben wir da?«

Floyd Benson starrte zu der Pforte neben dem Haus, wo sich im Dunkel die Silhouette einer Frau abzeichnete.

Green erhob sich ein wenig vom Rasen und richtete sich dann ganz auf. Die Frau blieb wartend stehen, eine Wochenendtasche in der Hand.

Er rief ihren Namen, und sie kam auf ihn zu, wurde im Licht des Hauses sichtbar.

»Hi, Tom«, sagte Paula. Und sie nickte Floyd zu: »Mister Benson, es ist mir eine Ehre, Ihre Bekanntschaft zu machen. Schläft er?« Sie meinte Jim.

»Ja«, sagte Floyd Benson. »Setzen Sie sich. Möchten Sie etwas trinken?«

»Gern.«

»Ein Bier?«

»Gern.«

Benson streckte eine Hand aus, und Green zog ihn hoch. Als zöge er einen Lastwagen an.

Als Benson im Haus verschwand, sagte Paula: »Ich hab's da nicht mehr ausgehalten.«

»Du wolltest kontrollieren, ob ich dir die Wahrheit gesagt habe«, sagte Green.

»Ja.«

»Ich hab dir geglaubt, aber du mir nicht.«

»Stimmt«, sagte sie. »Ich wollte es mit eigenen Augen sehen. Drei berühmte Schauspieler, die so was machen? Andere abhören und hinters Licht führen?«

»Drei gescheiterte Existenzen, die Geld brauchen«, verbesserte Green sie.

»Ist Kage krank?« fragte sie.

»Er ist in Ordnung.«

Sie sagte: »Wann bekommt man schon mal die Gelegenheit, mit Floyd Benson, Jim Kage und Tom Green gemeinsame Beute zu machen?«

»Nur morgen«, sagte Green.

»Das möchte ich nicht verpassen«, sagte Paula.

28

Die Whitley Avenue ist eine Straße, die aus einem schmuddeligen Viertel mit grauen Apartmentgebäuden unten im Zentrum Hollywoods zu einer exklusiven Hügellage mit prunkvollen Villen hinaufführt. Hier wohnten in den zwanziger und dreißiger Jahren die Stars der neuen ›Industrie‹, die sich gerade erst von einer Zirkusattraktion zur kunstsinnigen Massenunterhaltung gemausert hatte. Die Villen waren eine wie die andere überkandidelte kleine Schlösser, an denen noch das winzigste Detail sorgfältig verziert war. Überall verschnörkeltes Schmiedeeisen, Art-déco-Stukkaturen, Dachziegel in auffälligen Farben, mexikanische Fliesen. Bis vor zehn Jahren wurde auch dieser Teil Hollywoods gemieden – ein Viertel mit mittlerweile verfallenen alten Villen, vor Jahrzehnten von den Executives im Stich gelassen, die Bel Air oder Beverly Hills den Vorzug gegeben hatten –, doch dann hatte in jüngster Zeit eine Flut von Anwälten, Managern und Agenten das Viertel und das im Osten angrenzende ›The Oaks‹ als kostengünstige Alternative zum extrem teuren Wohnraum im Westen der Stadt wiederentdeckt.

Große, helle Häuser in tiefgrünen Gärten mit funkelnden Swimmingpools überzogen die Hügel, alle auf Grundstücken, die terrassenförmig hintereinanderlagen, ein Anblick, der an Nizza oder Cannes erinnerte. Die Hügel atmeten Ruhe und Reichtum aus. Zischende Rasensprenger schwenkten Wasser über das Grün, hier und da stutzten Latinos Sträucher und Hecken, mähten das Gras, säuberten das Wasser eines Swimmingpools. Am Fuße des Hügels wütete ein Krieg, der sich gelegentlich, bei Krawallen, bis auf die Hügel ausweitete, doch überwiegend herrschten hier die friedlichen Geräusche von Rasenmähern und Laubsaugern vor. Keine Fußgänger, keine Kinder auf der Straße.

Das Licht fiel aus einem azurblauen, wolkenlosen Himmel auf den alten Olds herab. Sie fuhren an Rodneys Haus vorbei, und Floyd bat Green, zuerst einmal die Hügelspitze zu umrunden, damit er einen Eindruck von den Schlängelstraßen bekam, die dieses Viertel durchzogen. Er hatte das noch nie getan, und sie mußten sich ein Bild von einer möglichen Fluchtroute machen.

Auf der rechten Seite des Hauses fiel der Hügel steil ab, und sie sahen schräg unter sich den Hollywood Freeway, ein breites Betonband mit dichten Verkehrsströmen. Die Tausende von Verbrennungsmotoren, die jede Sekunde des Tages durch das Tal röhrten, hatten sie schon über die Mikrophone im Haus gehört, wenn dort gerade geschwiegen wurde. Der Freeway hielt die Immobilienpreise auf diesen Hügeln relativ niedrig; in den zwanziger Jahren waren hier vermutlich nur Vögel und wilde Bergtiere zu hören gewesen, idyllische Laute für Mußestunden am Swimmingpool, doch jetzt war das Getöse unerträglich, eine Mauer aus Lärm, ein physisches Dröhnen, das man bis in den Bauch hinein spürte.

Die Whitley Avenue hatte mehrere Seitenstraßen, die steil nach unten abzweigten. Als sie zu der Hügelseite weiterfuhren, die sich nach Norden hin erstreckte, reduzierte sich der Lärm vom Freeway auf eine Art Meeresrauschen, das mehr oder minder erträglich war. Auch hier war alles bebaut und kultiviert – sonnenüberflutete Anwesen hinter weißverputzten Mauern oder dichten Wänden aus Sträuchern, bekrönt mit den Wedeln von Palmenkronen und den scharfen Spitzen schlanker Zypressen. Sie fuhren um den Hügel herum, und die Straße führte sie wieder zu Rodneys Haus zurück.

Das langgestreckte Gebäude lag an einer Ecke des Straßenbands, das sich wie eine Schärpe um die Hügelspitze wand, direkt gegenüber von dem Teil Whitleys, der dem Zentrum Hollywoods zugeneigt war. Hohe Fenster mit bogenförmigen Einfassungen darüber, ein gepflegter Rasen, der das Haus vom Gehweg trennte, ein ockerfarbenes Dach, das italienisch anmutete.

Green steuerte den Wagen an den rechten Straßenrand, schräg gegenüber vom Haus, und sagte: »Sollen wir's machen?«

Floyd saß breit und schwer neben ihm.

»Ja, gehen wir«, sagte er.

Ein dicker Schnurrbart klebte ihm zwischen Nase und Mund, halb über der Oberlippe, und er setzte sich eine Brille auf, ein altmodisches schwarzes Gestell mit Gläsern, die seine Augen stark vergrößerten. Er hatte die Wangentaschen mit Watte ausgestopft, wodurch sein Gesicht eine andere Form bekommen hatte, und Patty Hammer hatte ihn nahezu kahl geschoren. Während der Arbeit in dem Haus hatte er einen Overall angehabt, jetzt trug er einen dunkelblauen, ziemlich schäbigen Anzug, die abgewetzte Kleidung eines Inspektors, der nur noch wenige Monate bis zur Pensionierung hatte. Vor zwei Stunden waren sie bei Patty gewesen. Mit einem großen Strauß Blumen und einer guten Flasche Bordeaux. Sie hätten irgendwo einen Auftritt und Patty solle sie unkenntlich machen, »nein, ich will nichts dafür haben, das ist ein Liebesdienst für euch, weil wir früher immer soviel Spaß zusammen hatten«. Sie war seit ihrem sechzehnten Lebensjahr im Fach und verfügte nun über fast vierzig Jahre Berufserfahrung. Sie hatte schon so gut wie jeden »gemacht«, von Brando bis Pitt.

Green schaute in den Rückspiegel und sah, daß der *black-and-white* hinter ihnen stand. Am Steuer saß der Komparse, den sie engagiert hatten, mit Polizeiuniform bekleidet, von weitem nicht von einem echten Streifenpolizisten zu unterscheiden. Aus der Nähe sah man, daß Charlie, dem Farbenphilosoph, der größte Teil seiner Zähne fehlte und daß er ein überdrehter Irrer war, aber er würde mitspielen und den Mund halten, denn er war ein devoter Anhänger von Jim Kage, dessen Rollen er auswendig nachspielen konnte, die Dialoge wie Bibeltexte aus dem ramponierten Mund hervorzaubernd. Charlie sollte allein der visuellen Wirkung dienen – ein Polizist, der in einem echten *black-and-white* vor der Tür Wache hielt.

Jim hatte ihn beschworen, seinen Auftrag blindlings und ohne Zögern auszuführen, und Charlie hatte ernst genickt, mit zusammengepreßten Lippen und fiebrigen Augen. Er hatte eines der beiden Funktelefone bekommen, die sie vormittags ausgeliehen hatten, das andere trug Green bei sich. Charlie dachte, daß sie ein paar Freunden eins auswischen wollten. Ein *practical joke*, hatte Jim augenzwinkernd erzählt. Charlie hatte hysterisch gelacht.

Paula saß in Bensons Haus in Santa Monica am Empfänger. Sie konnte hören, was Rodney, Steve und Muscle hinter ihrem Rücken besprachen, und würde sie, falls nötig, per Telefon informieren.

Sie hatten früher hier sein wollen, doch die Vorbereitungen hatten den ganzen Vormittag in Anspruch genommen. Sie mußten einen Wagen mieten, Dienstmarken ausleihen, Floyd und Jim mußten hergerichtet werden (aber für das Auge unsichtbar, was komplizierter ist als unsichtbar für die Kamera; in der Regel verhüllt das Filmmaterial Unregelmäßigkeiten und Unsorgfältigkeiten, während es beim nackten Auge genau umgekehrt ist: Jeder kleine Fehler wird gnadenlos aufgedeckt), ein Komparse mußte gefunden und verkleidet werden, Funktelefone mußten ausgeliehen, die Rollen durchgesprochen werden. Und sie hatten den tiefgefrorenen Tino bestattet, hinten im Garten, unter einem hohen Eukalyptusbaum. Paula hatte gedroht, daß sie nicht mitmachen werde, wenn sie ihn nicht mit Respekt behandelten. Sie habe ihn gut gekannt, ihn gemocht, habe mit ihm gelacht und geweint, und die Vorstellung, daß er wie ein gerupfter Truthahn in der Gefriertruhe liege, sei ihr unerträglich.

Sie hatten gut eine Stunde gebraucht, um ein Loch zu graben, das tief genug für die Ewigkeit war. Paula hatte etwas aus der Bibel vorgelesen, und sie hatten eine Minute lang still vor dem Grab gestanden.

Sie stiegen aus und gingen zum Streifenwagen. Jim wiederholte, was er Charlie schon am Vormittag gesagt hatte. Er dürfe seinen Wagen in den kommenden Stunden nicht verlassen. Er müsse warten, bis eine Gruppe von drei Männern – ein kleiner Machotyp und zwei Stiere – das Haus verlasse. Drei, nicht weniger. Paula werde ihn anrufen, und dann müsse er genau beschreiben, was er sehe. Wenn sie wegführen, müsse er ihnen folgen und unterwegs mit Paula in Kontakt bleiben. Die Männer würden zum Polizeipräsidium im Zentrum von LA fahren. Er müsse dort warten, bis er überzeugt sei, daß sie wirklich hineingegangen seien, und dann müsse er zu Floyds Haus nach Santa Monica fahren.

»Ich schmeiß die Sirenen an und drück auf die Tube«, sagte Charlie.

Patty Hammer hatte sich auch seiner Haartracht angenommen und ihm einen billigen Schnitt verpaßt.

»Auf keinen Fall«, sagte Jim. »Du hältst dich an die vorgeschriebene Höchstgeschwindigkeit.«

Jim hatte eine Sonnenbrille aufgesetzt, und sie hatten abgemacht, daß er die auch im Haus aufbehalten würde. Und wie Floyd hatte er einen Schnurrbart bekommen, einen kleineren als Floyd, doch groß genug, um wie eine der Schnurrbartvarianten auszusehen, die bei den Detectives des LAPD gängig waren.

»Fünfundfünfzig Meilen, wohlgemerkt«, sagte Floyd.

»Darf ich in der Kiste rauchen?« fragte Charlie.

»Nein«, sagte Jim. »Wenn du rauchen willst, steigst du kurz aus. Noch Fragen?«

»Was mach ich, wenn sie was von mir wissen wollen?«

»Das wollen sie nicht«, antwortete Jim.

»Vielleicht doch«, beharrte Charlie.

»Ach, Quatsch. Wenn sie aus dem Haus kommen, setzen sie sich gleich in ihren Wagen. Wieso sollten sie mit dir quatschen wollen?«

»Nur so. Was weiß ich. Vielleicht, um nach dem Weg zu fragen oder so.«

»Nein. Du hältst die Klappe. Wenn sie aus dem Haus kommen und du stehst gerade neben dem Wagen und rauchst 'ne Zigarette, dann klemmst du dich sofort hinters Steuer, okay?«

»Okay.«

Greens *cellular* piepste. Er klappte das ›Motorola Flipphone‹ auf. Er hatte ein leichteres und moderneres Modell ausleihen wollen, doch Floyd hatte warnend darauf hingewiesen, daß die Polizei nur über ältere Modelle verfüge. Vermutlich hatte er recht.

»Was gibt's?« fragte Green.

»Sie reden über euch«, erzählte Paula. »Muscle hat den *black-and-white* gesehen, und sie wissen nicht, wieso ihr da seid. Rodney macht sich fast in die Hosen. Er wollte gleich durch die Hintertür weg, aber Steve hat ihn zurückgehalten.«

»Schön«, sagte Green, und zu Floyd und Jim: »Sie haben uns gesehen. Sie wollten stiftengehen.« Und zu Paula: »Wir gehen jetzt. Halt Charlie auf dem laufenden, ja?«

»Ich werd mir schon was einfallen lassen«, sagte sie.

Sie unterbrach die Verbindung.

»Also los«, sagte Jim.

Er legte eine Hand an die Hüfte und ertastete den Kolben der Pistole. Das würde man sehen, dort hinter einem der Fenster.

»Rein in den Wagen«, gebot Jim.

Charlie setzte sich.

Green folgte Benson über den Asphalt in Richtung Eingangstür. Ein am Rasen entlanglaufender Weg und fünf Stufen führten dorthin. Benson, der Älteste, würde der Wortführer sein. Wenn sie ihn erkannten, war alles verloren.

Hinter Green ging Jim. Er flüsterte: »Der Schnurrbart wird doch wohl halten, Tommie?«

»Der ist mit Silikonkitt festgeklebt. Den kriegst du bestimmt nicht mehr ab, auch wenn du es wolltest.«

»Das hoffe ich.«

Benson klingelte. Sie hielten ihre Dienstmarken bereit.

Green sah die Angst in Jimmys Augen und nickte ihm beruhigend zu. Jim nickte zurück und atmete tief durch, als habe er Asthma.

Der dunkelhaarige kleine Gernegroß namens Rodney machte auf.

»He, hi, was kann ich für Sie tun?« sagte er viel zu laut.

Er sah sie mit panischem Lächeln an und versuchte ihre Blicke zu ergründen.

»Mister Digiacomo? Rodney Digiacomo? Sind Sie das?« fragte Floyd Benson.

Rodney erkannte den Oscar-Preisträger nicht. Er war ganz hibbelig vor Nervosität.

»Wir sind vom LAPD. Dies ist Detective Jimmy Loman, Tom Bergman, und ich bin Hank Grace. Wir würden uns gern mit Ihnen über Tino Rodriquez unterhalten.«

»Über wen?«

»Tino Rodriquez. Er hat sich zuletzt in diesem Haus lebend aufgehalten. Er hat nämlich mit jemandem telefoniert, und wir konnten den Anruf hierher zurückverfolgen.«

»Tino, ach ja, Tino, der arbeitet doch auch im Casino, nicht?«

»Dürfen wir kurz hereinkommen, Mister Digiacomo?« fragte Green.

»Natürlich, kommen Sie rein.«

Mit nervösem Gehabe trat er beiseite.

Eine hohe weiße Halle in der Mitte des Hauses, um eine breite Treppe mit gußeisernem Geländer herum, die melodramatisch zum Schlafgeschoß hinaufführte. Rechts befand sich ein breiter Durchgang zum Wohnzimmer mit großen Fenstern an drei Seiten, durch die das Licht hereinfluten konnte, und links gelangte man durch einen ebensolchen offenen Durchgang ins Eßzimmer. Dann waren da noch drei Türen. Die linke führte in die Küche, wie Floyd erzählt hatte, die rechte in Rodneys Arbeitszimmer, und die mittlere gehörte zu einer Toilette.

»Sind Mark Fredericks und Steven Banelli auch im Haus?« fragte Benson.

»Wie meinen Sie?«

»Wir haben Grund, anzunehmen, daß Mark Fredericks und Steven Banelli hier zu Besuch sind.« Benson erhob bühnenreif die Stimme: »Auf der Rückseite steht ebenfalls ein *black-and-white*!« rief er. »Geben Sie sich keine Mühe!« Und zu Rodney: »Würden Sie sie bitte holen. Sie sind doch in Ihrem Arbeitszimmer, nicht?«

Rodney starrte Benson so fassungslos an, als traue er ihm hellseherische Kräfte zu, und öffnete die Tür.

Jim schob drohend eine Hand unter sein Jackett, als würde er bei einer falschen Bewegung sofort seine Waffe ziehen. Ein Polizist, der auf alles gefaßt war. Mit einer Waffe aus Plastik.

Muscle kam aus dem Arbeitszimmer, ein großer, blonder Mann von etwa dreißig mit einem Schwänzchen im Nacken und kurzgeschorener seitlicher Haarpartie. Er trug ein enges T-Shirt, das seinen durchtrainierten Brustkasten zur Geltung brachte. Er hatte ein breites, wikingerhaftes Gesicht mit kräftigem Kinn und einen stämmigen Hals. Steve Banelli war schmaler, ein Mann, der weniger mit Gewichten trainiert hatte, aber vermutlich eine asiatische Kampfsportart beherrschte, einer, der sich kontrolliert bewegte und große Hände und kräftige Handgelenke hatte.

Die Schauspieler traten vorsichtig beiseite, weil sie das im Laufe ihrer Karriere Hunderte Male so gemacht hatten: Abstand zu den Personen herstellen, mit denen man zu tun hat, um für einen unerwarteten Schlag oder Fußtritt unerreichbar zu sein.

»Meine Herren«, sagte Benson, »wir würden uns gern kurz mit Ihnen über Tino Rodriquez unterhalten. Wollen wir uns setzen?«

Steve machte eine Gebärde, die seinem Desinteresse Ausdruck verleihen sollte. Er ging ins Wohnzimmer voran, die Arme auf seltsame Weise vom Körper abgespreizt und sich betont langsam bewegend, als drossele er zunächst das Tempo, bevor er zum Angriff überging.

Sie gingen über das Buchenparkett zu der weißen Sitzecke aus zwei Sofas und drei Sesseln, die großräumig vor einem wuchtigen offenen Kamin aufgestellt waren. Darüber eine Balkendecke, die direkt unter dem Dach hing, mindestens fünf Meter über dem Boden. Ein gigantisches Wohnzimmer.

Jenseits des Rasens stand der *black-and-white*. Charlie spähte zum Haus herüber, eine Zigarette rauchend. Er hatte sich eine Stange Luckys ausbedungen. Er hob eine Hand zum Gruß. Green fand die Gebärde schwachsinnig, war sich aber nicht sicher, ob sie ihnen entgangen war, und winkte daher zurück, als wenn es so verabredet gewesen wäre.

Auf der Rückseite des Hauses, hinter dem Kamin, lag der Swimmingpool, das Wasser spiegelglatt.

»Nehmen Sie Platz, meine Herren«, lud Benson ein.

Die Schauspieler blieben auf Distanz, ein paar Meter voneinander entfernt, strategisch so postiert, daß die drei Verdächtigen keine Chance haben würden, einen von ihnen zu überwältigen. So mußte man das spielen, sie waren schließlich alte Hasen.

Die Diebe saßen weit auseinander vor dem Kamin auf den weißen *oversized* Möbeln, die gegenseitige Nähe meidend, krampfhaft um Haltung bemüht.

Rodney gab sich freundlich und naiv, Steve blieb dickschädelig dabei, coole Gleichgültigkeit zu mimen, und Muscle war in erster Linie ein mit Anabolika vollgestopfter Schrank, abwartend, Steves Verhalten aufmerksam beobachtend und bereit, auf ein eventuelles Zeichen hin seine Körpermasse zum Einsatz zu bringen.

»Wir haben die Leiche von Tino Rodriquez gefunden«, eröffnete Benson. »Er arbeitete mit einer gewissen Paula Carter im Eldorado in Vegas, wo ja auch Sie drei arbeiten. Unsere Kollegen in Vegas sind auf der Suche nach Miss Carter, wir möchten uns nämlich auch mit ihr gern mal unterhalten. Was ist passiert, Jungs? Habt ihr euch wegen irgendwas in die Wolle gekriegt?«

»Tino war kurz hier und ist wieder weggegangen«, sagte Steve.

Green zog ein Notizbuch aus seiner Jackentasche und begann zu schreiben.

»Wann?« fragte er.

»Vorige Woche war er hier. Freitag vor einer Woche war das doch, oder?«

Rodney nickte: »Ja, das war Freitag.«

»Wirklich schon vor mehr als einer Woche?« wiederholte Steve mit gespielter Unschuld.

Muscle sagte: »Ja, das stimmt, Steve. Freitag vor einer Woche.«

»Sie hören es, *officer*«, sagte Steve vergnügt, davon überzeugt, daß ihnen nichts zu beweisen war.

»Wie lange ist er hiergewesen?«

Das war Jim, ein leichtes Zittern in der Stimme. Er verlagerte das Gewicht auf sein anderes Bein und steckte die Hände hinter den Gürtel, wodurch sich sein Jackett vorne auseinanderschob. Das Pistolenhalfter wurde sichtbar.

»Einen Tag«, sagte Rodney. »Ist am nächsten Tag wieder nach Vegas zurückgefahren. Können Sie nicht ein bißchen mehr verraten? Was ist mit ihm passiert?«

Benson antwortete: »Er ist hier ganz in der Nähe gefunden worden. Beim Hollywood Sign. Übel zugerichtet. Innere Blutungen. Der Gerichtsmediziner glaubt, daß er in der Nacht von Samstag auf Sonntag gestorben ist.«

»Woher wissen Sie, daß es Tino ist?«

»Seine Fingerabdrücke.«

»Mein Gott...«

Rodney suchte die Augen von Steve, der ihn jedoch keines Blickes würdigte, sondern unverwandt die Polizisten anstarrte.

»Das sind schlechte Neuigkeiten«, sagte Steve.

»Ja«, sagte Muscle.

»Was macht ihr denn hier alle so in dieser gemütlichen Runde?« fragte Jim. »Ihr wohnt in Vegas, ihr habt plötzlich alle Urlaub genommen, und einer von euch wird ermordet aufgefunden. Ist das Zufall?«

»Wie sollte man es sonst nennen?« antwortete Steve.

»Verschwörung«, sagte Benson.

»Wenn ihr uns was anhängen wollt, ruf ich meinen Anwalt an«, drohte Steve.

»Wir haben mit einem Freund von Tino gesprochen«, fuhr Benson fort. »Freddie Smith, kennt ihr den?«

»Nein«, sagte Steve.

Das entsprach der Wahrheit. Aber er hatte von ihm gehört. Paula war von ihm angerufen worden.

»Er war mehrfach in Tinos Terminkalender aufgeführt, und er scheint sein fester Freund gewesen zu sein. Nie begegnet also?« fragte Benson.

»Nein«, wiederholte Steve.

»Tino hatte ihm erzählt, daß er eine hübsche Stange Geld bekommen würde.« Freddie Smith war ein brauchbarer Zeuge.

»Schade, daß er das jetzt nicht mehr genießen kann«, sagte Steve.

»Steht euch demnächst auch viel Geld ins Haus?« fragte Green.

»Sehen wir so aus?« entgegnete Rodney.

»Ja, eigentlich schon«, erwiderte Green. »Hat irgendeiner von euch eine Vermutung, was Tino gemeint haben könnte?«

»Eine Erbschaft vielleicht«, sagte Rodney.

»Keinerlei Papiere von einem Notar oder so bei ihm zu Hause.«

»Hört mal, ihr wißt es nicht, wir wissen's nicht, vielleicht solltet ihr noch mal mit diesem Smith quatschen«, sagte Muscle.

»Aha, mit *dem* Mund kannst du also auch reden?« bemerkte Benson.

»Was meinst du damit?« Funkelnde Augen in Muscles blondem Gesicht.

»Du siehst wie ein richtiger Zuchtbulle aus«, antwortete Benson brüsk. »Für die Muckies hast du doch garantiert 'ne halbe Apotheke geschluckt.«

»Was geht dich das an, Mann?«

»Mich geht alles was an, was für mich von Interesse ist. Wenn du damit Probleme hast, sollten wir vielleicht kurz ein Gespräch unter vier Augen führen.«

»Muscle, laß dich nicht provozieren«, warnte Steve. »Sie haben nichts in der Hand und hoffen nur, daß du irgendeine falsche Bewegung machst. Bleib ruhig sitzen.«

Er erhob sich und machte eine beschwichtigende Gebärde.

»Meine Herren, wir machen hier Urlaub. Wir sind Kollegen. Wir haben Tino zu Besuch hiergehabt, und er ist tot aufgefunden worden, sagt ihr. Das ist äußerst betrüblich, aber wir wissen von nichts. Ihr überfallt uns mit dieser Nachricht und macht uns nervös, denn ihr tut gerade so, als wüßten wir mehr, als wir zugeben wollen. Aber das ist nicht so. Wir sind wirklich sehr überrascht über die Nachricht, daß Tino tot ist.«

Rodney und Muscle nickten.

»Freddie Smith?« wiederholte Benson.

»Kenn ich nicht«, antwortete Steve mit Bestimmtheit, froh, daß er die Wahrheit sagen konnte.

»Ich auch nicht«, sagte Muscle.

»Ich auch nicht«, sagte Rodney.

»Was hat Tino hier gemacht? Er hatte keinen Urlaub.«

Das war Jim, schwitzend und unbehaglich. Er sah Green kurz an – Unruhe im Blick, der lauernde Angstanfall.

»Er hatte in der Stadt zu tun und hat uns kurz besucht«, antwortete Steve.

»Ich würde mir gern eben die Hände waschen«, hauchte Jim plötzlich mit zitternder Stimme. Sein Gesicht war rot angelaufen, es sah so aus, als müsse er sich übergeben, oder war das der Auftakt zu einem epileptischen Anfall?

»In der Halle«, sagte Rodney.

Jim eilte an Green vorbei, eine Hand auf dem Magen.

»Ihr seid also befreundet?« fragte Benson und lenkte damit die Aufmerksamkeit wieder auf sich.

»Ja«, sagte Steve.

»Intime Freunde?«

»Was soll denn das heißen?« fragte Steve, der den Sinn der Frage sofort begriffen hatte, seine Empörung darüber aber noch inszenieren wollte.

»Seid ihr auch Schwule?« fragte Benson unumwunden.

»Was glaubst du eigentlich, wen du vor dir hast, du Arsch?« zischte Steve.

»Einen dämlichen kleinen Scheißer, der meint, er kann einen Mord begehen, ohne daß wir ihm auf die Schliche kommen. Ihr habt Tino beim Sign abgeladen. Ich weiß noch nicht, warum, aber ich werd schon noch dahinterkommen.«

Steve schüttelte den Kopf, plötzlich zum Lachen aufgelegt: »Du hast nicht den geringsten Beweis, und da versuchst du eben auf gut Glück, irgendwelche Freunde von Tino zu beschuldigen. Darauf fallen wir nicht rein, Mann. Du redest Blech. Mir kannst du nichts erzählen.«

In neutralem Ton, als seien die Verdächtigungen, die Benson umtrieben, für ihn weniger schwerwiegend, fragte Green: »Hat Rodriquez etwas über den Anlaß seines Aufenthalts hier erzählt, mit wem er verabredet war?«

»Mir nicht«, antwortete Steve. Er wandte sich mit unschuldiger Miene Rodney und Muscle zu: »Euch?«

Sie schüttelten verneinend den Kopf. Heilige Unschuld.

»Was habt ihr denn gemacht?« fragte Benson. »Euch einen geblasen?«

Muscle sprang auf und drohte ihm mit fuchtelndem Finger: »Ich brauch mir das nicht gefallen zu lassen, Mann!«

Steve legte ihm eine Hand auf die Schulter und beschwichtigte ihn: »Muscle, ganz ruhig, okay? Das ist alles nur Taktik. Ein Spielchen. Bleib ganz ruhig.«

Wutschnaubend starrte Muscle Benson an, dem Druck Steves nachgebend, der ihn zu seinem Sessel zurückgeleitete.

Steve sagte: »Hör zu, Tino wußte, daß wir hier waren. Er stand mit einem Mal vor der Tür, und wir haben was zusammen gegessen, und dann ist er abends weggegangen. Und noch was fällt mir jetzt ein: Später am Abend haben wir ihn in der Marmont-Bar gesehen, am Sunset.«

»War er da mit jemandem zusammen?« fragte Green, die Information sofort in seinem Büchlein notierend.

»Mit 'nem Schwarzen«, sagte Steve.

»Homo?« fragte Benson.

»Ich konnte ihm nicht in den Arsch gucken«, antwortete Steve, »aber ich denk schon, ja. Ein Homosexueller.«

»Würdest du ihn wiedererkennen?«

»Vielleicht, ich weiß nicht.«

»Und du?« Benson wandte sich an Muscle. »He, Mister Fredericks, ich hab was gefragt!«

Muscle sah ihn nicht an. Seufzend sagte er: »Ich hab keinen Schwarzen gesehen. Ich war auf dem Klo, und als ich zurückkam, erzählte Steve, daß er Tino gesehen hatte.«

»Stimmt«, bestätigte Steve.

»Und du?« fragte Benson Rodney.

»Ich war zu Hause«, sagte Rodney.

»Allein?« fragte Green.

»Ja.«

»Was hast du gemacht?«

»Nichts. Gelesen, ferngesehen.«

Benson wandte sich Green zu. Sein Blick besagte, daß Green weiterfragen solle. Neue Strategie. Aufmerksamkeit auf Rodney verlagern, der sie ruhelos ansah und sich die Lippen befeuchtete, da ihm aufgegangen war, daß er kein lückenloses Alibi hatte.

»Kann das jemand bestätigen?«

»Steve und Muscle. Die haben gesehen, daß ich hier war, als sie weggingen. Und daß ich immer noch hier war, als sie zurückkamen.«

»Stimmt das?« fragte Green die anderen beiden.

Sie nickten, aber nicht allzu eilfertig, um Rodney nicht ganz aus seiner mißlichen Lage zu befreien. Vermutlich käme es ihnen gar nicht ungelegen, wenn Rodney verhaftet würde.

»Ich hab telefoniert«, stieß Rodney hervor, »das müßtet ihr nachprüfen können.«

»Mit wem?« fragte Green.

»Paula Carter.«

»Derselben Paula Carter, die jetzt unauffindbar ist?«

»Ich weiß nicht, ob sie unauffindbar ist«, sagte Rodney. Ein angstvoller Gedanke stieg in ihm auf: »Ist etwas mit ihr? Sie ist doch nicht...?«

»Nicht, daß wir wüßten«, unterbrach ihn Green. »Wo können wir sie erreichen?«

»Sie ist bei einer Freundin in Vegas«, antwortete Rodney. »Die Nummer hab ich hier irgendwo liegen.«

»Das werden wir überprüfen, Mister Digiacomo, dessen bist du dir doch im klaren, oder?«

»Ich hab sie angerufen. Ihr könnt das doch ohne weiteres anhand der Telefonrechnung überprüfen? Ich hab sie an dem Abend angerufen, das kann sie bestätigen.«

»Von hier zum Sign, das dauert zehn Minuten, höchstens. Mister Rodriquez kam plötzlich noch mal vorbei, du hast ihn umgebracht, und danach hast du ihn aus deinem Wagen geworfen.«

»Unsinn!« rief Rodney, die Halsmuskeln bis zum äußersten gespannt, die Hände zu Fäusten geballt. »Checkt doch meinen Wagen! Wenn ich ihn darin befördert habe, müssen Spuren darin zu finden sein!«

»Du hast deinen Wagen sofort saubergemacht«, beschuldigte ihn Green.

»Ja, wieso bist du am Tag danach eigentlich zum *carwash* an der La Brea gefahren?« fragte Steve plötzlich und verstärkte damit den Druck auf Rodney. Er war ein hinterhältiger Schuft.

Rodney starrte ihn mit offenem Mund an, überrumpelt von dem Verrat, bestürzt, daß man ihm derart in den Rücken fiel.

»Wie meinst du das?« stammelte er. »Du hast doch selbst gesagt, daß der Mustang völlig verdreckt war! Ich hab den Wagen aus Vegas hergefahren! Durch die Wüste! Ich hab ihn waschen lassen, weil er schmutzig war!«

Benson sagte: »Ihr seid mir ja ein netter Haufen. Alle drei kein Alibi!«

»Muscle und ich, wir waren die ganze Nacht in der Marmont-Bar«, entgegnete Steve.

»Das ändert überhaupt nichts. Zeit genug, um Tino abzumurksen.«

»Wo warst *du* denn in der Nacht?« fragte Muscle Benson. »Vielleicht hast *du* dich ja an ihm vergriffen.«

Benson machte ein paar Schritte auf ihn zu, beherrscht, aber autoritär, mit enormem Gewicht. Hier stand zwar keine Kamera, aber das war ein großartiger Moment. Langsam hob er eine Hand und bohrte Muscle seine Zeigefingerspitze in die Stirn, genau zwischen die Augen, wie den Lauf eines Revolvers.

»Ich lag mit zwei Weibern im Bett«, sagte Benson. »Das kriegst du nicht mehr hin, Muscle, da bin ich mir sicher. Denn bei dem, was du in dich reinpumpst, schrumpft dir das Säckchen. Muß hundert Jahre her sein, daß du das letztemal 'nen Steifen hattest.«

Muscle packte sein Handgelenk und riß seinen Finger weg. Wenn er nur kurz die Muskeln anspannte, würde er Benson das Handgelenk brechen, doch er drückte nicht voll zu.

»Na, komm schon«, flüsterte Benson, beinahe ohne Atem, ausschließlich mit dem Mund, und tat so, als träume er davon, Muscle einen Denkzettel zu verpassen. In Wirklichkeit war er ihm nicht gewachsen. Muscle hätte Benson binnen einer Sekunde ins Jenseits befördert.

Benson legte irgend etwas zwischen Clint Eastwood und Charles Bronson hin, lakonisch und zugleich zu blinder Gewalt bereit, und die Illusion war so perfekt, daß Muscle seine Rage unterdrückte.

In klagendem Tonfall sagte Benson, während er, den Rücken ihnen zugewandt, entspannt in die Ecke des Raumes ging: »Also Steve, ich finde es gar nicht nett von dir, daß du deinen Freund so verdächtig machst. Das solltest du nicht tun. Wirkt sich immer ganz anders aus, als man denkt. Ich hab nun schon seit siebenunddreißig Jahren mit diesen Sächelchen zu tun, und Jungs wie du sind mir zu Tausenden untergekommen, gerissen und gleichzeitig auch dumm, Machos, die alle überlisten wollen und am Ende selbst die Gelackmeierten sind, denn sie überschätzen sich immer gewaltig. Und genau das tust du, Steve. Du solltest den Mund halten über diesen *carwash*. Das ist viel zu durchsichtig für so ausgebuffte Jungs wie Tom Bergman und Jimmy Loman und meine Wenigkeit, Ihr treuer Freund und Helfer.«

»Was hast du zu verheimlichen?« fragte Green.

Theatralisch kehrte Steve das Innere seiner Hosentaschen nach außen.

»Nichts«, sagte er fröhlich, unberührt von Bensons Monolog.

Muscle kicherte.

»Okay, okay, okay«, meldete Jimmy sich zurück, während er wieder ins Wohnzimmer kam, sich den Mund mit einer Handvoll Papiertücher abwischend. »Ich hab da im Klo gekotzt und nicht alles in den Topf gekriegt, ist was danebengegangen. Aber ihr habt ja sicher eine tüchtige Putzfrau, nicht wahr, meine Herren?«

Er ging in die Mitte der freien Fläche gegenüber dem Kamin, das Zentrum der Bühne, von der Benson soeben abgetreten war.

Jimmy hatte den obersten Hemdknopf geöffnet, seine Krawatte gelockert, seine Sonnenbrille abgesetzt – und war verändert. Während er in der Toilette gewesen war, hatte er irgendwie Mut und Selbstvertrauen gefunden, und mit einem Mal ging Green auch auf, was ihm äußerlich eine andere Erscheinung gab: Jimmy hatte den Schnurrbart abgemacht! Jim hatte jetzt eine nackte Oberlippe, und Green spürte Bensons Blick und schaute kurz zurück, erkannte das Entsetzen in dessen Augen und wartete auf die Katastrophe.

»Ich hab heute früh was gegessen, was mir nicht bekommen ist«, fuhr Jim fort. »Sorry, meine Herren. Spiegeleier mit Speck. War zu fett, so früh am Morgen. Eß ich seit zwanzig Jahren immer in demselben Laden. Ich hab 'n niedrigen Cholesterinspiegel, niedrigen Blutdruck, ich bin wohl der einzige in der ganzen *force,* der das hat, da kann man jeden Morgen essen, was man will. Außer heute morgen eben.«

»Was willst du, Mann?« fragte Steve.

Green sah, wie sie Jim, den Undurchsichtigsten von ihnen dreien, einzuschätzen versuchten, und fragte sich, ob sie genau wie er durch seine Verwandlung verwirrt waren. Aber offenbar merkten sie nicht, daß Jimmy jetzt keinen Schnurrbart mehr hatte.

»Was ich will? Mir geht's nicht gut, und ich will jetzt nach Hause«, sagte Jim. »Aber ich hab das Gefühl, daß ihr etwas nicht begreift. Wieso sind wir wohl hier? Weil wir es bei euch so gemütlich finden? Natürlich, das ist ein wichtiger Grund. Aber der andere Grund ist, daß wir eine Leiche gefunden haben. Einen Toten. Antonio Rolando Maria Rodriquez, geboren am 18. März 1961 hier irgendwo in der Stadt. Er war ein Lump, aber er war doch auch ein normales menschliches Wesen. Er war ein kleiner Betrüger, wir haben ihn uns ein paarmal vorgeknöpft, aber durch und durch schlecht war er nicht. Eher ein Schlemihl, wenn ihr wißt, was das ist. Wir sind also hier, weil wir die Umstände untersuchen, unter denen Mister Rodriquez ermordet wurde. Unter denen ein oder mehrere Täter ihn ums Leben gebracht haben. Und davon haben wir alle nur eins. Er hat eine Mutter, die jetzt um ihn weint. Drück ich mich einigermaßen deutlich aus? Tino, euer Freund, ist ermordet worden, und es hat verflixt noch mal den Anschein, als würde mir das mehr ausmachen als euch! Das will mir nicht in den Kopf! Als ich eben in diesem prachtvollen Marmorklo von euch war, dachte ich: Wenn ich zu hören bekäme, daß ein Freund von mir auf diese Art und Weise seinen letzten Atemzug getan hat, dann würden mir die Tränen aus den Augen spritzen! Und ihr? Nichts!«

Er verstummte nun kurz, um die Inszenierung seines Monologs voll zum Tragen kommen zu lassen. Jim war immer noch ein großartiger Schauspieler. Green hätte am liebsten applaudiert. Blumen hatte Jim dafür verdient.

»Ich bin nicht so ein *bullshit guy* wie Hank«, sagte Jim, verhaltener jetzt, freundlich und umgänglich. »Laßt uns also endlich zu Potte kommen. Ich will ganz *straight* zu euch sein. Okay, Hank?«

Floyd Benson zuckte die Achseln und machte mit einer Hand eine Gebärde, daß Jim von ihm aus weitermachen könne. Und Green sah Erleichterung in seinem Blick, er zweifelte nicht mehr an Jims Columbo-Variante. Jim hatte eigenhändig die Frage vom Tisch gespielt, ob die drei Halunken bemerken würden, daß er sich mal eben den Schnurrbart abrasiert hatte.

Jim fuhr fort: »Ihr müßt wissen, daß ich ein fotografisches Gedächtnis habe. Alles, was ich sehe oder höre, kann ich perfekt reproduzieren. Und um euch ein bißchen auf die Sprünge zu helfen, wiederhole ich noch mal kurz, wie unser Eintritt hier verlaufen ist. Wir klingelten, und du, Rodney, hast aufgemacht. Hank dort sagte, daß wir ein paar Fragen zu Tino Rodriquez hätten. Und du sagtest daraufhin erstaunt: ›Wer?‹ Und daraufhin sagte Hank noch mal: ›Tino Rodriquez. Er hat sich zuletzt in diesem Haus lebend aufgehalten. Er hat nämlich mit jemandem telefoniert, und wir konnten den Anruf hierher zurückverfolgen.‹ So war das wortwörtlich. Und daraufhin sagtest du wieder: ›Tino, ach ja, Tino, der arbeitet doch auch im Casino, nicht?‹ Danach fragte Tommie, ob wir kurz hereinkommen dürften. Hör mal, Rodney, wenn du Tino noch vor kurzem hiergehabt hast, du hast hier mit ihm gegessen, Tino hat hier auf dem Klo geschissen, du kennst ihn von deiner Arbeit her, und du sagst zu uns, ›der arbeitet doch auch im Casino, nicht?‹, dann machst du dich äußerst verdächtig. Dann machst du es uns sehr schwer, euch nicht aufs Präsidium zu schleifen, damit wir mal Tacheles reden können. Tja, das war's, was mir vorhin im Klo so durch den Kopf ging. Wenn man mich fragen würde, ob ich Tommie Bergman kenne« – er zeigte mit ausgestrecktem Arm auf Green, melodramatisch den Raum ausfüllend –, »dann würde ich sagen: Ja, natürlich, wieso fragst du? Rodney, *das* wäre eine normale menschliche Reaktion! Keine Fisimatenten bei solchen Sachen! Damit manövrierst du dich nur in die Scheiße! Und das ist doch gar nicht nötig. Sag's ihnen, Tom, sag ihnen, wieso wir hier sind.«

Jim trat beiseite, ganz in seiner Rolle, ein *cop,* der mit allen Wassern gewaschen war, und Green nahm seinen Platz ein, als sei das der verabredete Ort, an dem gesprochen wurde. Ein Bühnentrick.

»Wir haben einen Zeugen für den Mord gefunden«, sagte Green in ruhigem Ton. Und wartete und sah die drei einen nach dem anderen an. Sie starrten ihn an, als würde jetzt an Ort und Stelle das Urteil über ihre Zukunft verkündet. Jim stellte sich schräg hinter Green und machte unter seinem Jackett erneut diese angedeutete Bewegung zum Kolben seiner Waffe, womit er Greens Worten Gewicht verlieh und die drei Gangster warnte, nur ja nicht auf irgendwelche dummen Gedanken zu kommen.

»Ein Spaziergänger. Hat seinen Hund ausgeführt. Er hat einen Schwarzen dort gesehen, ungefähr zu der Zeit, zu der Rodriquez vermutlich ermordet wurde. Vielleicht ist es derselbe Mann, den ihr in der Marmont-Bar gesehen habt. Aber wir haben ein Problem: Der Zeuge ist sich seiner Sache nicht sicher. Er hat auf ein paar Fotos gezeigt, wagt aber nicht mit absoluter Bestimmtheit zu sagen, welcher von den vieren der Mann ist, den er gesehen hat. Als wir hierherkamen, wußten wir nicht, wen wir hier antreffen würden. Deswegen sind wir mit Verstärkung gekommen.

Was wir jetzt von euch wollen, ist vor allem folgendes: Kommt aufs Präsidium und seht euch die Verdächtigen an. Vielleicht ist er dabei, dann haben wir die Sache schnell rund. Okay?«

»Wann?« fragte Steve.

»In einer Stunde. Halb vier. *Downtown.*«

»Ein *line-up?*« wollte Muscle wissen.

»Ja.«

»Kein Problem«, sagte Steve. »Aber keine Tricks. Wenn wir den Eindruck kriegen sollten, daß das ein abgekartetes Spiel ist, sag ich kein Wort mehr und ruf sofort meinen Anwalt an, kapiert?«

»Steve, du wärst uns eine große Hilfe«, sagte Green freundlich, als sei Steve in einer besseren Position als die Polizei. »Aber du mußt doch auch zugeben, daß es lachhaft war, wie Rodney reagiert hat, als wir hier ankamen. Wenn er gleich gesagt hätte, daß Tino ein guter Bekannter von ihm war, dann wären wir schon längst wieder weg.«

»Ich war durcheinander«, entschuldigte sich Rodney.

»Schwaches Argument«, entgegnete Floyd Benson.

»Es tut mir leid.«

»Faule Sprüche«, beharrte Benson.

»Wir sind um halb vier da.«

»Zimmer fünf achtzehn«, sagte Green. »Und ich will die Nummer, unter der Paula Carter zu erreichen ist.«

»Ich schreib sie auf«, sagte Rodney. Er nahm einen Stift und ein Stück Papier.

»Fein, meine Herren, vielen Dank für die Gastfreundschaft«, sagte Jim.

»Es war uns eine Ehre«, antwortete Steve.

»O ja«, sagte Muscle.

»Kommst du, Hank?« fragte Green.

Die drei Schauspieler gingen als erste in die Halle, verwundbar, ohne Rückendeckung, gefolgt von den drei Dieben.

»Ach ja, der Schlüssel«, sagte Jimmy Kage.

»Was für ein Schlüssel?« fragte Steve.

»Wir haben in Tinos Haus ein FedEx-Kuvert gefunden. Leer. Hat er von hier aus nach Vegas geschickt. Am Tag, als er ermordet wurde. Adressiert an diese Paula Carter. Der Typ, der Tino bei FedEx bedient hat, wußte noch, daß er einen Schlüssel verschickt hat. Irgendeine Ahnung, was dieser Schlüssel zu bedeuten hat?«

»Keine Ahnung«, sagte Steve verdutzt. »Einen Schlüssel verschicken? Davon hat er nichts gesagt.«

»Und du? Erinnerst du dich, daß Tino etwas Derartiges erwähnt hat?« fragte Jim Muscle.

»Nein. Nichts.«

»Rodney?« fragte Jim.

»Nicht, daß ich wüßte«, antwortete Rodney, der größere Mühe hatte zu verbergen, was Tinos FedEx-Kuvert ihm sagte. Achtlos händigte er Green einen Zettel mit der Telefonnummer aus.

»Halb vier, fünf achtzehn«, wiederholte Green.

»Habt ihr diesen Schlüssel?« traute sich Steve zu fragen.

»Noch nicht«, antwortete Green. »Wir denken, daß diese Paula Carter mehr darüber weiß. Wenn sie anruft, wenn ihr wißt, wo sie ist, möchten wir das sofort erfahren, okay?«

»Okay«, versprach Steve.

Sie gingen nach draußen, in die Sonne hinein.

»Ich könnte schwören, daß du 'nen Schnurrbart hattest«, bemerkte Muscle zu Jim.

»Nee, unser Schnäuzerich ist der«, entgegnete Jim und zeigte auf Benson, »mir können die Dinger gestohlen bleiben.«

Benson sagte, auf den *black-and-white* deutend, in dem Charlie saß: »Unser Freund wird ein Auge auf euch haben. Nur, damit ihr unsere Verabredung nicht vergeßt, klar?«

»Von mir aus«, antwortete Steve.

»Bis später«, sagte Jim.

»Okay«, murmelte Rodney und schloß die Tür.

Die Schauspieler folgten dem Eingangsweg zur Straße zurück.

»Nichts sagen«, sagte Green, eine Woge glühender Euphorie zurückhaltend, »erst ins Auto.«

Sie traten auf den Gehsteig, dann auf den heißen Asphalt. Charlie kam aus dem *black-and-white* heraus.

»Na, wie ist es gelaufen?« fragte er mit strahlendem Blick.

»Gut«, sagte Jim, »aber jetzt kommt das Schwierigste. Jetzt hängt alles von dir ab. Du bleibst im Wagen und folgst ihnen nachher nach *downtown*.«

»Klar doch«, sagte Charlie.

»Fragen?«

»Nein«, sagte Charlie.

»Viel Erfolg«, wünschte Benson und gab Charlie die Hand.

Charlie erwiderte Bensons Händedruck, als habe man

ihm ein Kilo Gold überreicht, durchdrungen vom Ernst dieses Zeichens der Ebenbürtigkeit.

Green folgte Floyds Beispiel.

»Alles Gute, Charlie«, sagte er zu dem Mann, der ihn mit einem Schnappmesser bedroht hatte.

»Danke, Tom.«

Jim legte ihm eine Hand auf die Schulter. »Wir vertrauen auf dich, Charlie.«

»Fein. Danke, Jim.«

Sie stiegen in den Olds, und Green steuerte an der Schlucht und der Doppelgarage von Rodneys Haus entlang zur Rückseite des Hügels.

Sie beherrschten sich, weil sie noch zu nah am Haus waren. Aber sobald es aus dem Rückspiegel verschwunden war, johlten sie los.

Sie brüllten und tobten, sie lachten sich halb tot, und die Tränen liefen ihnen über die Wangen vor Freude und Überschwang und Überdosen Adrenalin, und sie boxten sich gegenseitig und drückten sich und sangen, während Green den Wagen durch eine Haarnadelkurve abwärts steuerte, Paulas Signal entgegensehend, daß Rodneys Haus sie leer und verlassen erwarte.

Waren sie glücklich? Ja, in diesem Augenblick – Gnadenminuten – waren sie überglücklich.

29

Nach der Verabschiedung der drei Schauspieler sind das Zu-
schlagen der Tür und, verhallend, die Schritte draußen auf
dem Weg zu hören.

Im Haus bleibt es still, zwanzig Sekunden lang Rauschen. Dann wird Steves Stimme laut, beunruhigt, konsterniert:[*]

Steve: Sind sie weg?

Muscle: Nein, sie stehen bei dem Uniform-Cop. Sie geben ihm
die Hand, und jetzt gehen sie zu ihrem eigenen Wagen. Sie
steigen ein.

Steve: Wenn ich diese Schlampe zu fassen kriege, dreh ich ihr
den Hals um.

Rodney: Es muß eine Erklärung dafür geben.

Steve (brüllend): Die Erklärung ist, daß die beiden uns bescheißen wollten!

Rodney (genauso laut): Wieso bringt er das Geld dann erst zu
uns? Der Tresor unten ist bis oben voll mit Kohle! Wenn er
gewollt hätte, hätte er direkt von Vegas aus über die Grenze
fliehen können, und dann hätten wir nicht einen Pfennig
gehabt! Wieso kommt Tino zu uns, wenn er nicht teilen
wollte! *Shit!*

Muscle (auch schreiend): Es war verabredet, daß er den
Schlüssel behalten sollte! Morgen sollte er aus Vegas zurückkommen, und dann wollten wir hübsch teilen! Er hatte
doch gar keinen Grund, den Schlüssel aus der Hand zu geben? In einem Briefumschlag!

Steve (sich beherrschend): Paula hat den Schlüssel. Die wartet

---

[*] Das Folgende ist die wörtliche Transkription eines der Revox-Bänder.

einfach, bis wir mürbe werden und aufgeben. Oder sie will eine andere Verteilung herausschlagen. Will Tinos Anteil noch dazu. Wenn die mir in die Finger kommt, mach ich sie alle.

Rodney (drohend): Du machst gar nichts.

Steve: Ich tue, was nötig ist, um unsere Interessen zu verteidigen.

Rodney: Unseren Interessen dienen wir, wenn wir uns jetzt ruhig verhalten und abwarten.

Steve (schreiend): Diese Tussi hat uns alle in der Hand. Die kann tun, was sie will.

Rodney (ruhig): Was wißt ihr über Tino?

Steve: Leg das Ding weg, Rodney. Sonst passiert noch ein Unglück.

Rodney: Was habt ihr ausgefressen?

Steve: Spinnst du, Mann?

Rodney: Was ist mit ihm passiert? Ihr habt Tino umgebracht!

Steve: Mann, du hast sie ja nicht alle. Wieso sollten wir das tun? Sind achthunderttausend pro Mann nicht genug? Meinst du, wir jagen demjenigen, dem wir das alles zu verdanken haben, 'ne Kugel durch den Kopf, weil wir dann auch noch seinen Anteil einstreichen können? Red keinen Quatsch, Rodney, und ziel nicht mit dem Ding auf mich, leg es weg.

Rodney: Ihr solltet ihn wegbringen. Tino hat mir erzählt, daß ihr angeboten hattet, ihn nach LAX zu fahren. Aber was macht ihr? Ihr schlagt ihn hier zusammen, und das gerät völlig außer Kontrolle, weil Muscle sich nicht beherrschen kann. Aber Tino hat keinen Schlüssel bei sich. Ihr fahrt in die Hügel und werft ihn irgendwo aus dem Wagen.

Steve: Du hast doch gehört, was die Cops gerade gesagt haben, daß es einen Zeugen gibt, der einen Schwarzen gesehen hat! Wir haben ganz friedlich in der Marmont-Bar gesessen,

Mann! Du drehst ja völlig durch! Setz dich, leg das Ding weg und trink was! Mein Gott, Rodney, Tino ist tot, weil er gefährlich gelebt hat! Wir wollten ihn wegbringen, ja, aber er ist nicht aufgetaucht, als wir da in der Marmont-Bar auf ihn gewartet haben! Er ist mit diesem Schwarzen losgezogen, und der hat ihn ausgeraubt, da kannst du Gift drauf nehmen! Du weißt, wie Tino war! Wie viele Kerle hat der in Vegas durchgezogen? Manchmal vier, fünf am Tag! Tagaus, tagein! Wenn einer geil war, dann Tino! Weil er partout zehnmal am Tag fertig werden mußte, ist er so dämliche Risiken eingegangen! Dafür hat er den höchsten Preis bezahlt, so war er eben.

Muscle (kumpelhaft): Tino war ein echter Spieler, Rodney. Man muß schon Mumm haben, wenn man so was angeht, bei diesen ganzen Sicherheitsvorkehrungen und der ständigen Überwachung. Er war ein Spieler, und so ist er auch gestorben.

Rodney schweigt erneut, durch die geschliffenen Lügen in Zweifel geraten.

Rodney: Der Plan stammt von Paula, sie ist der Kopf, ihr Hornochsen. Was hat er eurer Meinung nach mit dem Schlüssel probiert?

Steve: Ich denke, daß er letztendlich beschlossen hatte, nicht mehr mit uns zu teilen. Er wollte nur mit Paula teilen. Du weißt ja, wie manche Tunten sind. Die haben 'ne Schwäche für schöne Weiber. Und so leid es mir für dich tut, sie liebte die Knete offenbar mehr als dich. Zwei Millionen sind wirklich ein Haufen Geld, Rodney.

Rodney: Blödsinn, Mann! Zusammen hätten wir eins Komma sechs.

Steve: Das ist weniger als zwei für sie allein. Nenn mir ein plausibleres Motiv! Denk nach! Ich weiß, es ist beschissen für dich, aber das sind die Fakten! Die beiden wollten im letzten Moment ein anderes Spielchen spielen! Ich weiß nicht genau, wie sie es angestellt hätten, aber sie hätten es bestimmt so gedeichselt, daß wir mal kurz nicht in der Nähe des Hauses sind, und dann hätte einer der beiden den Tresor geöffnet und die Knete rausgeholt. Was anderes fällt mir dazu nicht ein.

Rodney (resolut): Ich ruf sie an.

Steve: Ruf sie an.

Rodney (im Befehlston): Muscle, setz dich zu Steve.

Steve: Rodney, mach doch keinen Scheiß…

Rodney: Los, aufs Sofa. Ich will euch da zusammen sehen, wie zwei gute Freunde, gemütlich zusammen auf dem Sofa. Na bitte, geht doch.

Rodney wählt eine Nummer.

Steve: Geht jemand ran?

Rodney (ihn ignorierend): Hallo, ich bin auf der Suche nach Paula – ach, sie ist nicht da? – ich dachte, sie wäre bei euch, und Kate? – einkaufen? Sie sollte doch ihr Kind bekommen, sagte Paula, sie hatte doch Wehen – ja – ja – okay.

Er legt auf.

Muscle: Was ist?

Rodney (murmelnd): Dieses Luder… nicht zu glauben, also wirklich.

Muscle: Was ist passiert?

Rodney: Das ist doch wirklich ein Ding…

Steve: Was?

Rodney: Sie sagte, daß sie wegen einer Freundin nach Vegas

müsse, die ein Kind bekommt. Das war eine verdammte Lüge. Die Freundin läuft noch munter in der Gegend herum, von wegen Wehen.

Muscle: Sie hat also gelogen, was den Grund betrifft, weswegen sie nach Vegas mußte?

Steve: Sie ist also wegen des Schlüssels gefahren. Meine Güte, was für ein unglaublich durchtriebenes Miststück! Was für eine dreckige Schlampe, verdammt.

Rodney: Wir müssen nach Vegas.

Muscle: Die wird noch bedauern, daß sie überhaupt geboren wurde.

Rodney: Ich will das selbst machen. Ich schlag ihr eigenhändig alle Zähne aus.

Muscle: Tja, und dann läßt sie sich ein hübsches Gebiß machen und lebt noch lange glücklich und zufrieden.

Steve: Hört auf mit dem Scheiß. Also, wie machen wir's?

Muscle: Wir fahren jetzt zu diesen Ärschen *downtown* und dann gleich weiter nach Vegas.

Steve: Nein, du Simpel. Genau das will sie doch. Vielleicht liegt die Schlampe hier schon irgendwo auf der Lauer und wartet, bis wir aus dem Haus gehen, und dann räumt sie gleich den Tresor aus! Wir wissen doch gar nicht, wo sie jetzt steckt!

Rodney: Was schlägst du denn vor?

Steve: Wir fahren zu diesem *line-up,* und danach gleich weiter, um Plasmabrenner und Sprengstoff zu besorgen. Wir fahren nicht nach Vegas. Zu link.

Rodney: Gut. Damit bin ich einverstanden.

Steve: Steckst du jetzt diesen Revolver weg?

Rodney: Okay. Sorry.

Steve: Ich bleib nachher hier. Ihr beide besorgt die Sachen.

Rodney: Wieso bleibst du hier?

Steve: Ich will auf Nummer Sicher gehen.

Rodney: Und das ist nicht der Fall, wenn *ich* auf den Tresor aufpasse?

Steve: Das mach ich lieber selbst.

Rodney: Und wer sagt mir, daß du keine Sonderabmachung mit diesem Luder getroffen hast?

Steve: Du weißt doch, daß ich sie für eine verlogene Nutte halte, die gern die Beine breitmacht, wenn ihr das was bringt! Du hast ordentlich zwischen diesen Beinen gehaust und bist weich geworden vor Geilheit und Verliebtheit, mein lieber Rod.

Rodney: Was bist du doch für ein Riesenarschloch! Vielleicht machst du ja gemeinsame Sache mit ihr! Muscle und ich unterwegs, und du mit ihr ab zu den Seychellen! Muscle, wieso will er wohl unbedingt hierbleiben?

Muscle: Ja, wieso?

Steve: Weil *ihm* nicht zu trauen ist, Muscle! Womöglich hockt die Alte unten am Hollywood Boulevard in 'ner Kneipe und wartet nur, bis wir in ihre Falle getappt sind, und dann gucken wir in die Röhre!

Rodney: Und wieso gilt das nur für mich? Wer sagt denn, daß du nicht das Arschloch bist, das uns bescheißt? Vielleicht hast du ja die ganze Zeit nur so getan, als ob du sie für eine dreckige Schlampe hältst! Vielleicht habt ihr das alles ja schon vor langer Zeit geplant!

Steve: Muscle, glaub nicht, was er sagt.

Muscle: Du bist schon ziemlich lange geil auf die Tussi.

Steve: Ist 'ne heiße Alte, ja, aber das ist auch alles! Muscle, ich sag's dir noch einmal, laß dich nicht verrückt machen von dem alten Sack!

Rodney: Je mehr du quatschst, desto mehr hör ich dich lügen.

Muscle: Wieso kann Rodney nicht hierbleiben und aufpassen?

Steve: Mark, Junge, er hat ein Verhältnis mit ihr. Wir wissen nicht, was die beiden alles zusammen ausgeheckt haben.

Vielleicht haben *sie* Tino ja abgemurkst, und wir sind als nächste dran.

Muscle: Quatsch.

Steve: Traust du ihm wirklich?

Muscle: Du siehst doch, daß er total baff ist!

Steve: Rodney ist ein Schauspieler.

Rodney: Du nicht?

Muscle: Das sind wir alle. Wir beide fahren jetzt, und Rodney bleibt hier.

Steve: Du weißt nicht, was du sagst.

Rodney: Du hörst es, Steve, ich erteile hier die Aufträge, und der Auftrag lautet, daß wir jetzt alle zusammen zu diesem Polizistenpack fahren, und dann komme ich hierher zurück, und ihr kauft die Sachen, damit wir die Stahltür unten aufbrechen können.

Steve: Ich laß die Kohle nicht bei dir zurück.

Rodney: Das wirst du wohl müssen.

Steve: Dann fährt Muscle eben allein.

Muscle: Und ihr bleibt zu zweit hier? Was soll denn der Unsinn? Steve, du kommst mit!

Steve: Nicht, wenn er hierbleibt.

Muscle: Vielleicht sollten wir dann doch zu dritt fahren.

Rodney: Wir können nicht riskieren, daß dieses Luder sich hier einschleicht.

Steve: Genau. Und deshalb zieht ihr zusammen los, und ich paß auf die Schatzkiste auf.

Rodney: Nein.

Plötzlich sind andere Geräusche auf dem Band zu hören. Das Rascheln von Kleidern, kurze Schreie, umfallende Möbel, eine unklare Situation, deren Panik und Heftigkeit aber merkwürdigerweise deutlich zu spüren sind.

Der Zwischenfall dauert höchstens sechs Sekunden und

endet mit einem dumpfen Knall, fast wie ein kräftiger Schlag auf einen Tisch, nichts Spektakuläres, und danach herrscht Stille, mit dem Verkehrslärm vom Freeway im Grundrauschen.

Dann wird Muscles Stimme laut:

> Mein Gott ... Wir müssen einen Krankenwagen rufen ... Steve! Steve!

Muscle ruft, aber von Steve kein Ton.

> Muscle: Mein Gott! Mein Gott, was sollen wir denn jetzt machen? Du blöder Arsch, jetzt guck, was du angerichtet hast! Du verdammter Arsch!
>
> Rodney: Ihr habt Tino umgebracht. Jetzt kannst du es ruhig zugeben, denn Steve hört es nicht mehr.
>
> Muscle (jammernd): Und draußen steht ein Cop! Damit hast du alles aufs Spiel gesetzt!

Jetzt erklingen Schritte; höchstwahrscheinlich hasten die beiden in die Halle, um nach draußen zu sehen.

> Rodney (weit von den Mikrophonen entfernt): Der hat nichts gehört. Der Trottel hat das Radio an und hört sich irgend 'nen Talk über Schwanzvergrößerungen an.
>
> Muscle: Wir müssen aufs Präsidium. ›Wieso ist Steve nicht dabei?‹ werden sie da fragen. Kannst du das erklären?

Sie gehen zurück ins Arbeitszimmer.

> Rodney: Wir sagen, daß Steve morgen kommt. Sie werden sauer sein, aber sie haben nichts in der Hand, rein gar

nichts. Damit gewinnen wir vierundzwanzig Stunden Zeit, um den Tresor aufzubrechen und uns abzusetzen.

Muscle: Und Steve, was machen wir mit Steve?

Rodney: Wenn es dunkel ist, begraben wir ihn im Garten.

Muscle: Mein Gott... Steve! *Shit.*

Rodney: Warum habt ihr Tino umgebracht? War euch euer Anteil nicht groß genug? Wolltet ihr mehr?

Muscle: Ach, Mann, sei du mal hübsch leise mit deinen Beschuldigungen! Knallst Steve einfach ab und willst noch den Moralapostel spielen?

Rodney: Wenn er mich nicht angegriffen hätte, würde er jetzt noch leben. Der Hund.

Und jetzt ertönt ein Geräusch, das nur eines bedeuten kann: Rodney tritt gegen Steves Leichnam.

Muscle: Hör auf, Mann!

Rodney: Verdammter Hund! (Er tritt noch einmal zu, und dann droht er:) Nimm die Finger weg, Muscle!

Muscle: Du bist ja krank, Mann! Einen Toten treten! Mein Gott, was bist du für ein mieses Arschloch!

Rodney: Und Tino zu Brei schlagen, ist das etwa nichts?

Muscle: Das wollten wir nicht, daß er...

Rodney: Nein, das wolltet ihr nicht. War es *seine* Idee?

Muscle: Ja.

Rodney: Aber du hast zu hart zugeschlagen?

Muscle: Er... er hätte den Schlüssel eben gleich rausrücken müssen.

Rodney: Den hatte er nicht mehr. Den Schlüssel hatte er schon bei FedEx aufgegeben.

Muscle: Das wissen wir jetzt, ja.

Rodney: Seinen Partner kaltmachen, verdammt, das muß man erst mal bringen. Was seid ihr doch für dreckige Schweine.

Muscle: Wir wollten das nicht.

Rodney: Ihr wolltet uns alle austricksen, eure Partner bescheißen, verdammt, ihr seid doch der letzte Dreck.

Muscle: Wir wollten das nicht.

Rodney: Ja, ja. Ich weiß.

Und dann macht es »puff, puff«, ein zweimaliges dumpfes Klopfen, und danach der schwere Aufprall von Muscles Körper auf dem Fußboden.

Rodney: Dreckschwein.

Rodney sagt das, als stelle er eine Tatsache fest, nüchtern wie ein Nachrichtensprecher.

Er geht weg, aus dem Arbeitszimmer hinaus in die Halle, vermutlich um noch einmal einen Blick zu Charlie hinüberzuwerfen, und dann ertönen Schritte auf den nackten Treppenstufen. Rodney geht nach oben, um seine Koffer zu packen und sich aus dem Staub zu machen.

Dann läutet das Telefon. Er ist offenbar unschlüssig, ob er abnehmen soll. Fünf-, sechsmal läßt er es läuten.

Rodney: Ja?

Green (in sein Funktelefon): Tom Bergman, LAPD. Mister Digiacomo?

Rodney: Ja.

Green: Wir haben hier gerade einen Notfall. Kommen Sie bitte morgen, um dieselbe Zeit?

Rodney: Gut, ja.

Green: Mit Fredericks und Banelli zusammen.

Rodney: Ja, natürlich.

Green: Gut. Bis morgen.

Rodney scheint nachzudenken. Sekundenlange Stille. Dies ist ein Geschenk, das ihm Zeit und Raum gibt, Stunden, um über die absurde Situation, in die er geraten ist, nachzudenken.

Er geht nach unten, langsamer, öffnet eine Flasche, gießt sich etwas ein und trinkt. Scotch, Wodka?

Dann läutet erneut das Telefon.

Rodney? Ich bin's.

Es ist Paula. Er hatte alles mögliche erwartet, aber nicht Paula.

Rodney: Paula? Wo bist du? Wieso hast du mich reingelegt?

Paula: Rod, ich mußte etwas klären, ich hab dich nicht reingelegt. Ich mußte nur erst etwas herausfinden, ehe ich es dir erzählen konnte. Kennst du Freddie Smith?

Rodney: Tinos Lover.

Paula: Smith hat Tinos Schlüssel! Tino wollte uns linken, Rod! Tino hatte gar nicht vor, mit uns zu teilen!

Rodney: Man kann wirklich niemandem mehr trauen. Herrgott, was sind das doch alles für Schufte!

Paula: Ihr müßt kommen. Ich bleibe an diesem Smith dran. Ihr müßt sofort kommen.

Rodney: Steve und Muscle bleiben sicherheitshalber hier, ich komme allein. Wo bist du jetzt?

Paula: Im Riviera, Smith arbeitet hier.

Rodney: Ich komme sofort. Mein Gott, Paula, ich dachte, daß du auch...

Paula: Daß ich was auch...?

Rodney: Ich liebe dich, Schatz. Ich werd dir dann nachher alles erklären.

Paula: Rufst du mich gleich an, wenn du weißt, wie spät du ankommst?
Rodney: Ich ruf dich in einer Minute zurück. Gib mir mal deine Nummer dort.
Paula: Ich hab ein Handy.

Sie gibt die Nummer durch.

Anschließend telefoniert Rodney mit einem Reisebüro. Er bucht den nächsten Flug nach Las Vegas und ruft danach Paula an. Er gibt die Flugnummer durch und die Ankunftszeit. Er sagt noch einmal, daß er sie liebt, und verläßt das Haus.

30

Auf dem Parkplatz einer *shopping mall,* am Fuße des Hügels, warteten sie neben dem heißen Olds. Bei einem koreanischen Lebensmittelhändler an der Ecke hatte Green schnell ein Sixpack Budweiser geholt, und sie tranken durstig aus den kalten Dosen. Völlig perplex lauschten sie dem, was Paula ihnen *live* übermittelte.

Solange sie mit Rodney sprach, war sie kühl geblieben und hatte sich beherrschen können, aber nun hörten die Schauspieler, daß sie weinen mußte.

Per *cellular* meldete Charlie, daß Rodney das Haus verließ und in seinem gelben Mustang wegfuhr.

»Okay, Charlie, hör gut zu: Du folgst ihm jetzt *nicht*«, befahl Jimmy.

»Nein? Aber du hattest doch gesagt, daß ich das tun sollte!«

»Nein, du tust es nicht. Wir haben unseren Plan geändert. Dies ist Plan zwei. Du fährst jetzt sofort nach Santa Monica.«

Green merkte an: »Das ist doch nicht nötig, laß ihn doch dort warten, bis wir auftauchen.«

»Charlie? Bleib da und warte.«

»Herrje, Jim«, entgegnete Charlie, »was soll ich denn jetzt machen?«

»Nichts sollst du machen. Du bleibst in deinem *black-and-white* und wartest, bis wir da sind. Du kannst in aller Ruhe eine Zigarette rauchen, und wenn du uns siehst, winkst du.«

»Mit welcher Hand soll ich winken?«

»Mit der rechten Hand«, antwortete Jim, woraufhin er flüsterte: »Armer Irrer...«

»Okay«, antwortete Charlie.

»Ist der Mustang weg?«

»Ja.«

»Hat er dich angesehen?«

»Ja. Ganz kurz, im Vorbeigehen.«

»Und was hast du gemacht?«

»Ich hab ihm zugewinkt.«

»Du hast ihm zugewinkt? Hast du je gesehen, daß ein Polizist jemandem zuwinkt?«

»Kann doch vorkommen?«

»Du winkst erst wieder, wenn du uns gleich siehst, okay?«

»Geht in Ordnung.«

Jim unterbrach die Verbindung und sagte: »O Gott, was für 'ne Pflaume.«

Green steuerte den Olds wieder die Whitley hinauf.

Jim schwitzte plötzlich aus allen Poren. Er fragte: »Kann man die Klimaanlage nicht höher stellen?«

Da rief Benson plötzlich: »Paß auf!«

Und schon schoß der gelbe Mustang hart am Olds vorbei. Überdeutlich sah Green das panische Gesicht Rodney Digiacomos in dem offenen Wagen, aber zum Glück hatte Rodney offenbar keinen Blick für den Olds.

»War er das?« ließ Jim sich besorgt von der Rückbank vernehmen.

»Ja«, antwortete Benson matt.

»Fuhr mindestens sechzig«, sagte Green.

»Er muß sein Flugzeug erreichen«, erwiderte Benson. »Hat er uns gesehen, was meinen Sie?«

»Nein«, antwortete Green, damit sie ruhig blieben.

Benson fragte: »Ist es so kalt genug?«

»Ich komm um vor Hitze«, antwortete Jim.

»Höher läßt sie sich nicht stellen, tut mir leid«, erwiderte Benson.

»Konzentration bitte«, beschwor sie Green.

Charlie winkte, als er sie sah. Er stand grinsend neben dem Streifenwagen, Zigarette in der Hand.

»Machen wir's?« fragte Green.

»Machen wir's«, sagte Benson.

»Gut«, sagte Jim.

Charlie winkte, bis sie ausgestiegen waren und Jim ihn anraunzte, daß er damit aufhören solle.

»Du hältst hier Wache, wir gehen rein.«

»Wie du willst, Chef.«

Sie nahmen die drei Koffer aus dem Kofferraum des Olds

und gingen zur Rückseite des Hauses, rechts um die Garagen herum.

Benson ging voran, denn er kannte hier den Weg. Sie gingen ein paar Stufen hinauf, kamen an dem mit roten Kacheln ausgekleideten Swimmingpool entlang und blieben vor einem Fenster stehen. Von den Nachbarn wurden sie durch eine dichte Wand aus Strohmatten abgeschirmt, die mit Efeu und anderem Grün bewachsen waren. Keiner konnte sie hier sehen.

Das Fenster hatte Schieberahmen und war in sechs kleinere Scheiben unterteilt.

»Das schlage ich jetzt ein«, kündigte Floyd an. »Im Haushaltsraum ist keine Alarmanlage. Danach gehe ich in die Küche, und da wird dann die Sirene losheulen. Die habe ich binnen fünf Sekunden abgeschaltet. Also: nicht wegrennen, der Lärm gehört dazu.«

»Ich mach mir gleich in die Hose«, flüsterte Jim. »Für so was bin ich nicht zu gebrauchen.«

»Du kannst jetzt keinen Rückzieher mehr machen«, mahnte Green.

Benson zog sich lederne Arbeitshandschuhe an und drückte eine der kleinen Scheiben aus ihrem Rahmen. Das Klirren von Glas, doch das ertrank im Lärm vom Freeway, der auf dieser Seite des Hauses ohrenbetäubend war. Benson griff mit einer Hand durch die Öffnung, fummelte am Riegel herum und schob das Fenster auf.

Sie halfen ihm, als er über den Fenstersims steigen wollte. Immerhin war er ein dicker alter Mann mit steifen Gliedern.

Er ging zur Küchentür und öffnete sie. Unmittelbar darauf heulte die Sirene der Alarmanlage los. Ängstlich blickte Jim sich um, doch die Welt schien sich an diesem Einbruch in die Ordnung der Dinge nicht zu stören. Und nach fünf Sekunden ging die Sirene aus, wie Benson versprochen hatte, und erstarb mit einem langgezogenen, klagenden Seufzer.

Benson öffnete die Küchentür.

»Kommt rein«, sagte er. »Nichts anfassen. Wir gehen gleich nach unten.«

In einer kleinen Diele neben der Küche befand sich der Zugang zum Kellergeschoß.

»Vor einer Woche hab ich noch von nichts gewußt«, seufzte Jimmy Kage.

»Halt doch den Mund«, gebot Green.

Sie gingen die Treppe hinunter und gelangten in einen dunklen Gang. Benson machte das Licht an. Die Decke war im Stil römischer Bögen gewölbt, der Fußboden mit braunen Fliesen ausgelegt, die gemauerten Wände waren unverputzt. Dieser Teil des Hauses stellte einen Stilbruch zum Art déco des Erdgeschosses dar, das offen, hell und elegant war. Das Kellergeschoß dagegen war schwer und ernst.

Benson öffnete eine Tür, knipste auch dort das Licht an, und sie standen vor einem eingemauerten Tresor, einer schweren, grüngespritzten Tür von anderthalb Meter Höhe, eingehängt in zwei Scharniere, die an der Außenseite des breiten Metallrahmens angebracht waren. Mit einem Plasmabrenner war diese Tür binnen einer Viertelstunde zu knacken.

»Mister Green, walten Sie Ihres Amtes«, sagte Benson und trat beiseite.

Green nahm den Schlüssel aus seiner Hosentasche, schob

den beweglichen Metalldeckel vor dem Schloß beiseite und steckte den Schlüssel hinein.

»Hat sie uns gelinkt?« fragte Jim.

»Paßt er?« fragte Floyd.

Green drehte den Schlüssel herum.

Die Mechanik bewegte sich reibungslos, er spürte kaum einen Widerstand, und er faßte mit beiden Händen den nach rechts zeigenden Hebel, der oberhalb vom Schloß aus der Tür ragte – er stand auf halb fünf –, und rückte ihn nach links, auf halb acht.

»Wie Olivenöl«, sagte er.

Dann zog er die Tresortür auf, eine zehn Zentimeter dicke Platte, die perfekt ausbalanciert in den Scharnieren hing und sich geschmeidig mitbewegte.

Sie schauten in den Tresor. Stapel von Banknoten. Von der Hand eines Buchhalters säuberlich nebeneinander aufgetürmt. Das war schon fast so etwas wie eine Antiklimax. Millionen von Dollar, geschichtet, geordnet, fertig zum Gebrauch auf der Insel Gauguins, für die Bezahlung eines irischen Druckers, eines Hotels in Marokko. Hastig, wortlos, ließen sie ihre schweren Delseys' aufschnappen.

»Ihr Drecksäcke«, erscholl es plötzlich hinter ihnen.

Rodney stand in der Türöffnung, triumphierend lässig den Revolver gezückt, und die Schauspieler ließen fallen, was sie gerade in der Hand hatten.

Greens Telefon piepste, aber er konnte nicht antworten. Es war klar, wer das war: Paula meldete sich, von Charlie alarmiert, daß der Mustang zurückgekommen sei, und sie wollte nun Green warnen.

»Du hättest deinen Schnurrbart dranlassen und deine

Brille aufbehalten sollen«, sagte Rodney grinsend zu Floyd Benson. »Ich bin da vorhin an euch vorbeigefahren, und auf der La Brea dachte ich plötzlich, *shit*, das war der Elektriker, dieser berühmte Scheißschauspieler, mein Gott, der hat das alles auf dem Gewissen!« Und zu Green: »Willst du nicht rangehen?«

Green schüttelte den Kopf.

»Gib her«, befahl Rodney.

Green reichte ihm das Flipphone.

»Ja?« sagte Rodney, und er hörte Paulas Stimme.

»Du mieses, dreckiges Luder«, sagte er nach zehn Sekunden. »Eine elende Scheißnutte bist du. Ich war wirklich auf dem Weg zu dir, weißt du das? Ich hab dir geglaubt, du dreckiges Luder.«

Er lauschte und schüttelte den Kopf: »Spar dir deine Worte, du Aas. Deine Lügen sind zu durchsichtig geworden...«

Und da stand plötzlich Jim neben ihm. Es hatte ihn den Bruchteil einer Sekunde gekostet, seine Waffe zu ziehen und die zwei Meter bis zu Rodney zu überbrücken. Seine Schauspielerkarriere hatte er ruiniert, als er auf dem Set bei dem versagte, was ihm jetzt so glorreich gelang: Er drückte Rodney den Lauf seiner Plastikpistole an den Kopf.

»Laß deine Waffe fallen«, drohte er.

Von Jims Angriff überrascht blinzelte Rodney. Doch er hielt seine Waffe weiterhin auf Floyd Benson gerichtet und war offenbar nicht geneigt, sich zu ergeben.

»Wenn du schießt, muß er auch dran glauben«, stellte er fest. Jim gab ihm keine Chance und drückte sofort ab.

Vor Greens Augen wurde Rodney hingerichtet. Noch ehe

er auf Floyd hatte feuern können, explodierte sein Kopf, und das Leben wich aus seinem Körper. Es war etwas, das aus seinen Augen verschwand, nicht mehr als das Sichauflösen des Glanzes auf seiner Hornhaut, ein Dumpferwerden des Blicks.

Mit seiner rauchenden, stinkenden Waffe in der Hand stand Jim neben dem taumelnden Körper, der merkwürdigerweise noch kurz stehen blieb, und trat beiseite, als Rodney zu Boden krachte. An Jims Händen und seiner Brust klebte irgendein schmieriges Zeug.

»Hab ich's auch im Gesicht?« fragte er.

Green nickte. Mit nervösen Fingern knöpfte Jim sein Hemd auf, zog es mit eckigen Bewegungen aus und wischte sich das Gesicht damit ab.

Floyd Benson hatte sich nicht gerührt, stocksteif starrte er auf Rodneys verstümmelten Kopf, und plötzlich krümmte er sich und erbrach sein Mittagessen auf den Fußboden.

Unbeteiligt blickte Jim auf Rodney hinunter, auf die grauen und roten Reste von dessen Kopf auf seiner Hose, auf das besudelte Hemd in seiner Hand.

Green stotterte, bekam keine Luft, stammelte: »Du hast gesagt... das ist ein Plastikding, hattest du gesagt.«

»Ich hab gelogen«, sagte Jim.

31

Sie brachten Charlie zum St. Martin's zurück, wo er seine Uniform auszog und tausend Dollar, das ihm versprochene Honorar, entgegennahm.

»Mann, das ist ja irre«, sagte er strahlend zu Jim.

Sie standen unter den Platanen in der heruntergekommenen Seitenstraße neben dem Hotel, bei den verdreckten Obdachlosen, die im Schatten auf Erlösung warteten und sie aus ihren rot unterlaufenen Augen anstierten, als kämen sie vom Mars. Das war auch so. Die Schauspieler hatten das Gefühl, gerade aus dem *outer space* zurückgekehrt zu sein, auf der Netzhaut noch das Bild von Rodneys explodierendem Kopf, einem zerplatzenden Kürbis. So simpel war das.

»Als du mir den *grand* versprochen hast, dachte ich, ha, der Großkotz, das macht er ja doch nicht, aber, *wow*, das ist irre, Mann. Der ist doch echt, he?«

»Von der *treasury* verbürgt«, antwortete Jim tonlos.

»Wann seh ich dich wieder?« fragte Charlie.

»Ich komm bald mal auf einen Schluck vorbei.«

»Einfach irre«, sagte Charlie.

Schweigend setzten sie ihre Unterschriften auf ein paar leere Bögen Papier, die Charlie mitgebracht hatte, jeder von ihnen drei, und winkten ihm zum Abschied nach.

Sie fuhren nach Santa Monica zurück, immer noch mit dröhnenden Ohren von dem durchdringenden Knall von Jims Waffe, der wie tausend Peitschenhiebe durch die unterirdischen Gewölbe von Jean Harlows Haus gehallt hatte.

Fünf Stunden später bestiegen sie eine Boeing 767 nach New Orleans. Sie wechselten kaum ein Wort miteinander, vermieden es, sich anzusehen, und ließen sich von Paula durch Gänge, in Wartesäle und zu ihren Sitzen im Flugzeug geleiten.

In New Orleans mieteten sie bei Midway einen komfortablen Lincoln Towncar mit graulederner Innenausstattung und fuhren nach Tampa, Florida, wo sie sich in einem Hotel vier Zimmer nahmen und zwölf Stunden schliefen, jeder für sich, Green ein Stockwerk unter Paula, sich nach ihrem Hintern sehnend, danach, seine Arme um ihre Hüften zu schlingen, die Hände auf ihrem Bauch, und seine Lippen auf ihren Nacken zu drücken, während ihre Haare sein Gesicht streichelten.

Am nächsten Morgen mieteten sie bei einer anderen Firma ein *all purpose vehicle,* einen Toyota Landcruiser, und fuhren nach Miami, wo sie erneut ein Flugzeug bestiegen.

Das war der letzte Teil ihrer Flucht. Bis jetzt hatten sie nirgendwo ihre Koffer zu öffnen brauchen, hatte es keine Kontrollen gegeben, war nirgendwo gecheckt worden, was sie mit sich führten, doch nun mußten sie die USA verlassen und in ein anderes Land einreisen.

Sie hatten sich für die Dominikanische Republik entschieden, weil es ein korrupter Staat mit einem großen Zulauf von Touristen war. Falls sie ihre Koffer öffnen mußten, konnten sie den Zollbeamten eine Handvoll Dollar zustecken, spekulierten sie, eventuell mehr, wenn die Lage brenzlig wurde, doch ungehindert gingen sie auf Puerto Plaza hinter Paula her durch die Baracke, die als Flughafen diente, vorbei an den schwerbewaffneten Soldaten, die sie, träge und unter ihren schweren Helmen schwitzend, gar nicht beachteten, sondern lediglich Paula unverständliche Bemerkungen nachriefen, die wahrscheinlich deren nackten Beinen und ultrakurzem Rock galten.

Drei Tage später kauften sie ein seetüchtiges Boot und machten mit Jim als Kapitän und Steuermann – in seiner Glanzzeit war er oft herumgeschippert und gesegelt – einen zeitlosen Törn durch die Karibik, über ein türkisfarbenes Meer, unter der Sonne, die alles vergab. Und schließlich mieteten sie drei Bungalows an einem der Strände Curaçaos.

Greens gestochen scharfe Erinnerungsbilder von dem Haus in Whitley Heights lösten sich allmählich auf – in den warmen Sand, den frischen Fisch in den Hütten am Rande Willemstads, die geruhsamen Tage in den schwülen Passatwinden, die süßen Früchte und Paulas Schoß. Nie sprach er mit Kage und Benson darüber. Nie mehr ein Wort. Nicht einmal ein Seufzer. Denn das Gedächtnis heilt schwärende Wunden mit gut abschließendem Schorf.

Nach einem halben Jahr reiste Floyd Benson ab. Er fuhr in sein Hotel in Marokko. Er erkannte die Symptome, die ihn nach und nach aushöhlen, ihm die Kraft und die Luft zum Atmen rauben würden, und er nahm mit einem von ihm organisierten Spektakel Abschied. Seine Geburtstagsfeier endete mit seiner theatralischen Abreise im ersten Morgenlicht, in einem Hubschrauber, der auf dem Strand landete, um ihn abzuholen.

In der offenen Tür sitzend, mit Gurten gesichert, winkte er ihnen zum Abschied, der kranke Bär mit den Kinderaugen, und vertraute ihnen Geheimnisse an, die sie im Lärm der Rotorblätter, hinter dem aufstäubenden Sand, der ihn ihren Blicken entzog, nicht mehr verstehen konnten.

Und Jim?

Jim blieb noch zwei Monate bei ihnen und fuhr dann weiter, an den anderen Inseln entlang. Er hatte sich in Kiki verliebt, eine hochgewachsene Schwedin, die ihm ein Kind schenken wollte. Er wußte nicht, ob er das wollte, in seinem Alter noch ein Kind zeugen.

Er verabschiedete sich nicht, hatte eines Morgens einfach die Trossen losgeworfen. Sein Boot war schon Stunden hinter dem Horizont, als sie entdeckten, daß Jim und Kiki die Insel für immer verlassen hatten.

Auf der Veranda ihres Hauses hatte Jim einen Zettel hinterlassen: »*Bis später, zwischen den Sternen.*«

Und Tom und Paula?

Die lebten noch lange glücklich und zufrieden.

Elf Monate später

AN EINEM BEDECKTEN, regnerischen Morgen an der süd-
französischen Küste nahm ein Mann Quartier im Hotel
Aiglon in Menton, einem weißen Belle-Epoque-Ungetüm,
das das Erdbeben von 1887 überlebt hatte. Laut Reisepaß
hieß er Frederick Smith und war amerikanischer Staatsbür-
ger. Er beabsichtigte, drei Wochen zu bleiben, und bezahlte
die ersten zwei Wochen bar im voraus. Sein Gepäck bestand
aus nur einem Koffer.

Er erwies sich als ruhiger Gast, der sich mit seinem lauten Zimmer im Erdgeschoß des Hotels zufriedengab – ursprünglich ein Souterrainzimmer –, und sein Frühstück
nahm er morgens auf der Terrasse am Swimmingpool ein:
ein weichgekochtes Ei, schwarzer Kaffee, Orangensaft, kein
Brot oder Toast. Bis zum Mittagessen blieb er auf seinem
Zimmer und ließ die Zimmermädchen ihre Arbeit machen,
während er ungestört weiterschrieb, und gegen halb eins
durchschritt er das marmorne Foyer (im Fußboden klaffte
immer noch ein Riß, eine Erinnerung an die Erdbewegun-
gen). Irgendwo im Ortszentrum ließ er sich ein Mittagessen
servieren, kehrte nach zwei Uhr zurück und arbeitete bis
gegen sechs Uhr durch. Diesen Rhythmus hielt er zehn Tage
lang ein.

Die Hoteldirektion alarmierte die Polizei, als sein Bett

vier Tage nacheinander – die letzten vier der bereits bezahlten vierzehn – unbenutzt blieb. Wenige Stunden nach der Meldung fanden Kinder an einer Böschung der A8, der Autobahn, die im Bogen um den verschlafenen Überwinterungsort herumführt, den verbrannten Leichnam eines Mannes.

Fünf verschiedene Pässe wurden in Frederick Smiths Koffer gefunden, seine Kleidung jedoch stammte ausschließlich von amerikanischen Herstellern: The Gap, The Banana Republic, Brooks Brothers. Ein einziges Foto befand sich unter seinen Habseligkeiten: die Ablichtung eines älteren Mannes, in dessen Hintergrund ein Kalender zu sehen war. Die Beschriftung auf dem Kalender konnte als das niederländische Wort *maart*, März, entschlüsselt werden. Daneben eine Jahreszahl: 1968.

Die Polizei von Menton schaltete Interpol ein, und der Verbindungsmann von Interpol in den Niederlanden, ein Beamter der Kriminalpolizei Den Haag, identifizierte den Mann auf dem Foto: Es war Max Grünfeld, ein 1978 verstorbener Geschäftsmann. Er hatte einen Sohn gehabt, Thomas, der sich später, als er als Schauspieler Karriere zu machen begann, Tom Green nennen ließ. Green war 1980 nach Los Angeles gegangen.

Grünfelds Sohn, von dem Den Haag ein Bild faxte, wurde vom Personal des Hotel Aiglon wiedererkannt: Frederick Smith hieß in Wirklichkeit Thomas Grünfeld. Beziehungsweise Tom Green.

Die im folgenden wiedergegebene Biographie Tom Greens stützt sich ganz auf die englischsprachigen Fragmente, die

er selbst am Mahagoni-Sekretär in Zimmer Nummer vier
des Hotels Aiglon niedergeschrieben hat.*

Im Jahre 1948 wurde Miep Bergman Witwe, als das Boot
ihres Mannes bei stürmischen westlichen Winden in Höhe
der Shetlandinseln aus dem Ruder lief. Er war Makrelen-
fischer. Sie fand eine Anstellung als Haushälterin bei dem
Industriellen Max Grünfeld, Teilhaber der Verenigde Che-
mische Bedrijven, eines der größten Chemiekonzerne im
Nordwesten Europas. Zusammen mit Jannetje, ihrem neun-
jährigen Töchterchen, bewohnte Miep das Dachgeschoß
von Grünfelds Haus an der Prinsessegracht in Den Haag,
einem neoklassizistischen Bau mit hohen Fenstern und vor-
nehmen Decken. Grünfeld, ein mürrischer, verschlossener
Mann, hatte die Kriegsjahre in der Schweiz verbracht.
    Er war wie Wachs in den Händen der entwaffnenden Jan-
netje, blühte auf, wenn das Mädchen mit den Zöpfen und
Schleifen in sein Zimmer gewirbelt kam, und überhäufte es
mit Geschenken aus Rio, Kairo, Bombay, Singapur – Namen, die Jannetjes Phantasie mit ihr durchgehen ließen.
Und als sie sich zu einem prachtvollen jungen Mädchen in
raschelnden Pettycoats entwickelte, mit den verlockenden
Reizen einer südländischen Jungfrau – fernen Anklängen an
spanische Vorväter, die im Seeländisch-Flandern des sechzehnten Jahrhunderts, wo die Wiege von Jannetjes Familie
gestanden hatte, fruchtbaren Bauern- und Fischerstöchtern
ihre Gene eingepflanzt hatten –, brachte er in Samt und Sei-

---

* Das Ganze ist mit Bleistift auf einem gelben Schreibblock amerikanischen For-
mats geschrieben, einem sogenannten *legal pad* der Firma Cambridge aus Day-
ton, Ohio.

denpapier verpackte Parfüms und Schmuckstücke mit und schlief mit ihr in dem antiken Himmelbett im ersten Stock, zwei Etagen unter dem Bett ihrer Mutter.

Selten hielt er sich in Den Haag in Begleitung seiner Gemahlin auf, die am liebsten in Zürich wohnte, was »Meneer« die Freiheit ließ, das Abendessen gemeinsam mit Haushälterin und Jannetje im offiziellen Eßzimmer des Hauses einzunehmen. Manchmal wurde es dabei spät, weil Jannetje und Grünfeld am Tisch sitzen blieben und sich unterhielten, und dann sagte er gutmütig: »Ach, Miep, geh ruhig schon nach oben, ich schick dir Jannetje dann, es ist ja noch früh.«

Jannetje war ganz verrückt nach ihm – Vater, Onkel, Opa und Geliebter zugleich, so reich und mächtig, daß ihn das zwangsläufig anziehend machte, zu einem charmanten und weisen Mann, der Welten öffnete und deren Rätsel entschlüsselte. Kurz vor ihrem siebzehnten Geburtstag stellten sich Probleme mit ihrer Menstruation ein, und Grünfelds Leibarzt diagnostizierte eine fortgeschrittene Schwangerschaft.

Er hatte einen jüdischen Erzeuger, doch Thomas Petrus Maria Bergman wurde 1954 in einer katholischen Kirche in Scheveningen getauft. Er wuchs in einem *middle-class*-Reihenhaus an der Laan van Meerdervoort auf und wiegte sich in dem Glauben, daß sein Vater, wie das damals bei Fischersfamilien nichts Ungewöhnliches war, in der Nordsee ertrunken sei und daß seine Mutter von einer Witwenpension lebe.

Green schreibt, daß der Tod seines Vaters zu einer ängstigenden und zugleich faszinierenden Quelle von Tagträumen wurde, der Sturm, in dem er umgekommen war, das ächzende Schiff, die schäumenden Wellen, der wütende Wind, die zerberstenden Planken, das lecke Rettungsfloß, der sinkende Scheveninger Kutter auf Makrelen- und Seezungenfang. Fotos von seinem Vater gab es nicht.

Eine Woche nach meinem elften Geburtstag wollte meine Großmutter beim Abendessen plötzlich etwas mit mir bereden. Meine Mutter hatte geweint, ich wußte nicht, weswegen, aber solche Anwandlungen hatte sie öfter, Migräneanfälle *hießen die.*

Wir hatten gebetet, und ich erzählte selig, wie schnell mein neues Fahrrad sei, ein kostspieliges Gazelle-Rad mit Dreigangschaltung und Trommelbremsen, das schönste Fahrrad von ganz Den Haag.

Meine Großmutter sagte: »Thomas, wir müssen dir etwas erzählen. Etwas, bei dem du denken wirst, was soll das, warum haben sie mir nie die Wahrheit gesagt? Aber wir hoffen, daß du uns vergibst und es eines Tages verstehen wirst.«

»Was denn?«

Meine Mutter wich meinem Blick aus.

»Es betrifft... es betrifft deinen Vater«, sagte meine Großmutter.

»Ja, und?«

Bei dem Ernst, mit dem das alles einherging, wurde mir mit einem Mal schwindelig.

Nun tauschten sie einen Blick. Meine Großmutter wollte meine Hand nehmen, doch ich zog sie vom Tisch und ballte im Schoß böse die Fäuste.

»Wir haben dich, was deinen Papa betrifft, immer ange-

logen«, sagte meine Großmutter mit unbewegter Stimme, jede Gefühlsregung unterdrückend, da ihre Tochter schon ein einziges Häuflein Elend war.

»Wir haben gesündigt, wie selten ein Mensch gesündigt hat. Wir haben unser eigen Fleisch und Blut belogen.«

Sie war mit Leib und Seele Katholikin, entzündete in der Sankt-Antonius-Abtei am Oude Scheveningseweg allwöchentlich beschwörende Kerzen und glaubte an Sünden und Opfer. Genau wie ich.

Ich schloß die Augen und hoffte, daß meine Großmutter plötzlich in Lachen ausbrechen und rufen würde: »Ich hab nur Spaß gemacht! Stimmt ja alles gar nicht!« Aber so ist das nur im Film und im Traum. Dies hier geschah wirklich. Jetzt kam DIE WAHRHEIT.

»Dein Vater, dein Papa, der war kein Fischer.«

Kein Fischer? Was war er dann? Und was war Opa gewesen, wenn Papa kein Fischer war? Jetzt faltete ich die Hände. Ich wollte beten.

»Thomas? Hörst du mir zu? Papa war kein Fischer.«

Ich konnte nichts sagen, weil ich mich betrogen fühlte. Von meinen eigenen Phantasien über meinen Untergang. Jahrelang war ich mit meinem Vater zusammen ertrunken. Wie lange hatte ich nicht schon den Atem angehalten, während ich mir einbildete, daß ich in der Kajüte des umgeschlagenen Kutters eingeschlossen sei und keinen Sauerstoff mehr hätte? Wie viele Stunden waren das wohl schon gewesen? Ich war Weltrekordler im Atemanhalten.

»Papa war kein Fischer«, wiederholte meine Großmutter. »Er ist... Papa ist nicht ertrunken. Wir haben dir nie die Wahrheit sagen können. Dein Papa lebt noch.«

Mein Vater? Am Leben?

Ich starrte auf meinen Teller und spürte, wie in meiner Brust ein gigantisches Feuer aufloderte, etwas, das eine unbeschreibliche Hitze abstrahlte, welche die Ruhe, die dort geherrscht hatte, für immer versengen würde. Ich wollte niemanden ansehen, nirgendwo sein, nichts fühlen. Ich sprang von meinem Stuhl auf und rannte weg. Meine Mutter rief meinen Namen, aber ich hatte keinen Namen mehr.

1966 nahm seine Mutter ihn dann eines Tages mit in den Palast an der Prinsessegracht, zu der breiten Eingangstür mit den drei Natursteinstufen davor, zu dem weißen Marmorflur mit dem scharlachroten Läufer und dem Empfangssaal und dem mit geschnitzten Löwenköpfen verzierten Schreibtisch, an dem ein vornehmer älterer Herr in dunkelblauem Anzug stand, mit schlanken, manikürten Fingern und Goldrandbrille, in Thomas' Augen eine Art Bürgermeister, ein ernster, nüchterner Mann, kein muskulöser Fischer mit Händen, die Harpunen auf Walfische abschossen.

Damals gab es den Walfischfang noch, schreibt Green, ein Abenteuer, bei dem sie sich Ruhm und Ehre erwerben konnten, diese Männer mit den zusammengekniffenen Augen in den wettergegerbten Gesichtern, in denen geschrieben stand, wie wenig Ehrfurcht sie vor den Polargewässern und deren gigantischen Pottwalen hatten, jenen schwimmenden Speichern gesunder Fette und Öle.

Thomas hatte ihn schon gesehen. Er hatte ein paarmal vor ihrem Haus an der Laan van Meerdervoort gestanden, auf der gegenüberliegenden Straßenseite, im Gespräch mit seiner Mutter oder seiner Großmutter, ein selbstbewußter Herr, der nichtsdestotrotz etwas Gejagtes ausstrahlte, als könne man ihn dort jeden Moment verhaften.

In der folgenden Passage schreibt Green in der dritten Person über sich, als ginge es um jemand anderes:

»Tom«, sagte er.

Auf seinem Gesicht lag ein Lächeln, doch seine Augen taxierten Thomas, als sei er ein Arzt und Thomas mit einer Krankheit behaftet.

Thomas wurde von seiner Mutter zu dem Mann hingeschoben, zwei Schritte, die ihn in die Nähe der feinen Hände des Mannes brachten, mädchenhaften Gebilden, die nie ein Fangnetz oder ein Steuerruder berührt hatten. Thomas ließ sich schieben, sprachlos und schwindelig, und fühlte, wie die samtige Hand ihm durchs Haar kraulte. Der Mann roch nach Parfüm. Thomas hatte gedacht, daß nur Frauen das täten. Er starrte auf die Schuhe des Mannes. Noch nie hatte er so toll geputzte Schuhe gesehen.

»Du ähnelst meinem Vater«, sagte der Mann.

Seine Stimme klang wie aus der Vorkriegszeit, er hörte sich fast so an wie der Kommentator der Wochenschau, die im Kino immer vor dem Hauptfilm kam. Der Mann sprach jede Silbe ganz deutlich aus.

Er legte einen Finger unter Thomas' Kinn und hob seinen Kopf an. Thomas ließ alles mit sich geschehen, als wäre er eine Ware.

»Du bist ein hübsches Kind«, sagte der Mann, während seine Augen Thomas' Gesicht abtasteten. Er ließ ihn los und ging um seinen Schreibtisch herum.

Thomas blieb stehen und sah zu, wie der Mann Platz

nahm. Seine Mutter stand irgendwo hinter ihm, aber er wagte nicht, sich umzudrehen.

Als der Mann sich setzte, sah Thomas an der Wand hinter dem Ledersessel ein Gemälde in den schönsten Farben, die je gemalt worden waren. Es war, als verströme das Bild Licht, als schwebten die Farben über der Leinwand. Und nicht nur die Farben machten tiefen Eindruck auf ihn, auch von dem, was auf dem Gemälde dargestellt war, konnte er den Blick kaum noch abwenden. Eine dunkelhäutige Frau mit entblößten Brüsten, ein begehrenswerter Körper in Tönen, die an die Sonne denken ließen, an Dinge, die Männer und Frauen machen, wenn sie allein sind.

»Gauguin«, sagte der Mann. »Es ist ein echter. Ich habe auch einen Bonnard und einen Cézanne. Gefällt es dir?«

Thomas nickte.

»Später werden sie alle dir gehören. Wie findest du das?«

Wieder nickte Thomas.

Der Mann sagte: »Weißt du, Tom, ich kann mir sehr gut denken, was in dir vorgeht. Ich habe einen Psychologen für dich. Du kannst dreimal die Woche zu ihm gehen, du kannst ihm Fragen stellen, du kannst deine Probleme mit ihm besprechen. Ich möchte, daß du weißt, daß ich mir der schmerzlichen Situation, in der du dich befindest, bewußt bin.« Das alles klang wie einstudiert, als habe ihm jemand den Text geschrieben. »Deine Mutter hat dich angelogen, deine Großmutter auch, und ich möchte, daß du weißt, daß sie das getan haben, um dich zu schützen. Und um mich zu schützen. Verstehst du? Verstehst du das, Tom?«

Thomas wußte nicht, was der Mann von ihm erwartete, aber er schüttelte den Kopf.

»Nein?« *fragte der Mann erstaunt.* »Du verstehst das nicht?«

Er schaute an Thomas vorbei zu dessen Mutter.

»Du hast es ihm doch erklärt?«

»Ja«, *hörte Thomas sie sagen*, »aber er begreift es nicht.«

Der Mann sah ihn wieder an: »Du bist ein intelligenter Junge. Was verstehst du nicht?«

»Ich verstehe nicht, warum... warum seid ihr nicht verheiratet?«

Der Mann wandte jetzt die Augen ab, als quälte ihn Thomas' Einfalt, leckte sich kurz über die trockenen Lippen und blickte zu Jannetje.

»Deine Mutter und ich, wir haben beschlossen, daß du von nun an einen anderen Namen tragen sollst.« *Er sah jetzt wieder Thomas an:* »Den Namen deines Vaters. Meinen Namen. Du heißt fortan Thomas Grünfeld. Die Zeit des Thomas Bergman ist vorbei. Und du bekommst eine andere Erziehung. Du bist ein jüdisches Kind. Weißt du, was Juden sind?«

Thomas schüttelte den Kopf.

»Die Juden sind ein sehr altes Volk, das älteste noch existierende Kulturvolk, und weil ich ein Jude bin, bist du es auch.«

»Und Mama?«

»Mama wird auch jüdisch.«

»Wir sind auch katholisch«, *sagte Thomas.*

»Nein, jetzt nicht mehr. Von der kommenden Woche an bist du ein Jude, und deine Mutter eine Jüdin.«

»Geht denn das?« *fragte Thomas, trotzig, aber bescheiden.*

»Das geht. Deine Mutter fährt am Montag nach Paris, und dort wird sie... wie soll ich sagen... zur Jüdin getauft. In einem Bad. Einer Mikwe, so heißt so ein Bad. Und du machst in einem Jahr deine Bar-Mizwa, das ist so etwas wie eine Kommunion, aber eben eine jüdische.«

»Ist das Sünde?« fragte Thomas.

»Sünde?« wiederholte der Mann. »Nein, du bist fortan ein jüdischer Junge. Du wirst in Jüdischkeit unterrichtet, du wirst dein Leben als Mitglied deines Volkes führen. Es war ja gerade Sünde, daß du nicht als Jude gelebt hast.«

»Glauben Juden an den Vater im Himmel?«

»Ja. Aber wir nennen Ihn nie so.«

»Wie denn?«

»Gott. Oder Herr. Und das meistens auf hebräisch. Adonái.«

»Und glauben die Juden an die Heilige Dreieinigkeit?«

»Nein. Für uns existiert nur ein Gott. Der ist nicht aufgeteilt.«

»Aber der Herr Jesus Christus ist für uns am Kreuz gestorben!«

»Das mußt du dir von nun an aus dem Kopf schlagen.«

»Das geht nicht. Das ist heidnisch.«

»Du bist ein Jude. Wir glauben nicht, daß der Messias schon da war. Sein Kommen steht noch bevor.«

»Der Herr Jesus Christus wird wiederkommen, ja.« Und dann fiel Thomas etwas ein: »Die Juden haben Ihn ermordet!«

»Die Römer«, verbesserte ihn der Mann.

»Aber die Juden haben frohlockt!« rief Thomas.

Da donnerte die Stimme des Mannes über den schweren

Schreibtisch hinweg, über die Löwenköpfe, die Thomas mit aufgesperrtem Maul drohten: »Genug! Hör auf mit dem Unsinn!« Und dann ruhiger, frei von Emotionalität: »Du wirst das alles lernen. In einer Weile sprechen wir uns wieder. Dann wirst du einsehen, daß das alles ganz anders ist.«

Thomas wackelte vage mit dem Kopf. Verneinend und bejahend zugleich.

»Du wirst alles darüber erfahren. Du hast doch vom Krieg gehört, von den Juden in den Lagern?«

Davon hatte er gehört. Von den Greueltaten der Deutschen, die die Juden ermordet hatten. Zu denen gehörte er also mit einem Mal. Zu diesen Schwarzweißfotos von ausgehungerten Menschen hinter Stacheldraht. Diese Menschen machten ihm angst vor der Welt, vor dem Teufel und den Versuchungen des Bösen.

»Waren Sie auch in einem Lager?«

»Nein. Aber deine Großeltern. Sie sind ermordet worden. Meine ganze Familie ist ermordet worden.«

»Oma lebt«, sagte Thomas.

»Ja, zum Glück«, sagte der Mann. Er setzte seine Brille ab. Mit einem weichen Tuch, das er aus einer Kristallschale nahm, die auf der rotledernen Schreibtischplatte stand, putzte er die Gläser.

»Du mußt jetzt gut zuhören, was ich dir sage.« Er blinzelte. Thomas sah die roten Druckstellen oben an seiner Nase, wo seine Brille gesessen hatte. »Ich habe in meinem Leben sehr hart gearbeitet. Ich arbeite immer noch sehr hart. Und ich möchte, daß später jemand da ist, der meine Nachfolge antritt, der alles, was ich erreicht habe, fortführen kann. Und das bist du, Tom. Du bist mein Fleisch und

Blut, mein Nachfolger. Du wirst mehr Geld haben, als du in zehn Leben ausgeben kannst. Du wirst überall in der Welt zu Hause sein, denn überall wirst du ein Haus haben. Du wirst davon profitieren, aber auch Verpflichtungen tragen. Für Industrien, für viele Tausende von Familien, die von dir abhängig sind. Und deshalb wirst du nach den Sommerferien woanders wohnen. Deine Mutter wirst du jeden Sonntag sehen. Am Samstagabend, wenn der Sabbat vorbei ist, fährst du zu ihr. Und während der Woche wohnst du bei einer Pflegefamilie. Bei der Familie Kupfer in Bussum. Dort bekommst du eine traditionelle Erziehung. Du bekommst dort Hebräischunterricht, du lernst die Gebräuche, sie werden einen richtigen jüdischen Jungen aus dir machen. Es sind nette, liebe Menschen. Herr Kupfer ist Schneider, er wird dir die schönsten Anzüge schneidern.«

»Und Mama?«

»Mama bleibt einfach zu Hause in Den Haag. Am Anfang wird sie dich jeden Tag anrufen, nicht wahr, Jan?«

So hieß sie nicht, sie hieß Jannetje. »Ja«, sagte sie. Thomas hörte ihrer Stimme an, daß sie Tränen hinunterschlukken mußte.

»Du gehst dort zur Schule, du wirst dort Freunde finden, und wenn du achtzehn bist, gehst du auf die Universität. Und eines Tages fängst du bei mir im Geschäft an.«

»Sind dort auch noch andere Kinder?«

»Bei den Kupfers?« fragte der Mann.

Thomas nickte.

»Nein, du bist das einzige Kind dort. Sie werden für dich sorgen, als wärst du ihr eigenes Kind.«

»Aber Mama... Was ist denn verkehrt an Mama?«

»Nichts. Aber Mama weiß nicht, was eine jüdische Erziehung beinhaltet, verstehst du? Dafür kann deine Mama nichts. So etwas muß man lernen. Darum kommst du zu den Kupfers.«

»Mama kann es doch auch lernen?«

»Nein. Dafür ist Mama zu alt.«

»Mama ist nicht alt. Mama ist neunundzwanzig.«

»Ich weiß. Sie ist noch sehr jung. Aber um von Grund auf erfassen zu können, was eine jüdische Erziehung beinhaltet, muß man jünger sein, glaub mir.«

»Wie alt sind Sie?«

»Ich bin neunundfünfzig.«

»Oma ist achtundfünfzig.«

»Ja.«

»Warum sind Sie mein Vater?«

»Darum.«

»Haben Sie noch andere Kinder?«

»Nein.«

»Und sind Sie verheiratet?«

»Ja. Mit einer anderen Frau.«

»Ich dachte, mein Vater ist tot. Er war Fischer.«

»Ich bin dein Vater. Niemand anders.«

»Ich will nicht jüdisch sein.«

»Aber du bist es.«

»Ich kenne keine Juden.«

»Das wird sich ändern.«

»Was passiert mit Mama?«

»Ich werde sehr gut für sie sorgen. Sehr, sehr gut.«

»Ich will nicht von Mama weg.«

»Du hast den ganzen Sommer Zeit, dich an den Gedan-

ken zu gewöhnen. Du wirst mit Jan die Kupfers besuchen, dann wirst du sehen, daß es dort sehr schön ist. Sie sind sehr lieb. Danach machst du Ferien in der Schweiz, Mama kommt mit, Oma kommt mit, und ab September wohnst du dann in Bussum. Du wirst sehen, das wird eine nette Zeit. Nicht, Jan?«

Thomas fühlte ihre Hand auf seiner Schulter, sie drückte ihn.

»Es ist wirklich das beste«, sagte sie mit schwankender Stimme, sich zusammenreißend. »Du hast eine große Zukunft vor dir.«

Im darauffolgenden Sommer verbündete sich Thomas mit seiner Großmutter. Sie war der Ansicht, daß seine Mutter einer Million Silberstücke und einem Appartement in Paris erlegen sei, wo sie auf *ihn* warten könne, bis *er* von Gerard, seinem Chauffeur, Bodyguard und Assistenten, dort abgesetzt werde. *Er*, niemals nannte sie seinen Namen, als handele es sich um ein Ding, eine Art, einen rohen, animalischen Trieb, der mit einem Namen viel zu sehr menschliche Gestalt annehmen würde, so schrieb Green. Seine Großmutter war bereit, wieder bei anderen arbeiten zu gehen, bei ausländischen Diplomaten die Badezimmer zu schrubben, die Vertäfelungen zu wienern, die Unterhosen zu bügeln. Aber *deine Mutter* war noch immer verliebt, und für *ihn* hatte sie den Heiligen Römisch-Katholischen Glauben abgelegt und sich in einem Pariser Bad zur Jüdin taufen lassen, »und dann noch nicht mal zu einer richtigen, sondern einer sogenannten liberalen, das ist so was wie die Reformierten bei den Protestanten, also praktisch gar nichts.«

In jenem Sommer reisten sie in die Schweiz. In einem imposanten Hotel über dem Zürichsee, das mit Teppichen ausgelegt war, in denen er knöcheltief versank, schliefen sie in breiten Betten und nach Blumen duftender Bettwäsche, speisten in einem goldenen Saal mit tausend Obern, wo sich das Kerzenlicht hundertarmiger Leuchter im Silberbesteck und in den hauchdünnen Gläsern und den verwirrten Augen seiner Großmutter widerspiegelte. Jannetje hatte etwas Triumphales in ihrer Haltung, als sei diese luxuriöse Unterkunft eine Art Bestätigung dafür, daß sie recht daran tat, die Beziehung zu Max Grünfeld aufrechtzuerhalten. In den Genuß dieses Reichtums, dieser Art, die Welt und ihre Möglichkeiten zu erleben, kam man ausschließlich in seiner Umgebung.

Auch Thomas' Großmutter konnte dem Überfluß nicht widerstehen, setzte sich aber pro forma dagegen zur Wehr, machte kritische Randbemerkungen, konnte es nicht lassen, die Größe der Zimmer, die Breite der Flure, die Erlesenheit der Gerichte ins Gegenteil zu verkehren.

Ein Besuch beim Juwelier brach ihren verbalen Widerstand. Hier wurde eine alte Begehrlichkeit bei ihr offenkundig, und Thomas begann zu begreifen, daß die Charakterschwächen seiner Mutter ihren Ursprung bei seiner Großmutter hatten, die ihrer Tochter anfänglich versagt hatte, was sie sich selbst in ihrer Jugend so sehnlich gewünscht hatte: Juwelen, Samtvorhänge, Nußbaumschränke, Handtaschen aus Krokodilleder, Damast, Seide, das ganze Drum und Dran der Villenbewohner von Lange Voorhout und Wassenaar.

Max erfaßte, was in Miep und Jannetje vorging, schreibt

Green, *und die Kundenkonten, die er ihnen bei den schikken Läden in der Bahnhofstraße eröffnete, verrichteten ihr Vernichtungswerk: Auch Oma streckte die Waffen, auch sie hatte offensichtlich einen Preis, der zu bezahlen war.*

Die Kupfers, zwei verhuschte jüdische Menschen, die klein und blaß durch ihr großes Haus im Bussumer Viertel ›Het Spiegel‹ trippelten, waren im Krieg untergetaucht gewesen. Sie hatten in Spakenburg, einem Fischerdorf am IJsselmeer, auf dem Dachboden des Bauernhauses frommer Protestanten die Kriegsjahre überlebt. Thomas sah sie in seiner Phantasie dort dicht unter dem Dach liegen, beide nicht größer als er, abgeschnitten von Sonnenlicht, Ausblick, der Zeitung, Wolken am Himmel, und er begriff, wieso sie nie nach draußen gingen. Auch er tauchte unter. Er versteckte sich in den labyrinthischen Hohlräumen hinter den Holzverkleidungen auf dem Dachboden. Er hörte, daß sie ihn riefen, aber er wollte nicht hervorkommen und blieb manchmal ganze Nachmittage lang *unsichtbar für ihre besorgten Augen, unhörbar für ihre verzweifelten Stimmen, unerreichbar für ihre verkrampften Hände.*

Herr Kupfer brachte ihm das hebräische Alphabet bei, jeden Tag nach dem Essen eine weitere Etappe im Schnellkurs, der zur Bar-Mizwa führen sollte. Anfangs gab Thomas sich alle Mühe, die fremdartigen Zeichen unterscheiden zu lernen, doch nach einigen Monaten, nachdem er in der neuen Schule keine einzige Freundschaft geschlossen hatte – er wurde geduldet, ein komischer Fatzke mit Haager Akzent –, täuschte er sein Interesse nur noch vor, saß nur pro forma stundenlang über seinen Hausaufgaben, jedoch ohne etwas zu sehen, ohne etwas zu denken.

Zum Besuch seiner Mutter in Den Haag fuhr er jeden Samstagabend nach Sonnenuntergang mit dem Zug bis Bahnhof Hollands Spoor, mit einmal Umsteigen in Amsterdam. Manchmal verließ er dort das Bahnhofsgebäude und spazierte mit Flattern im Bauch die Damrak entlang, vorbei an den vielen Cafés und Hotels (*die noch nicht von der Drogen- und Pommeskultur befallen waren, die in den siebziger Jahren einen Großteil der Stadt zerstören sollte,* schreibt Green) und an den Huren und Zuhältern im Rotlichtviertel. Er rief dann an, daß der Zug Verspätung gehabt und er den Anschlußzug verpaßt habe.

Die ersten Weihnachtsferien, zwei Wochen, durfte er in Den Haag verbringen. Gleich nach seiner Ankunft drängte seine Mutter auf eine Kontrolluntersuchung bei einem Arzt. Sie tat das nervös, erhitzt, ungeduldig, in erbittertem Ton, und mit einem Mal waren sie in London, und Thomas lag in einem Krankenhaus und wurde operiert. Seine Mandeln und seine Vorhaut wurden entfernt.

In jenen Ferien schlurfte ich wie ein Invalide durch die Flure des Londoner Majestic, wo wir eine Suite bezogen hatten, humpelte, auf einen Stock und den linken Arm meiner Mutter gestützt, mit brennenden Schmerzen im Schritt durch die weihnachtlichen Verkaufsräume von Harrods. Die Brith Milah *war von einem jüdischen Arzt ausgeführt worden, der die Gebete gesprochen hatte, als er den Eingriff vornahm. Ich war jetzt beschnitten, mein Leib zeugte von dem Bund mit* Adonái Elohénu. *Ich durfte alles kaufen, was ich wollte. Bausätze von allen Flugzeugen der Welt, ganze Märklin-Anlagen, ein Rennrad (ich hatte ein neues mit drei Gängen, aber dieses Raleigh hatte zehn), Spielzeugwaffen,*

die trügerisch echt aussahen, Puzzles. Die Wunde verheilte
schnell, und als im Krankenhaus der Verband gewechselt
wurde, von einem schweigsamen schwarzen Pfleger, dem
ersten Farbigen, den ich von nahem sah, betrachtete ich zum
erstenmal meinen jetzt mit einer empfindlich nackten Spitze
ausgestatteten Pimmel, des Stückchens Haut beraubt, das
dem Herrn der Juden ein Dorn im Auge war, ein fremd-
artiges Ding, das nicht mir gehörte.

Drei Monate lang fuhr er jedes Wochenende nach Den
Haag. Nach Ostern zog seine Mutter dann in das Appartement in Paris um, und er konnte sie nur noch in den Ferien
besuchen. Als die Pubertät zu wüten begann, wurde er zu
einem schwierigen Dreizehnjährigen, der sich etwas darauf
einbildete, daß er seine Hausaufgaben nicht machte, so gut
wie jeden Tag einmal aus dem Klassenzimmer gewiesen
wurde, seine Zeit in den Jugendtreffs auf der anderen Seite
der Bahnschienen, die Bussum in zwei Teile schneiden, ver-
trödelte, zweimal einen Joint geraucht hatte, Fahrräder
klaute und den lokalen Dialekt perfekt nachahmen konnte.
In jenem Schuljahr blieb er sitzen und feierte in der Synagoge seine Bar-Mizwa.

Das war das zweite Mal, daß er seinen Vater sah. Normalerweise wird dieses Initiationsritual ganz groß gefeiert,
mit unzähligen Gästen und Umarmungen und Tränen der
Freude und des archaischen Stolzes, doch sein Vater hatte
mit einem möglichen Fehlschlag gerechnet. In dem imposanten Saal der leerstehenden Synagoge direkt hinter seinem
Haus an der Prinsessegracht, Eigentum des Immobilienmag-
naten Reinder Zwolsman und zu diesem Anlaß für den
symbolischen Betrag von *einem* Gulden gemietet, lauschten

höchstens dreißig Besucher Thomas' *Parascháh,* einem Abschnitt aus der Thora, den er mit wohlklingender Stimme vorlesen mußte, um zu beweisen, daß er als vollwertiges Mitglied in die jüdische Gemeinschaft aufgenommen war.

In den letzten Wochen vor dem großen Auftritt war mir das Besondere dieses Anlasses plötzlich siedend heiß bewußt geworden, und mit der Hilfe von Herrn Kupfer, der zwar ermüdet, aber entschlossen war, hatte ich fieberhaft an meiner Aussprache, dem Rhythmus des Textes, am Hersagen von Lauten gefeilt, die zwar bedeutungslos für mich blieben, die ich am Ende aber fehlerlos vortragen konnte. Ich stand vor der Thorarolle und tippte mit der silbernen Jad, *einem Zeigestab, im Rhythmus meines Vortrags auf das Pergament. Ich wußte nicht, was ich da sagte, aber es klang genau so, wie es sich gehörte. Fehlerlos. Als ich mich umdrehte, aus dem Rausch der Klänge erwachend, die in meinem Gedächtnis ein eigenes Leben führten, fing ich den Blick meines Vaters auf, der mich überrascht und gerührt anstarrte. Ich sah ihn schlucken und lächeln, ein Lächeln, das ich noch nie gesehen hatte. Einen Moment lang war ich glücklich. Mein Einstand war gelungen.*

In den Sommerferien durfte er seiner Mutter in Paris Gesellschaft leisten. Max Grünfeld hatte für Jannetje ein Appartement in der Rue Jacob in Saint Germain gekauft, in einem hohen Patrizierhaus, das an sein Haus in Den Haag erinnerte. Jannetje hatte ein Dienstmädchen, das die Zimmer saubermachte und in der großen Wohnküche das Frühstück und das Mittagessen servierte, eine richtiggehende Haushälterin, die dasselbe machte, was Jannetjes Mutter früher im Haus des Vaters ihres Sohnes gemacht hatte.

*Meine Mutter pulte immer das Weiße aus den Baguettes
und aß dann genüßlich die knusprige Hülse. »Ich bin eigentlich nur wegen diesem Brot hier«, sagte sie oft scherzhaft.*

Es war ein heißer Sommer. Mit einem roteingebundenen
Stadtführer von Gibert Jeune bummelte Thomas schwitzend über die endlosen Boulevards, die zwischen ein und
vier Uhr mittags ausgestorben, die Mysterien hinter den
Fassaden allein seinen Augen überlassend, in der drücken-
den Hitze lagen, aß Eis, trug ungeniert kurze Hosen, ver-
gaß im Schatten des Arc de Triomphe, in Richtung Con-
corde unten am Fuße der breiten Champs-Elysées starrend,
ganz, wer er war. Zuviel Eis, häufig Durchfall. Erst um zehn
oder elf Uhr abends – unendlich viel später als bei den
Kupfers, halb sechs, die normale holländischen Essenszeit –
begleitete er seine Mutter in die laute Stadt, in die laue
Abendluft, die das staubige Viertel aufatmen ließ, in Restaurants, in denen sich Berühmtheiten trafen. Sie zeigte
ihm einmal Simone de Beauvoir, Sartre, Simenon. Sie hatte
zu lesen begonnen, »ich will alles aufholen«. Thomas war
sich nicht mehr so sicher, ob die Verbannung nach Bussum
nur als eine Strafe zu betrachten war. Wenn dies die Ent-
schädigung dafür darstellte, war er bereit, seine Zeit dort abzusitzen.

Auf die Kupfers folgte jedoch die Familie Sanders in
Enschede. Im Handumdrehen machte Thomas sich auch
hier den lokalen Dialekt zu eigen. Herr Sanders arbeitete in
einer koscheren Fleischerei, und abends und am Wochenende handelte er mit blinden und lahmen Pferden, die er bei
Bauern aufkaufte und an die Schlachthäuser weiterlieferte;
Thomas fürchtete sich vor diesen großen, hilflosen Tieren

mit den panischen Augen und den gelben Zähnen. Noch vor den Herbstferien wurde er von der Schule verwiesen, nachdem er in der Toilette mit einem Mädchen erwischt worden war, sie das weiße Unterhöschen auf den Knöcheln, er den Hosenschlitz aufgeknöpft, beide atemlos vor erwachsener Erregung.

Danach kam er zu Familie Van Gelder in Winschoten. Er ließ sich die Haare lang wachsen und wurde ein *Gammler*, für ihn ein neues Wort, das für einen unkonventionellen und lotterigen Lebenswandel stand. Im Gegensatz zu Enschede erledigte er hier, soweit nötig, seine Hausaufgaben und sorgte dafür, daß sich seine Schulzeit nicht länger hinziehen würde als unbedingt notwendig. Ohne nennenswerte Anstrengung wurde er ein guter Schüler – Einäugiger im Land der Blinden. In seiner Freizeit trieb er sich mit dem Bauarbeiterpöbel der Gegend herum, Bauernsöhnen, die auf ihren Mopeds über die Polderstraßen rasten, renitenten Halbstarken mit derben Pranken und Tätowierungen unter ihren Jeansjacken. Sein Verbleib in Winschoten hatte ein überraschend jähes Ende, nachdem er bei einem Einbruch Schmiere gestanden hatte. Er hatte zuviel getrunken und merkte nicht einmal, als ein Streifenwagen mit ausgeschalteten Scheinwerfern direkt vor seiner Nase hielt. Die Anwälte seines Vaters sorgten dafür, daß sein Name aus den Protokollen herausgehalten wurde.

So trudelte er bis zu seinem achtzehnten Lebensjahr von einer Region in die andere, wobei er sich alle Dialekte des Landes aneignete, da er überall eine Tarnung brauchte. Betreut von Juristen und Psychologen, verblüfften Zeugen seiner Wut, machte er der einen Pflegefamilie so lange zu schaffen, bis eine neuerliche Katastrophe ihn der nächsten Pflegefamilie zuführte.

In diesen Jahren sah er seinen Vater nur zweimal. Thomas' ungezügelter Eskapaden wegen hielt sich sein Vater von ihm fern, in tiefem Zweifel über die Zukunftsaussichten seiner Gene.

Jannetje hatte zu reisen begonnen – Afrika, Asien, Brasilien – und sammelte Statuen, Masken, rituelle Gegenstände, mit denen sie ihren geistigen Hunger zu stillen versuchte. Sie war eine der ersten Bhagwan-Jüngerinnen, die auf der Suche nach innerer Erleuchtung in Poona die vorläufige Erlösung von ihren bösen Geistern fand. Erst viel später hörte Thomas, daß sein Vater ihr Appartement nur höchst selten betrat. Sie war seine Nebenfrau, hielt sich für ihn verfügbar, hatte ihm einen Sohn geschenkt, aber er hatte andere Mätressen gefunden.

Thomas verschliß während der letzten drei Jahre bis zum Schulabschluß sechs verschiedene Schulen und sechs Paar Pflegeeltern, doch trotz der vielen Wechsel gelang es ihm in vier Schulen, in einer Theateraufführung aufzutreten. Er wickelte die Auswahlkommissionen, die über die Besetzung zu befinden hatten, mit Leichtigkeit um den Finger. Spielen bereitete ihm keine Mühe. Er tat den ganzen Tag nichts anderes. Für ihn, den Wirrkopf, der er war, hatte der Panzer eines vorgeschriebenen Textes eine geradezu befreiende Wirkung.

Das ging Max Grünfeld zu weit. Er wollte nicht, daß sein Sohn Komödiant wurde, irgend so ein geschminkter Nachäffer, der halbnackt in *Hair* spielte. Also wurde Thomas auf die MTS geschickt, eine technische Schule, auf der man sich zum Vorarbeiter in Installationsbetrieben, zum Fernmeldetechniker, Berufen, die beim Bau, beim Straßenbau, in Maschinenfabriken benötigt wurden, und dergleichen ausbilden lassen konnte. Er entschied sich für Elektrotechnik. Aber er stellte sich so lange quer, bis sein Vater einwilligte, daß er wenigstens die MTS in Amsterdam besuchen durfte.

Dort begann Thomas sich in Künstlerkneipen herumzutreiben, vollen, verrauchten Lokalen mit lebhaft diskutierenden Leuten, die sich um den Hals fielen, ihren Gefühlen freien Lauf ließen, sich vor nichts zu schämen schienen. Und er lernte andere Träumer kennen, die sich wie er nach einem Text sehnten, der dem Leben Sinn gab.

In einer beliebten Kneipe, De Smoeshaan, wurde Thomas von einem gemeinsamen Bekannten René Scheffers vorgestellt, der an der Filmhochschule studierte. Und eines Tages besuchte René Thomas in dessen Wohnung im Jordaan-Viertel – ein extremer Luxus für einen Amsterdamer Studenten – mit einem Skript unter dem Arm. Er arbeitete an einem Film für sein Abschlußexamen, und er wollte, daß Thomas die Hauptrolle darin spielte.

Scheffers sagte, daß ich den Kopf dafür hätte, daß jemand mit meiner Haltung von Natur aus spielen könne, ich bräuchte nur ich selbst zu sein. Aber ich wußte nicht, was das war, ich selbst *sein. Ich machte Jack Nicholson in* Five easy pieces *nach. Oder Marlon Brando in* Die Faust im Nacken. *Oder Elliott Gould in* Der Tod kennt keine Wiederkehr. *Und als wir unseren ersten Film machten, nahm ich einen Filmnamen an: Tom Green anstelle von Thomas Grünfeld.*

Green bekam einen ersten Vorgeschmack auf den Kitzel und die Langeweile der Arbeit auf einem Filmset. Und offensichtlich war er dafür geschaffen. Er wußte nicht, wo die Wirklichkeit aufhörte und der Schein begann.

Für mich war alles überlagert durch jenen ersten Gang zum Haus meines Vaters an der Prinsessegracht, zu der marmornen Protzwelt hinter der grünen Tür, zur kruden Nacktheit Gauguins über meinem so soigniert verhüllten Erzeuger, dessen Körper ich nie entblößt gesehen habe, schreibt Green.

Er fand sich in der Welt von Ohm, Volt und Ampere nicht mehr zurecht und schrieb seinem Vater einen Brief. Er halte es für ausgeschlossen, daß er für eine Laufbahn in der chemischen Industrie geeignet sei. Er sei *von ganzem Wesen Schauspieler,* teilte er mit und legte seinem Brief nach Zürich eine Videokassette bei. Videos waren noch ein ziemlich neues Spielzeug, aber er wußte, daß sein Vater ein Philips Video 2000 besaß.

Grünfeld ließ mit der Antwort nicht lange auf sich warten. Er werde den monatlichen Zuschuß streichen. Die drei kurzen Filme, die Green ihm geschickt hatte, bewiesen seiner Meinung nach einen *gravierenden Mangel an Talent, nicht allein bei Dir, sondern bei allen Beteiligten. Eine zusammenhängende Geschichte habe ich nicht ausmachen können, geschweige denn irgendeine Emotion. Wenn Du diese Verrücktheit unbedingt ausleben mußt, bitte. Ich habe nicht das geringste Vertrauen in eine Schauspielerkarriere. Du wirst selbst für deinen Unterhalt aufkommen müssen. Leider weiß ich schon jetzt, was bei dem Ganzen herauskommen wird: Du verlierst kostbare Jahre und wirst kein bißchen weiser. Eines Tages wirst du mir eingestehen müssen, daß Du Dich geirrt hast. Gut, jeder hat das Recht auf den einen oder anderen Irrtum. Aber das brauche ich ja nicht unbedingt finanziell zu unterstützen.*

So ging Green tagsüber kellnern und verdiente gerade genug, um die Miete für ein kleines Zimmer im Arbeiterviertel ›De Pijp‹ bezahlen zu können.

Dank des Renommees von Scheffers' Filmen bekam er eine weitere Rolle in einer Produktion von *Krea*, einer Studentenvereinigung, der eine bezahlte Rolle bei *Globe* folgte, einer Theatertruppe in Eindhoven, von der damals die interessantesten Experimente und die jüngsten Autoren aufgeführt wurden. Diese Profis hatten ihn bei *Krea* gesehen und waren begeistert gewesen. Mit einem Mal war er ein junger Schauspieler, zwar ungeschult und nicht versiert in den Techniken, die man auf einer Schauspielschule beigebracht bekam, doch er entdeckte, daß die Schule, die er durchlaufen hatte, mindestens genauso intensiv gewesen war.

Ein Unbekannter, ein Debütant mit rein intuitiver Technik, der noch nie vor großem Publikum gestanden hatte, wurde den Löwen vorgeworfen und spielte eine klassische Hauptrolle. Darüber wurde gesprochen und geschrieben, das ging von Mund zu Mund. Globe *war auf solche öffentlichkeitswirksamen Stunts spezialisiert. Das Publikum war noch neugierig auf alles Schräge und Witzige, das man sich mit bekannten Bühnenstücken erlaubte. Inzwischen hat es sich, übersättigt von all den ohnmächtigen Versuchen, die Klassiker zu vergewaltigen, längst gelangweilt wieder davon abgekehrt, zur damaligen Zeit jedoch war die Auffüh-*

rung von Hamlet *als* film noir *noch ein tollkühner Einfall, der das Publikum schockierte. Und dabei stellte das Publikum überrascht fest, daß es sich gern schockieren ließ. Ich wurde Teil einer neuen Avantgarde im ländlichen Süden von Holland, die ihre eigene Anhängerschaft hatte. Ich war Hamlet.*

Green schickte seinem Vater die Kritiken. Keinen Brief, keine Karte. Seine Mutter reiste aus Paris an, und es brach dem jungen Schauspieler fast das Herz, als er sie am Ausgang stehen sah, Jannetje Bergman, *die Wahrheitssucherin aus Paris, mit großen Augen und zitternden Lippen, nach Wodka riechend, den sie in der Pause getrunken hatte, mager und ausgemergelt wie eine Tuberkulosekranke. Ich ließ meinen Tränen freien Lauf, ganz Schauspieler, vom Anblick des anorektischen Wesens, das meine Mutter geworden war, in hysterische Gefühlswallungen versetzt.*

Green bestritt fünfunddreißig Vorstellungen – die Überraschung der Saison, ein schauspielerisches Naturtalent, das »*die Aktualisierung* Hamlets *als zwingende Notwendigkeit erscheinen ließ«. Ich hatte keine Ahnung, was das bedeutete, aber ich empfand es als Kompliment. Arrogant ließ ich mich jede Nacht von einer anderen Bewunderin bedienen. Ich war dreiundzwanzig, der neue junge Star des niederländischen Theaters. Ich hatte es Max Grünfeld gezeigt. Hierfür besaß ich Talent.*

René Scheffers tauchte nochmals mit einem Skript auf. Er hatte eine kleine Erbschaft gemacht und wollte die in ein *roadmovie* investieren. Er wollte keinerlei Subventionen beantragen, sich nicht von irgendeinem Institut oder irgendeiner Einrichtung unterstützen lassen, und Green sollte die

Hauptrolle spielen. *Globe* bot ihm zwar einen festen Vertrag an, der ihm für die nächste Saison Sicherheit gegeben hätte, aber er wollte lieber den Film machen. *Der Heimweg und der Umweg,* Renés erster richtiger Spielfilm, kam beim Filmfestival in Berlin auf die Auswahlliste und erhielt den Preis für das beste Debüt, während Green den ›Erich-von-Stroheim-Filmpreis für Männliche Filmschauspieler‹ erhielt.

Das war der Beginn seiner Karriere als Filmschauspieler.

Leidvoll *ist ein melodramatisches Wort, aber ich habe kein anderes Wort zur Verfügung, wenn ich den Sterbeprozeß meiner Mutter charakterisieren soll. Sie hatte Leberkrebs, eine schmerzhafte, schleichende Krankheit, bei der es keinerlei Hoffnung gab. Sie hatte ein Jahrzehnt lang Unmengen von Alkohol zu sich genommen, ein Bedürfnis, das auch meinem Großvater nicht fremd gewesen war.*

Genetisch vorbelastet, heißt das heutzutage. Aber die körperliche Prädisposition fürs Trinken war nur eine der Ursachen, die zu ihrem Tod führten. Ich wehre mich gegen dieses Geschwafel von psychosomatischen Leiden, gegen den Gedanken, daß Menschen krank werden, weil ihr Geist beziehungsweise ihre Seele die Krankheit heraufbeschwört, auslöst, verschlimmert, oder weil der Mond falsch steht. Bei den unermeßlich komplizierten Strukturen des menschlichen Körpers kann vieles schieflaufen, irgendwo kann ein chemischer Prozeß oder das Gleichgewicht in einer Zelle gestört werden, oder aus irgendeinem Anlaß gerät auf atomarer oder sogar subatomarer Ebene ein winziges Teilchen aus der Balance – doch im Fall meiner Mutter war es tatsächlich verzweifelter Liebeskummer, der ihren Körper verfallen ließ.

Sie hatte ihr Kind verkauft und ein Leben in Paris dafür bekommen. Sie konnte reisen und die Welt beschnuppern. Doch schon bald wurde sie einer noch jüngeren Frau wegen, die schlanker und akrobatischer war als sie, einer mokkafarbenen Raubkatze, links liegengelassen. Sie war einundvierzig, als sie starb. Ich war nach Paris gekommen, weil meine Großmutter mir erzählt hatte, daß es ihr plötzlich sehr schlecht gehe, und ich war eine Woche bei ihr, als sie mit einem Mal aufhörte zu atmen, einfach aufhörte.

Das geschah im August 1978, heißen Pariser Tagen, die die Stadt nach Staub und Auspuffgasen riechen ließen. Früh am Morgen, nachdem die Straßen abgespritzt worden waren, nachdem sich die Rinnsteine in reißende Bäche verwandelt hatten, lief ich an Bäckereien und Cafés vorbei zu der Privatklinik, in die sie im Juni eingeliefert worden war. Ich hatte sie seit ihrer Einlieferung schon dreimal in Paris besucht, aber jetzt war sie nicht mehr ansprechbar, in einen Morphiumnebel abgetaucht. Bei diesen Besuchen hatte ich frische Baguettes dabei, noch warmes, duftendes Brot, das sie in den vergangenen Jahren jeden Morgen gegessen hatte, mit Butter bestrichen, dazu eine große Tasse café au lait auf dem Marmortablett, zu Hause oder auf einer sonnigen Terrasse oder hinter der warmen Scheibe, wenn der Herbstwind durch die Straßen fegte. Manchmal schaute sie mich an, aber ich wußte nicht, ob sie mich sah. Ich war davon überzeugt, daß sie das Brot roch, den weichen, noch warmen, milchweißen Flaum in der harten, knusprigen Hülse, die ich brach und ihr unter die Nase hielt, so daß sie es

riechen konnte, als wenn es ein ganz normaler Vormittag
wäre und sie sich später die Angebote in der Faubourg
St. Honoré ansehen und danach in einem Straßenrestau-
rant im Schatten des Centre Pompidou einen Salat essen
würde, ein Glas Weißwein dazu, eine Karaffe vielleicht,
oder doch lieber eine ganze Flasche, und anschließend ein,
zwei Stündchen in der summenden Stille schlafen würde,
die gegen halb vier zum lebendigen, nervösen Herzschlag
der Stadt anschwellen würde.

So saß ich dort morgens, ihr das Baguette ans Gesicht
haltend wie ein einfältiger Medizinmann, vom Personal
geduldet, bis meine Großmutter kam, kopfschüttelnd auf
mich einredete und die Magie meines Willens brach.

Am siebten Morgen starb sie, kurz bevor ich hereinkam,
und lag still und erschöpft im Bett, so jung und doch so auf-
gebraucht. Ratlos stand ich mit dem frischen Baguette in
der Hand da und wartete, daß sie die Augen aufschlagen,
daß ihre Brust sich wieder bewegen, daß sie den süßen, trö-
stenden Duft des warmen Brotes an sich heranlassen würde.
Sie hinterließ mir, was sie besaß, Möbel und eine Sammlung
von Statuen und Masken, die Trophäen ihrer Reisen durch
Afrika und Asien.

Greens Vater war in New York und konnte ihrer Beerdigung »nicht beiwohnen«. Er folgte ihr vier Monate später
nach, einundsiebzig Jahre alt, den Folgen einer schweren
Gehirnblutung erlegen. Er war zu der Zeit in Kapstadt. Sein
Leichnam wurde nach Zürich überführt, und Green sprach
das Kaddisch an seinem offenen Grab.

Green lernte die Frau seines Vaters kennen, Julia, eine
schlanke Kunsthistorikerin, die ihre Villa auf einem der

Berge am See wie ein Museum eingerichtet hatte. Dort sah er auch den Gauguin wieder, der ihn bei seiner ersten Begegnung mit Max in Den Haag gerettet hatte – die ewige Frau, der Körper, der Leben schenkt.

Ich lief stundenlang am See entlang, starrte in den darüberhängenden Nebel, aß in der Kronenhalle, naschte bei Sprüngli, kaufte bei Bally Schuhe und ließ mich dann eines Morgens durch den Schnee zur Testamentseröffnung zum Notar fahren.

Das Testament bestand aus zwei Teilen. Max Grünfeld hinterließ seiner Ehefrau die Villa am See sowie eine regelmäßige Zuwendung von zehntausend Schweizer Franken die Woche. Den Rest des Besitzes, einschließlich der Kunst – ein Kapital von einhundertdreißig Millionen Schweizer Franken –, bekam, bis auf einen kleinen Betrag, der an seine Mätresse in Guadeloupe ging, Tom.

War es Liebe, was mein Vater mir da schenkte? Oder war es die erschütternde Konsequenz aus dem erbarmungslos egozentrischen Leben, das er geführt hatte, berechnend und autoritär, und damit ein Versuch, mich in seine Fußstapfen zu zwingen und in genauso einen Sammler von materiellem Reichtum und Geld – der konkreten Übersetzung von Macht – zu verwandeln, wie er es gewesen war?

Es war widerwärtig. Es war zuviel. Man konnte unmöglich mit Besitztümern in einem so monströsen Umfang leben, ohne daß es einen verbog. Es war eine zweite Beschneidung. Wie in Trance kehrte ich nach Amsterdam zurück.

Im ersten Monat gab Green mehr Geld aus, als er in seinem ganzen Leben verdient hatte. Und es meldeten sich

Familienmitglieder. Sein Vater hatte nie von ihnen erzählt, Green hatte nicht gewußt, daß es sie gab, aber offenbar hatte sein Vater eine Halbschwester in Israel und zwei Cousins in England, und unter der Leitung Julias formierte sich eine Interessengemeinschaft, die sich mit Hilfe einer Legion von Anwälten anschickte, das Testament anzufechten.

Green mußte arbeiten. Green wollte arbeiten. Rollen spielen in Geschichten mit überschaubaren Konflikten, mit Spannungsbögen und verschiedenen Ebenen und Subtexten, fiktiven Formen, die im Chaos der Wirklichkeit lächerlich naiv sind, aber ein Leben retten können.

Er ging zum Gegenangriff über, nicht aus Überzeugung, sondern weil er die Ankläger ein wenig ins Schwitzen bringen wollte, doch als auch seine Großmutter plötzlich starb – binnen eines Jahres machten sie sich alle drei so schnell nacheinander davon, als gönnten sie einander den Tod nicht –, gab er auf. Er verzichtete auf die Hinterlassenschaft von Max Grünfeld und zog nach Los Angeles.

Soweit Greens autobiographische Aufzeichnungen, gefunden im Hotel Aiglon zu Menton.

Aber dabei blieb es nicht.

DAMALS VERFOLGTE ICH wie ein Besessener alle Meldungen in Zeitungen und Magazinen, ich zappte den ganzen Tag durch sämtliche Kanäle, denn ich wollte *wissen*. Mein Zimmer war ein abstruses Archiv all dessen, was auf die furchtbare Verschwörung zwischen der Bundesregierung in Washington und den Farbenmischern der Kabelfernsehanstalten hindeutete. Mittels der Farben versuchten sie die Menschen zu willenlosen Robotern zu *brainwashen*. Ich war einer der wenigen, die das durchschaut hatten. Deshalb guckte ich schwarzweiß.

Seit meinem Aus als Journalist lebte ich in einem ständigen Alptraum. Ich warf Trips ein, soff, schnupfte, fixte. Ich hatte Angst vor meinem eigenen Schatten, Angst vor dem Tag, Angst vor der Nacht. Bis ich zuviel von dem zu naschen begann, was mir so angeboten wurde, hatte ich für die *Variety* über das Fernsehen berichtet *(»Special for* Variety *by Charles F. Strauss«)*. Ich wollte dazugehören, aber sie brauchten mich nicht, ich war allerhöchstens geduldet. So dann und wann schoben sie mir gnädigerweise einen *scoop* zu. Irgendeinen möglichen Knüller, eine neue Serie, eine Fusion, einen Krach. Nichts Weltbewegendes, aber in diesem Dorf Los Angeles von Wichtigkeit. Ich haßte sie, weil sie mich mit so wenig selig machen konnten. Glücklicherweise kam ich dann aber einer Sache auf die Spur, für die ihnen der Durchblick fehlte: die Verschwörung der Farbenmischer. Ich war total plemplem.

In der *Los Angeles Times* las ich den Bericht über das Auffinden von drei Leichen in einem Haus in Benedict Canyon, ganz in der Nähe des Ortes, wo Manson früher seinen Wahnsinn ausgetobt hatte. Ich las den Artikel wieder und wieder, und mir wurde klar, daß ich vor ebendiesem Haus Wache gehalten hatte, auf Bitten von Jimmy Kage als *cop* verkleidet, ungeheuer geschmeichelt, daß man mir diese Rolle anvertraut hatte. Ich schnitt den Zeitungsbericht sorgfältig aus und hütete ihn wie ein Kleinod. Zwei Wochen später las ich im *Hollywood Reporter,* daß Floyd Benson verschwunden sei, mitsamt seinem Oscar. Sein Arbeitgeber, seine Tochter, Freunde und Bekannte hatten Alarm geschlagen. Tagelang druckten die Zeitungen Artikel über Bensons Leben und sein rätselhaftes Verschwinden ab, bis dann die nächste Affäre den Raum für sich beanspruchte.

Ich wußte, daß meine Rettung nahe war. Ein halbes Jahr brauchte ich, um mehr oder weniger *clean* zu werden, das Sozialamt davon zu überzeugen, daß ich ein Gebiß benötigte, meinen alten Kollegen bei der *Variety* zu beweisen, daß ich diesmal nicht paranoid sei, sondern einen echten *scoop* für sie habe, den man *nationwide* übernehmen werde, und daß ich also einen Vorschuß bräuchte. In gewissem Sinne hat mir Tom Green das Leben gerettet.

Ein Jahr nach den Morden habe ich eine Unterredung mit dem Produzenten Ed Silver in dessen Büro auf dem Gelände der Twentieth Century Fox.

Silver erzählt: »Wie die halbe Stadt habe ich vor einem Jahr die Geschichte von dem unaufgeklärten Dreifachmord in Benedict Canyon verfolgt. Drei Angestellte des Tropicana Casino in Las Vegas sind erschossen worden, und im Keller steht ein offener, leergeräumter Tresor! Mysteriös! Sensationell! Riesenartikel in der Presse, lange Zeit *das* Thema aller Talk-Shows im Fernsehen! Ich habe ein paar Leute darauf angesetzt, bekam aber letztlich nicht das rechte Material für einen Film in die Hände, zuwenig konkrete Anhaltspunkte. Vor vier Wochen dann das Unglaubliche: Mein guter Freund Arnold Schwartz gibt mir das Treatment von Tom Green, *Der Himmel von Hollywood*, das, mit einigen Abstrichen, verblüffende Übereinstimmungen mit dem aufweist, was in Benedict Canyon passiert ist.«

Arnold Schwartz, ein versierter Jurist, der schon seit einem Vierteljahrhundert die Interessen namhafter Talente vertritt, hatte keine geschäftlichen Beziehungen mehr zu Green. Greens Karriere war in den letzten zehn Jahren zusehends ins Stocken geraten, und er hatte für einen juristischen Berater keine Verwendung mehr gehabt – geschweige denn Geld.

»Und plötzlich bekam ich ein Päckchen von Green«, erzählt Schwartz. »Aufgegeben auf Malta, einer kleinen Insel im Mittelmeer. Ein persönlicher Brief. Und der dicke Packen Papier, ein Mittelding zwischen Treatment und Roman.«

Auf Greens Bitte hin schickte Schwartz Kopien des Treatments an einige Leute in der ›Industrie‹, zu denen er einen guten Draht hatte.

Sobald deutlich wurde, daß Green einen Zusammenhang zwischen den Benedict-Canyon-Morden und dem Verschwinden von Floyd Benson herstellte, entbrannte ein regelrechter Kampf um die Rechte. Die Studios überboten sich gegenseitig, und am Ende wurde das Treatment für einen nicht genannten Betrag von der Twentieth Century Fox angekauft.

Im Begleitbrief an Schwartz verschleiert Green, wo er sich aufhält. Er schreibt:

Es tut mir leid, aber meine Adresse kann ich Dir nicht geben. Wenn Du mich sprechen möchtest, mußt Du warten, bis ich Dich anrufe, immer aus einer anderen Telefonzelle, völlig willkürlich ausgewählt (ich vermerke sie auf einer Karte: ich will nicht, daß ein Mittelpunkt entsteht, ein daraus möglicherweise zu entschlüsselnder Ort, an dem ich meinen Wagen starte, um telefonieren zu fahren. Die roten Punkte liefern nicht den geringsten Anhaltspunkt, sondern bilden ein Wirrwarr, das meine Verfolger – sollte es sie geben – zur Verzweiflung treiben soll). Ich fühle mich nicht bedroht, jedenfalls nicht mehr als zu der Zeit, da ich völlig abgebrannt im St. Francis hauste, und schlafe ohne Alarmanlage, ohne Waffe. Und der Hund, den ich seit kurzem habe – ein junger Labrador –, würde einen sich hereinschleichenden Killer schwanzwedelnd begrüßen. Den Hund – ich höre seine Krallen auf den Marmorfußböden – habe ich Jimmy genannt. Ich frage mich, ob mich dieser Name eines Tages verraten wird. Irgendwann werde ich ihn in einem unbedachten Augenblick, wenn ich in der Stadt Einkäufe mache, rufen: Jimmy! JIM!, *und der gesetzte Tourist mit Videokamera, Rucksack und derben Wanderschuhen wird sich von der Bank auf dem Marktplatz erheben*

und mir ungesehen folgen. Er drückt seine Glock mit Schall-
dämpfer vier-, fünfmal ab. Auch Jimmy hört nicht mehr
als ein mehrmaliges kurzes »Plopp«, als sprängen die Ver-
schlüsse von ein paar Flaschen kohlensäurehaltigem Mine-
ralwasser, das zu lange in der Hitze herumgetragen wurde.
Jimmy sieht mich taumeln, blinzeln, nach Halt suchen, in
die Luft greifen, als könnte ich sie mir in die Lungen drük-
ken, und er springt erfreut auf, weil er denkt, daß ich spie-
len will. Meine Einkäufe kullern über die Straße, und ich
sinke auf die Knie und fühle Jimmys Zunge und schließe die
Augen, um das Feuer in Rücken und Brust aushalten zu
können.

Ungefähr zur gleichen Zeit, da Schwartz Kopien des Treatments verschicken ließ, versuchte Interpol über die üblichen Kanäle zum FBI den zuletzt registrierten Aufenthaltsort von Thomas Grünfeld, alias Tom Green, ausfindig zu
machen. In Südfrankreich war eine Leiche gefunden worden, von der man annahm, daß es sich um Tom Green handelte, den Sohn von Max Grünfeld.

Das FBI ging Greens Spur nach. Er hatte eine Gefängnis-
strafe wegen Betrugs abgesessen und war nach seiner Entlassung aus der Haft nach Los Angeles zurückgekehrt, wo
er sich im St. Francis Hotel am Hollywood Boulevard, einer allseits bekannten Absteige, einquartiert hatte.

Nach dem St. Francis fehlt jede Spur von Green. Polly
Jones, die Rezeptionistin des St. Francis – im Treatment um-
getauft in St. Martin's –, erinnert sich an Green.

»Ein gutaussehender Mann, viel zu vornehm für unser

Hotel. Er hatte einen sehr teuren Anzug, erinnere ich mich, über den hier im Foyer noch wochenlang geredet wurde. Wenn er geblieben wäre, hätten sie ihm diesen Anzug eines Tages geklaut.«

Die Untersuchung des FBI geriet schon bald ins Stocken. Was zwischen Greens Verschwinden aus Hollywood, acht Tage, nachdem er sich in dem Hotel einquartiert hatte, und seinem Tod in Südfrankreich, elf Monate später, passiert war, blieb völlig im dunkeln.

Der entscheidende Durchbruch in der Sache wurde von Irene Jackson, Detective beim LAPD, erzielt, die Silvers Exemplar von Greens Treatment einsehen durfte. Inzwischen war eine Woche verstrichen, seit das FBI Interpol mitgeteilt hatte, daß keine neueren Informationen über Green vorlägen.

Jackson gehört zu den aufstrebenden afroamerikanischen Stars in der Mordkommission des Westhollywood-Büros, eine elegante, selbstbewußte junge Schwarze, neben der Marcia Clark zur grauen Maus verblaßt. Aus einer zerrütteten Familie aus South Central stammend, hat sie den langen Weg vom Ghettokind zur Hauptkommissarin bei der Polizei zurückgelegt, eine Leistung, die sich mit der ersten Reise zum Mond vergleichen ließe. Sie war an der Aufklärung einiger aufsehenerregender Fälle beteiligt, wodurch sie zu einem attraktiven Partner für die ›Industrie‹ wurde. Ed Silver nahm sie als Beraterin für eine Reihe von Polizeifilmen unter Vertrag.

Jackson wußte die neuen Bewohner von Bensons ehemaligem Haus in Venice (im Treatment in Santa Monica gelegen) von der Möglichkeit zu überzeugen, daß in ihrem Garten eine Leiche begraben sein könnte, wie Green in seiner Geschichte durchblicken läßt.

Tatsächlich wurden im Garten Reste eines menschlichen Skeletts ausgegraben. Nach deren ausführlicher Untersuchung kam man aber zu der Schlußfolgerung, daß es nicht die Gebeine eines dreißigjährigen Mannes seien, oder anders ausgedrückt: Die menschlichen Überreste konnten nicht die von Tino Rodriquez sein, dem Casinoangestellten, der von den Schauspielern in der Nähe des Hollywood Sign gefunden worden war.

Auf Veranlassung von Jackson wurden die Daten eines anderen Mannes mit denen des Toten verglichen. Der zuständige Gerichtsmediziner stellte fest, daß man die Leiche des verschwundenen Oscar-Preisträgers Floyd Benson ausgegraben hatte. Jackson bat um eine zweite Untersuchung von Bensons früherem Garten. Zwei Fuß unter dem Fundort von Benson stieß das Exhumierungsteam auf den Oscar, der mit ihm zusammen verschwunden war. Nirgendwo jedoch eine Spur von Tino Rodriquez.

Green hatte in seinem Treatment geschrieben, daß Benson in die Karibik und später nach Marokko geflohen sei, doch die Untersuchung des Leichnams erwies, daß Benson schon vor fast einem Jahr gestorben war, vermutlich aufgrund innerer Blutungen nach einem Schuß in den Magen. Das Blut, das am Tresor im Haus in Benedict Canyon gefunden worden war, hatte dieselbe Blutgruppe wie das von Benson.

Nach der Identifizierung von Benson lag es auf der Hand,

daß Greens Wiedergabe der Ereignisse in Zweifel gezogen und die geschilderten Fakten erneut untersucht werden mußten.

Die Beschreibung, die Green von mir gegeben hat, ist reichlich schockierend, aber ich fürchte, daß er, was mich betrifft, kaum übertrieben hat. Ich bin mehrmals vom LAPD verhört worden, ich habe bestätigt, daß ich auf Bitten von Jimmy Kage in Polizeiuniform vor dem Haus in Benedict Canyon Wache gehalten habe. Ich habe ein vom *district attorney* ausgestelltes Dokument unterzeichnet, in dem ich eidesstattlich erkläre, daß sowohl Floyd Benson als auch Jimmy Kage und Tom Green das Haus zweimal betreten haben und daß Floyd Benson beim letztenmal nicht wieder mit herausgekommen ist. Ich habe geholfen, die Koffer zu tragen. Ich habe den von Benson zum Olds geschleppt. Schon als ich vor dem Haus Wache hielt und Benson nicht wiederkam, hatte ich das Gefühl, daß irgend etwas schiefgelaufen war. Kage und Green waren sehr still und angespannt, als sie mich beim St. Francis absetzten.

Nach der Bergung von Bensons Leichnam kann gefolgert werden, daß in dem kritischen Moment am Tresor – anders als in Greens Bericht – Floyd Benson von Rodney Digiacomo tödlich getroffen wurde. Rodney Digiacomo wurde daraufhin von Jimmy Kage getötet, wie es Green geschildert hat. Auch das Kaliber der Kugeln beweist das: Benson, Steve und Muscle wurden durch Kugeln aus derselben Waffe getötet, Rodney wurde durch einen Schuß aus einer anderen Waffe umgebracht.

Darüber hinaus nehme ich an, daß Kage und Green später nach Benedict Canyon zurückgekehrt sind und den Leichnam von Benson geholt haben. Vielleicht hofften sie, daß er noch am Leben sei, daß er mit medizinischer Hilfe noch zu retten sei.

Vor ihrer Flucht haben sie ihn im Garten seines Hauses beigesetzt.

Das LAPD hat zwei Ansichtskarten beschlagnahmt, die Kage mir geschickt hat, beide aus Südamerika: die erste aus Manaus, mitten im Amazonasgebiet, die zweite aus Buenos Aires. Obgleich sie nicht seine Unterschrift tragen, stammen sie unverkennbar von Jimmy Kage. Als könnte ich seine Finger berühren.

Die gerichtsmedizinische Untersuchung des Leichnams in Menton erbrachte, daß das letzte Glied des linken kleinen Fingers sowie der gesamte Ringfinger der rechten Hand fehlten.

Eine Nachfrage beim Casino ergab, daß Tino Rodriquez keinerlei Verstümmelungen an den Händen hatte.

Das Eldorado in Las Vegas ist ein fiktives Casino. Die drei Benedict-Canyon-Toten arbeiteten im Tropicana, in Funktionen, die im Treatment korrekt wiedergegeben werden, und verkehrten kurz vor ihrem Tod regelmäßig in Gesellschaft eines vierten Casinoangestellten, Tino Rodriquez.

Rodriquez verschwand etwa zum Zeitpunkt der Morde. Sein Leichnam wurde jedoch weder im Boden von Bensons Garten gefunden noch im Garten des Hauses in Benedict Canyon, das für das Haus auf den Whitley Heights

Modell gestanden hat. Rodriquez scheint sich in Luft aufgelöst zu haben.

Vanessa Wallace war Kellnerin, Nackttänzerin, Prostituierte und Drehbuchautorin. Green hat sie Paula Carter genannt, um ihre Identität zu schützen, so die Annahme. Anders als von Green beschrieben, wuchs sie in Edmonton, Kanada, auf, als Kind eines alkoholabhängigen Vaters und einer labilen Mutter, die Selbstmord beging, als Vanessa sieben Jahre alt war. Bis zu ihrem fünfzehnten Lebensjahr war sie in Kinderheimen untergebracht, mit siebzehn zog sie dann nach Los Angeles. Sie wollte Schauspielerin werden.

Als Green sie kennenlernte, war Wallace, laut Auskunft der Sittenpolizei, ein hochbezahltes Callgirl mit festem Kundenstamm. Sie blieben knapp ein Jahr zusammen.

In der *Los Angeles Times* von vor neun Jahren findet sich ein Bericht über einen Vorfall, in den Green und Wallace verwickelt waren: »Der Schauspieler Tom Green wurde am Dienstag abend festgenommen, nachdem er gegen seine Freundin Vanessa Wallace handgreiflich geworden war. Der Vorfall ereignete sich an einer Tankstelle Ecke Santa Monica Boulevard/Sepulveda. Der Kassierer sagte aus, Green sei völlig betrunken gewesen und habe sich kaum auf den Beinen halten können. Die Polizei konstatierte später, daß Greens Promillegehalt die zulässige Höchstgrenze um mehr als das Doppelte überschritten habe. Als Wallace sich trotz der Verletzungen, die sie infolge von Greens Tätlichkeiten erlitten hatte, weigerte, Anzeige gegen ihn zu erheben, wurde er wieder auf freien Fuß gesetzt. Wegen Trunkenheit am Steuer wird er jedoch strafrechtlich verfolgt werden.«

Wallace hatte als Nackttänzerin in einer der *burlesque shows* einige Jahre Las Vegas hinter sich. Falls Greens Bericht über den Betrug mehr oder weniger der Wahrheit entspricht, dann hat sie den Plan vermutlich in dieser Zeit in groben Zügen entworfen.

Nachfragen bei CAA, ICM, William Morris und anderen Agenturen haben jedoch im Hinblick auf das Drehbuch, das sie geschrieben haben soll, nichts Nennenswertes ergeben. Der Titel *Der Himmel von Hollywood* war bis vor kurzem nirgendwo bekannt, genausowenig wie die Namen Paula Carter oder Vanessa Wallace. Wie Green ist auch Vanessa Wallace spurlos verschwunden.

Der Pressesprecher des Tropicana streitet ab, daß das Casino je Opfer eines Diebstahls gewesen ist: »Die Leute, die damals in Benedict Canyon ermordet wurden, waren in der Tat bei uns beschäftigt, aber von einem Diebstahl ist uns nichts bekannt. Und wir wären doch wohl die ersten, die so etwas entdeckt hätten. Tino Rodriquez? Der ist vor einem Jahr weggegangen, ohne sich abzumelden. Aber das kommt häufiger vor. Ob er *gay* war? Aber Herr Strauss, ich bitte Sie, wir sind ein Betrieb wie jeder andere. Über diese Seiten unserer Mitarbeiter führen wir doch nicht Buch!«

Auch Jimmy Kage ist verschwunden. Ein Artikel im *Los Angeles Magazine* von vor einigen Jahren skizziert unter der Überschrift *Sinkender Stern* den Untergang eines Alkoholikers, der in Hollywood einmal alle nur erdenklichen Möglichkeiten hatte.

Kage befand sich da gerade zur *drug rehab* in einem *San*

Francisco halfway house. Seine damalige Ehefrau Sandy bekannte erleichtert: »Jetzt kann ich endlich wieder wie ein normaler Mensch leben. Die Hölle von Gewalt, Drogen und Alkohol hat ein Ende. Ich hoffe, daß ich ihn nie mehr wiedersehe.« In dem Artikel wird ausführlich auf Kages Gewalttätigkeit gegenüber Frauen eingegangen, Freundinnen bekennen, daß er sie mißhandelt habe, daß er sie zu Sex mit Dritten gezwungen habe, daß er in Unterweltkreisen verkehrt und sie in seinem Haus in Malibu mit *assault rifles* bedroht habe, wenn sie sich seinen sexuellen Wünschen nicht fügten.

»Ein widerwärtiger Typ«, resümierte Extopmodel Lisa Palmer, die anderthalb Jahre lang seine Freundin gewesen war. »Ich habe ihn geliebt, aber er war ein Schwein.«

Im Gefolge der letzten Woge öffentlichen Interesses im Zusammenhang mit der Verbreitung von Greens Treatment meldete sich bei Irene Jackson ein Mitarbeiter von Ranson Lines, einer Speditionsfirma, die auf den Containertransport zwischen Kalifornien und Europa spezialisiert ist. Auf einem Zeitungsfoto habe er Vanessa Wallace wiedererkannt. Sie sei vor etwa einem Jahr unter einem anderen Namen bei ihm gewesen und habe einen Kühlcontainer gemietet.

Der Container wurde nach Marseille befördert und dort fünf Wochen später, ohne nähere Kontrolle, vom Hafengelände gefahren.

Green nennt den Detective, der Tino Rodriquez für die Schauspieler identifiziert haben soll, Brian Kelvin. Einen Mann dieses Namens gibt es im Stab des LAPD nicht. Der wahre Tipgeber hält wohlweislich den Mund, denn wenn bekannt wird, daß er vertrauliche Informationen an Privatpersonen weitergibt (vielleicht sogar verkauft), steht sein Posten auf dem Spiel. Möglich ist natürlich auch, daß Brian Kelvin eine rein fiktive literarische Figur ist.

Irene Jackson hat ein Zimmer der Dienststelle an der Wilcox so eingerichtet, als handele es sich um das Arbeitszimmer eines Drehbuchautors. Eine Pinnwand, verschiedenfarbige Kärtchen für die verschiedenen Personen, Pfeile, Querverweise. An ihrem Schreibtisch sitzend, einen Becher Kaffee in Reichweite (Aufschrift: *failure is for fools*), faßt sie zusammen, zu welchen Annahmen sie gelangt ist. Intelligenter, argwöhnischer Blick, lackierte Nägel, teure Seidenbluse. Schlichter Schmuck um den eleganten Hals und an den kleinen Ohren, dezentes Make-up.

»Wenn die Treatment-Figur Tino Rodriquez an die des verschwundenen Casinoangestellten Tino Rodriquez angelehnt ist«, sagt sie, »dann ist nicht auszuschließen, daß der Container, der von Los Angeles nach Marseille befördert wurde, die Leiche von Rodriquez enthielt. Und dann kann man auch nicht mehr ausschließen, daß die Leiche, die in Menton gefunden wurde, nicht Tom Green ist, sondern Tino Rodriquez. Wir wissen, daß es durchaus im Bereich von Greens Vorstellungsvermögen liegt, einer tiefgefrorenen Leiche einen Teil des Fingers abzubrechen, das haben wir ja in seinem Treatment gelesen.«

Ich erzähle ihr, daß ich Nachforschungen nach zahnärztlichen Befunden von Green angestellt habe. Die drei Zahnarztpraxen, in denen Green im Laufe seines Lebens Röntgenbilder von seinem Gebiß hat anfertigen lassen (in Den Haag, Amsterdam und Los Angeles), haben ihm seine Unterlagen auf sein dringendes Ersuchen im vergangenen Jahr zugeschickt – an drei verschiedene Postfachadressen im Mittelmeerraum. Deutet das nicht auf ein sorgfältig geplantes *cover-up* hin?

»Das haben wir auch festgestellt«, bestätigt Jackson nikkend. »Und ich werde dir noch eine Neuigkeit verraten: Dasselbe gilt für Tino Rodriquez. Der Zahnarzt David Baumgarten vom Las Vegas Medical Centre hat Rodriquez auf dessen Bitte hin die Archivaufnahmen von seinem Gebiß zugeschickt. Seltsamerweise an eine Adresse in Kanada.«

»Du denkst also, daß Tom Green und Vanessa Wallace das alles geplant haben?«

»Sieht so aus«, antwortet Jackson vorsichtig.

»Du meinst: Das ist mir eigentlich alles zu glatt?«

»Das hab ich so nicht gesagt«, entgegnet sie diplomatisch, gewohnt, mit Worten zu lavieren, wie es Detectives des LAPD bei ihrer Einstellung nahegelegt wird.

Ich frage sie: »Können wir denn überhaupt sicher sein, daß Green das Treatment selbst geschrieben hat?«

»Sein Name steht darunter.«

»Vielleicht hat Vanessa Wallace es getan.«

»Dafür haben wir keine Hinweise«, sagt Jackson, immer noch auf der Hut.

»Es trägt denselben Namen wie ihr Drehbuch. Und von diesem Drehbuch habe ich nirgendwo eine Kopie finden können.«

»Und was ist mit den autobiographischen Aufzeichnungen?« fragt Jackson im Gegenzug.

»Die hat Green geschrieben, ganz ohne Zweifel. Aber waren sie als Autobiographie gedacht? Waren es nicht vielleicht Notizen, die in einen Roman oder ein Skript münden sollten?«

»Worauf willst du hinaus, Charles?« fragt Irene Jackson schmunzelnd.

Ich lege meine Karten auf den Tisch: »Ich glaube, daß alles darauf hindeuten soll, daß Tino Rodriquez nach Menton geschmuggelt wurde. Meiner Meinung nach sollte die Polizei entdecken, daß Vanessa Wallace diesen Container gemietet hat, sollte die Spur nach Menton und zu dem verbrannten Leichnam führen. Es war beabsichtigt, daß wir vermuten würden, Tino sei dort von Green präpariert und verbrannt worden. Warum? Damit der Eindruck entsteht, Green habe das alles geplant.«

»Könntest du dich bitte etwas präziser ausdrücken, Charles?«

»Ich glaube, daß der verbrannte Tote in Menton tatsächlich Green ist. Ich glaube, daß das Treatment von Tino und Vanessa stammt und daß sie Green umgebracht haben, als er in diesem Hotel dort war und geschrieben hat. Was hältst du von dieser Theorie?«

»Ich kann sie weder bejahen noch verneinen.«

»Mensch, bist du offiziell«, beschwere ich mich.

»Ich kann nicht anders, Charles.«

»Nach den Regeln des Drumherumredens bedeutet so eine Antwort wohl, daß du zwar derselben Meinung bist wie ich, das aber noch nicht zugeben kannst.«

»Kein Kommentar«, sagt sie. »Aber du machst mich neugierig. Was genau ist dann in Benedict Canyon passiert?«

»Benson hatte dort zu tun und bekam aus nächster Nähe mit, daß dort eigenartige Dinge vor sich gingen. Er redete mit seinen beiden Freunden darüber und baute eine Wanze ein, ihr habt das Ding ja gefunden. Sie hörten die Diebe ab, und Green entdeckte, daß seine frühere Geliebte Vanessa mit von der Partie war. Er nahm Kontakt zu ihr auf, erpreßte sie, drohte, die ganze Sache auffliegen zu lassen, und sie spielte mit, oder tat zumindest so, als ob sie mitspielen würde. Mit ihrem Geliebten Antonio zusammen – daß der homosexuell war, kann mir keiner erzählen – entwarf sie aber zugleich ein doppeltes Spiel. Sie hetzte die Ganoven gegen die Schauspieler auf und entledigte sich Greens später mit Hilfe eines genialen Plans.«

»Und wo ist Kage?« fragt Jackson.

»Der wird eines Tages irgendwo wieder auftauchen. Was sagst du dazu?«

»Weder ja noch nein«, wiederholt Jackson. »Aber ich darf dir verraten, daß wir diese Möglichkeit auch schon durchdacht haben. Und wir kamen dabei zu dem Schluß, daß auch diese Variante vielleicht schon von Green und Wallace eingeplant wurde. Sie haben elf Monate Zeit gehabt, um dieses Spiegelkabinett zu errichten, und bis jetzt hinken wir den Fakten immer noch hinterher.«

»Wie dem Leben selbst«, flachse ich.

Mit einem umwerfenden Lächeln vergibt sie mir meine Platitüde.

»Der letzte Teil des Briefes an Schwartz«, sagt sie, »gibt mir zu denken. Dieser kuriose letzte Absatz.«

Mendel, Phillips & Kanter
c/o Arnold Schwartz
11355 West Olympic Blvd.
Los Angeles, Ca 90064

Lieber Arnold,

ich schreibe Dir diesen Brief in einem Zimmer, das auf die Terrasse hinausgeht, die Türen stehen offen, und die Gardinen bauschen sich im Seewind. Küchengeräusche flüstern durch die Flure, denn die Frau, die mir den Haushalt führt, bereitet das Abendessen zu.

Nachher brauche ich dann nur noch ihren Anweisungen Folge zu leisten: »Dies noch kurz aufwärmen, jenes anbraten, mit diesem übergießen, mit jenem servieren. Hast du gehört, Xavier?«

Ich nicke, danke ihr und sage: »Bis morgen«, und tue, was sie gesagt hat. Ich esse auf der Terrasse, wie ich früher nie gegessen habe, stilvoll, mit Weinen und Desserts.

Und Paula überrascht mich ein paarmal die Woche mit ihrem Besuch. Sie war gestern hier, und morgen erwarte ich sie wieder. Obwohl, erwarten ist eigentlich zuviel gesagt für das, was ich empfinde: Ich freue mich, wenn sie hereinkommt, aber ich rechne nicht damit. Ich rechne mit gar nichts mehr.

Für mich ist alles gleichermaßen zu einem kuriosen Phänomen geworden – das Glitzern des Meeres bei Nacht, der atemlose Flug eines segelnden Habichts, die ängstliche Hast einer ertappten Maus, die Schärfe einer sich entfaltenden Erinnerung, die Sehnen meiner Finger auf meinem Handrücken, der Glanz des schwarzen Mont Blanc Meisterstück, *mit dem ich schreibe, die eine kleine Hautfalte in Paulas Achselhöhle.*

Heute nacht fing Jimmy plötzlich hysterisch an zu bellen. Ich stand auf, nahm den Schürhaken, um mich verteidigen zu können (was meinst du? Vielleicht sollte ich mir doch etwas besorgen; in den Gassen der Altstadt wimmelt es von obskuren Kneipen, in denen Leute verkehren, die Hafenschuppen öffnen und schließen können und verborgene Kisten mit eingefetteten Waffen zu finden wissen), und machte eine Runde ums Haus. Über mir ein klarer Himmel mit funkelnden Sternen, unten in der Tiefe das Meer, die Sträucher und Bäume, nach Orangen, Oleander, Süßholz duftend. Vielleicht war es eine Katze oder ein anderes kleines Tier, wovon Jimmys Stimmbänder inspiriert wurden. Ich konnte nicht mehr einschlafen und knipste eine Lampe an, damit ich an meiner Geschichte weiterarbeiten konnte.

Jimmy liegt jetzt neben mir. Manchmal hebt er den melancholisch-lieben Kopf und hört und riecht etwas, wofür meine Sinnesorgane zu degeneriert sind. Aber nichts mehr, das meinen Herzschlag zum Stocken bringen würde.

Für mich besteht ein unauflöslicher Zusammenhang zwischen den Sentimentalitäten meiner Herkunft und der Affäre, in die Floyd, Jim und ich verstrickt wurden. Es hat beinahe den Anschein, als hätte alles, was ich durchgemacht habe, letztendlich zu meinem heutigen Sein führen müssen, als hätte ich nur mit einem gekauften Namen meine eigentliche Identität finden können. Und der Argwohn, der immer schon jeden meiner Schritte begleitete, ist jetzt zu einem notwendigen Reflex geworden. Ich muß vorsichtig

sein, über mein Fortbestehen wachen, muß scheinbar nich-
tige Details beachten, das leichte Knarren in den Balken des
Hauses, den Lufthauch, den ein Vorhang-in-Bewegung er-
zeugt, die Windstille und die flüchtenden Vögel und Sala-
mander, die das Verhängnis ankündigen.

Meist beginne ich am späten Vormittag und arbeite bis
gegen vier Uhr nachmittags durch. Ich unterbreche die Ar-
beit nur für das Mittagessen. Jeanne macht einen Salat,
grillt einen Fisch, und unter dem Sonnenschirm auf der Ter-
rasse esse ich das und starre mit zugekniffenen Augen aufs
Meer, auf dem in der Ferne die Rennboote das Wasser auf-
spritzen lassen, die Segeljachten schaukeln und manchmal,
noch weiter entfernt, ein Kreuzfahrtschiff einem anderen
Kontinent entgegengleitet. Die Flasche Mineralwasser war-
tet neben meiner Hand, eine dünne Schicht Kondenswasser
auf dem Glas, Grillen zirpen im Gras, und manchmal läu-
tet das Telefon, und Jeanne bringt mir den schnurlosen
Apparat, und ich rede mit Paula über den Abend: bei ihr,
bei mir, ins Dorf oder in die Stadt?

Ich frage mich, ob aus den Werken der großen Russen
oder Franzosen herauszulesen ist, ob sie Tag- oder Nacht-
schreiber gewesen sind. Dostojewski die Nacht, Tolstoi der
Tag? Flaubert die Nacht, Balzac der Tag? Ich beschränke
meine Nachtarbeit, denn ich will keine Geschichte schrei-
ben, die von der Chemie der Dunkelheit angetastet ist.

Als ich noch vor der Kamera stand, hast Du Dir regel-
mäßig meine Verträge angesehen. Du hast Dich dabei im-
mer als akkurater und gewissenhafter Jurist erwiesen, und
ich wäre Dir daher sehr dankbar, wenn Du Dir das beilie-
gende treatment ansehen könntest. Ich bin mir vollkommen

darüber im klaren, daß es viel zu lang ist, aber kürzer konnte ich die Geschichte nicht erzählen. Es wäre phantastisch, wenn Du es auch Deinen Kontaktleuten zeigen könntest. Ich überlasse das – in vollstem Vertrauen – ganz Dir. Von mir aus kannst Du den üblichen Agentenanteil berechnen, und nimm bitte auch das gängige Juristenhonorar.

Wer uns jagt, muß wissen, wie sehr Paula Labradore liebt. Ich habe keine Ahnung, wie viele Labradorzüchter es auf der Welt gibt, vielleicht dauert es Jahre, bevor irgendwer die Tausende von Clubs und Hobbyzeitschriften eruiert hat, aber ich denke, daß wir eines Tages Hunde und Zwinger verkaufen und uns nach einer anderen Beschäftigung umsehen müssen.

In einem anderen Land. Die Spuren hinter uns verwischen. Uns auflösen und neu geboren werden. Buße tun und gereinigt werden. Das Milchglas um dich herum zertrümmern und den Tau auf der Haut fühlen. Als Jurij und Olga. Oder als Jean-Marie und Claudette. Henk und Joke. Tino und Vanessa.

Dein Thomas Bergman

ABBLENDE

Auf **diogenes.ch/newsletter** erfahren Sie zuerst
von Neuerscheinungen und Neuigkeiten unserer
Autorinnen und Autoren.

Oder schauen Sie hier vorbei: